나는 **맹호연** 선생을 사랑하나니

풍류로 천하에 이름이 나시었도다

젊은 나이에 **벼슬길** 버리시고는

흰머리 되어 구름 낀 **솔밭**에 누워 계시네

달에 취하여 종종 술을 드시며

꽃에 미혹돼 임금을 섬기지 않으시누나

높다란 **산**을 어떻게 우러러보리

다만 싱그런 **향기** 앞에 절을 올릴 뿐

— 李白

맹호연孟浩然

689~740. 중국 성당 시기의 저명한 산수 시인. 양양 출신으로 관직에 진출하지 못한 채 은거와 여행으로 생을 보냈음. 한적한 은거 생활의 정취와 각지의 수려한 자연미를 빼어난 솜씨로 노래하여 왕유와 함께 당대 산수전원시파를 대표하는 시인으로 추숭되고 있음.

이성호李成鎬

성균관대학교에서 한국한문학을 전공하여 「사대부문학 형성기의 한시 연구」로 박사학위를 받고 고려대학교에서 박사후과정을 마쳤음. 현재 성균관대학교 대동문화연구원 연구교수. 고려후기 한시문학을 주로 연구하여 이색·정포·정추 등에 관한 논문을 발표했으며, 우리 고전의 국역 작업에도 참여해 「매천야록」·「고산유고」 등을 공동 번역하였음. 중국 시가문학에도 관심이 깊어 「도연명전집」을 번역 출간한 바 있음.

맹호연전집

초판 1쇄 인쇄 2006년 6월 10일
초판 1쇄 발행 2006년 6월 19일

지은이 맹호연
옮긴이 이성호
펴낸이 조윤숙
펴낸곳 문자향
신고번호 제300-2001-48호
주소 서울 서대문구 남가좌동 124-313 / 2층
전화 02-303-3491
팩스 02-303-3492
이메일 munjahyang@korea.com

값 20,000원
ISBN 89-90535-27-1   03820

맹호연전집

一 李成鎬 譯 一

■ 일러두기

1. 본 역서는 사부총간본 명간明刊 4권본 「맹호연집」을 저본으로 삼았음.

2. 번역은 직역을 원칙으로 하되 일부 의역도 병행하였음.

3. 원문의 이해를 돕기 위해 주석을 달았으나 번쇄함을 피해 간략히 하였음.

4. 원문에 한글 음을 붙여 독자의 편의를 도왔음.

5. 왕사원의 「맹호연집서」를 번역하고 원문 앞에 수록하였음.

6. 유문강의 「맹호연연보」를 부분적으로 수정, 번역하고 원문 뒤에 수록하였음.

7. 별도로 사고전서본 「맹호연집」을 영인해 대조해볼 수 있게 하였음.

양양의 맹호연을 추억하나니

맑은 시는 구절마다 전해질 만하다

                                    － 杜甫

맹호연집서孟浩然集序

왕사원王士源

　맹호연은 자가 호연浩然으로 양양襄陽 사람이다. 모습은 맑고 깨끗했으며 정신은 활달하고 명랑하였다. 환난을 구제하고 분쟁을 해소하는 것으로써 의리義理를 실천했으며, 채소에 물 주고 대나무를 기르면서 고상高尚함을 온전히 하였다. 교유하면서는 초면에도 소탈하였고 기지를 감추거나 하지 않았다. 학문은 유학을 전공하지는 않았으나 힘써 정화精華를 추구하였고, 문학은 옛것에 의지하지 않으면서 구상構想을 독특하게 하여 5언시는 천하 사람들이 그 지극한 아름다움을 칭송하고 있다.

　한때 비서성秘書省에서 노닌 적이 있었는데, 가을달이 비 갠 후 환히 떠오르니 여러 이름난 선비들이 모여서 시를 짓게 되었다. 그때에 맹호연은 다음과 같은 시구를 지었다.

　　옅은 구름에 은하수 어렴풋한데　　微雲淡河漢
　　성긴 비는 오동잎을 적시우네　　疎雨滴梧桐

그러자 온 자리의 사람들이 그 청절淸絶함에 감탄하고는 모두 붓을 내려놓고 그만두게 되었다. 범양 출신 승상 장구령張九齡, 경조 출신 시어사 왕유王維, 하동 출신 상서 배비裴朏, 범양 출신 노선盧僎, 하동 출신 대리평사 배총裴揔, 영양 출신 화음태수 정천지鄭倩之, 하남 출신 태수 독고책獨孤冊이 모두 맹호연과 망형지교忘形之交를 맺은 사람들이다.

산남채방사로 본군 군수인 창려 출신 한조종韓朝宗은 맹호연이 시대에 드문 맑은 시율詩律을 지녀 조정의 관원이 되면 반드시 나라를 빛낼 아름다운 노래를 지어내리라 생각하였다. 그래서 장안長安에 들어가거든 함께 가서 먼저 조정에 이름을 알리고 날을 잡아 알현시키기로 기약을 하였다. 그런데 기일에 즈음하여 맹호연은 동료들과 만나 시주詩酒를 즐기며 정답게 이야기를 나누느라 퍽은 마음이 유쾌해 있었다. 이에 어떤 이가 말하길, "그대는 전에 한공韓公과 약속을 했으면서 그것을 지키지 않는다면 잘못이 아니겠소?" 하였다. 그러자 맹호연은 못마땅해하며 말하였다.

"내가 이미 술을 마신데다 즐거움을 누리고 있으니 다른 데 황급하게 마음을 쓰겠소!"

드디어는 끝까지 자리를 지킨 채 나아가지 않았으니, 이로 말미암아 일이 흐지부지 끝나게 되었지만, 맹호연은 역시 후

회하지 아니하였다. 그가 즐거움을 좋아하고 이름을 잊은 것이 이와 같았다. 나는 훗날 붓을 들어 다음과 같이 그를 찬미한 적이 있다.

넘실넘실 물줄기 흘러가듯 특출하고 영묘하니, 이 사람 초 땅의 영재로다. 호연하고 맑게 피어나니, 역시 그 이름과 한가지일세.(導漾挺靈, 寔生楚英. 浩然清發, 亦其自名.)

개원開元 28년(740), 왕창령王昌齡이 양양에서 노닐게 되었다. 그때 맹호연은 등창을 앓다 조금 나아졌는데, 서로 만나 너무 기쁜 나머지 거리낌없이 주연을 즐기다 생선을 먹고는 병이 도지고 말았다. 그리하여 야성冶城의 남원南園에서 생을 마치게 되었으니, 그때 나이 52세였다. 아들로는 의보儀甫를 두었다.

맹호연은 글을 짓되 벼슬을 위해 하지 않았으며, 흥이 나길 기다렸다 지었기에 혹 더디었고, 행위에 꾸밈이 없이 진실됨을 추구하는 행동을 했기에 흡사 허탄한 듯하였고, 노닐면서 이익을 도모하지 않고 본성을 자유롭게 하였기에 늘 빈한하였다. 관직에 나아가지 않은데다 약간의 곡식 외에는 재물이 없어 비록 자주 쌀독이 비고 양식을 마련하기가 어려웠지만 마음에 두지 아니하였다.

나는 어려서부터 명산을 좋아하여 나이 열여덟에 산을 찾

아 오르기 시작하였다. 항산恒山에 이르러서는 통현상인通玄
上人에게 술법을 자문하였고, 또 소문산蘇門山을 지나다가는
은자 원지운元知運에게 도에 관하여 물어 배웠다. 태항산太行
山에서는 약초를 캐었으며, 왕옥산王屋山의 소유동小有洞을 지
나 태백산太白山으로 가서는 비결을 익혔고, 종남산終南山에
서는 『항창자亢倉子』 9편을 펴내게 되었다. 천보天寶 4년(745)
여름경에는 장안으로 와서 알현하라 부르는 조서를 받고 대
신大臣 여덟 분과 토론을 하게 되었다. 이에 산림의 선비들이
허다히 이르렀는데, 그때에 비로소 맹호연이 세상을 뜬 줄 알
게 되었다.

아! 이 시대에 봉록俸祿을 받지 못하였고 사서史書에도 필시
기록되지 않으리니, 어찌 현철한 종적과 고묘한 운치를 이제
끊어지게 할 수 있겠는가! 그런 까닭에 문인들에게 자세히 물
어 진술한 바를 기술하려 했으나, 아름다운 행실과 뛰어난 명
성을 열에 하나도 기록하지 못하고 말았다.

맹호연은 지은 바의 시문을 문득 없애버리고 다시 편집하
지 않았는데, 글을 지은 것이 뜻에 못 미친다고 늘 스스로 탄
식하곤 하였다. 유실된 것이 이미 많은데다 편장篇章이 흩어
졌기에 고향에서 채집을 했지만 절반도 남지 않았으나, 널리
사방으로 찾으면서 종종 얻을 수가 있었다. 이전까지는 다른
이가 그를 위해 편찬해둔 것이 없어서, 드디어는 나라 안의 사

대부들이 양양을 지나다 그의 글을 보려 해도 갖추어 보지 못한 채 가고 말았으니, 안타까운 노릇이다. 지금 그의 시 218수를 모아 4권으로 나누었는데, 어떤 시는 간혹 결락되어 온전치 못하나 시상詩想은 맑고도 아름답기만 하다. 다른 이들과 주고받은 것들도 다 뒤에 수록하여 버려두지 아니한다.

孟浩然集序

王士源[1] 撰

孟浩然字浩然, 襄陽人也.[2] 骨貌淑清, 風神散朗, 救患釋紛以立義表, 灌蔬園藝竹以全高尙. 交游之中, 通脫傾蓋, 機警無匿, 學不爲儒, 務掇菁藻, 文不按古, 匠心獨妙, 五言詩天下稱其盡美矣. 間遊秘省,[3] 秋月新霽, 諸英華賦詩作會, 浩然句曰: "微雲淡河漢, 疎雨滴梧桐." 擧坐嗟其清絶, 咸攔筆, 不復爲繼. 丞相范陽張九齡,[4] 侍御史京兆王維,[5] 尙書侍郞河東裴朏,[6] 范陽盧僎,[7] 大理評事河東裴揔,[8] 華陰太守滎陽鄭倩之,[9] 太守河南獨孤冊,[10] 率與浩然爲忘形之交.

山南採訪使本郡守昌黎韓朝宗,[11] 謂浩然間代清律, 置

諸周行, 必詠穆如之頌, 因入秦, 與偕行, 先揚于朝, 與期約日引謁. 及期, 浩然會寮友文酒講好甚適, 或曰:「子與韓公預約而怠之無乃不可乎?」浩然叱曰:「僕已飲矣, 身行樂耳, 遑恤其他!」遂畢席不赴, 由是間罷. 既而浩然亦不之悔也, 其好樂忘名如此. 士源他時嘗筆讚之曰:「導漾挺靈, 寔生楚英. 浩然清發, 亦其自名.」

開元二十八年,[12] 王昌齡遊襄陽[13] 時浩然疾疢發背, 且愈, 相得歡甚, 浪情宴謔, 食鮮疾動, 終於冶城南園,[14] 年五十有二, 子曰儀甫.

浩然文不爲仕, 佇興而作, 故或遲. 行不爲飾, 動以求眞, 故似誕. 遊不爲利, 期以放性, 故常貧. 名不繫於選部,[15] 聚不盈於擔石, 雖屢空不給而自若也.

士源幼好名山, 行年十八, 首事陵山, 踐止恒嶽,[16] 咨術通玄上人.[17] 又過蘇門,[18] 問道隱者元知運,[19] 太行採藥,[20] 經王屋小有洞,[21] 行太白習隱訣.[22] 終南修『亢倉子』九篇.[23] 天寶四載徂夏,[24] 詔書徵謁京邑, 與冡臣八座討論, 山林之士麕至, 始知浩然物故. 嗟哉! 未綠於代, 史不必書, 安可哲蹤妙韻, 從此而絕! 故詳問文者, 隨述所論, 美行嘉聞, 十不紀一.

浩然凡所屬綴, 就輒毀棄, 無復編錄, 常自歎爲文不逮意也. 流落既多, 篇章散逸, 鄉里購探, 不有其半, 敷求四

方, 往往而獲. 旣無他士爲之傳次, 遂使海內衣冠縉紳,

經襄陽思覯其文, 蓋有不備見而去, 惜哉! 今集其詩二百

一十八首, 分爲四卷, 詩或缺逸未成, 而製思淸美, 及他

人酬贈, 咸錄次而不棄耳.

≪ 註

1) 왕사원(王士源) : 의성宜城 출신으로 본 서문에 자술한 이력 외에 자세한 생애를 알 수 없음.
2) 양양(襄陽) : 지금의 호북성湖北省 양번시襄樊市 지역.
3) 비성(秘省) : 비서성秘書省. 도서를 담당하는 중앙 관서.
4) 장구령(張九齡) : 678~740. 측천무후 때 진사가 되었으며, 현종 때 명재상으로 이름을 날림. 간신 이임보 일파의 참소로 형주장사로 좌천되었다 사망. 초당 이래의 형식주의 시풍을 일소한 시인으로 「감우感遇」 12수는 그의 대표작.
5) 왕유(王維) : 701~761. 자는 마힐摩詰. 21세에 진사가 되었고 734년에 장구령이 집정하자 장안으로 소환되어 우습유에 발탁되었음. 이임보가 집정한 후에는 남전현 망천의 별장에 은둔하였고 안사의 난 이후 상서우승의 직위에 올랐음. 맹호연과 더불어 산수전원시로 이름이 높으며 서화에도 뛰어났음.
6) 배비(裴朏) : 미상.
7) 노선(盧僎) : 집현원 학사, 양양령, 안주자사, 이부원외랑 등을 역임했음. 시문에 능하였음.
8) 배총(裴揔) : 미상.
9) 정천지(鄭倩之) : 미상.
10) 독고책(獨孤冊) : 중종 때 영창현위, 현종 때 호부낭중에 이르렀음. 양주자사로 있는 동안 맹호연과 막역하게 지내었음.
11) 한조종(韓朝宗) : 좌습유, 형주자사를 역임했으며 양주자사 겸 산남채방사로 있다 홍주자사로 좌천된 바 있음. 최종지, 엄무를 조정에 천거하는 등 후진을 발탁하는 데 힘써 당시 문사들의 추숭을 받았음.
12) 개원(開元) : 당 현종의 연호. 개원 1년은 서기 713년에 해당함.

13)왕창령(王昌齡) : 약698~756. 자는 소백少伯. 개원 15년(727) 진사가 되고 비서성 교서랑 등을 역임하다 22년 영남으로 귀양을 갔음. 당대에 시가천자詩家天子라 불릴 정도로 명성이 높았으며 「종군행從軍行」과 같은 변새시로 독자적인 풍격을 이룸.

14)야성(冶城) : 양양襄陽에 속한 지명.

　남원(南園) : 간남원澗南園이라고도 함. 맹호연의 고향 마을에 있던 장원.

15)선부(選部) : 이부吏部를 가리킴. 관리의 선발을 담당하던 관서.

16)항옥(恒嶽) : 산 이름. 항산恒山이라고도 함. 5악의 하나로 산서성 혼원현 남동 10km 지점에 있음.

17)통현상인(通玄上人) : 미상.

18)소문(蘇門) : 산 이름.

19)원지운(元知運) : 미상.

20)태항(太行) : 산 이름. 산서성과 호북성 경계에 있음.

21)왕옥(王屋) : 산 이름. 산서성 양성, 원곡 두 현 사이에 있음.

22)태백(太白) : 산 이름. 섬서성 진령산맥의 주봉.

23)종남(終南) : 산 이름. 섬서성 장안현 남쪽에 있음.

　항창자(亢倉子) : 서명. 본래는 『장자』에 소개된 노자의 제자 이름. 무위자연을 실천한 인물로 알려져 있음.

24)천보(天寶) : 당 현종의 연호. 천보 1년은 서기 742년에 해당함.

차례

孟浩然全集 卷二

七言古詩

五言排律

孟浩然全集 卷三

五言律詩

孟浩然全集 卷四

五言律詩

七言律詩

五言絶句

七言絶句

補遺

附錄

尋香山湛上人[1]
심 향 산 담 상 인

朝游訪名山, 山遠在空翠.[2]
조 유 방 명 산　　산 원 재 공 취

氛氳亘百里, 日入行始至.[3]
분 온 긍 백 리　　일 입 행 시 지

谷口聞鐘聲, 林端識香氣.
곡 구 문 종 성　　임 단 식 향 기

杖策尋故人, 解鞍暫停騎.
장 책 심 고 인　　해 안 잠 정 기

石門殊豁險, 篁逕轉森邃.[4]
석 문 수 활 험　　황 경 전 삼 수

法侶欣相逢, 清談曉不寐.[5]
법 려 흔 상 봉　　청 담 효 불 매

平生慕眞隱, 累日探靈異.
평 생 모 진 은　　누 일 탐 영 이

野老朝入田, 山僧暮歸寺.
야 로 조 입 전　　산 승 모 귀 사

松泉多逸響, 苔壁饒古意.
송 천 다 일 향　　태 벽 요 고 의

願言投此山, 身世兩相棄.[6]
원 언 투 차 산　　신 세 양 상 기

향산香山의 담상인湛上人을 찾아가

아침부터 노닐며 명산을 찾아가나
산은 멀어 하늘가 푸르른 곳에.
웅장한 기세 백 리에 뻗치었으니
해 질 무렵에야 겨우 다다른다네.
골짝 입구에선 종소리 들리어오고
수풀가에선 향그런 내음 느껴지거늘.
채찍질해가며 옛 벗을 찾아가다가
안장 풀고 잠시 말에서 내려 쉬노라.
바위 문 무척이나 드높게 뚫려 있는데
대숲 사이 오솔길 차츰 깊숙해지네.
스님을 반갑게 만나뵙고는
청담清談에 즐거워 새벽까지 잠 못 이루네.
평생 참된 은자 사모하였고
숱한 나날 영이함 찾아헤맸지.
늙은 농부 아침 되어 밭에 들듯이
산승이 날 저물어 절간으로 돌아가듯이.
솔밭 사이 샘물가 맑은 소리 넉넉도 한데

1)**향산(香山)** : 하남성河南省 낙양시洛陽市 남쪽에 있는 산.
　담상인(湛上人) : 미상. 상인은 승려의 존칭.
2)**공취(空翠)** : 하늘에 퍼져 있는 푸르른 산빛.
3)**분온(氛氳)** : 기운이 성한 모양.
4)**활험(豁險)** : 깊숙하고 두터운 모양.
5)**법려(法侶)** : 승려僧侶와 같음.
　청담(淸談) : 노장老莊의 '무위無爲'설에 근본하여 현리玄理를 담론하는 것. 여기서는
　불가의 오묘한 이치를 논한다는 뜻으로 쓰임.
6)**원언(願言)** : '言'은 어기사語氣辭로 뜻이 없음.
　신세양상기(身世兩相棄) : 몸은 세상을 버려 벼슬하지 않고, 세상은 몸을 버려 일을 맡기
　지 않는다는 뜻.

이끼 낀 벼랑엔 옛 뜻이 그득.
원컨대 이 산에 나를 내던져
몸과 세상, 서로를 버려뒀으면….

雲門寺西六七里聞符公蘭若最幽與薛八同往[1]
운문사서육칠리문부공난야최유여설팔동왕

謂余游迷方, 逢子亦在野.[2]
위 여 유 미 방 봉 자 역 재 야

結交指松柏, 問法尋蘭若.
결 교 지 송 백 문 법 심 난 야

小溪劣容舟, 怪石屢驚馬.
소 계 열 용 주 괴 석 누 경 마

所居最幽絕, 所住皆靜者.[3]
소 거 최 유 절 소 주 개 정 자

密篠夾路旁, 清泉流舍下.
밀 소 협 로 방 청 천 유 사 하

上人亦何聞, 塵念俱已捨.
상 인 역 하 한 진 념 구 이 사

四禪合眞如, 一切是虛假.[4]
사 선 합 진 여 일 체 시 허 가

願承甘露潤, 喜得惠風灑.[5]
원 승 감 로 윤 희 득 혜 풍 쇄

依止此山門, 誰能效丘也.[6]
의 지 차 산 문 수 능 효 구 야

운문사雲門寺 서쪽 6, 7리에 있는 문부공聞符公 난야의 가장 그윽한 곳에 설팔薛八과 함께 가서

날더러 배움에 길을 잃었다 말을 하더니
그대 만나보니 또한 산야에 묻혀 있구려.
교제를 맺음이 송백松柏인 양 늘 푸른데
법法을 물으려 절간으로 찾아왔다오.
작은 시내 겨우 배를 띄울 만한데
기괴한 바위에 말이 자꾸 놀라네.
거처하는 곳 가장 외떨어졌고
사는 이 모두 고요함 간직한 이들.
빽빽이 조릿대는 길 옆을 에워쌌으며
맑은 샘물은 집 아래로 흘러가누나.
스님은 또한 어찌 그리 한적하신가?
진세塵世의 상념을 모두 버리셨도다.
참선의 네 경계가 진여眞如와 합치되나니
일체의 것이 거짓이리라.
원컨대 감로甘露 같은 불법의 혜택 받고서
기쁘게 은혜의 바람 쏘이고 싶어.

〈회계도會稽圖〉에 나오는 운문산

※ 註 _____

1) **운문사(雲門寺)** : 절강성浙江省 소흥시紹興市의 운문산에 있는 사찰.
   문부공(聞符公) : 미상.
   난야(蘭若) : 절의 다른 이름.
   설팔(薛八) : 설업薛業이란 인물로 추정되나 미상. '팔'은 친족 내 형제의 차서.
2) **유미방(游迷方)** : 노님에 방향을 잃었다는 뜻으로, 삶의 진로가 잘못되었음을 의미함.
3) **정자(靜者)** : 잡념을 끊고 수행에 정진하는 승려를 가리킴.
4) **사선(四禪)** : 사선정四禪定. 불교에서, 욕계欲界를 떠나 색계色界에서 도를 닦는, 초선初禪·이선·삼선·사선의 네 과정. 또는 그 넷째 과정.
   진여(眞如) : 대승 불교의 이상 개념의 한 가지. 우주 만유의 실체로서, 현실적이며 평등 무차별한 절대의 진리. 진성眞性이라고도 함.
5) **감로(甘露)** : 감미로운 불사不死의 약. 불교가 중생을 구제하는 데 다시없는 교법敎法임을 비유함.
   혜풍(惠風) : 은혜의 바람.
6) **산문(山門)** : 산사의 대문. 곧 절을 가리킴.
   구(丘) : 공자孔子의 이름.

머물고 가기를 이 산문山門에 의지하리니
뉘라 공자孔子를 본받으리오.

宿天台桐柏觀[1]
숙 천 태 동 백 관

海行信風帆, 夕宿逗雲島.
해 행 신 풍 범　　석 숙 두 운 도

緬尋滄洲趣, 近愛赤城好.[2]
면 심 창 주 취　　근 애 적 성 호

捫蘿亦踐苔, 輟棹恣探討.
문 라 역 천 태　　철 도 자 탐 토

息陰憩桐柏, 採秀弄芝草.[3]
식 음 게 동 백　　채 수 농 지 초

鶴唳淸露垂, 鷄鳴信潮早.[4]
학 려 청 로 수　　계 명 신 조 조

願言解纓絡, 從此去煩惱.
원 언 해 영 락　　종 차 거 번 뇌

高步陵四明, 玄蹤得二老.[5]
고 보 능 사 명　　현 종 득 이 로

紛吾遠游意, 學此長生道.
분 오 원 유 의　　학 차 장 생 도

日夕望三山, 雲濤空浩浩.[6]
일 석 망 삼 산　　운 도 공 호 호

천태산天台山의 동백관桐柏觀에 묵고서

바람에 돛을 맡겨 물길을 떠다니다가
구름 낀 섬에 머물러 밤을 나게 되었네.
멀리 창주滄洲의 정취 찾아 나섰다마는
가까운 적성산赤城山의 아름다움 맘에 드누나.
여라 덩쿨 부여잡고 이끼 밟아가면서
노 젓기 그만둔 채 마음껏 구경 다니네.
한가롭게 동백관에 쉬었다가는
영지 캐어 지초를 먹어도 본다.
맑은 이슬 내리니 학이 울어대는데
때맞춰 조수 이르자 닭들 소리쳐 우네.
원컨대 세상 그물 풀어 던지고
여기서 번뇌를 떨쳐버리리.
활보하며 사명산四明山 내려다보고
아득한 자취 밟아 노자老子, 노래자老萊子 만나보리라.
멀리 노닐 뜻 크기도 하니
저 불로장생不老長生의 길 배워보리라.
밤낮으로 삼신산三神山 바라본다만

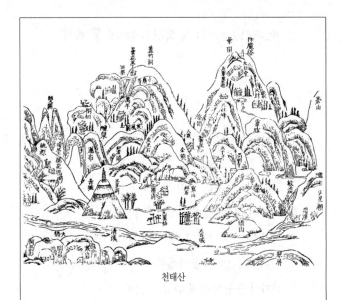

천태산

※ 註

1) 천태(天台) : 절강성浙江省 천태현天台縣 동북쪽에 있는 산.
  동백관(桐柏觀) : 천태산 동백산에 있는 도교 사원.
2) 창주(滄洲) : 은자가 산다는 전설 속의 섬.
  적성(赤城) : 절강성 천태현에 있는 산.
3) 식음(息陰) : 은퇴하여 한가롭게 거처함.
  채수(採秀) : 삼수三秀, 즉 지초를 캔다는 뜻. 삼수는 지초의 다른 이름.
4) 학려(鶴唳) : 음력 8월에 이슬이 내리면 학이 울며 거처를 옮긴다고 함.
  계명(鷄鳴) : 바닷가 산에 사는 석계石鷄는 조수가 밀려올 때가 되면 서로 운다고 함.
  신조(信潮) : 시간에 맞춰 조수가 밀려오기에 이렇게 이름한 것임.
5) 사명(四明) : 천태산과 연접한 산 이름.
  이로(二老) : 노자老子와 노래자老萊子를 가리킴.
6) 삼산(三山) : 삼신산三神山. 봉래蓬萊, 방장方丈, 영주瀛洲.

구름 물결은 속절없이 드넓기만 해.

宿終南翠微寺[1]
숙 종 남 취 미 사

翠微終南裏, 雨後宜返照.
취 미 종 남 리　　우 후 의 반 조

閉關久沈冥, 杖策一登眺.
폐 관 구 침 명　　장 책 일 등 조

遂造幽人室, 始知靜者妙[2].
수 조 유 인 실　　시 지 정 자 묘

儒道雖異門, 雲林頗同調[3].
유 도 수 이 문　　운 림 파 동 조

兩心喜相得, 畢景共談笑.
양 심 희 상 득　　필 경 공 담 소

暝還高窓眠, 時見遠山燒.
명 환 고 창 면　　시 견 원 산 소

緬懷赤城標, 更憶臨海嶠[4].
면 회 적 성 표　　갱 억 임 해 교

風泉有清音, 何必蘇門嘯[5].
풍 천 유 청 음　　하 필 소 문 소

≪ 註

1) **종남(終南)** : 섬서성陝西省 장안현長安縣 남쪽에 있는 산. 남산이라고도 함.
　취미사(翠微寺) : 본래 도교 사원이었으나 절이 되었음.
2) **유인(幽人)** : 은자를 일컬음.
　정자(靜者) : 그윽한 곳에 조용히 거처하는 자. 은자와 같음.
3) **운림(雲林)** : 구름 낀 골짜기와 산림.
　동조(同調) : 곡조가 어우러지듯 서로 의기나 취향이 일치됨.
4) **적성표(赤城標)** : 적성산에 노을이 일어 마치 표지를 세운 것 같다는 뜻.
5) **풍천(風泉)** : 샘물에 바람이 불어 맑은 소리가 들려온다는 뜻.
　소문소(蘇門嘯) : 진晉의 문인 완적阮籍과 도사 손등孫登에 관한 고사. 두 사람이 소문산
　에서 만나 휘파람을 분 일이 있는데, 손등의 휘파람은 봉황의 울음소리와 같았다고 함.

종남산終南山의 취미사翠微寺에 묵고서

종남산 속 취미사
비온 뒤의 저녁 햇살 좋기도 하다.
빗장 걸어둔 채 오래 정적에 묻혀 살다가
지팡이 짚고 한번 높이 올라 바라보노라.
마침내 은자의 집 찾아와서는
비로소 스님의 고묘高妙함 알게 되었네.
유가儒家의 도와는 문이 달라도
구름 낀 수풀이야 자못 함께 좋아할 만….
두 마음 서로 어우러져 기뻐하나니
종일토록 같이 담소하노라.
어둑해 돌아와 높다란 창 아래 잠을 자다가
때때로 먼 산이 불 탐을 바라본다오.
적성산赤城山의 표지를 회상하다가
다시 임해군臨海郡 뾰족한 산 떠올린다네.
바람 부는 샘가에 맑은 소리 있거늘
어찌 꼭 소문산蘇門山에서 휘파람 불어야 하나.

春初漢中漾舟[1)]
춘 초 한 중 양 주

羊公峴山下, 神女漢皐曲.[2)]
양 공 현 산 하　　신 녀 한 고 곡

雪罷冰復開, 春潭千丈綠.
설 파 빙 부 개　　춘 담 천 장 록

輕舟恣來往, 探玩無厭足.
경 주 자 래 왕　　탐 완 무 염 족

波影搖妓釵, 沙光逐人目.
파 영 요 기 차　　사 광 축 인 목

傾杯魚鳥醉, 聯句鶯花續.
경 배 어 조 취　　연 구 앵 화 속

良會難再逢, 日入須秉燭.
양 회 난 재 봉　　일 입 수 병 촉

≪ 註

1) 한중(漢中) : 한수漢水의 물결 가운데. 한수는 섬서성陝西省에서 발원, 호북성湖北省을
거쳐 양양襄陽에서 백하白河와 합류한 후 한양漢陽에 이르러 장강長江으로 유입됨.

2) 양공현산하(羊公峴山下) : 양공은 양호羊祜를 가리킴. 진 무제晋武帝 때에 양양을 다스
렸음. 현산峴山은 현수산峴首山으로, 호북성 양번시襄樊市 남쪽에 있음.『진서·양호
전』에 의하면, 양호는 산수를 좋아해 자주 현산에 올라 술을 마시며 시를 읊었는데, 사
후에 백성들이 그를 기려 사당을 세우고 제를 올렸다고 함. 또한 그의 비석을 보고 울지
않는 자가 없어 두예杜預가 일러 '타루비墮淚碑'라 이름하였음.

신녀한고곡(神女漢皐曲) : 옛날 정교보鄭交甫라는 사람이 한고대漢皐臺 아래에서 두
신녀를 만났다는 고사가 있음. 한고漢皐는 산 이름으로, 만산萬山이라고도 함. 호북성
양번시 서북쪽에 있음.

초봄 한수漢水에 배 띄우고

양공羊公이 노닐던 현산峴山의 아래
신녀神女가 살았던 한고산漢皋山 굽이.
눈 그치고 얼음 다시 녹으니
봄의 못은 천 길이나 초록빛일세.
가벼운 배 타고 마음대로 오가며
이리저리 구경해도 실증 나질 않으니,
물결의 빛, 기녀의 머리꽂이인 양 찰랑거리고
모래에 되비친 빛, 사람의 눈을 뒤쫓는구나.
잔 기울이면 물고기 새도 술에 취하고
시구 짓자 꾀꼬리와 꽃이 뒤를 잇누나.
좋은 기회 두 번 다시 오지 않으니
해 지거든 촛불 잡고 놀아나 보세.

宿業師山房待丁公不至¹⁾
숙 업 사 산 방 대 정 공 부 지

夕陽度西嶺, 群壑倏已暝.
석 양 도 서 령　 군 학 숙 이 명

松月生夜涼, 風泉滿淸聽.²⁾
송 월 생 야 량　 풍 천 만 청 청

樵人歸欲盡, 煙鳥棲初定.
초 인 귀 욕 진　 연 조 서 초 정

之子期宿來, 孤琴候蘿逕.³⁾
지 자 기 숙 래　 고 금 후 라 경

≪ 註

1) **업사(業師)** : 미상. 「질유과용천정사정역업이상인疾愈過龍泉精舍呈易業二上人」(60쪽)
시의 업상인業上人과 동일인으로 추정됨.
　정공(丁公) : 정대丁大. 시인의 고향 친구로 이름은 봉鳳. 그와 관련된 시로 「송정대봉진
사부거정장구령送丁大鳳進士赴擧呈張九齡」(156쪽)이 있음.
2) **풍천(風泉)** : 바람이 샘물에 불어 생기는 맑은 소리.
3) **지자(之子)** : '이 사람'의 뜻.

업業 스님의 산방에 묵으며.
정공丁公이 안 와서 기다림

석양은 서쪽 봉우리로 넘어를 가고
수많은 골짝 홀연히 어둑해지네.
솔 사이 달빛에 밤의 서늘함 생겨나는데
바람 부는 샘가엔 맑은 소리 그득하구나.
나무꾼 돌아가 모두 사라질 제에
안개 속 새는 둥지 찾아 깃들고 있네.
그 사람과 묵기로 기약을 하여
홀로 거문고 타며 송라 늘어진 오솔길에 기다리노라.

耶溪泛舟[1]
야 계 범 주

落景餘淸暉, 輕橈弄溪渚.
낙 경 여 청 휘 경 요 농 계 저

泓澄愛水物, 臨泛何容與.[2]
홍 징 애 수 물 임 범 하 용 여

白首垂釣翁, 新妝浣沙女.[3]
백 수 수 조 옹 신 장 완 사 녀

看看未相識, 脈脈不得語.[4]
간 간 미 상 식 맥 맥 부 득 어

※ 註

1) 야계(耶溪) : 약야계若耶溪. 절강성浙江省 소흥시紹興市 남쪽에 있는 시내. 춘추시대 월
   越의 미녀 서시西施가 이곳에서 빨래를 했다는 전설이 있음.
2) 용여(容與) : 자득한 모양.
3) 완사(浣沙) : 빨래하다. '사沙'는 '사紗'와 통해 쓴 것임.
4) 맥맥(脈脈) : 서로 바라보는 모양.

약야계若耶溪에 배 띄우고

지는 햇살 맑은 빛을 남겨놓는데
가벼운 상앗대로 시냇가를 희롱한다네.
깊고 맑은 물속의 생명 어여쁘거늘
배 띄워 있노라니 어찌 그리 한가로운지.
낚시 드리운 백발의 노인네
곱게 단장하고 빨래하는 아가씨.
바라봐도 서로 낯이 설기에
빤히 쳐다보며 말을 못 건네네.

彭蠡湖中望廬山[1)]
팽려호중망여산

太虛生月暈, 舟子知天風.[2)]
태허생월운　주자지천풍

掛席候明發, 渺漫平湖中.[3)]
괘석후명발　묘만평호중

中流見匡阜, 勢壓九江雄.[4)]
중류견광부　세압구강웅

黯黮凝黛色, 崢嶸當曙空.[5)]
암담응대색　쟁영당서공

香爐初上日, 瀑水噴成虹.[6)]
향로초상일　폭수분성홍

久欲追尙子, 況玆懷遠公.[7)]
구욕추상자　황자회원공

我來限于役, 未暇息微躬.[8)]
아래한우역　미가식미궁

淮海途將半, 星霜歲欲窮.[9)]
회해도장반　성상세욕궁

寄言崑棲者, 畢趣當來同.[10)]
기언암서자　필취당래동

펑려호彭蠡湖에서 여산廬山을 바라보며

드넓은 허공엔 달무리 생겨나고
사공은 하늘에 바람 불 줄 알아차려.
돛 달고 날 밝길 기다리는데
잔잔한 호수 아득하고도 질펀하여라.
중류에서 여산廬을 바라보자니
그 기세 구강九江의 웅장함 압도하는 듯.
어둠 속에 검푸른 빛 엉기었나니
우뚝하니 새벽 하늘 마주하였다.
향로봉에 해가 막 솟아오르자
폭포는 물을 뿜어 무지개 이루는구나.
오래도록 상장向長을 따르려 했고
게다가 혜원공慧遠公을 마음에 품어왔기에,
나 여로에 얽매여 길을 가느라
이 내 몸 쉴 겨를 있지 않았네.
양주揚州 가는 길 절반쯤 지나다 보니
올 한 해도 다 끝나가려 하는데,
바위굴 은자에게 말을 전해주나니

여산

※ 註
─────────────────────────────

1)팽려호(彭蠡湖) : 강서성江西省 구강시九江市 남쪽에 있는 거대한 호수.
　여산(廬山) : 구강시 남쪽, 팽려호 북쪽에 있는 높이 약 1,600m의 산. 한나라가 천하를
　통일한 후 본성이 광匡인 여속廬俗과 그의 형제가 이곳에 정착하여 여산으로 불리게 됨.
2)태허(太虛) : 하늘을 의미함.
　월운(月暈) : 달무리.
3)괘석(掛席) : 돛을 걸어 올린다는 뜻.
　명발(明發) : 동이 틈.
　묘만(渺漫) : 아득하고 먼 모양.
4)광부(匡阜) : 여산의 또 다른 이름.
　구강(九江) : 장강長江이 나뉘어져 흐르는 아홉 강 줄기.
5)쟁영(崢嶸) : 높고 험준한 모양.
6)향로(香爐) : 여산의 봉우리 이름.
　폭수(瀑水) : 여산폭포를 가리킴.
7)상자(尚子) : 동한東漢의 상장向長을 가리킴. 자는 자평子平. 벼슬하지 않고 은거하다 자
　식들을 출가시킨 후에 오악五嶽을 노닐었음.
　원공(遠公) : 진晉의 고승 혜원慧遠을 가리킴. 여산의 동림사東林寺에서 수도하였음.
8)우역(于役) : 복역服役과 같음. 어떤 일에 얽매여 행함.
9)회해(淮海) : 양주揚州를 가리킴. 양주는 북으로 회수, 동남쪽으로 바다와 접해 있음.
　성상(星霜) : 별은 1년에 하늘을 한 바퀴 돌고, 서리는 해마다 내린다는 뜻에서 '세월' 또
　는 '일년'을 비유함.
10)암서자(嵓棲者) : 동굴에 거처하는 자. 즉, 은자를 가리킴.

노니는 흥취 다하거든 함께하겠소.

팽려호

登鹿門山懷古[1]
등 녹 문 산 회 고

淸曉因興來, 乘流越江峴.[2]
청효인흥래　승류월강현

沙禽近方識, 浦樹遙莫辨.
사 금 근 방 식　포 수 요 막 변

漸到鹿門山, 山明翠微淺.
점 도 녹 문 산　산 명 취 미 천

巖潭多屈曲, 舟檝屢迴轉.
암 담 다 굴 곡　주 즙 누 회 전

昔聞龐德公, 採藥遂不返.[3]
석 문 방 덕 공　채 약 수 불 반

金澗養芝朮, 石牀臥苔蘚.[4]
금 간 양 지 출　석 상 와 태 선

紛吾感耆舊, 結纜事攀踐.[5]
분 오 감 기 구　결 람 사 반 천

隱迹今尙存, 高風邈已遠.
은 적 금 상 존　고 풍 막 이 원

白雲何時去, 丹桂空偃蹇.
백 운 하 시 거　단 계 공 언 건

探討意未窮, 回艫夕陽晩.
탐 토 의 미 궁　회 로 석 양 만

녹문산鹿門山에 올라 옛일을 회상함

청신한 새벽, 흥취 찾아들어
물결 타고 강현江峴을 넘어가노라.
모랫벌의 새 가까워지자 알아보겠고
물가 나무 멀리 있어 분간 못하네.
차츰 녹문산에 이르러보니
산은 또렷해지고 푸른 기운 엷어지는데,
바위 늘어선 못가 굴곡이 심해
자주 상앗대 돌리며 나아가노라.
예전에 들었네. 방덕공께선
약초 캐러 가 끝내 돌아오지 않으셨다고.
연금鍊金하던 계곡에 약초를 길렀다는데
돌 평상엔 이끼만 깔려 있구나.
나 그 노인장에게 느꺼움 많아
닻줄 묶어두고 산으로 올라보았소.
은거의 자취 지금 그대로 남아 있건만
고상한 풍도야 아득히 멀어졌도다.
흰 구름은 어느 시절 떠나갔던가?

녹문산

1) 녹문산(鹿門山) : 호북성 양번시 동남쪽에 있는 산.
2) 강현(江峴) : 한강漢江 연안에 접한 현산峴山을 가리킴.
3) 방덕공(龐德公) : 녹문산에 은거했던 동한東漢 양양襄陽의 은사.
4) 지출(芝朮) : 널리 약초를 일컫는 말.
　 석상(石牀) : 방덕공이 은거할 때 누워 휴식을 취하던 평평한 돌.
5) 결람(結纜) : 배를 멈춘다는 뜻.

붉은 계수나무 속절없이 쓰러졌구나.

찾아 구경할 뜻 다하지 못하였건만

배 돌려 가노라니 저녁 햇살 늦어지누나.

遊明禪師西山蘭若[1]
유 명 선 사 서 산 난 야

西山多奇狀, 秀出傍前楹.
서 산 다 기 상　　수 출 방 전 영

停午收彩翠, 夕陽照分明.
정 오 수 채 취　　석 양 조 분 명

吾師住其下, 禪坐說無生.
오 사 주 기 하　　선 좌 설 무 생

結廬就嵌窟, 剪竹通逕行.
결 려 취 감 굴　　전 죽 통 경 행

談空對樵叟, 授法與山精.
담 공 대 초 수　　수 법 여 산 정

日暮方辭去, 田園歸冶城.[2]
일 모 방 사 거　　전 원 귀 야 성

≪ 註

1)명선사(明禪師) : 미상. 선사는 스님의 존칭.
　난야(蘭若) : 34쪽 주1) 참조.
2)야성(冶城) : 야성의 간남원澗南園에 시인의 거처가 있었음.

명선사明禪師의 서산난야西山蘭若에 노닐고

서산엔 기이한 형상 많기도 하나
가장 빼어난 곳, 앞 기둥 가장자리 쪽.
한낮이면 고운 비취빛 거둬들이고
저녁 햇살 선명히 비춰오는 곳.
우리 스님 그 아래 살고 있나니
가부좌한 채 생멸生滅이 없음 말씀하시네.
오두막을 골짜기 굴에 의지해 짓고
대나무 잘라 오솔길도 내시었구려.
나무꾼 마주한 채 공空을 말하며
산속 요정妖精에게 불법佛法을 가르치시네.
날 저물어 인사하고 떠나가나니
전원의 야성治城으로 돌아온다오.

聽鄭五惛彈琴[1]
청정오음탄금

阮籍推名飲, 淸風坐竹林.[2]
완적추명음　청풍좌죽림

半酣下衫袖, 拂拭龍脣琴.[3]
반감하삼수　불식용순금

一杯彈一曲, 不覺夕陽沈.
일배탄일곡　불각석양침

余意在山水, 聞之諧夙心.[4]
여의재산수　문지해숙심

≪ 註

1) 정오음(鄭五惛) : 미상. '오五'는 친족 내 형제간의 나이 서열. 동시대에 정음鄭惛이란 인물이 있으나 시에서 다뤄진 인물 형상과 일치하지 않음. 그는 자를 문정文靖이라 하며, 권귀에게 아부하고 품행이 좋지 않음.

2) 완적(阮籍) : 진晉의 명사. 죽림칠현竹林七賢의 한 사람. 자는 사종嗣宗. 노장老莊 사상을 좋아했으며 거문고를 잘 탔음. 벼슬하지 않은 채 늘 술 마시길 좋아하다 보병步兵 병영에 좋은 술이 있다는 얘기를 듣고 보병 교위가 되고자 했음.
　　청풍(淸風) : 죽림칠현과 관련된 고사. 완적을 포함한 7인의 품격과 덕성이 고결함을 가리킴.

3) 용순금(龍脣琴) : 거문고의 대명사. 본래 소리 나는 부위를 용으로 장식한 거문고를 가리킴.

4) 여의(余意) : 이하 두 구절은 백아伯牙와 종자기鍾子期의 고사와 관련됨.

정오음鄭五惜이 거문고 타는 것을 듣고서

완적阮籍은 이름난 술 떠받들었고
고결한 풍도로 대숲 아래 앉아 있었네.
반쯤 취해 적삼 소매 드리운 채로
용순금龍脣琴을 쓸어내리었다지.
한 잔 술에 한 곡조 타고 있을 제
석양이 지는 것도 알지 못했소.
나의 뜻 산수에 두고 있으니
거문고 소리 평소의 마음과 어울린다오.

疾愈過龍泉精舍呈易業二上人[1]
질 유 과 용 천 정 사 정 역 업 이 상 인

停午聞山鐘, 起行散愁疾.
정 오 문 산 종　기 행 산 수 질

尋林採芝去, 轉谷松蘿密.
심 림 채 지 거　전 곡 송 라 밀

傍見精舍開, 長廊飯僧畢.
방 견 정 사 개　장 랑 반 승 필

石渠流雪水, 金子耀霜橘.
석 거 유 설 수　금 자 요 상 귤

竹房思舊遊, 過憩終永日.[2]
죽 방 사 구 유　과 게 종 영 일

入洞窺石髓, 傍崖採蜂蜜.[3]
입 동 규 석 수　방 애 채 봉 밀

日暮辭遠公, 虎溪相送出.[4]
일 모 사 원 공　호 계 상 송 출

❀ 註

1)정사(精舍) : 승려가 거처하며 강학하는 곳. 용천정사는 진晉의 고승 혜원慧遠이 세운 것으로 알려져 있음.
2)죽방(竹房) : 대나무로 만든 작은 방.
3)석수(石髓) : 종유석. 복용하면 장생하는 것으로 여겨졌음.
4)원공(遠公) : 본래 혜원慧遠을 가리키나, 여기서는 역易·업業 두 승려를 가리킴.
　호계(虎溪) : 구강九江의 여산廬山 동림사東林寺 앞에 있던 시내. 혜원이 손님을 전송할 때 이 시내를 넘지 않았으며 넘는 경우에는 호랑이가 울었다고 함.

병이 나아져, 용천정사龍泉精舍에 갔다가, 역易·업業 두 스님에게 지어 드림

정오에 산사 종소리 들려오길래
일어나 걸으며 병 걱정 떨쳐버리네.
숲으로 찾아들어 영지 캐러 다니노라니
골짝 지날수록 수풀이 우거졌어라.
옆을 보니 정사精舍가 열려 있는데
긴 회랑엔 스님들 공양을 끝내었구나.
돌로 만든 물도랑엔 눈 녹은 물 흘러가는데
서리 지난 귤 금덩이처럼 빛을 발하네.
죽방竹房에서 옛 노닐던 일 떠올리면서
종일토록 쉬면서 보내었으니,
동굴에 들어가 종유석 찾아도 보고
벼랑 곁에선 벌꿀 따며 보내었다네.
날 저물어 혜원공慧遠公께 하직하나니
호계虎溪에서 서로 헤어진다오.

湖中旅泊寄閻九司戶防[1]
호 중 려 박 기 염 구 사 호 방

桂水通百越, 扁舟期曉發.[2]
계 수 통 백 월   편 주 기 효 발

荊雲蔽三巴, 夕望不見家.[3]
형 운 폐 삼 파   석 망 불 견 가

襄王夢行雨, 才子謫長沙.[4]
양 왕 몽 행 우   재 자 적 장 사

長沙饒瘴癘, 胡爲苦留滯.
장 사 요 장 려   호 위 고 류 체

久別思款顔, 承歡懷接袂.
구 별 사 관 안   승 환 회 접 메

接袂杳無由, 徒增旅泊愁.
접 메 묘 무 유   도 증 여 박 수

清猿不可聽, 沿月下湘流.
청 원 불 가 청   연 월 하 상 류

≪ 註
───────

1) **호(湖)** : 동정호洞庭湖. 호남성 경계에 걸쳐 있으며 둘레는 8~900여 리로 장강長江과 통해 있음.
 염방(閻防) : 734년 진사에 급제한 인물로 글을 잘해 잠참岑參, 맹호연, 위응물韋應物 등과 교제한 인물.
 구(九) : 친족 내 형제의 서열.
 사호(司戶) : 관직명. 호구와 장적, 혼인, 전택, 요역에 관한 일을 담당하였음.
2) **계수(桂水)** : 호남성 남부를 흐르는 강물.
 백월(百越) : 옛날 월족이 무척 번성하여 종족의 성이 많았기에 일컫는 말.
3) **형(荊)** : 춘추시대 초楚나라의 다른 이름. 여기서는 옛 초나라 지역 혹은 남방 지역을 일컬음.
 삼파(三巴) : 사천성의 파군巴郡, 파동巴東, 파서巴西. 통상 사천성 일대를 가리킴.
4) **양왕(襄王)** : 전국시대 말기 초나라 왕. 그의 부친인 회왕懷王이 아침이면 구름이 되고 저녁이면 비가 되는 무산巫山의 신녀神女와 동침했다고 하며, 양왕 역시 꿈속에 그 무산 신녀를 만났다는 전설이 있음.
 재자(才子) : 한漢의 가의賈誼를 가리킴. 가의가 장사왕태부長沙王太傅로 좌천된 적이 있었기에 염방을 그에 비유한 것임.

동정호洞庭湖에서 묵으며. 사호司戶 염방闍防에게 줌

계수桂水는 월越 땅을 지나가나니
새벽같이 쪽배 타고 떠나보리라.
형荊 땅의 구름 삼파三巴를 가리우는데
저물녘 집을 바라봐도 보이질 않네.
양왕襄王은 내리는 비 꿈꾸었건만
재주 있는 이 장사長沙로 귀양갔다지.
장사 땅은 음습한 기운 많기도 한데
어찌하여 오래도록 머물렀던가.
오래 헤어지면 얼굴 마주할 생각 찾아들고
맘에 들면 소매 나란히 만날 뜻 생긴다는데,
소매 나란히 만날 길 아득도 하여
나그네길 잠자리에 시름만 느네.
처량한 원숭이 울음 들을 수 없어
달빛 따라 상수湘水를 내려가노라.

大堤行寄萬七[1)]
대 제 행 기 만 칠

大堤行樂處, 車馬相馳突.
대 제 행 락 처　거 마 상 치 돌

歲歲春草生, 踏靑二三月.
세 세 춘 초 생　답 청 이 삼 월

王孫挾珠彈, 游女矜羅襪.
왕 손 협 주 탄　유 녀 긍 라 말

攜手今莫同, 江花爲誰發.
휴 수 금 막 동　강 화 위 수 발

❋ 註
─────────────────────────────────
1) 대제행(大堤行) : 악부의 이름. 대제大堤는 본래 양양襄陽 성 밖에 있는 긴 방죽의 이름.
　만칠(萬七) : 미상.

긴 방죽의 노래.
만칠萬七에게 지어줌

긴 방죽 즐거이 노니는 곳에
수레와 말들 번다히 오고 간다네.
해마다 해마다 봄풀은 자라나고
이월 삼월이면 답청을 나서누나.
귀한 집 자식들 구슬 탄환 지니었으며
노니는 여인 비단 버선 뽐을 내누나.
이제 손잡고 같이할 수 없으니
강가의 꽃 누굴 위해 피어나려나!

還山贈湛禪師[1]
환 산 증 담 선 사

幼聞無生理, 常欲觀此身.
유 문 무 생 리　상 욕 관 차 신

心迹罕兼遂, 崎嶇多在塵.
심 적 한 겸 수　기 구 다 재 진

晚途歸舊壑, 偶與支公隣.[2]
만 도 귀 구 학　우 여 지 공 린

喜得林下契, 共推席上珍.[3]
희 득 임 하 계　공 추 석 상 진

念茲泛苦海, 方便示迷津.
염 자 범 고 해　방 편 시 미 진

導以微妙法, 結爲淸靜因.
도 이 미 묘 법　결 위 청 정 인

煩惱業頓捨, 山林情轉殷.
번 뇌 업 돈 사　산 림 정 전 은

朝來問疑義, 夕話得淸眞.
조 래 문 의 의　석 화 득 청 진

墨妙稱古絶, 詞華驚世人.
묵 묘 칭 고 절　사 화 경 세 인

禪房閉虛靜, 花藥連冬春.
선 방 폐 허 정　화 약 연 동 춘

平石藉琴硯, 落泉洒衣巾.
평 석 자 금 연　낙 천 쇄 의 건

欲知明滅意, 朝夕海鷗馴.[4]
욕 지 명 멸 의　조 석 해 구 순

남산南山으로 돌아와, 담湛 스님에게 드림

어려서 불법의 이치 듣고부터는
늘 나 자신을 살피려 하였건마는,
생각과 행동 두 가지를 이루기 어려웁기에
속세의 기구함 많기도 했네.
만년에 옛 살던 골짝 돌아와보니
우연히도 지공支公과 이웃이 되어,
기쁘게 산림의 정취 얻게 되고는
자리 위의 귀한 보물인 양 함께 떠받든다네.
고해苦海를 떠다녔음 생각하시어
깨달음의 방편으로 길 잃음 보여주시고,
미묘한 법으로 인도하시며
청정의 인연으로 맺어주시네.
번뇌의 업보를 멈추게 하니
산림의 정 더욱 더 짙어가는데,
아침이면 의문 나는 뜻 물어보았고
저녁이면 청진清眞을 얻을 방법 이야기하네.

종남산

※ 註

1)산(山) : 장안長安의 종남산終南山을 가리킴. 남산으로도 불림.
　담선사(湛禪師) : 담연湛然(711~782)을 가리킴. 당대 천태종의 고승.
2)지공(支公) : 진晉의 고승 지둔支遁을 가리킴. 여기서는 담선사를 그에 비유한 것임.
3)석상진(席上珍) : 아름다운 재능을 가진 사람을 비유함.
4)명멸(明滅) : 불가어. 생사와 같음.
　해구(海鷗) : 열자列子에 나오는 고사. 어떤 사람이 갈매기와 친하였는데, 사로잡을 욕심을 갖고 대하자 갈매기가 따르지 않았다는 이야기가 있음.

서법書法의 정묘精妙함 천고의 절묘함에 들어맞으며
시어詩語의 정화精華함 세상사람 놀래키는데,
스님의 거처는 허정虛靜한 채 닫혀 있고
꽃잎은 겨울 봄 지나도록 잇달아 피어난다네.
평평한 돌에는 거문고 벼루 놓였으며
흩날리는 샘물은 옷과 두건 적시어준다.
생사의 의미를 알려 한다면
욕심 버려두고 조석으로 갈매기와 놀아야 하리.

秋登萬山寄張五[1)]
추 등 만 산 기 장 오

北山白雲裏, 隱者自怡悅.[2)]
북 산 백 운 리　은 자 자 이 열

相望試登高, 心隨鴈飛滅.[3)]
상 망 시 등 고　심 수 안 비 멸

愁因薄暮起, 興是淸秋發.
수 인 박 모 기　흥 시 청 추 발

時見歸村人, 平沙渡頭歇.
시 견 귀 촌 인　평 사 도 두 헐

天邊樹若薺, 江畔洲如月.
천 변 수 약 제　강 반 주 여 월

何當載酒來, 共醉重陽節![4)]
하 당 재 주 래　공 취 중 양 절

≪ 註

1)만산(萬山) : 한고산漢皐山.

　　장오(張五) : 장인張諲이 아닌가 함. 은거하다 관직에 나가 형부원외랑刑部員外郎에 이르렀음. 서화에 뛰어났으며 왕유王維, 저광희儲光羲 등과 교유하였음.

2)북산(北山) : 도홍경陶弘景의 「조문산중하소유부시이답詔問山中何所有賦詩以答」에, "산중에 무엇이 있냐고요? 고개 위에 흰 구름 많지요. 홀로 즐길 수는 있으되, 임금님께 갖다 줄 순 없다오.(山中何所有, 嶺上多白雲. 只可自怡悅, 不堪持贈君)" 하는 시구가 있음.

3)등고(登高) : 중양절에 높은 곳에 오르는 풍속. 전설에 따르면 여남汝南 땅의 환경桓景은 비장방費長房을 따라 배웠는데, 9월 9일에 집안에 재앙이 닥칠 것이나 높은 곳에 오르면 피할 수 있다는 비장방의 말을 듣고 그대로 하였다 저녁에 집에 돌아와보니 모든 가축이 죽어 있었다 함.

4)하당(何當) : 하시何時와 같음.

　　중양절(重陽節) : 음력 9월 9일. 양陽의 수인 9가 둘이 있어 중양이라 함. 중구重九라고도 이름.

가을에 만산萬山에 올라. 장오張五에게 줌

북산의 흰 구름 속
은자는 홀로 즐거우리.
바라만 보다 높이 한번 올라봤더니
마음은 기러기 따라 날아가는 듯.
어스름해지자 시름 찾아들어도
맑은 가을이라 홍취가 일어나누나.
종종 마을로 돌아가는 이 눈에 띄는데
나루터 모랫벌에 쉬어간다네.
하늘가 나무 선명히 보이고
강가 모래섬 달처럼 밝은데,
언제나 술 싣고 찾아와서는
함께 중양절을 취해보려나.

登江中孤嶼贈白雲先生王迥[1]
등 강 중 고 서 증 백 운 선 생 왕 형

悠悠淸江水,　水落沙嶼出.
유 유 청 강 수　수 락 사 서 출

回潭石下深,　綠篠岸傍密.
회 담 석 하 심　녹 소 안 방 밀

鮫人潛不見,　漁父歌自逸.[2]
교 인 잠 불 견　어 부 가 자 일

憶與君別時,　泛舟如昨日.
억 여 군 별 시　범 주 여 작 일

夕陽開晩照,　中坐興非一.
석 양 개 만 조　중 좌 흥 비 일

南望鹿門山,　歸來恨如失.[3]
남 망 녹 문 산　귀 래 한 여 실

≋ 註

1) **왕형(王迥)**: 녹문산에 은거해 있던 은사. 『맹호연시집』에 왕구王九, 왕백운王白雲. 왕산인王山人이라는 호칭으로 자주 등장함.

2) **교인(鮫人)**: 바닷속에 산다는 전설 속의 인어. 울면 눈에서 진주가 나온다 함.

3) **녹문산(鹿門山)**: 양양襄陽 성의 남쪽 30리 지점에 있는 산.

강 속의 작은 외딴 섬에 올라.
백운선생白雲先生 왕형王逈께 드림

유유하여라, 맑은 강물
물은 줄고 모래섬 드러났구나.
여울진 못은 바위 아래 깊으며
푸른 조릿대 가에 빽빽하네.
인어는 물에 잠겨 보이지 않고
어부의 노랫소리 절로 한가로운데.
그대와 헤어지던 날 떠오르나니
배 띄웠던 일 마치 어제이런 듯.
석양이 저녁 햇살 내리비출 제
중턱에 앉았자니 흥취가 피어난다만,
남으로 녹문산 바라보다가
실의에 젖은 양 슬퍼져 돌아오노라.

晚春臥疾寄張八子容[1)
만 춘 와 질 기 장 팔 자 용

南陌春將晚, 北窓猶臥病.
남 맥 춘 장 만   북 창 유 와 병

林園久不遊, 草木一何盛.
임 원 구 불 유   초 목 일 하 성

狹徑花將盡, 閒庭竹掃淨.
협 경 화 장 진   한 정 죽 소 정

翠羽戲蘭苕, 赬鱗動荷柄.[2)
취 우 희 란 초   정 린 동 하 병

念我平生好, 江鄕遠從政.
염 아 평 생 호   강 향 원 종 정

雲山阻夢思, 衾枕勞感詠.
운 산 조 몽 사   금 침 노 감 영

感詠復何爲, 同心恨別離.
감 영 부 하 위   동 심 한 별 리

世途皆自媚, 流俗寡相知.
세 도 개 자 미   유 속 과 상 지

賈誼才空逸, 安仁鬢欲絲.[3)
가 의 재 공 일   안 인 빈 욕 사

遙情每東注, 奔暑復西馳.
요 정 매 동 주   분 구 부 서 치

常恐塡溝壑, 無由振羽儀.
상 공 전 구 학   무 유 진 우 의

窮通若有命, 欲向論中推.[4)
궁 통 약 유 명   욕 향 논 중 추

늦봄에 병으로 몸져누워,
장자용張子容에게 줌

남쪽 들에 봄날은 깊어가는데
북쪽 창가에 아직도 병들어 누웠구나.
수풀 동산을 한참 노닐지 못하였거늘
초목은 어찌 그리 우거졌는가!
좁다란 오솔길 꽃은 다 지려 하고
한적한 마당의 대는 쓸은 듯 깨끗한데,
비취새는 난초를 희롱하며
붉은 물고기 연꽃의 대를 끄떡거리네.
평소 내 좋아한 이 떠올리나니
바닷가 고을 저 멀리 벼슬사누나.
구름 덮인 산 꿈속 그리움 가로막기에
잠자리에서 힘겹게 읊조린다네.
읊조린들 또다시 어찌하리오?
내 맘 같은 벗과 헤어져 한스러울 뿐.
모두가 자신만을 아끼는 세태
세상엔 서로 알아줄 이 별로 없다오.

맹호연

≪ 註

1)장팔자용(張八子容) : 장자용張子容. 팔八은 친족 내 형제의 시얼. 양양襄陽 사람으로,
　낙성령樂城令을 역임했음. 맹호연과 더불어 녹문산에 은거한 적이 있는 막역한 친구.
2)취우(翠羽) : 비취새.
3)가의(賈誼) : 기원전 200~168. 서한西漢의 정론가, 문학가. 18세에 문학으로 이름이 나
　문제文帝가 불러 박사로 삼았으나, 이후 장사長沙 지역으로 좌천되었음.
　안인(安仁) : 반악潘岳(247~300). 안인은 그의 자. 서진西晉의 문학가로 재주가 뛰어났
　으나 많은 시기를 받아 뜻을 펴지 못하였음.
4)논(論) : 유방劉芳의 「궁통론窮通論」을 가리킴.

가의賈誼인 양 재주는 쓸데없이 빼어나고
안인安仁인 양 귀밑머리는 허연 실 되어가네.
아득한 정은 매양 동으로 흘러가는데
바삐 햇빛은 서쪽으로 달려가누나.
늘 두렵네, 구렁에 파묻혀버려
날개 떨쳐 현달할 길 사라질꺼나.
곤궁과 통달에 운명 있다면
『궁통론窮通論』이나 탐구해보고 싶다오.

書懷貽京邑故人
서 회 이 경 읍 고 인

惟先自鄒魯, 家世重儒風.[1]
유 선 자 추 로   가 세 중 유 풍

詩禮襲遺訓, 趨庭紹末躬.[2]
시 례 습 유 훈   추 정 소 말 궁

晝夜常自强, 詞賦頗亦工.[3]
주 야 상 자 강   사 부 파 역 공

三十旣成立, 嗟吁命不通.
삼 십 기 성 립   차 우 명 불 통

慈親向羸老, 喜懼在深衷.[4]
자 친 향 이 로   희 구 재 심 충

甘脆朝不足, 簞瓢夕屢空.[5]
감 취 조 부 족   단 표 석 루 공

執鞭慕夫子, 捧檄懷毛公.[6]
집 편 모 부 자   봉 격 회 모 공

感激遂彈冠, 安能守固窮.[7]
감 격 수 탄 관   안 능 수 고 궁

當途訴知己, 投刺匪求蒙.
당 도 소 지 기   투 자 비 구 몽

秦楚邈離異, 翻飛何日同.[8]
진 초 막 리 이   번 비 하 일 동

심회를 적어,
서울의 친구에게 주다

우리의 선조 공맹孔孟의 시대로부터
집안 대대 유풍儒風을 중시하였네.
시詩와 예禮를 유훈으로 전하였으니
추정趨庭의 가르침 이 몸까지 이어졌도다.
주야로 늘 자강불식自强不息 힘을 썼기에
사부詞賦야 자못 솜씨 있게 짓는다마는,
서른 넘어 자립의 나이 됐어도
아! 명운命運은 통달하지 못하였구나.
자애로운 어머니 노쇠해 병이 드시니
연로하심 마음 깊이 생각하건만,
아침이면 맛난 음식 넉넉치 않고
저녁엔 하찮은 음식 준비 못하네.
채찍이라도 잡겠다던 공부자孔夫子 생각이 나고
공문公文 받아들이던 모공毛公 떠올리나,
분발해 끝내 벼슬길에 나아간다면
어찌 능히 곤궁함을 고수하겠나!

1)**추로(鄒魯)** : '추鄒'는 맹자의 고향, 현재의 산동성 추현鄒縣. '노魯'는 공자의 고국, 고향은 현재의 산동성 곡부현曲阜縣.

　시례(詩禮) : 『시경詩經』과 삼례三禮. 여기서는 유가 경전과 도덕 규범을 가리킴.

2)**추정(趨庭)** : '마당을 달린다'는 뜻. 『논어』「계씨」에 공자가 마당을 지나던 아들을 불러 시와 예를 배워야 한다고 가르친 내용이 있음. 이후 자식이 아버지의 가르침을 받는다는 뜻으로 쓰임.

3)**사부(詞賦)** : 사와 부. 운문의 형식을 띤 한문학 양식의 하나. 여기서는 그저 시문을 의미함.

4)**희구(喜懼)** : 『논어』「이인」에 나오는 말. "부모님의 나이는 몰라서는 안 되니, 하나는 기쁘기 때문이요, 하나는 두렵기 때문이다." 오래 살아 기쁘기도 하지만 살 날이 점차 줄어가기에 걱정이 된다는 뜻.

5)**단표(簞瓢)** : "일단사, 일표음一簞食, 一瓢飮"의 줄임말. 『논어』「옹야」에 나오는 말로, 한 대그릇의 밥과 한 표주박의 음료수를 가리킴. 즉 가난한 사람의 보잘것없는 음식을 뜻함.

　감취(甘脆) : 미식美食.

6)**집편(執鞭)** : 수레를 모는 채찍을 쥐고 있다는 뜻. 공자는 『논어』「술이」에, "부유함을 구해서 구할 수 있는 것이라면, 비록 마부 노릇이라도 내가 또한 하겠다" 하였음.

　봉격(捧檄) : 동한東漢의 모의毛義가 어머니를 위해 벼슬을 한 고사. 가난하지만 효성이 뛰어났던 모의는 어머니 봉양을 위해 수령으로 임명한 공문서를 받아들였다가 훗날 모친이 별세하자 미련 없이 관직에서 물러난 고사가 있음.

7)**탄관(彈冠)** : 관의 먼지를 튕겨낸다는 뜻으로, 벼슬길에 나감을 비유함.

　고궁(固窮) : 『논어』「위령공」의 "군자는 곤궁함을 고수하지만, 소인배는 곤궁하면 과분한 짓을 하게 된다"는 구절을 원용한 것임.

8)**진초(秦楚)** : 친구가 있는 장안長安은 옛날 진나라 땅이며, 시인이 있는 양양襄陽은 옛날 초나라 땅에 해당함.

요로에 있는 친구에게 하소연을 해보나
남에게 명함 보내며 갈구함은 아니네.
진秦과 초楚에 이역만리 헤어져 있으니
어느 때나 훌쩍 날아가 함께할 수 있을까.

遊雲門寺寄越府包戶曹徐起居[1)]
유 운 문 사 기 월 부 포 호 조 서 기 거

我行適諸越,　夢寐懷所歡.
아 행 적 저 월 　 몽 매 회 소 환

久負獨往願,　今來恣遊盤.[2)]
구 부 독 왕 원 　 금 래 자 유 반

台嶺踐嶒石,　耶溪泝林湍.[3)]
태 령 천 등 석 　 야 계 소 림 단

捨舟入香界,　登閣憩旃檀.[4)]
사 주 입 향 계 　 등 각 게 전 단

晴山秦望近,　春水鏡湖寬.[5)]
청 산 진 망 근 　 춘 수 경 호 관

遠行佇應接,　卑位徒勞安.[6)]
원 행 저 응 접 　 비 위 도 로 안

白雲日夕滯,　滄海去來觀.
백 운 일 석 체 　 창 해 거 래 관

故國眇天末,　良朋在朝端.[7)]
고 국 묘 천 말 　 양 붕 재 조 단

遲爾同攜手,　何時方掛冠?[8)]
지 이 동 휴 수 　 하 시 방 괘 관

운문사雲門寺에서 노닐고 월주부越州府의 포호조와 서기거에게 줌

나 길 떠나 월越 땅을 밟아보고자
자나깨나 들뜬 맘으로 희망하였다.
자연으로 가려던 소원 한참을 저버리다가
이제 와 마음껏 놀아본다오.
천태산天台山에선 비탈길 돌을 밟아 오르고
약야계若耶溪에선 숲속 계곡 거슬러 오르네.
배 버려둔 채 사찰에 접어들어선
범각梵閣에 오르고 불전佛殿에서 한숨 돌리네.
산에 날이 개니 진망산秦望山 가까운데
봄날 강물에 경호鏡湖는 드넓기만 해.
먼 길을 와 오래도록 자연과 벗을 하나니
못난 날 위로하고 편안케 하네.
흰 구름 해 질녘에 멈춰 섰는데
큰 바다를 오가며 살펴보노라.
고향은 하늘 끝 아득도 하고
좋은 벗들 조정에서 일을 하는데,

≪ 註

1)운문사(雲門寺) : 34쪽 주1) 참조.
  월부(越府) : 월주越州를 가리킴. 치소는 회계會稽, 지금의 절강성浙江省 소흥紹興에 있었음.
  포호조(包戶曹) : 포융包融으로 추정됨. 오월吳越 지역의 선비로 시에 뛰어났음. 호조戶曹는 관직명으로, 호조참군을 가리킴.
  서기거(徐起居) : 미상. 기거起居는 관직명으로, 기거랑起居郎이나 기거사인起居舍人을 가리킴. 주로 조정 문서의 편찬과 기록에 관한 일을 맡아보았음.
2)독왕(獨往) : 자연에 맡기고 세상을 돌아보지 않는다는 뜻.
3)태령(台嶺) : 천태산天台山을 가리킴. 38쪽 주1) 참조.
  야계(耶溪) : 약야계若耶溪. 회계의 남쪽에 있음.
4)향계(香界) : 사찰을 가리킴.
  전단(旃檀) : 불상을 조각하는 데 쓰던 단향목檀香木을 가리킴. 여기서는 불당佛堂을 의미함.
5)진망(秦望) : 절강성浙江省 항주杭州의 서남쪽에 있는 산 이름. 진시황이 남방을 순시하다 이곳에 올라 조망하였기에 이런 이름을 얻었다고 함.
  경호(鏡湖) : 감호鑑湖라고도 함. 절강성 소흥 남쪽에 있는 호수의 이름.
6)응접(應接) : 자연의 아름다운 경치를 보고 즐긴다는 뜻.
  비위(卑位) : 낮은 지위. 자신을 낮추어 말한 것임.
7)조단(朝端) : 본래 재상과 같은 조정의 고위직을 가리킴.
8)괘관(掛冠) : 관을 걸어놓다는 뜻으로, 관직에서 사퇴함을 비유함.

손잡고 함께 노닐기 기다린다만
어느 날에야 벼슬에서 물러나려나.

示孟郊[1]
시 맹 교

蔓草蔽極野, 蘭芝結孤根.
만초폐극야　　난지결고근

衆音何其繁, 伯牙獨不喧.[2]
중음하기번　　백아독불훤

當時高深意, 擧世無能分.
당시고심의　　거세무능분

鍾期一見知, 山水千秋聞.
종기일견지　　산수천추문

爾其保靜節, 薄俗徒云云.
이기보정절　　박속도운운

※ 註

1) 맹교(孟郊) : 751~814. 자는 동야東野. 796년 진사에 급제했고 율양현위, 대리평사를
   역임했음. 맹교는 맹호연이 사망한 지 10년 이상의 시차를 두고 태어났으므로, 두 사람
   이 시문을 주고받았을 가능성이 전무하여 후대의 위작으로 의심됨.

2) 백아(伯牙) : 춘추시대 거문고의 달인. 종자기鍾子期는 그의 지음知音. 『여씨춘추』에 의
   하면, 종자기는 거문고의 선율만 들어도 백아가 산이나 강물을 염두에 두고 연주했음을
   알아차렸다고 함.

맹교孟郊에게 보임

넝쿨풀 들판 끝까지 뒤덮였는데
난초蘭草 지초芝草 외로운 뿌리 내리었구나.
온갖 소리 어찌 그리 번잡스럽나?
백아伯牙 홀로 시끄럽지 아니했구나.
당시의 높고도 심원한 뜻을
온 세상 사람들 분변치 못하였어도,
종자기鍾子期 한번 듣고 알아차리니
태산泰山 강하江河를 천추에 잘도 들었네.
그대는 맑고 깨끗한 절개 지켜주오.
경박한 세속이야 그저 어수선하니.

山中逢道士雲公[1]
산 중 봉 도 사 운 공

春餘草木繁, 耕種滿田園.
춘 여 초 목 번 　 경 종 만 전 원

酌酒聊自勸, 農夫安與言.
작 주 요 자 권 　 농 부 안 여 언

忽聞荊山子, 時出桃花源.[2]
홀 문 형 산 자 　 시 출 도 화 원

採樵過北谷, 賣藥來西村.
채 초 과 북 곡 　 매 약 내 서 촌

村烟日云夕, 榛路有歸客.
촌 연 일 운 석 　 진 로 유 귀 객

杖策前相逢, 依然是疇昔.
장 책 전 상 봉 　 의 연 시 주 석

邂逅歡覯止, 殷勤敍離隔.
해 후 환 구 지 　 은 근 서 리 격

謂余搏扶桑, 輕擧振六翮.[3]
위 여 박 부 상 　 경 거 진 육 핵

奈何偶昌運, 獨見遺草澤.
내 하 우 창 운 　 독 견 유 초 택

旣笑接輿狂, 仍憐孔丘厄.[4]
기 소 접 여 광 　 잉 련 공 구 액

物情趨勢利, 吾道貴閒寂.
물 정 추 세 리 　 오 도 귀 한 적

偃息西山下, 門庭罕人跡.
언 식 서 산 하 　 문 정 한 인 적

何時還清溪, 從爾煉丹液.[5]
하 시 환 청 계 　 종 이 연 단 액

산속에서 도사 운공雲公을 만나

봄은 늦어져 초목이 우거지는데
밭 갈고 씨 뿌리는 이 전원에 가득.
술 따라 애오라지 스스로 권해본다만
농부야 어찌 더불어 말을 나누랴.
문득 듣자니 형산荊山의 선생
때때로 도화원桃花源을 벗어나오셔,
나무하러 북쪽 골짝 지나가시고
약 팔러 서쪽 마을에 오신다 하네.
해질녘 마을에 연기 피어나는데
덤불진 길에 어떤 이 돌아가길래,
지팡이 짚고 앞에 가 만나봤더니
예전 그 모습 그대로일세.
기약 없이 만나니 반갑고 기뻐
깊은 정으로 헤어져 있던 날 이야기하네.
내게 말하길, "부상扶桑으로 치고 올라서
가벼이 날며 날개깃 떨치어보오.
어찌하여 태평성대太平盛代 만났음에도

1) **운공(雲公)** : 미상.
2) **형산자(荊山子)** : 운공을 가리킴. 형산은 지금의 호북성湖北省 남장현南漳縣 서북쪽에
   있음. 자子는 남자의 미칭.
   도화원(桃花源) : 무릉도원武陵桃源. 세속을 떠난 장소를 비유함.
3) **부상(扶桑)** : 해가 뜨는 곳에 있다고 하는 전설상의 신목神木. 여기에서는 원대한 목표를
   비유함.
4) **접여(接輿)** : 춘추시대 초나라의 은사. 거짓으로 미친 체하며 살았으며, 공자 앞을 지나
   며 풍자의 노래를 하였음.
   공구(孔丘) : 공자. 구丘는 이름. 공자가 초나라에 갈 때 진陳과 채蔡의 대부가 공자 일
   행을 포위해 억류한 적이 있음.
5) **청계(淸溪)** : 옛날 도사의 거처가 있던 것으로 알려진 시냇가. 호북성 임저臨沮의 청계산
   靑溪山 동쪽에 샘이 있고, 그 곁에 도사의 거처가 있었다고 함.

홀로 풀과 못 사이에 버려지셨소!"
"접여接與의 미치광이 짓 우습지마는
공구孔丘의 곤궁함도 가엽습니다.
세상 인심은 권세 이익 따른다 해도
나의 도는 한적閒寂을 귀히 여기오.
서산 아래 조용히 숨어 살기에
문과 뜨락엔 인적이 드문 편이나,
어느 때에나 청계淸溪로 찾아들어가
그대 좇아 단약丹藥을 달여보리오."

歲暮海上作
세 모 해 상 작

仲尼旣已沒, 余亦浮于海.[1]
중 니 기 이 몰　　여 역 부 우 해

昏見斗柄迴, 方知歲星改.[2]
혼 견 두 병 회　　방 지 세 성 개

虛舟任所適, 垂釣非有待.[3]
허 주 임 소 적　　수 조 비 유 대

爲問乘槎人, 滄洲復何在.[4]
위 문 승 사 인　　창 주 부 하 재

※ 註

1)**중니(仲尼)** : 공자의 字.
　부우해(浮于海) : 「논어」「공야장」에 "공자가 말하길, 도가 행해지지 않으니 뗏목을 타고
　바다로 떠가리라(道不行, 乘桴浮於海)" 하는 구절이 있음.
2)**두병(斗柄)** : 북두칠성의 손잡이에 해당하는 다섯 번째부터 일곱 번째 별을 가리킴. 북두
　칠성은 계절의 변화에 따라 이동하여 위치가 바뀜.
　세성(歲星) : 목성木星. 태양을 한 바퀴 도는 데 12년이 걸리기에 옛날 사람들이 기년紀
　年으로 삼았음. 세성이 바뀌었다는 것은 곧 한 해가 지나갔음을 뜻함.
3)**수조(垂釣)** : 낚시를 드리움. 강태공姜太公이 주周나라 서백西伯을 만난 고사와 관련된
　것임.
4)**승사인(乘槎人)** : 뗏목을 탄 사람. 전설에 의하면, 은하수와 바다가 서로 통해 뗏목을 타
　고 가 견우 직녀를 만나고 온 사람이 있다고 함.
　창주(滄洲) : 물가의 장소를 가리키며, 통상 은자의 거주지를 의미함.

세모에 바다 위에서 지음

공자도 이미 돌아갔거늘
나 또한 바다로 둥실 떠가리.
저물어 북두칠성 손잡이 돈 것 보고는
한 해가 다 간 줄 알게 되었네.
빈 배를 가는 대로 맡겨두고는
낚시 드리웠어도 바라는 것 없어라.
뗏목 탔던 이에게 물어보나니
창주滄洲는 또 어드메에 있느뇨?

越中逢天台太一子[1)
월 중 봉 천 태 태 일 자

仙穴逢羽人, 停艫向前拜.[2)
선 혈 봉 우 인　정 로 향 전 배

問余涉風水, 何事遠行邁?
문 여 섭 풍 수　하 사 원 행 매

登陸尋天台, 順流下吳會.[3)
등 륙 심 천 태　순 류 하 오 회

茲山夙所尙, 安得聞靈怪.
자 산 숙 소 상　안 득 문 영 괴

上逼靑天高, 俯臨滄海大.
상 핍 청 천 고　부 림 창 해 대

雞鳴見日出, 每與仙人會.
계 명 견 일 출　매 여 선 인 회

來去赤城中, 逍遙白雲外.[4)
내 거 적 성 중　소 요 백 운 외

莓苔異人間, 瀑布作空界.
매 태 이 인 간　폭 포 작 공 계

福庭長不死, 華頂舊稱最.[5)
복 정 장 불 사　화 정 구 칭 최

永願從此遊, 何當濟所屆.
영 원 종 차 유　하 당 제 소 계

월 땅에서 천태산天台山의 태일자太一子를 만나

신선의 골짝에서 선인仙人을 만나
배 멈추고 앞에 가 절을 하노라.
내게 묻길, "바람 부는 물길을 지나
무슨 일로 먼길을 오게 되었소?"
"뭍에 올라 천태산 찾아들고자
물결 따라 오회吳會로 내려왔다오.
이 산을 예전부터 숭상했거늘
어찌 영험함과 신괴함 물어보리오.
위로는 높은 청천靑天 찌를 듯하고
아래로 넓은 창해滄海 임하였나니,
닭이 울 제 일출을 바라보았고
매양 신선과도 만나본다오.
적성산赤城山을 오고 가면서
흰 구름 밖을 한가히 노니노라니,
파란 이끼 인간세상과 같지 않으며
폭포는 허공에 걸쳐 있구려.
선계에선 영원히 죽지 않나니

〈양월총도兩越總圖〉

≪ 註

1) 월중(越中) : 춘추시대 월越나라가 있던 땅. 지금의 절강성 남부 일대.
  천태(天台) : 38쪽 주1) 참조.
  태일자(太一子) : 도사의 이름.
2) 우인(羽人) : 날개가 있어 허공을 날으며 장생불로한다는 사람. 신선이나 도사를 가리킴.
3) 오회(吳會) : 오군吳郡과 회계군會稽郡. 지금의 강소성 오현과 절강성 소흥시에 해당함.
4) 적성(赤城) : 38쪽 주2) 참조.
5) 복정(福庭) : 복 받은 땅. 장생불로의 땅을 의미함.
  화정(華頂) : 화정봉. 천태산의 제일 높은 봉우리.

옛부터 화정봉華頂峰이 최고라는데,
여길 따라 노닐길 길이 원컨만
어찌해야 이를 수 있을는지요?"

泛舟經湖海¹⁾
범 주 경 호 해

大江分九派, 森漫成水鄉.
대 강 분 구 파　묘 만 성 수 향

舟子乘利涉, 往來逗潯陽.²⁾
주 자 승 리 섭　왕 래 두 심 양

因之泛五湖, 流浪經三湘.³⁾
인 지 범 오 호　유 랑 경 삼 상

觀濤壯枚發, 弔屈痛沉湘.⁴⁾
관 도 장 매 발　조 굴 통 침 상

魏闕心常在, 金門詔不忘.⁵⁾
위 궐 심 상 재　금 문 조 불 망

遙憐上林鴈, 冰泮已回翔.⁶⁾
요 련 상 림 안　빙 반 이 회 상

※ 註

1) **호해(湖海)**: 팽려호彭蠡湖를 가리킴. 당나라 사람들은 종종 호수를 바다로 불렀음.
2) **이섭(利涉)**: 이롭게 물길을 타고서 강물을 건넘. 혹 배를 가리키기도 함.
　심양(潯陽): 지금의 강서성江西省 구강시九江市.
3) **오호(五湖)**: 여러 설이 있으나 통상 태호太湖를 가리킴.
　삼상(三湘): 강물 이름. 이상灕湘, 소상瀟湘, 증상蒸湘 혹은 이상 대신 원상沅湘을 넣기도 함. 호남湖南 일대를 가리키는 경우도 있음.
4) **매발(枚發)**: 한漢의 문인 매승枚乘이 지은 「칠발七發」를 가리킴. 그 가운데 파도의 장려함을 묘사한 '광릉관도廣陵觀濤'라는 부분이 있음.
　조굴(弔屈): 한의 가의賈誼가 지은 「조굴원부弔屈原賦」를 가리킴. 굴원은 전국시대 초나라 사람으로 간신의 참소로 추방되자 멱라강汨羅江에 투신 자살하였음. 멱라강은 상수湘水의 지류이므로 상수에 빠졌다고 한 것임.
5) **위궐(魏闕)**: 궁문 밖 양쪽 옆에 높이 세운 누대. 혹은 제왕의 궁궐을 가리킴.
　금문(金門): 금마문金馬門. 청동으로 만든 말이 문 곁에 있어 이런 이름을 갖게 됨. 본래 이름은 환서문宦署門. 한 무제 때 이곳에서 학사들에게 명을 받도록 하였음.
6) **상림(上林)**: 상림원上林苑. 진秦의 옛터에 한 무제가 넓혀 만든 궁원宮苑. 주위가 300리에 각종 건물이 있었으며 짐승들을 사육했음.

배 띄워 호해湖海를 지나며

큰 강물 아홉 갈래 나뉘어서는
질펀하니 물의 고장 이루었구나.
사공은 잘도 뱃길을 타니
도중에 심양潯陽에서 머물러 가네.
그러다 오호五湖에 배를 띄우고
물결 따라 삼상三湘을 지나치는데,
「칠발」에선 장려하게 파도를 노래하였고
「조굴원부」 상수湘水에 빠짐을 애통하였지.
마음에는 항상 조정이 있어
금마문金馬門에 대명待命하길 잊지 못하나,
상림원上林苑 기러기와 같은 나 가련도 하니
얼음 녹아 빙빙 날아돌다 떠나버리네.

早發漁浦潭[1)
조 발 어 포 담

東旭早光芒, 渚禽已驚眍.
동 욱 조 광 망　 저 금 이 경 괄

臥聞漁浦口, 橈聲暗相撥.
와 문 어 포 구　 요 성 암 상 발

日出氣象分, 始知江路闊.
일 출 기 상 분　 시 지 강 로 활

美人常晏起, 照影弄流沫.
미 인 상 안 기　 조 영 농 류 말

飮水畏驚猿, 祭魚時見獺.[2)
음 수 외 경 원　 제 어 시 견 달

舟行自無悶, 況値晴景豁.
주 행 자 무 민　 황 치 청 경 활

※ 註

1) **어포담(漁浦潭)** : 포구의 이름. 지금의 절강성 부양현富陽縣 동남쪽에 있음.
2) **제어(祭魚)** : 수달은 물고기를 잡아 물가에 늘어놓는 습성이 있음. 그것이 마치 제물을 벌여놓고 제사 지내는 것 같아 제어 혹은 달제獺祭라고 함.

이른 아침 어포담漁浦潭을 떠나며

동녘의 태양 이른 빛을 발하고
물가의 새 떠들썩 시끄러운데,
어포漁浦 포구에서 누워 듣노라.
어둠 속 물 가르는 노의 소리를.
해 뜨고 사물 형색 분명해지자
물길이 확 트인 줄 알게 되거늘,
아리따운 이는 늘 더디 일어나고
햇살은 물결의 거품을 희롱하누나.
물 먹던 원숭이는 깜짝 놀라고
물고기 제사 지내는 수달을 종종 본다네.
배 타고 가노라니 절로 근심 없는데
하물며 활짝 개인 경치 펼쳐짐에야.

經七里灘[1]
경 칠 리 탄

余奉垂堂誡, 千金非所輕.[2]
여 봉 수 당 계　천 금 비 소 경

爲多山水樂, 頻作泛舟行.
위 다 산 수 락　빈 작 범 주 행

五岳追尙子, 三湘弔屈平.[3]
오 악 추 상 자　삼 상 조 굴 평

湖經洞庭闊, 江入新安淸.[4]
호 경 동 정 활　강 입 신 안 청

復聞嚴陵瀨, 乃在此川路.[5]
부 문 엄 릉 뢰　내 재 차 천 로

疊障數百里, 沿迴非一趣.
첩 장 수 백 리　연 회 비 일 취

彩翠相氛氳, 別流亂奔注.
채 취 상 분 온　별 류 난 분 주

釣磯平可坐, 苔磴滑難步.[6]
조 기 평 가 좌　태 등 활 난 보

猿飮石下潭, 鳥還日邊樹.
원 음 석 하 담　조 환 일 변 수

觀奇恨來晩, 倚棹惜將暮.
관 기 한 래 만　의 도 석 장 모

揮手弄潺湲, 從玆洗塵慮.
휘 수 농 잔 원　종 자 세 진 려

칠리탄七里灘을 지나며

나 수당垂堂의 가르침 떠받들기에
천금의 몸 가벼이 생각 안 하나,
산수의 즐거움 많기도 하여
자주 배를 띄워 돌아다닌다.
오악五岳에선 상장向長을 추억하였고
삼상三湘에선 굴원屈原을 조문했노라.
드넓은 동정호洞庭湖 지나왔으며
맑은 신안강新安江 찾아들었네.
그러다 다시 엄릉뢰嚴陵瀨 얘기 듣고는
여기 여울진 물길에 있게 되었소.
겹겹의 산봉우리 수백 리인데
물결 따라 오르내리는 흥취 좋기도 해라.
선명한 비취빛 짙게 깔렸고
갈라진 물줄기 어지럽게 달려가누나.
낚시 바위 평평해 앉을 만하고
이끼 낀 비탈 미끄러워 걷기 어렵다.
원숭이는 바위 아래 못에서 물을 마시고

엄자릉이 낚시하던 조대釣臺

※ 註

1)**칠리탄(七里灘)** : 칠리뢰七里瀨 혹은 칠리롱七里瀧이라고도 함. 절강성 동려현桐廬縣 남쪽에 있는 여울.

2)**수당계(垂堂誡)** : 위험한 곳에 있지 말라는 훈계. 수당은 처마 아래 위치한 곳으로, 기와 가 떨어져 다칠 수 있으니 그곳에 앉지 말라는 것임. 한대의 속담에 '집안에 천금을 쌓 아놓으면, 수당에 앉지 않는다(家累千金, 坐不垂堂)'는 말이 있었음.

  천금(千金) : 천금에 값하는 소중한 것. 여기서는 자신의 몸을 비유함.

3)**상자(尙子)** : 상장向長을 가리킴. 50쪽 주7) 참조.

  삼상조굴평(三湘弔屈平) : 98쪽 주4) 조굴弔屈 참조.

4)**신안(新安)** : 신안강을 가리킴. 강서성 무원현 서북에서 발원해 절강으로 흘러들어감.

5)**엄릉뢰(嚴陵瀨)** : 후한의 엄광嚴光(자가 자릉子陵이어서 엄릉이라고 한 것임)이 은거하 던 곳 인근의 여울. 절강성 동려현 남쪽에 있음.

6)**조기(釣磯)** : 엄자릉이 낚시하던 강가 바위를 가리킴.

새는 하늘가 나무로 돌아온다오.
뒤늦게 기이한 경치 구경함을 한탄하다가
노에 기대어 날이 저묾 아쉬워하네.
손을 휘저어 흐르는 물 희롱하나니
이로부터 속된 생각 씻어내리라.

南陽北阻雪[1]
남 양 북 조 설

我行滯宛許, 日夕望京豫.[2]
아 행 체 완 허　　일 석 망 경 예

曠野莽茫茫, 鄕山在何處?
광 야 망 망 망　　향 산 재 하 처

孤烟村際起, 歸鴈天邊去.
고 연 촌 제 기　　귀 안 천 변 거

積雪覆平臯, 饑鷹捉寒兎.
적 설 복 평 고　　기 응 착 한 토

少年弄文墨, 屬意在章句.[3]
소 년 농 문 묵　　촉 의 재 장 구

十上恥還家, 徘徊守歸路.[4]
십 상 치 환 가　　배 회 수 귀 로

❀ 註

1)남양(南陽) : 지금의 하남성 남양시.
2)완허(宛許) : 완주宛州와 허주許州. 지금의 남양과 허창 일대.
　경예(京豫) : 남양. 한 광무제 때 남도南都로 삼았으며, 예주豫州에 속했기에 경예라 한
　것임.
3)장구(章句) : 시문의 작성을 일컬음.
4)십상치환가(十上恥還家) : 전국시대 소진蘇秦과 관련된 고사. 소진은 진왕에게 열 번이
　나 글을 올려 유세를 했으나 채택되지 않았음. 이에 남루한 행색으로 귀향하자 온 가족
　들이 그를 냉대한 고사가 있음.

남양南陽 북쪽에서 눈에 가로막혀

나의 발길 완주宛州 허주許州 사이에 막혀
밤낮으로 남양 땅 바라보노라.
광야는 드넓고 아득하거늘
고향 동산은 그 어드메 있단 말인가.
쓸쓸한 연기 마을가에 피어오르고
돌아가는 기러기 하늘 저편 떠나가누나.
쌓인 눈에 물가의 평지 뒤덮혔는데
굶주린 매는 겨울 토끼 사로잡았네.
젊어부터 문묵文墨에 노닐었나니
마음을 장구章句에 두어왔건만,
열 번 글 올리다 집에 가기 부끄럽기에
배회하며 귀로를 지켜 섰구나.

將適天台留別臨安李主薄[1]
장 적 천 태 유 별 임 안 이 주 부

枳棘君尙棲, 匏瓜吾豈繫?[2]
지 극 군 상 서　　포 과 오 기 계

念離當夏首, 漂泊指炎裔.
염 리 당 하 수　　표 박 지 염 예

江海非憚遊, 田園失歸計.
강 해 비 타 유　　전 원 실 귀 계

定山旣早發, 漁浦亦宵濟.[3]
정 산 기 조 발　　어 포 역 소 제

泛泛隨波瀾, 行行任艫枻.
범 범 수 파 란　　행 행 임 로 예

故林日已遠, 群木坐成翳.
고 림 일 이 원　　군 목 좌 성 예

羽人在丹丘, 吾亦從此逝.[4]
우 인 재 단 구　　오 역 종 차 서

≪ 註

1) **임안(臨安)** : 지금의 절강성 임안현.
   이주부(李主薄) : 미상. 주부는 문서와 장부를 담당하는 관리.
2) **지극(枳棘)** : 큰 인물이 낮은 지위에 있음을 비유한 것임. 탱자나무 가시나무처럼 참새 · 제비 따위의 작은 새가 앉는 곳에 난새 · 봉새 같은 큰 인물이 깃들었다는 뜻.
   포과(匏瓜) : 적극적으로 사회에 진출하겠다는 뜻을 표명한 것임. 쓸모 없는 박처럼 줄기에 매달린 채로 있지는 않겠다는 뜻.
3) **정산(定山)** : 절강성 여항현餘杭縣 동남쪽에 있는 산.
   어포(漁浦) : 100쪽 주1) 참조.
4) **우인(羽人)** : 96쪽 주2) 참조.

천태산天台山에 가려 임안의 이주부李主簿와 헤어지며 지어줌

그대 아직 가시나무에 깃들었으나
낸들 어찌 박인 양 달려 있으리.
초여름날 이별을 생각하고서
물에 떠 남쪽 멀리 향하여 가네.
강해에선 느긋이 놀지 못하고
전원으로 돌아갈 계책은 잃고 말았네.
정산定山을 일찌감치 떠나왔으며
어포漁浦 또한 밤중에 건너왔으니,
두둥실 두둥실 물결을 따라
가고 감을 뱃전에 맡기어둔다.
고향 숲은 나날이 멀어지는데
뭇 나무들 그늘을 이루었으리.
단구丹丘에는 신선이 있을 터이니
나 또한 이로부터 떠나가련다.

適越留別譙縣張主薄申屠少府[1]
적월유별초현장주부신도소부

朝乘汴河流, 夕次譙縣界.[2]
조 승 변 하 류   석 차 초 현 계

幸因西風吹, 得與故人會.
행 인 서 풍 취   득 여 고 인 회

君學梅福隱, 余隨伯鸞邁.[3]
군 학 매 복 은   여 수 백 란 매

別後能相思, 浮雲在吳會.[4]
별 후 능 상 사   부 운 재 오 회

※ 註 _____

1) 초현(譙縣) : 지금의 안휘성 호현亳縣.
   장주부(張主薄) : 미상. 주부는 문서를 담당하는 현의 관리.
   신도소부(申屠少府) : 신도액申屠液이란 인물로 추정됨. 소부는 현위縣尉의 별칭.
2) 변하(汴河) : 하남성 정주鄭州로부터 개봉開封 등지를 경유하여 회수로 들어가는 운하.
3) 매복(梅福) : 한나라 수춘壽春 사람. 왕망王莽이 전제 정치를 하자 성명을 바꾸고 미천
   한 관리 노릇을 하였음. '매복은梅福隱'이란 관리 노릇하며 은거함을 일컬음.
   백란(伯鸞) : 후한의 은사隱士 양홍梁鴻을 가리킴. 자가 백란伯鸞이었음.
4) 오회(吳會) : 오군吳郡과 회계會稽. 96쪽 주3) 참조.

월 땅으로 가려고 초현의 장주부張主薄,
신도소부申屠少府와 헤어지며 지어줌

아침에 변하汴河의 물결을 타고
저물어 초현譙縣 경계에 머물렀노라.
다행히 서풍이 불어와 주니
친구를 만나볼 수 있게 되었네.
그대들 매복梅福의 은거 배웠다지만
나는야 백란伯鸞 따라 떠나려 하네.
헤어진 후 서로가 그립겠으나
뜬구름 같은 나 오회吳會에 가 있으리.

送從弟邕下第後尋會稽[1]
송 종 제 옹 하 제 후 심 회 계

疾風吹征帆, 倏爾向空沒.
질 풍 취 정 범 숙 이 향 공 몰

千里去俄頃, 三江坐超忽.[2]
천 리 거 아 경 삼 강 좌 초 홀

向來共歡娛, 日夕成楚越.[3]
향 래 공 환 오 일 석 성 초 월

落羽更分飛, 誰能不驚骨.[4]
낙 우 갱 분 비 수 능 불 경 골

※ 註

1) 하제(下第) : 과거 고시에 떨어짐.
    회계(會稽) : 지금 절강성 남부의 소흥과 그 주변 일대.
2) 삼강(三江) : 전당강錢塘江 부근의 세 갈래 강물. 월주越州 일대를 가리킴.
3) 초월(楚越) : 시인이 있는 양양은 옛날 초나라 땅, 동생이 떠나가는 회계는 옛날 월나라
    땅이었음.
4) 낙우(落羽) : 떨어지는 새. 낙방해 상심한 사람을 비유한 것임.

종제 옹鎰이 낙방 후 회계會稽에 가려 하여 떠나보내며

질풍이 나그네 돛배에 불어오면
홀연히 허공 속으로 사라지겠지.
천릿길을 순식간 떠나가나니
삼강三江으로 문득 멀어져가리.
늘 즐거움 함께하다가
조석간에 초땅 월땅에 놓이겠구나.
추락하던 새 다시 날아오를 터
누군들 뼛속까지 놀라지 않으리.

送辛大不及[1]
송 신 대 불 급

送君不相見, 日暮獨愁緒.
송 군 불 상 견 일 모 독 수 서

江上空徘徊, 天邊迷處所.
강 상 공 배 회 천 변 미 처 소

郡邑經樊鄧, 雲山入嵩汝.[2]
군 읍 경 번 등 운 산 입 숭 여

蒲輪去漸遙, 石逕徒延佇.[3]
포 륜 거 점 요 석 경 도 연 저

≪ 註 _____

1)신대(辛大) : 신악辛諤으로 추정됨. 시인의 고향 친구. '대大'는 친족 형제간의 서열로, 첫째라는 뜻.

2)번(樊) : 번성樊城. 지금의 호북성 양번시襄樊市에 그 성터가 남아 있음.
  등(鄧) : 등주. 지금의 하남성 등현鄧縣.
  숭(嵩) : 숭산嵩山. 지금의 하남성 등봉현에 있음.
  여(汝) : 여수. 하남성 숭현에서 발원해 동남쪽으로 흘러 회수로 들어감.

3)포륜(蒲輪) : 옛날 조정에서 어진 선비를 초빙할 때 사용하던 수레. 바퀴에 부들을 감아 흔들림을 줄이도록 만들었음.

신대辛大를 보내고, 닿을 수 없어

그대 떠나보내고 만날 길 없어
날 저물어 나 홀로 시름에 젖네.
강가에서 부질없이 배회하지만
하늘 끝 처한 곳 알길 없어라.
번성樊城 등주鄧州 고을을 지나쳐가고
숭산嵩山 여수汝水 구름 낀 산 들어가리라.
어진 이의 수레 점점 멀어만 가니
다만 돌길에 우두커니 한참을 서 있노라.

江上別流人[1]
강 상 별 류 인

以我越鄕客, 逢君謫居者.
이 아 월 향 객　　봉 군 적 거 자

分飛黃鶴樓, 流落蒼梧野.[2]
분 비 황 학 루　　유 락 창 오 야

驛使乘雲去, 征帆沿溜下.[3]
역 사 승 운 거　　정 범 연 류 하

不知從此分, 還袂何時把.
부 지 종 차 분　　환 몌 하 시 파

※ 註

1) 강(江) : 장강長江을 가리킴.
2) 황학루(黃鶴樓) : 호북성 무한武漢의 장강 가에 있는 누대. 신선이 황학을 타고 와서 쉬
   었다는 전설이 있음.
   창오(蒼梧) : 지금의 광서성 오주梧州 일대 지역. 당나라 때 유배지의 하나. 옛날 순舜
   임금을 이 지역에 장사지냈다고 함.
3) 역사(驛使) : 조정 공문의 이첩을 맡아보던 관리. 여기서는 좌천되어 유배 온 이를 가리킴.

강가에서 유배 온 이와 헤어지며

나 고향을 떠나온 사람
그대 귀양 가는 이 만나보다니.
황학루黃鶴樓로 날아를 가고
창오蒼梧의 벌판 떠돌다가,
역사驛使는 구름 타고 떠나가시며
나그네의 배 급한 물길 따라 내려가누나.
모르겠네, 이제 헤어져서는
돌아올 이 옷소매 어느 날 잡아볼는지.

洗然弟竹亭[1]
세 연 제 죽 정

吾與二三子, 平生結交深.
오 여 이 삼 자 평 생 결 교 심

俱懷鴻鵠志, 共有鶺鴒心.[2]
구 회 홍 곡 지 공 유 척 령 심

逸氣假毫翰, 淸風在竹林.[3]
일 기 가 호 한 청 풍 재 죽 림

達是酒中趣, 琴上偶然音.
달 시 주 중 취 금 상 우 연 음

≪ 註

1) 세연(洗然) : 시인의 동생.
2) 홍곡지(鴻鵠志) : 홍곡은 큰기러기. 원대한 포부를 비유함.
  척령심(鶺鴒心) : 척령은 할미새. 형제가 위급한 때 도와주려는 마음을 비유함. 『시경 ·
  소아小雅』「상체常棣」의 "할미새 들판에 있어, 형제의 어려움 급히 구하네(鶺鴒在原,
  兄弟急難)" 구절에 전거를 둔 것.
3) 호한(毫翰) : 붓, 곧 문장의 작성을 가리킴.

세연洗然 아우의 죽정竹亭에서

나와 그대들
평소의 사귐 깊었나니,
다들 큰기러기 같은 뜻 품었으며
함께 할미새 같은 마음 지녔도다.
빼어난 기를 붓을 빌어 드러내며
맑은 풍도로 대숲에 앉았나니,
누리는 것은 술 속의 흥취요
거문고 선상線上의 우연한 소리로다.

夜登孔伯昭南樓時沈太淸朱昇在座¹⁾
야 등 공 백 소 남 루 시 심 태 청 주 승 재 좌

誰家無風月, 此地有琴樽.
수 가 무 풍 월　차 지 유 금 준

山水會稽郡, 詩書孔氏門.²⁾
산 수 회 계 군　시 서 공 씨 문

再來値秋杪, 高閣夜無喧.
재 래 치 추 초　고 각 야 무 훤

華燭罷燃蠟, 淸絃方奏鵾.³⁾
화 촉 파 연 랍　청 현 방 주 곤

沈生隱侯胤, 朱子買臣孫.⁴⁾
심 생 은 후 윤　주 자 매 신 손

好我意不淺, 登玆共話言.
호 아 의 불 천　등 자 공 화 언

※ 註

1) 공백소(孔伯昭) : 미상.
　　심태청(沈太淸) : 미상.
　　주승(朱昇) : 미상.
2) 회계군(會稽郡) : 지금의 절강성 소흥紹興.
　　공씨문(孔氏門) : 공덕소의 집안이 공자의 후손임을 가리킴.
3) 주곤(奏鵾) : 거문고를 연주한다는 뜻. 거문고의 줄을 곤鵾, 즉 댓닭의 심줄로 만들기에 이렇게 말한 것임.
4) 은후(隱侯) : 양梁의 심약沈約을 가리킴. 건창현후建昌縣侯에 봉해졌고 시호가 '은隱'이 었기에 은후라 이름한 것임.
　　매신(買臣) : 한漢의 주매신朱買臣을 가리킴. 오 땅 출신으로 한 무제 때 회계태수를 지냈음.

밤에 공백소孔伯昭의 남루에 올라.
그때 심태청沈太淸, 주승朱昇이 자리해 있었음

어느 집인들 바람 달이 없으리오만
이곳에는 거문고와 술도 있구나.
산수 빼어난 회계會稽 고을에
시서詩書를 손보신 공자님 가문.
늦가을 맞아 다시 와보니
높은 누각엔 밤 되어 잡소리 없네.
화촉의 밀랍 다 타들어갈 제
맑은 현악 연주하려 줄을 튕기네.
심생沈生은 은후隱侯의 후예
주朱 선생은 매신買臣의 후손.
나를 좋아해 호의가 얕지 않거늘
여기 올라와 함께 좋은 말씀 나누는도다.

宴包二融宅[1]
연포이융택

閒居枕清洛, 左右接大野.[2]
한 거 침 청 락   좌 우 접 대 야

門庭無雜賓, 車轍多長者.
문 정 무 잡 빈   거 철 다 장 자

是時方正夏, 風物自蕭灑.
시 시 방 정 하   풍 물 자 소 쇄

五月休沐歸, 相攜竹林下.
오 월 휴 목 귀   상 휴 죽 림 하

開襟成歡趣, 對酒不能罷.
개 금 성 환 취   대 주 불 능 파

烟暝棲鳥迷, 余將歸白社.[3]
연 명 서 조 미   여 장 귀 백 사

≪ 註

1)포이융(包二融) : 포융包融. 시인의 친구. 84쪽 주1) 포호조包戶曹 참조.
2)청락(淸洛) : 낙수洛水를 가리킴. 섬서성 낙남현洛南縣에서 발원하여 황하로 들어가는
   강물.
3)백사(白社) : 낙양洛陽 동쪽의 땅 이름. 지금의 하남성 언사현偃師縣 지역. 진晉의 도사
   동경董京이 거주하던 곳으로, 후대에 은사의 거처를 가리키는 말이 되었음.

포용包融 댁 술자리에서

한적한 거처 맑은 낙수洛水 임하였으며
좌우로는 넓은 들판 접해 있다네.
문과 뜰엔 잡된 손님 전혀 없으며
수레 타고 찾는 이들 모두 훌륭하신 분.
시절은 바야흐로 한여름 되어
풍경은 절로 맑고 깨끗하여라.
오월이라 휴가 얻어 돌아와서는
손잡고 대숲 아래로 이끄시누나.
마음 열어 기쁜 흥취 이루노라니
술자리 파할 줄 모르겠거늘,
안개 어둑해져 깃들던 새 길을 잃나니
나 또한 장차 은자의 집으로 돌아가리라.

峴潭作[1]
현 담 작

石潭傍隈隩, 沙岸曉夤緣.
석 담 방 외 오   사 안 효 인 연

試垂竹竿釣, 果得查頭鯿.[2]
시 수 죽 간 조   과 득 사 두 편

美人聘金錯, 纖手膾紅鮮.[3]
미 인 빙 금 착   섬 수 회 홍 선

因謝陸內史, 蓴羹何足傳.[4]
인 사 육 내 사   순 갱 하 족 전

현담峴潭에서 지음

바위 에워싼 못가 굽이졌는데
모래 언덕을 새벽녘 올라본다네.
낚싯대 드리운 채 기다렸더니
과연 방어가 잡히어 나와,
미인은 금착도金錯刀 찾아 들고서
고운 손으로 생선을 썰어준다네.
육내사陸內史께 말씀을 드리옵나니
순채국이야 어찌 족히 전해지겠소.

齒坐呈山南諸隱[1]
치 좌 정 산 남 제 은

習公有遺坐, 高在白雲陲.[2]
습 공 유 유 좌   고 재 백 운 수

樵子見不識, 山僧賞自知.
초 자 견 불 식   산 승 상 자 지

以余爲好事, 攜手一來窺.
이 여 위 호 사   휴 수 일 래 규

竹露閒夜滴, 松風淸晝吹.
죽 로 한 야 적   송 풍 청 주 취

從來抱微尙, 況復感前規[3]
종 래 포 미 상   황 부 감 전 규

於此無奇策, 蒼生奚以爲.[4]
어 차 무 기 책   창 생 해 이 위

※ 註

1)**치좌(齒坐)** : 습착치習鑿齒가 은둔했던 터를 가리킴.
2)**습공(習公)** : 습착치를 가리킴. 진晉나라 사람으로, 자는 언위彦威. 양양襄陽 출신으로 일시 벼슬에 나갔다 고향에 은거하였음.
3)**미상(微尙)** : 작은 지향志向. 은둔하려는 뜻을 가리킴.
  전규(前規) : 옛사람의 규범과 법도. 여기서는 습착치가 남긴 사례를 가리킴.
4)**기책(奇策)** : 기이한 책략. 백성을 구제할 방법을 의미함.

치좌幽坐에서,
산 남쪽의 여러 은자께 드림

습공習公께서 남기신 터전 있으니
드높이 흰 구름 가에 자리하였네.
나무꾼은 보아도 알지 못하고
산승은 잘도 알아 구경하는데,
나를 호사가로 여기시는지
한번 보러 가자 손 잡고 이끌어가네.
대숲의 이슬은 한적한 밤에 젖어드는데
솔바람은 맑은 낮에 불어오누나.
전부터 은거의 뜻 지녀온데다
새삼 옛분의 자취에 감동함에야.
이제 백성 구제할 길 없어지리니
창생들을 어쩌면 좋단 말이오.

與王昌齡宴黃道士房[1]
여 왕 창 령 연 황 도 사 방

歸來臥靑山, 常夢在淸都.[2]
귀 래 와 청 산　상 몽 재 청 도

漆園有傲吏, 惠我在招呼.[3]
칠 원 유 오 리　혜 아 재 초 호

書幌神仙籙, 畫屛山海圖.[4]
서 황 신 선 록　화 병 산 해 도

酌霞復對此, 宛似入蓬壺.[5]
작 하 부 대 차　완 사 입 봉 호

≪ 註

1) 왕창령(王昌齡) : 약 698~756. 저명한 시인으로, 자는 소백少伯. 칠언절구에 뛰어났으
며 변방의 풍경과 군영의 생활을 묘사한 변새시로 이름을 날렸음.
  황도사(黃道士) : 미상.
2) 청도(淸都) : 천제天帝가 거주한다는 상상의 장소.
3) 칠원유오리(漆園有傲吏) : 장자莊子가 칠원리漆園吏로 있을 때, 초나라 위왕이 그를 재
상으로 초빙하였으나 거절한 적이 있었음.
4) 신선록(神仙籙) : 도교의 도록圖籙을 가리킴.
  산해도(山海圖) : 『산해경山海經』에 근거해 그린 『산해경도山海經圖』를 가리킴.
5) 작하(酌霞) : 술을 마심. 하霞는 선주仙酒의 이름.
  봉호(蓬壺) : 봉래蓬萊와 방호方壺. 전설 속의 선산仙山 이름.

왕창령王昌齡과 함께 황도사黃道士의
방에서 향연을 벌이고

돌아와 청산에 누워 있어도
늘 청도淸都가 꿈에 보이네.
칠원漆園의 오만한 벼슬아치가
나를 좋아해 초대했거늘,
책 덮개엔 신선의 도록圖籙
그림 병풍엔 『산해경山海經』 그림.
술을 들다 다시 이를 마주해보니
완연히 선산仙山 속에 든 것 같구려.

襄陽公宅飮[1]
양양공택음

窈窱夕陽佳, 豐茸春色好.
요 조 석 양 가　　풍 용 춘 색 호

欲覓淹留處, 無過狹斜道.[2]
욕 멱 엄 류 처　　무 과 협 사 도

綺席卷龍鬚, 香杯浮瑪瑙.[3]
기 석 권 용 수　　향 배 부 마 뇌

北林積修樹, 南池生別島.[4]
북 림 적 수 수　　남 지 생 별 조

手撥金翠花, 心迷玉紅草.[5]
수 발 금 취 화　　심 미 옥 홍 초

談天光六義, 發論明三倒.[6]
담 천 광 육 의　　발 론 명 삼 도

座非陳子驚, 門還魏公掃.[7]
좌 비 진 자 경　　문 환 위 공 소

榮辱應無間, 歡娛當共保.
영 욕 응 무 간　　환 오 당 공 보

※ 註

1) 양양공(襄陽公): 동한東漢의 습욱習郁. 황문시랑을 지냈으며 양양공에 봉해졌음.

2) 협사도(狹斜道): 비좁고 구불구불한 골목길. 주로 창녀娼女, 가기歌妓의 거처처.

3) 용수(龍鬚): 자리를 짜는 데 사용되는 풀. 또한 그 풀로 만든 좌석을 가리키기도 함.

4) 마뇌(瑪瑙): 광물의 이름. 광채가 있고 색이 아름다워 기물을 만드는 데 씀. 여기서는 술 빛을 비유한 것임.

5) 금취화(金翠花): 황금빛과 비취빛이 감도는 화초를 가리킴.
    옥홍초(玉紅草): 옥색과 홍색의 풀을 가리킴. 원래는 상상 속의 풀로서, 그 열매를 먹으면 삼백 년을 취해 잠든다고 함.

6) 담천(談天): 전국시대의 대표적인 음양가陰陽家 추연騶衍이 우주의 운행과 세계의 구성에 대해 즐겨 말하자 제나라 사람이 그를 담천연談天衍이라 불렀다 함.
    육의(六義): 『시경』의 내용 구성과 수사 방법인 풍風, 아雅, 송頌, 흥興, 부賦, 비比.
    삼도(三倒): 『세설신어』에 따르면 왕평자王平子는 노장老莊에 통달했던 위개衛玠의 발론을 듣고 감복해 세 번을 자리에서 까무라쳤다고 함.

7) 진자경(陳子驚): 서한의 진준陳遵은 자가 맹공孟公으로, 제후 가운데 성과 자가 동일한 자가 있어서 남의 집을 방문하면 자신을 '진맹공'으로 소개해 좌중의 사람들을 놀라게 했음. '진경좌陳驚坐'라는 별명을 얻음.
    위공소(魏公掃): 서한의 위발魏勃이 젊었을 적 재상 조참曹參을 만나고 싶지만 방도가 없자 그의 사인舍人이 거처하는 문 밖을 밤마다 쓸어 기회를 얻었음.

양양공襄陽公 댁에서 술을 들고

그윽한 석양 아름다우며
흐드러진 봄빛 좋기도 해라.
머물러 쉴 곳 찾는다면야
좁다란 골목길 지나치질 마시오.
비단 자리엔 용수석龍鬚席 말아놓았고
향그런 술잔엔 마뇌瑪瑙가 떠 있으며,
북쪽 숲엔 키 큰 나무 모여서 있고
남쪽 못엔 드문드문 섬이 솟았네.
손으로 금취화金翠花 흔들어보다
마음은 옥홍초玉紅草에 미혹되는데,
천리天理를 논하니 육의六義가 밝고
발론하면 세 번 절도할 듯 명쾌하구나.
좌석은 진자陳子로 인해 놀라지 않으나
문 앞은 도리어 위공魏公이 쓸어놓은 듯.
영화와 치욕은 본래 간격이 없는 것
즐거움을 의당 함께 누려나 보세.

同張明府清鏡歎[1]
동 장 명 부 청 경 탄

妾有盤龍鏡, 清光常晝發.[2]
첩 유 반 룡 경 청 광 상 주 발

自從生塵埃, 有若霧中月.
자 종 생 진 애 유 약 무 중 월

愁來試取照, 坐歎生白髮.
수 래 시 취 조 좌 탄 생 백 발

寄語邊塞人, 如何久離別!
기 어 변 새 인 여 하 구 이 별

《 註

1)**장명부(張明府)** : 장자용張子容을 가리킴. 76쪽 주1) 참조. 명부는 본래 한대漢代에 군수
를 가리키던 호칭이나 이를 빌어 현령의 칭호 대신 사용한 것임.
2)**반룡경(盤龍鏡)** : 용이 서려 있는 형상을 장식해놓은 거울.

장명부張明府의 「청경탄淸鏡歎」에 화답함

저는 반룡경盤龍鏡 지니고 있어
낮이면 늘 맑은 빛 발한답니다.
그러다 먼지가 끼고부터는
안개 속 달과도 같아졌다오.
시름 찾아들면 비추어보나
흰머리 생겨남만을 탄식하게 돼.
변방에 계신 분께 말씀드리니
어찌하여 이별이 길기만 한지…

夏日南亭懷辛大[1]
하 일 남 정 회 신 대

山光忽西落, 池月漸東上.
산 광 홀 서 락　지 월 점 동 상

散髮乘夕涼, 開軒臥閒敞.[2]
산 발 승 석 량　개 헌 와 한 창

荷風送香氣, 竹露滴清響.
하 풍 송 향 기　죽 로 적 청 향

欲取鳴琴彈, 恨無知音賞.
욕 취 명 금 탄　한 무 지 음 상

感此懷故人, 中宵勞夢想.
감 차 회 고 인　중 소 노 몽 상

여름날 남정南亭에서 신대辛大를 그리며

산 위의 해 홀연 서편으로 떨어지고
못 위의 달 차츰 동쪽으로 떠오르네.
산발한 채 저녁의 서늘함 맞아
창문 열고 후련하게 누워 있자니,
연꽃에 부는 바람 향기를 보내주고
대의 이슬 맑은 소리로 방울지네.
거문고 가져다 타고 싶어도
한스럽네, 감상해줄 지음知音이 없어.
이에 느꺼워 옛 친구 떠올리다가
한밤중 고달피 꿈속에서 그려본다오.

秋宵月下有懷
추소월하유회

秋空明月懸, 光彩露霑濕.
추공명월현 광채노점습

驚鵲棲不定, 飛螢卷簾入.
경작서부정 비형권렴입

庭槐寒影疏, 隣杵夜聲急.
정괴한영소 인저야성급

佳期曠何許, 望望空佇立.[1]
가기광하허 망망공저립

가을밤 달 아래 생각에 젖어

가을 밤하늘 명월은 걸려 있고
이슬은 빛을 내며 젖어드는데,
놀란 까치 깃들 곳 찾지 못하며
날으던 반디 걷힌 발 사이 날아드네.
뜨락의 홰나무 찬 그림자 쓸쓸도 한데
이웃 홍두깨 소리 밤 되어 빨라지네.
좋은 기약은 어찌 그리 머나먼가!
달 보며 부질없이 한참을 서성거리네.

仲夏歸南園寄京邑舊遊[1]
중 하 귀 남 원 기 경 읍 구 유

嘗讀高士傳, 最嘉陶徵君.[2]
상 독 고 사 전　최 가 도 징 군

日耽田園趣, 自謂羲皇人.[3]
일 탐 전 원 취　자 위 희 황 인

余復何爲者, 栖栖徒問津.[4]
여 부 하 위 자　서 서 도 문 진

中年廢丘壑, 上國旅風塵.[5]
중 년 폐 구 학　상 국 여 풍 진

忠欲事明主, 孝思侍老親.
충 욕 사 명 주　효 사 시 로 친

歸來冒炎暑, 耕稼不及春.
귀 래 모 염 서　경 가 불 급 춘

扇枕北窓下, 採芝南澗濱.[6]
선 침 북 창 하　채 지 남 간 빈

因聲謝朝列, 吾慕潁陽眞.[7]
인 성 사 조 열　오 모 영 양 진

※ 註
1)중하(仲夏) : 음력 5월을 가리킴.
　남원(南園) : 간남원澗南園. 시인의 고향에 있는 장원의 이름. 양양 북쪽, 한수漢水의 인근에 있었음.
2)고사전(高士傳) : 진쯥의 황보밀皇甫謐이 펴낸 전기집. 여기에는 도연명이 수록되지 않았기에 당본唐本과 현전하는 본이 다른 것으로 추정됨. 혹은 별개의 서적일 가능성도 있음.
　도징군(陶徵君) : 도연명을 가리킴. 동진東晉의 저명한 시인으로, 일시 관리 노릇을 하다 전원에 은거하였음. 징군은 조정의 부름을 받은 학행이 뛰어난 선비를 가리키는 말.
3)희황인(羲皇人) : 복희伏羲 시대 이전의 사람. 복희는 전설 속의 상고시대 제왕. 그때는 사람들이 욕심 없이 살았다고 전해짐.
4)문진(問津) : 나루를 물음. 무엇을 추구하거나 도를 묻는다는 뜻으로 쓰임.
5)구학(丘壑) : 산과 강. 은사의 거주처를 의미함.
　상국(上國) : 국도國都를 가리킴.
6)선침(扇枕) : 베갯머리에 부채질하는 것. 효성으로 부모 봉양함을 의미함.
7)영양(潁陽) : 허유許由가 살던 영수潁水의 북쪽을 가리킴. 요 임금이 천하를 물려주려 하자 이곳에 숨어 농사를 지었다고 함.

오월에 남원南園으로 돌아와, 서울의 친구에게 보냄

일찍이 『고사전高士傳』 읽어볼 적에
가장 아름다운 이 도연명이었네.
날마다 전원의 흥취 누리시면서
스스로를 희황羲皇 때 사람이라 여기었다지.
난 또한 어찌 된 사람이길래
바쁜 모습으로 나루를 묻고 다녔나.
중년에 은거를 그만두고서
풍진 속에 서울을 여행했나니,
충성으로 밝은 임금 섬겨도 보고
효성으로 늙은 부모 뫼실 뜻 갖고 있었지.
돌아오니 때는 무더운 여름
농사를 짓자니 봄날을 지나쳤다네.
북쪽 창 아래 누워 침상에 부채질하고
남쪽 계곡 물가에서 지초를 캐어오누나.
조정 친구들께 소리 내어 말을 하나니
나는야 허유許由의 순진함을 사모한다오.

家園臥疾畢太祝曜見尋[1]
가 원 와 질 필 태 축 요 견 심

伏枕舊遊曠, 笙歌勞夢思.[2]
복 침 구 유 광 　 생 가 노 몽 사

平生重交結, 迨此令人疑.
평 생 중 교 결 　 태 차 영 인 의

冰室無暖氣, 炎雲空赫曦.[3]
빙 실 무 난 기 　 염 운 공 혁 희

隙駒不暫駐, 日聽涼蟬悲.[4]
극 구 부 잠 주 　 일 청 양 선 비

壯圖哀未立, 斑白恨吾衰.
장 도 애 미 립 　 반 백 한 오 쇠

夫子自南楚, 緬懷嵩汝期.[5]
부 자 자 남 초 　 면 회 숭 여 기

顧子衡茅下, 兼致稟物資.[6]
고 여 형 모 하 　 겸 치 늠 물 자

脫分趨庭禮, 殷勤伐木詩.[7]
탈 분 추 정 례 　 은 근 벌 목 시

脫君車前鞅, 設我園中葵.
탈 군 거 전 앙 　 설 아 원 중 규

斗酒須寒興, 明朝難重持.[8]
두 주 수 한 흥 　 명 조 난 중 지

원림園林에 병으로 누워,
태축太祝 필요畢曜가 방문하였음

병들어 친한 이들과 소원해지니

벗들과 노닐고파 꿈속 그리움 고달퍼지네.

평소 교유를 소중히 했건만

이리 되니 의심이 생겨나는 듯.

썰렁한 방 안엔 따슨 기운 없거늘

불같은 구름 공연히 뜨겁게 빛을 발하네.

세월은 잠시도 멈추질 않아

날로 슬픈 쓰르라미 소리 들려오는데,

큰 뜻을 못 이뤄 애달프건만

머리도 희끗해져 나의 늙음 한스럽구나.

선생께선 남초南楚 땅으로부터

멀리 숭산 여수의 기약 떠올리고는,

누추한 집으로 날 찾아주고

겸하여 예물도 보내주셨네.

부모 뫼시는 일에서 벗어나시어

깊은 정으로 친한 이 찾으시고는,

숭산

≪ 註

1)필태축요(畢太祝曜) : 필요畢曜. 생몰년 미상. 개원 연간에 태축太祝에 임명되었음. 천보
13년(754)에 사경정자司經正字가 되었고, 건원乾元 2년(759)에 감찰어사에 임명되었음.
시를 잘 지어 맹호연, 두보杜甫, 독고급獨孤及 등과 교제하였음. 태축은 제사를 거행할
때 축문을 송독하는 직책의 관명.
2)복침(伏枕) : 베개를 베고 누움. 흔히 병들어 누워 있음을 의미함.
 생가(笙歌) : 생황을 연주하고 노래 부름. 여기서는 친구간의 즐거운 자리를 가리킴.
3)빙실(氷室) : 얼음 창고. 여기서는 냉기가 도는 방을 비유한 것임.
4)극구(隙駒) : 『장자』「지북유」에 나오는 구절을 원용한 것으로, 인생이 마치 백색의 준마
가 틈 사이로 달려가는 것처럼 빠르다는 뜻.
5)남초(南楚) : 지역 이름. 형산, 구강, 강남, 예장, 장사 등지를 가리키나 여러 이설이 있음.
 숭여(嵩汝) : 숭산嵩山과 여수汝水.
6)형모(衡茅) : 나무를 비껴놓은 문과 띠풀로 지붕을 엮은 허름한 집.
7)추정례(趨庭禮) : 집 안에 있으면서 부모를 모시는 예절. '추정趨庭'은 80쪽 주2) 참조.
 벌목시(伐木詩) : 『시경』「소아小雅」의 편명. 친구나 오래 사귄 사람들과 잔치할 때 부르
는 노래.
8)한흥(寒興) : 나의 흥취라는 뜻으로, '한寒'은 자신과 관련된 것을 겸손하게 지칭할 때
붙이는 말.

그대 수레 앞 가슴걸이 풀어내어서
우리 채마밭의 아욱도 둘러주었네.
나의 흥을 위해 말술이 필요할지니
내일이면 다시 이런 기회 얻지 못하리.

田家元日
전 가 원 일

昨夜斗回北, 今朝歲起東.[1]
작 야 두 회 북　　금 조 세 기 동

我年已强仕, 無祿尙憂農.[2]
아 년 이 강 사　　무 록 상 우 농

野老就耕去, 荷鋤隨牧童.
야 로 취 경 거　　하 서 수 목 동

田家占氣候, 共說此年豐.
전 가 점 기 후　　공 설 차 년 풍

≫ 註

1) **두북회(斗回北)** : 북두칠성의 손잡이에 해당하는 부분이 회전해 북쪽을 가리키고 있다는
　　뜻. 즉 겨울을 의미함.
　　세기동(歲起東) : 세성歲星, 즉 목성이 동방에서 떠오른다는 뜻으로 봄이 옴을 의미함.
2) **강사(强仕)** : 40세를 가리킴. 『예기禮記』「곡례曲禮」에 "마흔 살은 강이니, 벼슬에 나아
　　간다(四十日强而仕)"는 구절이 있음.
　　무록(無祿) : 녹봉이 없다는 것은 관직에 있지 않음을 가리킴.

농가의 정월 초하루

어젯밤 북두성北斗星 북으로 돌고
오늘 아침 세성歲星은 동에서 떠오르네.
내 나이 이미 마흔을 넘겼다마는
벼슬 없어 여전히 농사를 근심하노라.
늙은 농부 밭 갈러 나아가느라
호미 매고 목동을 따라나서네.
농가에선 날씨를 점쳐보고는
다들 말하길 올해는 풍년이라네.

晚泊潯陽望香爐峰[1]
만박심양망향로봉

掛席幾千里, 名山都未逢.
괘석기천리　명산도미봉

泊舟潯陽郭, 始見香爐峰.
박주심양곽　시견향로봉

嘗讀遠公傳, 永懷塵外蹤.[2]
상독원공전　영회진외종

東林精舍近, 日暮空聞鍾.[3]
동림정사근　일모공문종

≪ 註

1) 심양(潯陽) : 지금의 강서성 구강시九江市.
   향로봉(香爐峰) : 여산廬山의 봉우리 이름.
2) 원공(遠公) : 진晉의 고승 혜원慧遠의 존칭. 『고승전高僧傳』에 그의 전기가 실려 있음.
   50쪽 주7) 참조.
3) 동림정사(東林精舍) : 여산에 있는 사찰. 진晉 태원 9년(384)에 자사 황이桓伊가 혜원을
   위해 건립했음.

저물어 심양潯陽에 배 대어놓고
향로봉香爐峰을 바라보며

돛 달고 몇천 리 떠다녔어도
명산을 전혀 만나지 못하였구나.
심양 외곽에 배를 대고 나서야
향로봉을 비로소 만나보노라.
일찍이 혜원공慧遠公의 전 읽어보고는
오래도록 진세 밖의 종적을 맘에 품었지.
동림정사東林精舍는 인근에 있을 터인데
날 저물어 속절없이 종소리만 듣고 있구나.

萬山潭[1]
만 산 담

垂釣坐磐石, 水淸心益閒.
수 조 좌 반 석 수 청 심 익 한

魚行潭樹下, 猿挂島藤間.
어 행 담 수 하 원 괘 도 등 간

遊女昔解佩, 傳聞於此山.[2]
유 녀 석 해 패 전 문 어 차 산

求之不可得, 沿月棹歌還.
구 지 불 가 득 연 월 도 가 환

≪ 註

1)**만산담(萬山潭)**: 침비담沈碑潭. 호북성 양번시 서북쪽의 만산萬山 아래 있음. 진晉의
두예杜預가 2개의 비에 공훈을 적어 하나는 현산峴山 위에 세우고 하나는 만산의 아래
강물에 가라앉혀 두었음.

2)**유녀(遊女)**: 정교보鄭交甫가 만산萬山에서 만난 두 신녀를 가리킴. 신녀가 그에게 패옥
을 주고 홀연히 사라졌다는 전설이 있음. 42쪽 주2) 신녀한고곡神女漢皐曲 참조.

만산담

낚시 드리운 채 너럭바위에 앉았노라니
물 맑아 마음 더욱 한가롭기만.
물고기는 못가 나무 아래 지나가는데
원숭이는 섬 등나무 사이 매달려 있네.
노닐던 선녀 옛날 패옥을 풀어주던 곳
듣자니 바로 이 산이라지.
찾아봐도 만나볼 길 없으니
달빛 따라 뱃노래 부르며 돌아오노라.

入峽寄弟[1]
입 협 기 제

吾昔與汝輩, 讀書常閉門.
오 석 여 여 배　독 서 상 폐 문

未嘗冒湍險, 豈顧垂堂言.[2]
미 상 모 단 험　기 고 수 당 언

自此歷江湖, 辛勤難具論.
자 차 역 강 호　신 근 난 구 론

往來行旅弊, 開鑿禹功存.[3]
왕 래 행 려 폐　개 착 우 공 존

壁立千峯峻, 深流萬壑奔.
벽 립 천 봉 준　종 류 만 학 분

我來凡幾宿, 無夕不聞猿.
아 래 범 기 숙　무 석 불 문 원

浦上搖歸戀, 舟中失夢魂.
포 상 요 귀 련　주 중 실 몽 혼

淚沾明月峽, 心斷鶺鴒原.[4]
누 점 명 월 협　심 단 척 령 원

離闊星難聚, 秋深露已繁.[5]
이 활 성 난 취　추 심 노 이 번

因君下南楚, 書此寄鄕園.[6]
인 군 하 남 초　서 차 기 향 원

삼협三峽에 들어서서 아우에게 부침

나 옛날 너희들과 더불어
늘 문을 걸어 닫고 글을 읽었지.
험한 여울물 무릅쓴 적 없으니
어찌 수당垂堂의 훈계를 생각이나 했겠나.
그 후로 강호를 돌아다닐 제
매운 고생을 이루 다 말하기 어려워.
오고 감에 여로의 고통 있긴 하다만
우 임금 물길 낸 공로 여전히 남아 있구나.
높다란 묏봉우리 벽처럼 늘어서 있고
모여든 강물 온 골짝 사이로 내달리는데,
나 여기 와 며칠을 머무르면서
밤마다 늘 원숭이 울음 소리 듣고 있구나.
강가에서 돌아갈 듯 솟구쳐올라
배 안에서 넋을 잃고 있어왔으니,
명월협明月峽에서 눈물 적시다가는
형제 그리운 정에 가슴이 미어지는 듯.
멀리 떨어져 만나기 어려웁건만

삼협三峽

≪ 註

1)협(峽) : 장강長江의 삼협三峽을 가리킴. 무협巫峽, 서릉협西陵峽, 귀협歸峽. 혹 귀협 대
신 광계협廣溪峽을 넣기도 함. 이설이 많음.
2)수당(垂堂) : 104쪽 주2) 참조.
3)우공(禹功) : 우 임금이 산을 뚫고 물길을 내어 치수治水한 공이 있음을 말한 것임.
4)명월협(明月峽) : 지금 중경重慶의 동쪽에 위치한 협곡.
  척령원(鶺鴒原) : 형제의 정을 의미함. 118쪽 주2) 참조.
5)성난취(星難聚) : 형제의 만남이 행성이 모이는 것처럼 어려움을 비유한 것임.
6)남초(南楚) : 강릉江陵과 양양襄陽 일대 지역.

가을 깊어가고 이슬 수없이 맺히는구나.
그대들 생각나 남초南楚를 내려오다가
이 시 적어 고향 동산으로 부쳐보내네.

宿揚子津寄潤州長山劉隱士[1]
숙 양 자 진 기 윤 주 장 산 유 은 사

所思在夢寐, 欲往大江深.
소 사 재 몽 매 욕 왕 대 강 심

日夕望京口, 煙波愁我心.
일 석 망 경 구 연 파 수 아 심

心馳茅山洞, 目極楓樹林.[2]
심 치 모 산 동 목 극 풍 수 림

不見少微隱, 星霜勞夜吟.[3]
불 견 소 미 은 성 상 노 야 음

※ 註
───────────────────────────────

1) **양자진(揚子津)** : 나루터의 이름. 강소성 강도江都 남쪽, 장강의 북쪽 기슭에 있었음.
   윤주(潤州) : 강소성 진강시鎭江市 일대의 지역.
   장산(長山) : 윤주 남쪽 20리 지역에 있는 산 이름.
   유은사(劉隱士) : 미상.
2) **모산(茅山)** : 구곡산句曲山. 강소성 남쪽의 금단金壇, 율수溧水 두 현 사이에 있음. 한漢
   나라 때 모씨茅氏 3형제가 이곳에 은거하여 모산이라 불리게 됨.
3) **소미(少微)** : 4개의 별로 이루어진 별자리의 이름. 처사성處士星이라고도 함.
   성상(星霜) : 어려운 상황 속의 고생스러움. 성신상로星晨霜露의 준말.

양자진揚子津에 묵으며, 윤주 장산의 유은사劉隱士에게 줌

꿈속에도 그리운 사람
가고파도 장강長江의 물 너무 깊어라.
밤낮 경구京口 땅 바라본다만
안개 낀 물결에 내 마음 시름겹기만.
마음은 모산茅山 골짝으로 달려가나니
눈길 끝까지 단풍 숲 바라보노라.
은자의 별도 숨어 뵈지 않으니
노심초사 밤 노래 고달프구려.

送丁大鳳進士赴擧呈張九齡[1]
송 정 대 봉 진 사 부 거 정 장 구 령

吾觀鷦鷯賦, 君負王佐才.[2]
오 관 초 료 부　君부왕좌재

惜無金張援, 十上空歸來.[3]
석 무 금 장 원　십 상 공 귀 래

棄置鄉園老, 翻飛羽翼摧.
기 치 향 원 로　번 비 우 익 최

故人今在位, 岐路莫遲迴.
고 인 금 재 위　기 로 막 지 회

※ 註

1) 정대봉(丁大鳳) : 정봉丁鳳. 44쪽 주1) 정공丁公 참조.
　장구령(張九齡) : 당대의 정치가, 시인. 자는 자수子壽. 현종 개원 22년(734)에 재상이 되
　었고, 25년(737)에 형주대도독부장사로 폄적되었음.
2) 초료부(鷦鷯賦) : 진晉의 장화張華가 지은 작품으로, 시인 자신을 뱁새에 비유하였음. 완
　적은 이를 보고 제왕을 보좌할 재능의 소유자로 평가하였음. 여기서는 정대봉이 지은 시
　문을 비유한 것임.
3) 금장(金張) : 서한西漢의 권귀인 금일제金日磾와 장탕張湯, 후대에 권귀의 대명사로 상
　용되었음.
　십상(十上) : 전국시대의 유세가 소진蘇秦이 열 번을 상서했으나 그 주장이 채용되지 않
　았던 사실에 전거를 둔 것임. 106쪽 주4) 참조.

정대봉丁大鳳이 진사시를 보러가기에 전송하며, 장구령張九齡에게 지어 보냄

나「초료부鷦鷯賦」를 읽어봤더니
그대 제왕 보좌할 재능 지니었건만,
안타깝게 대신의 후원 받지 못한 채
열 번 상서하고 속절없이 귀향했구려.
버려진 채 고향 동산에 늙어가나니
날아오르려다 날개가 꺾여버린 듯.
아는 분 지금 좋은 자리 앉았으니
기로에서 머뭇거리지 마시기를….

送吳悅遊韶陽[1]
송 오 열 유 소 양

五色憐鳳雛, 南飛適鷦鴣.[2]
오 색 연 봉 추　　남 비 적 자 고

楚人不相識, 何處求椅梧.
초 인 불 상 식　　하 처 구 의 오

去去日千里, 茫茫天一隅.
거 거 일 천 리　　망 망 천 일 우

安能與斥鷃, 決起但槍楡.[2]
안 능 여 척 안　　결 기 단 창 유

※ 註

1)소양(韶陽) : 지금의 광동성廣東省 곡강현曲江縣.
　오열(吳悅) : 미상.
2)봉추(鳳雛) : 봉황의 새끼. 특출한 선비를 비유함. 여기서는 오열을 가리킨 것임.
　자고(鷦鴣) : 꿩과에 속하며 메추라기와 비슷한 새. 광야나 산지에 주로 서식함.
3)안능(安能) : 『장자』 「소요유」에 전거를 둔 것임. 작은 새가 구만리장천을 나는 붕새를 비
웃으며 자신들도 날아오르면 느릅나무에 앉을 수 있다고 뻐기는 내용이 있음.

오열吳悅이 소양韶陽으로 유람 가기에 보내며

가여워라, 오색의 어린 봉황
자고새 꼴이 되어 남으로 날아가네.
초楚 땅 사람들 알아보질 못하니
어느 곳서 깃들일 오동梧桐 찾으려나.
날마다 천릿길 가고 또 가니
하늘 한 모퉁이 아득도 하리.
어찌 메추라기 따위와 어울리면서
훌쩍 날아 느릅나무에나 이르를쏘냐.

送陳七赴西軍[1]
송 진 칠 부 서 군

吾觀非常者, 碌碌在目前.
오 관 비 상 자　녹 록 재 목 전

君負鴻鵠志, 蹉跎書劍年.[2]
군 부 홍 곡 지　차 타 서 검 년

一聞邊烽動, 萬里忽爭先.
일 문 변 봉 동　만 리 홀 쟁 선

余亦赴京國, 何當獻凱還.
여 역 부 경 국　하 당 헌 개 환

≪ 註

1) 진칠(陳七) : 시인의 동향 친구. 칠七은 배항排行.
　서군(西軍) : 서방을 지키던 군대. 개원 15년(727) 토번이 침공할 때 방어하던 군대를 가리킴.
2) 서검년(書劍年) : 글과 검을 배우는 연령. 즉 젊은 시절을 가리킴.

진칠陳七이 서군西軍에 출정하게 되어 전송하여

나 범상치 않은 이 살펴봤더니
눈앞에 두고 보면 그저 그럴 뿐.
그대 큰기러기 같은 뜻 지니었으나
젊은 시절을 뜻처럼 보내진 못하였구나.
변방에 봉화 올랐단 소식 듣고는
홀연 만릿길 앞다퉈 나아가거늘,
나 또한 서울로 올라가리니
언제나 승리 아뢰고 돌아올꺼나!

田園作
전 원 작

弊廬隔塵喧, 惟先尙恬素.
폐 려 격 진 훤 유 선 상 념 소

卜隣近三逕, 植果盈千樹.[1]
복 린 근 삼 경 식 과 영 천 수

粤余任推遷, 三十猶未遇.
월 여 임 추 천 삼 십 유 미 우

書劍時將晚, 丘園日空暮.
서 검 시 장 만 구 원 일 공 모

晨興自多懷, 晝坐常寡悟.
신 흥 자 다 회 주 좌 상 과 오

冲天羨鴻鵠, 爭食羞雞鶩.[2]
충 천 선 홍 곡 쟁 식 수 계 목

望斷金馬門, 勞歌探樵路.[3]
망 단 금 마 문 노 가 채 초 로

鄕曲無知己, 朝端乏親故.
향 곡 무 지 기 조 단 핍 친 고

誰能爲揚雄, 一薦甘泉賦.[4]
수 능 위 양 웅 일 천 감 천 부

전원에서 지음

낡은 오두막은 진세의 소음과 떨어졌나니
선대부터 고요와 질박을 숭상하였네.
이웃을 고르니 은사의 집과 가까우며
심어놓은 과수는 천 그루에 이르른다네.
아! 나 세상사의 변천에 맡겨 살아왔으나
서른 넘도록 쓰일 기회 만나지 못하였구나.
서검書劍을 익히느라 때는 늦어지는데
원림에서 날마다 속절없이 세월 보내네.
새벽에 일어나면 절로 생각 복잡하건만
낮에는 앉아도 늘 깨달음이 적구나.
높은 하늘 큰기러기와 고니새 부러웁나니
모이나 다투는 닭과 오리 부끄럽도다.
금마문金馬門이야 보이지를 않으니
나무하고 오는 길에 일노래나 불러본다오.
향리에는 날 알아줄 이 없으며
조정에는 친구가 드무나니,
누가 능히 양웅揚雄을 위하여

양웅揚雄

≪ 註

1)삼경(三逕) : 마당의 작은 길. 서한西漢 말기의 인물 장후蔣詡가 은거할 때 집 마당에 작
  은 길을 내어 양중羊仲·구중求仲과 교유한 고사가 있음. 이에 은사의 거처를 가리키는
  말이 되었음.
  천수(千樹) : 삼국三國의 오吳나라 단양태수丹陽太守 이형과 관련된 고사.
2)홍곡(鴻鵠) : 숨어사는 선비를 비유함.
  계목(雞鶩) : 남을 헐뜯는 간사한 소인배를 비유함.
3)금마문(金馬門) : 한대漢代의 궁문 이름. 98쪽 주5) 참조.
  노가채초로(勞歌採樵路) : 한漢의 주매신朱買臣과 관련된 고사. 주매신은 집이 가난해
  나무를 해다 팔며 살았음. 시인 자신의 불우함을 빗대어 표현한 것임.
4)양웅(揚雄) : 한漢의 문인으로, 자는 자운子雲. 촉蜀의 성도成都 출신. 효성제 때 천거를
  받아 「감천부」를 지어 올린 바 있음.

한번 「감천부甘泉賦」를 올려주려나.

從張丞相遊紀南城獵戲贈裴迪張參軍[1]
종 장 승 상 유 기 남 성 렵 희 증 배 적 장 참 군

從禽非吾樂, 不好雲夢田.[2]
종 금 비 오 락　불 호 운 몽 전

歲晏臨城望, 只令鄕思懸.
세 안 임 성 망　지 령 향 사 현

參卿有數子, 聯騎何翩翩[3]
참 경 유 수 자　연 기 하 편 편

世祿金張貴, 官曹幕府連.[4]
세 록 금 장 귀　관 조 막 부 련

歲時行殺氣, 飛刀爭割鮮.[5]
세 시 행 살 기　비 인 쟁 할 선

十里屆賓館, 徵聲匝妓筵.[6]
십 리 계 빈 관　징 성 잡 기 연

高標迴落日, 平楚壓芳煙.[7]
고 표 회 락 일　평 초 압 방 연

何意狂歌客, 從公亦在旃.[8]
하 의 광 가 객　종 공 역 재 전

※ 註

1) **장승상(張丞相)**: 장구령張九齡. 156쪽 주1) 참조. **기남성(紀南城)**: 지금의 호북성 강릉현 북쪽에 위치. 전국시대 초나라의 도성이 있었음. **배적(裴迪)**: 시인으로, 촉주자사蜀州刺史를 지냈고 두보杜甫와도 친하였음. **장참군(張參軍)**: 미상. 참군參軍은 주군州郡에 속한 관명.

2) **운몽(雲夢)**: 운몽택雲夢澤. 지금의 호북성 경내에 있음. 옛날에 큰 못이었던 곳으로, 진흙이 퇴적되어 육지가 되었음. 사마상여司馬相如의 「자허부子虛賦」에 초나라의 사자 자허가 초왕이 운몽에서 사냥하는 것을 제왕에게 자랑하는 부분이 있음.

3) **참경(參卿)**: 참군 따위의 관료배를 가리킴.

4) **금장(金張)**: 부귀권세가. 156쪽 주3) 참조. **관조(官曹)**: 관리들이 사무를 보는 곳. 관서. **막부(幕府)**: 장수가 군무를 처리하는 부서.

5) **할선(割鮮)**: 짐승을 칼질해 자름. '선鮮'은 갓 잡은 희생이나 조수를 가리킴.

6) **징성(徵聲)**: 음악 연주 소리를 가리킴. '징徵'은 오음五音 중의 하나.

7) **고표(高標)**: 좌사左思의 「촉도부蜀都賦」에 태양 속의 까마귀가 높은 나뭇가지 때문에 날개를 돌린다는 내용이 있음.

8) **광가객(狂歌客)**: 본래 공자와 동시대인 초나라의 접여接輿를 가리킴. 「논어論語」 「미자微子」에 접여가 비꼬는 노래를 하며 공자 앞을 지나간 내용이 있음. 그는 거짓 미친 체하며 벼슬하지 않았기에 후대에 은둔한 선비를 지칭하는 말이 되었음. 여기서는 시인 자신을 비유한 것임. **전(旃)**: 붉은색의 깃발. 원래 대부를 부를 때 사용했었음.

장승상張丞相 따라 기남성에서 사냥놀이를 하고, 배적裴迪과 장참군張參軍에게 줌

짐승 좇는 일 나의 즐거움 아니러니
운몽雲夢의 사냥일랑 좋아하지 않노라.
세모에 성에 올라 바라보자니
다만 고향 생각 찾아들게 해.
여러 참군參軍들께서는
나란히 말 달림에 어찌나 재빠르신지.
대대로 작록 받는 귀하신 분들
관청 막부 인사들 늘어섰구나.
시절은 살기殺氣 강한 가을철이라
칼을 날려 앞다퉈 고기를 잘라내는데,
십릿길을 가 영빈관에 이르렀더니
풍악 소리 연회석을 둘러싼다네.
높다란 나뭇가지엔 지던 해 돌아서 가고
평야에는 향그런 안개 자욱하건만,
무슨 뜻으로 광망스런 노래 부르는 이는
공公을 따라 또한 깃발 아래 서 있는가.

登望楚山最高頂[1]
등 망 초 산 최 고 정

山水觀形勝, 襄陽美會稽.[2]
산 수 관 형 승   양 양 미 회 계

最高惟望楚, 曾未一攀躋.
최 고 유 망 초   증 미 일 반 제

石壁疑削成, 衆山比全低.
석 벽 의 삭 성   중 산 비 전 저

晴明試登陟, 目極無端倪.
청 명 시 등 척   목 극 무 단 예

雲夢掌中小, 武陵花處迷.[3]
운 몽 장 중 소   무 릉 화 처 미

暝還歸騎下, 蘿月映深溪.
명 환 귀 기 하   나 월 영 심 계

※ 註

1) 망초산(望楚山) : 호북성湖北省 양양襄陽 서쪽에 있는 산.
2) 회계(會稽) : 112쪽 주1) 참조.
3) 운몽(雲夢) : 166쪽 주2) 참조.
  무릉(武陵) : 지금의 호남성湖南省 상덕常德. 도연명陶淵明의 「도화원기桃花源記」에 의
  하면, 한 어부가 무릉도원을 발견한 후 다시 가려고 표시를 했으나 결국 길을 잃었다
  고 함.

망초산望楚山 최고봉에 올라

산수의 빼어난 경치 살펴봤더니
양양襄陽이 회계會稽보다 아름답다네.
가장 높은 곳에선 초 땅이 보인다는데
아직 한번도 오르지 못하였구나.
석벽은 깎아 만든 양 괴이하거늘
뭇 산들은 한결같이 나지막하네.
맑게 개인 날 한번 올라와 보니
눈길 닿는 끝까지 가이없어라.
운몽雲夢이 손에 쥘 듯 작게 뵈는데
무릉武陵의 복사꽃 핀 곳 찾을 길 없네.
어두워 말 타고 내려올 적에
송라 덩쿨에 걸린 달 깊은 계곡 비춰주누나.

採樵作
채 초 작

採樵入深山, 山深水重疊.
채 초 입 심 산　산 심 수 중 첩

橋崩臥查擁, 路險垂藤接.
교 붕 와 사 옹　노 험 수 등 접

日落伴將稀, 山風拂薜衣.[1]
일 락 반 장 희　산 풍 불 벽 의

長歌負輕策, 平野望烟歸.
장 가 부 경 책　평 야 망 연 귀

──────────────────────

≪ 註
─────────────────────────────────────

1) 벽의(薜衣) : '벽벽(薜薜)'은 늘푸른 넝쿨식물의 이름. 그 잎으로 만든 것을 벽의라 하는데, 은
자의 옷을 비유함.

나무하면서 지음

깊은 산 들어가 나무하자니
산 깊어 물길도 굽이굽이라.
다리 무너지고 누운 부목浮木 가로막으며
길 험해 늘어진 등나무와 부딪친다네.
해 지자 같이 간 이 드물어지고
산바람에 은자의 옷만 나부끼누나.
가벼운 잔가지 짊어매고 노래하면서
들판 연기 바라보며 돌아온다네.

早梅
조 매

園中有早梅, 年例犯寒開.
원 중 유 조 매   연 례 범 한 개

少婦爭攀折, 將歸揷鏡臺.
소 부 쟁 반 절   장 귀 삽 경 대

猶言看不足, 更欲剪刀裁.
유 언 간 부 족   갱 욕 전 도 재

때 이른 매화

정원의 때 이른 매화
올해도 추위 무릅쓰고 피어났구나.
새색시는 다투듯 꺾어 들고는
손에 쥔 채 돌아가 경대에 꽂네.
그러고도 '볼 만하지 않다' 말을 하고는
다시 가위질해 잘라내려 하는군.

澗南園卽事貽皎上人[1)]
간 남 원 즉 사 이 교 상 인

弊廬在郭外, 素業唯田園.
폐 려 재 곽 외　소 업 유 전 원

左右林野曠, 不聞城市喧.[2)]
좌 우 임 야 광　불 문 성 시 훤

釣竿垂北澗, 樵唱入南軒.
조 간 수 북 간　초 창 입 남 헌

書取幽棲事, 還尋靜者論.[3)]
서 취 유 서 사　환 심 정 자 론

≪ 註

1) 간남원(澗南園) : 남원南園이라고도 함. 138쪽 주1) 참조.
　교상인(皎上人) : 미상. '상인'은 승려의 별칭.
2) 성시(城市) : 조정과 시장. 명리를 추구하는 곳이란 뜻.
3) 정자(靜者) : 34쪽 주3) 참조.

간남원澗南園에서,
교상인皎上人에게 줌

허름한 초가 성곽 밖에 있나니
생업이란 전원에서 밭을 가는 일.
좌우로 숲과 들판 트여 있으며
세상의 소음일랑 들리지 않아.
북쪽 시내에선 낚싯대 드리우는데
남쪽 창에 나무꾼 노랫소리 들려온다오.
서신으로 은거의 생활은 알게 됐으니
장차 수행修行하는 분의 말씀도 탐구해보리.

白雲先生王逈見訪[1]
백 운 선 생 왕 형 견 방

歸閒日無事, 雲臥晝不起.[2]
귀 한 일 무 사 운 와 주 불 기

有客款柴扉, 自云巢居子.[3]
유 객 관 시 비 자 운 소 거 자

居閒好花木, 採藥來城市.
거 한 호 화 목 채 약 내 성 시

家在鹿門山, 常遊澗澤水.[4]
가 재 녹 문 산 상 유 간 택 수

手持白羽扇, 脚步靑芒履.[5]
수 지 백 우 선 각 보 청 망 리

聞道鶴書徵, 臨流還洗耳.[6]
문 도 학 서 징 임 류 환 세 이

≪ 註
1) 왕형(王逈) : 72쪽 주1) 참조.
2) 운와(雲臥) : 고와高臥와 같음. 편안히 눕다, 혹은 은거해 보낸다는 뜻으로도 쓰임.
3) 소거자(巢居子) : 은거하며 벼슬하지 않는 이를 가리킴.
4) 녹문산(鹿門山) : 54쪽 주1) 참조.
5) 백우선(白羽扇) : 백색의 깃털로 만든 부채.
   청망리(靑芒履) : 도사들이 착용하던 짚신의 일종.
6) 학서(鶴書) : 학두서鶴頭書. 서체書體의 이름으로, 옛날 현사賢士를 초빙하는 조서詔書를 쓸 때 이 서체를 사용했음.
   임류환세이(臨流還洗耳) : 옛날 요堯 임금이 허유許由에게 천하를 맡아 다스려달라고 했을 때 허유가 영천潁川에 가서 안 좋은 이야기를 들었다고 귀를 씻은 고사가 있음.

백운선생白雲先生 왕형王逈께서 찾아주셔서

한가로워 날마다 일이 없기에
편안히 누워 낮에도 일어나질 않는다.
손님 찾아와 사립문 두드리는데
스스로 이르길, "나는 은둔한 사람
한적히 살며 꽃나무 좋아하거늘
약초 캐어 성시城市에 오게 되었소."
집은 녹문산鹿門山에 있으며
늘 계곡 물가에 노닌다는데,
손에는 백우선白羽扇을 쥐고 있으며
풀로 엮은 신을 신고 걸어다니네.
듣자니 조정의 부름 받고선
되레 물가에서 귀를 씻었다 하네.

與黃侍御北津泛舟[1]
여 황 시 어 북 진 범 주

津無蛟龍患, 日夕常安流.[2]
진 무 교 룡 환　일 석 상 안 류

本欲避驄馬, 何知同鷁舟.[3]
본 욕 피 총 마　하 지 동 익 주

豈伊今日幸, 曾是昔年遊.
기 이 금 일 행　증 시 석 년 유

莫奏琴中鶴, 且隨波上鷗.[4]
막 주 금 중 학　차 수 파 상 구

堤緣九里郭, 山面百城樓.
제 연 구 리 곽　산 면 백 성 루

自顧躬耕者, 才非管樂儔.[5]
자 고 궁 경 자　재 비 관 악 주

聞君薦草澤, 從此泛滄洲.[6]
문 군 천 초 택　종 차 범 창 주

≪ 註

1) 황시어(黃侍御) : 이름 미상. 시어는 시어사侍御史의 줄임말로, 비리의 감찰을 담당하는 관리.
　북진(北津) : 호북성 양번시襄樊市 북쪽에 있는 나루터.
2) 교룡환(蛟龍患) : 옛날 양양태수襄陽太守 등하鄧遐가 수중의 이무기를 제거했다는 전설이 있음.
3) 총마(驄馬) : 청백색의 얼룩말. 한漢의 환전桓典이 어사가 되어 총마를 타고 다녀 백성들이 그를 피했다는 고사가 있음. 이에 후대에는 어사와 같은 고관을 가리키게 되었음. 여기서는 황시어를 비유한 것임.
　익주(鷁舟) : 뱃머리에 커다란 물새를 조각해놓은 배.
4) 금중학(琴中鶴) : 금곡琴曲 십이조十二操에서 아홉 번째인 별학조別鶴操를 가리킴. 이 별리의 정을 담아 곡조가 구슬픔.
　파상구(波上鷗) : 68쪽 주2) 해구海鷗 참조.
5) 궁경자(躬耕者) : 직접 농사 지으며 사는 재야의 은자를 가리킴.
　관악(管樂) : 관중管仲과 악의樂毅. 관중은 춘추시대 제齊의 재상으로 부국강병책을 써서 환공桓公을 제후 가운데 패자覇者로 만들었음. 악의는 전국시대 인물로, 연燕의 상장군이 되어 5개국의 연합군을 지휘해 제나라 70여 성을 함락시켰음.
6) 창주(滄洲) : 38쪽 주2) 참조.

황시어黃侍御와 북쪽 나루에 배 띄우고

나루에는 이무기 우환 없으며
밤낮으로 늘 잔잔히 물 흘러가네.
본디 총마어사驄馬御史 피하려 했건만
함께 배를 타게 될지 어이 알았나.
어찌 오늘날의 이런 행운이
지난날 놀이할 제와 같다 하리오.
거문고로 별학조別鶴操 타지를 마소!
차라리 물결 위 갈매기 좇아가려네.
방죽은 긴 성곽 에둘렀는데
산은 여러 성루와 접해 있구나.
돌이켜보니 몸소 밭 가는 나는
관중管仲 악의樂毅의 재주와 짝이 못 되나,
듣자니 그대 초야의 선비 천거하느라
여기 창주滄洲에 배를 띄우셨다고.

題長安主人壁[1]
제 장 안 주 인 벽

久廢南山田, 謬陪東閣賢.[2]
구 폐 남 산 전   유 배 동 합 현

欲隨平子去, 猶未獻甘泉.[3]
욕 수 평 자 거   유 미 헌 감 천

枕席琴書滿, 襄帷遠岫連.
침 석 금 서 만   건 유 원 수 련

我來如昨日, 庭樹忽鳴蟬.
아 래 여 작 일   정 수 홀 명 선

促織驚寒女, 秋風感長年.[4]
촉 직 경 한 녀   추 풍 감 장 년

授衣當九月, 無褐竟誰憐.
수 의 당 구 월   무 갈 경 수 련

※ 註

1) **장안주인(長安主人)** : 장안은 당唐의 도읍지, 지금의 섬서성陝西省 서안시西安市. 주인
   은 곧 시인이 진사시를 보기 위해 장안에 체류할 때의 집주인을 가리킴.
2) **남산(南山)** : 시인의 고향에 있던 산 이름.
   동합현(東閣賢) : 「한서漢書」「공손홍전公孫弘傳」에서 전고를 취한 것. 공손홍은 재상이
   된 후 객관을 만들어 동쪽의 쪽문으로 현인을 출입하게 하였음. 여기서는 시인이 장안에
   서 교유하던 장구령張九齡, 왕유王維 등을 가리킴.
3) **평자(平子)** : 동한의 문장가 장형張衡. 평자平子는 그의 자. 대표작으로 「귀전부歸田賦」
   가 있음.
   감천(甘泉) : 「감천부甘泉賦」를 가리킴. 164쪽 주4) 참조.
4) **촉직(促織)** : 귀뚜라미. 그 울음소리를 본따 이름한 것으로 '길쌈질을 재촉한다'는 뜻이
   담겨 있음.

장안長安 주인의 벽에

남산의 밭일랑 한참 묵혀둔 채로
조정의 현철한 분 모시었구나.
평자平子 따라 떠나고도 싶으나
아직 「감천부甘泉賦」를 바치지 못하였다오.
잠자리엔 거문고 서책 가득 차 있고
휘장 걷으니 먼 산봉우리 이어져 있네.
나 여기 온 것 어제인 듯하건만
정원의 나무엔 홀연 매미가 울어대누나.
가난한 여인 귀뚜라미 소리에 놀라는데
노인네는 가을 바람에 느꺼워하네.
구월이면 겨울옷 갖춰야 하니
털옷 없다 한들 끝내 누가 가여워하리.

庭橘
정 귤

明發覽群物, 萬木何陰森.
명 발 남 군 물　만 목 하 음 삼

凝霜漸漸水, 庭橘似縣金.
응 상 점 점 수　정 귤 사 현 금

女伴爭攀摘, 摘窺礙葉深.
여 반 쟁 반 적　적 규 애 엽 심

並生憐共蔕, 相示感同心.
병 생 연 공 체　상 시 감 동 심

骨刺紅羅被, 香粘翠羽簪.[1]
골 자 홍 라 피　향 점 취 우 잠

擎來玉盤裏, 全勝在幽林.
경 래 옥 반 리　전 승 재 유 림

≪ 註

1) **홍라피(紅羅被)**: '피被'는 '피帔'와 같음. 붉은 명주로 만든 덧옷으로, 부녀자가 어깨와 등에 걸치는 복식.
　　취우잠(翠羽簪): 부녀자가 머리에 꽂는 장식. 비취새의 긴 깃털과 모양이 비슷함.

정원의 귤나무

동틀 무렵 뭇 사물 살펴보자니
온 나무들 어찌 그리 어둑하던고.
맺혔던 서리 차츰 물방울 되고
정원 귤나무엔 금덩이 달아놓은 양.
여인들 앞다퉈 잡아 따는데
나뭇잎 무성해 눈길을 가리우누나.
꼭지를 같이해 나란히 자라 어여쁘거늘
서로 보이며 한마음을 느껴본다네.
뾰족한 가시는 붉은 비단 덧옷
차진 향기는 비취새 깃털 머리장식.
옥쟁반에 따 담아 들고 오는데
그윽한 수풀 속에 으뜸이로다.

夜歸鹿門歌[1)]
야 귀 녹 문 가

山寺鳴鐘晝已昏, 漁梁渡頭爭渡喧.[2)]
산 사 명 종 주 이 혼　어 량 도 두 쟁 도 훤

人隨沙岸向江村, 余亦乘舟歸鹿門.
인 수 사 안 향 강 촌　여 역 승 주 귀 녹 문

鹿門月照開煙樹, 忽到龐公棲隱處.[3)]
녹 문 월 조 개 연 수　홀 도 방 공 서 은 처

巖扉松徑長寂寥, 惟有幽人自來去.[4)]
암 비 송 경 장 적 료　유 유 유 인 자 래 거

≪ 註

1) 녹문(鹿門) : 54쪽 주1) 참조.
2) 어량(漁梁) : 모래섬의 이름. 양양襄陽의 동쪽, 한수漢水 가운데에 있었음.
3) 방공(龐公) : 방덕공龐德公. 54쪽 주3) 참조.
4) 암비(巖扉) : 산속 바위 사이에 있는 문.

밤에 녹문鹿門으로 돌아가며

산사 종소리에 날 이미 어스름하고
앞서 건너랴 어량나루 떠들썩하네.
사람들 모래 기슭 따라 강촌을 향해 갈 제에
나는야 배에 올라 녹문으로 돌아가노라.
녹문엔 달 비춰 안개 낀 나무 드러나는데
어느덧 방덕공 은거했던 곳에 이르게 되네.
바위 문 솔 숲길 오래도록 적막하거늘
오직 숨어사는 이 있어 그 홀로 오고간다네.

和盧明府送鄭十三還京兼寄之什[1]
화 노 명 부 송 정 십 삼 환 경 겸 기 지 십

昔時風景登臨地, 今日衣冠送別筵.[2]
석 시 풍 경 등 림 지 금 일 의 관 송 별 연

閑臥自傾彭澤酒, 思歸長望白雲天.[3]
한 와 자 경 팽 택 주 사 귀 장 망 백 운 천

洞庭一葉驚秋早, 濩落空嗟滯江島.
동 정 일 엽 경 추 조 확 락 공 차 체 강 도

寄語朝廷當世人, 何時重見長安道.[4]
기 어 조 정 당 세 인 하 시 중 견 장 안 도

≪ 註

1) **노명부(盧明府)** : 양양襄陽 현령을 지낸 노상盧象으로 추정됨. 명부明府는 본래 한대漢代에 군수를 가리키는 말이나 당대에는 현령의 호칭으로 사용되었음.
   정십삼(鄭十三) : 화음華陰 태수를 지낸 정천鄭倩之라는 인물로 추정됨.
   십(什) : 본래『시경』에서 열 편을 한 권으로 묶은 것을 지칭하는 말이나 후대에는 시편을 가리키는 말이 되었음.
2) **의관(衣冠)** : 사대부의 복식. 사士 이상의 신분이 되어야 관을 착용할 수 있기에 사대부를 가리키는 말이 되었음.
3) **팽택주(彭澤酒)** : 팽택은 애주가로 이름난 진晉의 도연명陶淵明이 현령을 지낸 곳. 여기서는 특별한 뜻 없이 술 혹은 술병을 가리켜 말한 것임.
4) **당세인(當世人)** : 고위 관직에 나가 정무를 처리하는 사람.

노명부盧明府의「송정십삼환경送鄭十三還京」에 화답하여 기증한 시

예전에 풍경 보려 오르던 이곳
오늘은 선비들 모여 송별연의 자리 열었구나.
한가히 누웠자니 팽택彭澤의 술 절로 쓰러지고
돌아갈 생각에 흰 구름 뜬 하늘 오래 바라본다.
동정호洞庭湖 낙엽 하나에 가을 일러 놀라다가는
쓰이지 못함 괜스레 탄식하며 강가 섬에 머물렀구나.
조정의 높은 이들에게 말을 전하나니
어느 날 다시 장안 대로에서 만나볼꺼나.

送王七尉松滋得陽臺雲[1]
송 왕 칠 위 송 자 득 양 대 운

君不見
군 불 견

巫山神女作行雲, 霏紅沓翠曉氛氳.[2]
무 산 신 녀 작 행 운 비 홍 답 취 효 분 온

嬋娟流入襄王夢, 倏忽還隨零雨分.[3]
선 연 류 입 양 왕 몽 숙 홀 환 수 영 우 분

空中飛去復飛來, 朝朝暮暮下陽臺.
공 중 비 거 부 비 래 조 조 모 모 하 양 대

愁君此去爲仙尉, 便逐行雲去不迴.[4]
수 군 차 거 위 선 위 변 축 행 운 거 불 회

※ 註

1) **왕칠(王七)**: 이름 미상. 칠은 배항排行.
   위송자(尉松滋): 송자松滋의 현위縣尉가 되었다는 뜻. 송자는 호북성의 한 지역, 현위는 현의 치안을 담당하는 관직명.
   득양대운(得陽臺雲): '양대운'과 관련된 내용으로 시를 지었다는 뜻.
2) **무산신녀(巫山神女)**: 62쪽 주4) 양왕몽襄王夢 참조. 이 시의 양왕몽襄王夢, 영우零雨, 양대陽臺, 행운行雲 등의 시어는 모두 무산신녀와 관련된 것임.
3) **선연(嬋娟)**: 곱고 예쁘다는 뜻. 여기서는 무산신녀를 가리킴.
4) **선위(仙尉)**: 현위縣尉와 같은 뜻. 한漢의 매복梅福이 남창南昌 현위로 있다 신선이 됐다는 전설이 있어 현위를 선위라 부르게 되었음.

왕칠王七이 송자현위松滋縣尉로 가게 되어 전송하며.
'양대운陽臺雲'으로 지음.

그대 보지 못하였던가?

무산신녀巫山神女 떠가는 구름이 되어

아침이면 몽롱히 붉고 푸른 기운 자욱해짐을.

아리따운 모습으로 양왕襄王의 꿈에 찾아들고는

홀연 떨어지는 비를 따라 헤어졌다네.

공중으로 날아갔다 다시 또 날아오나니

아침마다 저녁마다 양대陽臺로 내려왔다네.

시름겨운 그대 이제 떠나 선위仙尉가 되니

문득 떠가는 구름 따라가곤 돌아오지 않으리.

鸚鵡洲送王九遊江左¹⁾
앵 무 주 송 왕 구 유 강 좌

昔登江上黃鶴樓, 遙愛江中鸚鵡洲.²⁾
석 등 강 상 황 학 루 　 요 애 강 중 앵 무 주

洲勢逶迤繞碧流, 鴛鴦鸂鶒滿沙頭.³⁾
주 세 위 이 요 벽 류 　 원 앙 계 칙 만 사 두

沙頭日落沙磧長, 金沙耀耀動飇光.
사 두 일 락 사 적 장 　 금 사 요 요 동 표 광

舟人牽錦纜, 　 浣女結羅裳.
주 인 견 금 람 　 　 완 녀 결 라 상

月明全見蘆花白, 風起遙聞杜若香, 君行采采莫相忘.⁴⁾
월 명 전 견 노 화 백 　 풍 기 요 문 두 약 향 　 군 행 채 채 막 상 망

※※ **註**

1) 앵무주(鸚鵡洲) : 호북성 무한시武漢市 서남쪽의 장강 유역에 있던 섬.
　왕구(王九) : 왕형王逈. 72쪽 주1) 참조.
　강좌(江左) : 장강 하구 지역으로, 지금의 강소성 일대.
2) 황학루(黃鶴樓) : 116쪽 주2) 참조.
3) 원앙계칙(鴛鴦鸂鶒) : 원앙은 오리보다 체구가 작은 물새로 암수가 잘 붙어다님. 계칙은
　원앙과 비슷하나 더 큰 물새. 자색을 띠어 자원앙이라 불림.
4) 두약(杜若) : 향초의 이름. 따뜻한 지방의 그늘진 곳에 저절로 남. 키는 30센티미터, 여
　름에 황적색의 이삭 모양의 꽃이 핌.
　군행(君行) : 『초사楚辭 · 구가九歌 · 상군湘君』에 두약을 캐서 여인에게 준다는 구절이
　있어, 이를 원용한 것임.

앵무주鸚鵡洲.
강좌江左로 노닐러 가는 왕구王九를 전송하며

옛날 강가 황학루에 올라서는

멀리 뵈는 강 속의 앵무주 좋아하게 되었지.

섬 모양 구불구불 푸른 물결 둘러쌌고

원앙 자원앙 모래톱에 그득하였네.

긴 서덜의 모래톱에 해가 질 제에

금모래 반짝반짝 섬광을 발하였으며,

사공은 닻줄을 끌어당기고

빨래하던 여인 치마를 허리에 감싸 안았네.

달 밝아 흰 갈대꽃 잘도 보이고

바람 일자 멀리서 두약杜若 향기 퍼져오누나,

그대 가거든 캐어 오시고 서로를 잊지 마시길….

高陽池送朱二[1]
고 양 지 송 주 이

當昔襄陽雄盛時, 山公常醉習家池.[2]
당 석 양 양 웅 성 시   산 공 상 취 습 가 지

池邊釣女自相隨, 粧成照影競來窺.
지 변 조 녀 자 상 수   장 성 조 영 경 래 규

澄波淡淡芙蓉發, 綠岸毿毿楊柳垂.
징 파 담 담 부 용 발   녹 안 삼 삼 양 류 수

一朝物變人亦非, 四面荒涼人住稀.
일 조 물 변 인 역 비   사 면 황 량 인 주 희

意氣豪華何處在? 空餘草露濕羅衣.
의 기 호 화 하 처 재   공 여 초 로 습 라 의

此地朝來餞行者, 翻向此中牧征馬.
차 지 조 래 전 행 자   번 향 차 중 목 정 마

征馬分飛日漸斜, 見此空爲人所嗟.
정 마 분 비 일 점 사   견 차 공 위 인 소 차

殷勤爲訪桃源路, 予亦歸來松子家.[3]
은 근 위 방 도 원 로   여 역 귀 래 송 자 가

※ 註

1) 고양지(高陽池) : 동한 때 습욱習郁이 판 못으로, 습가지習家池라고도 함. 호북성 양번 시 남쪽에 있음.
　 주이(朱二) : 이름 미상.
2) 산공(山公) : 진晉의 산간山簡을 가리킴. 정남장군征南將軍을 지냈으며 양양에 있을 때 자주 습가지에 가서 대취하고는 그곳을 고양지라 이름하였음.
3) 도원로(桃源路) : 90쪽 주2) 도화원桃花源 참조.
　 송자(松子) : 적송자赤松子. 고대 전설 속의 신선. 신농神農 시대에 우사雨師를 지냈다 고 함.

고양지高陽池에서 주이朱二를 보내며

옛날 양양襄陽이 번성하던 때
산공山公은 늘 습가지習家池에서 취하였다네.
못가에 낚시하던 여인들 따라와서는
단장한 모습 물에 비추며 앞다퉈 엿보았었지.
맑은 물결 찰랑찰랑 연꽃은 피고
초록 언덕에 버들 축축 늘어졌거늘,
하루아침 세상 변하고 사람도 사라져
사방 황량하고 사는 이 드물어졌네.
호화롭던 기개 어느 곳에 남아 있을까?
부질없이 풀 이슬만 옷을 적시네.
이곳에서 아침부터 송별하던 이
되레 여기서 먼 길 떠나려 말을 먹이네.
나그네의 말 떠나가고 해는 차츰 기우는데
이를 보노라니 속절없이 사람을 탄식케 하네.
정녕 도화원桃花源 가는 길 찾아가리니
나 또한 적송자赤松子의 집으로 돌아가려네.

西山尋辛諤[1]
서 산 심 신 악

漾舟乘水便, 因訪故人居.
양 주 승 수 편　인 방 고 인 거

落日淸川裏, 誰言獨羨魚?[2]
낙 일 청 천 리　수 언 독 선 어

石潭窺洞徹, 沙岸歷紆餘.
석 담 규 통 철　사 안 역 우 여

竹嶼見垂釣, 茅齋聞讀書.
죽 서 견 수 조　모 재 문 독 서

款言忘景夕, 淸興屬涼初.
관 언 망 경 석　청 흥 속 량 초

回也一瓢飮, 賢哉常晏如.[3]
회 야 일 표 음　현 재 상 안 여

≪ 註

1) 서산(西山) : 시인의 장원이 있던 양양의 간남원澗南園 서쪽에 있던 산.
　　신악(辛諤) : 미상. 114쪽 주1) 참조.
2) 선어(羨魚) : 『회남자淮南子』「설림훈說林訓」에 "강물에 임해 물고기를 탐내기보다는 집에 돌아가 그물을 짜는 것이 낫다"는 구절이 있음. 여기서는 물고기를 탐낼 뿐만 아니라 강가의 아름다운 풍경도 좋아한다는 뜻.
3) 회야(回也) : 회는 공자의 제자 안회顔回를 가리킴. 『논어論語』「옹야雍也」에 "어질도다, 안회예! 한 대그릇의 밥과 한 표주박의 음료수로 남들은 그 근심을 견디지 못하거늘 안회는 그 즐거움을 고치지 않는구나賢哉回也! 一簞食一瓢飮, 在陋巷, 人不堪其憂, 回也不改其樂" 하는 구절이 있음.

서산으로 신악辛諤을 찾아가

배 띄워 편안히 물결 타고서
오랜 벗의 거처를 찾아가노라.
맑은 시내 속으로 해는 떨어지는데
뉘 말하리? 오로지 물고기만을 욕심낸다고.
바위 못가에서 맑고 투명함 살피다가는
모래 언덕 구불구불한 곳 지나쳐간다.
대 자라는 섬에선 낚시 드리운 것 바라보다가
초가 서재에 글 읽는 소리도 들어본다오.
정다운 얘기에 날 저무는 줄 모르겠으며
맑은 흥취는 서늘해질 때까지 이어진다네.
한 표주박의 물 마시던 안회여.
어질도다! 늘 편안히 여기었구나.

冬至後過吳張二子檀溪別業[1]
동지후과오장이자단계별업

卜築依自然, 檀溪不更穿.[2]
복축의자연　단계불갱천

園林二友接, 水竹數家連.
원림이우접　수죽수가련

直取南山對, 非關選地偏.
직취남산대　비관선지편

卜隣依孟母, 共井讓王宣.[3]
복린의맹모　공정양왕선

曾是歌三樂, 仍聞詠五篇.[4]
증시가삼락　잉문영오편

草堂時偃曝, 蘭枻日周旋.
초당시언폭　난예일주선

外事情都遠, 中流性所便.
외사정도원　중류성소편

閑垂太公釣, 興發子猷船.[5]
한수태공조　흥발자유선

余亦幽棲者, 經過竊慕焉.
여역유서자　경과절모언

梅花殘臘月, 柳色半春天.
매화잔랍월　유색반춘천

鳥泊隨陽鴈, 魚藏縮項鯿.[6]
조박수양안　어장축항편

停杯問山簡, 何似習池邊?[7]
정배문산간　하사습지변

동지冬至 지나 오·장 두 선생의 단계檀溪 별장에 들러

자연스럽게 터 잡아 집을 지으니
단계檀溪 땅을 파헤치지 아니하였네.
두 벗의 원림 인접해 있고
물가 대숲은 여러 집에 잇닿았구나.
다만 남산을 마주하려 했을 뿐
외진 땅 고르려 하진 아니했구려.
맹모孟母에 의지해 이웃 고르고
왕선王宣을 본받아 우물을 함께 쓴다네.
일찍부터 세 가지 즐거움 노래하더니
다섯 편의 시 읊조림을 듣게 되누나.
때때로 초당에 누워 햇볕을 쬐며
날마다 배 타고 놀러다니네.
세상일 모두가 마음에 멀고
정도正道를 천성에 편히 여기니,
한가롭게 강태공姜太公인 양 낚시 드리우고
흥겨우면 왕자유王子猷처럼 배 타고 찾아가네.
나 또한 그윽한 곳에 은거하는 이

강태공姜太公

≪ 註

1)오장(吳張) : 미상.

　단계(檀溪) : 호북성 양번시襄樊市의 서남쪽에 있는 냇물.

2)복축(卜築) : 땅을 골라 집을 지음.

3)맹모(孟母) : 맹자의 모친. 자식의 교육환경을 위해 세 번을 이사하였음.

　왕선(王宣) : 왕찬王粲. 자가 중선仲宣임. 한漢 말기의 문학가로 번흠繁欽이란 자와 이
　웃이 되어 우물을 같이 사용했음.

4)삼락(三樂) : 세 가지의 즐거움. 「논어」, 「맹자」, 「열자」에 각기 다른 삼락을 언급한 바 있음.

　오편(五篇) : 반고班固의 「동도부東都賦」에 나오는 다섯 편의 시를 가리킴.

5)태공(太公) : 강태공姜太公을 가리킴. 92쪽 주3) 참조.

　자유(子猷) : 왕휘지王徽之의 자. 진晉나라 사람으로 눈 오는 밤에 배를 타고 친구 대안
　도戴安道를 찾아갔으나 흥이 다해 문 앞에서 그냥 되돌아왔다는 고사가 있음.

6)수양안(隨陽雁) : 큰기러기. 태양을 좇아 남북으로 이동하기에 붙여진 이름.

　축항편(縮項編) : 124쪽 주2) 참조.

7)산간(山簡) : 194쪽 주2) 참조.

　습지(習池) : 194쪽 주1) 고양지高陽池 참조.

지날 때마다 남몰래 사모하였소.
매화는 섣달 되어 시들어가고
버들 빛 절반은 봄날 같은데,
큰기러기 보금자리에 깃들었으며
방어는 물속으로 숨어들었네.
술잔 멈추고 산간山簡께 여쭙겠나니
습가지習家池 주변과 어떠하리오?

陪張丞相自松滋江東泊渚宮[1)]
배장승상자송자강동박저궁

放溜下松滋, 登舟命檝師.
방류하송자 　 등주명즙사

寧忘經濟日, 不憚洰寒時.
영망경제일 　 불탄호한시

洗幘豈獨古? 濯纓良在茲.[2)]
세책기독고 　 탁영양재자

政成人自理, 機息鳥無疑.[3)]
정성인자리 　 기식조무의

雲物吟孤嶼, 江山辯四維.
운물음고서 　 강산변사유

晚來風稍緊, 冬至日行遲.[4)]
만래풍초긴 　 동지일행지

獵響驚雲夢, 漁歌激楚辭.[5)]
엽향경운몽 　 어가격초사

渚宮何處是? 川暝欲安之?
저궁하처시 　 천명욕안지

《註

1) **장승상(張丞相)**: 장구령張九齡을 가리킴. 156쪽 주1) 참조.
　　송자강(松滋江): 호북성 송자현을 지나는 장강의 물줄기.
　　저궁(渚宮): 춘추시대 초나라의 별궁. 옛터가 호북성 사시沙市에 있음.
　　세책(洗幘): 후한 파지巴祗와 관련된 고사. 양주자사로 있으면서 녹봉을 남김없이 사용했으며, 검은 두건이 낡아도 새로 바꾸지 않고 물들여 먹어서 계속 사용하였음.
2) **탁영(濯纓)**: 『초사』 「어부」에 "창랑의 물이 맑거든 내 갓끈을 씻을 수 있다滄浪之水淸兮, 可以濯吾纓"는 구절이 있음.
3) **기식(機息)**: 기심機心이 그침. 68쪽 주4) 해구海鷗 참조.
4) **일행지(日行遲)**: 동지가 지난 후 낮이 점차 길어짐을 의미함.
5) **운몽(雲夢)**: 운몽택雲夢澤. 166쪽 주2) 참조.
　　어가(漁歌): 저궁이 있던 곳이 옛 초나라 땅이었으므로 어부가가 초성楚聲을 띠었다고 한 것임.

장승상張丞相을 모시고 송자강松滋江 동쪽에서 저궁渚宮으로 가 묵다

순류 타고 송자松滋로 내려가라고
배에 올라 사공에게 명을 하시네.
어이 경세제민의 나날을 잊으시리오?
추운 시절도 꺼리지 아니하누나.
어찌 옛날에만 두건을 먹물에 헹궈냈으리?
실로 지금 갓끈을 씻을만 하네.
정사가 이뤄져 백성들 절로 다스려지고
기심機心 사라져 새들도 의심치 않네.
경물 바라보며 외딴 섬 노래하고는
강산 돌아보며 사방을 분간해보네.
날 저물며 바람 조금 급해지는데
동지 되어 해의 운행 더디어간다.
운몽雲夢의 사냥 소리 떠들썩하고
초 땅의 어가漁歌 소리 커져가는데,
저궁渚宮은 어느 곳에 있단 말인가?
강물 어둡거늘 어디로 가려 하는지….

陪盧明府泛舟迴峴山作¹⁾
배 노 명 부 범 주 회 현 산 작

百里行春返, 清流逸興多.²⁾
백 리 행 춘 반　　청 류 일 흥 다

鷁舟隨雁泊, 江火共星羅.³⁾
익 주 수 안 박　　강 화 공 성 라

已救田家旱, 仍憂俗化訛.
이 구 전 가 한　　잉 우 속 화 와

文章推後輩, 風雅激頹波.⁴⁾
문 장 추 후 배　　풍 아 격 퇴 파

高岸迷陵谷, 新聲滿棹歌.
고 안 미 릉 곡　　신 성 만 도 가

猶憐不調者, 白首未登科.⁵⁾
유 련 부 조 자　　백 수 미 등 과

※ 註
1) **노명부(盧明府)** : 188쪽 주1) 참조.
　　현산(峴山) : 42쪽 주2) 양공현산하羊公峴山下 참조.
2) **백리(百里)** : 일개 현縣의 관할 지역이 대략 백 리 정도였음.
　　행춘(行春) : 지방관이 봄철에 농사 준비를 시찰하는 것.
3) **익주(鷁舟)** : 178쪽 주3) 참조.
4) **풍아(風雅)** : 본래 『시경』의 국풍國風과 대아大雅, 소아小雅를 일컫는 말. 시문을 통한
　　교화를 의미하기도 함.
5) **부조자(不調者)** : 세속과 어울리지 못하는 사람.

노명부盧明府를 모시고 배 띄웠다 현산峴山으로 돌아오며 지음

온 고을에 봄시찰 마치고 돌아오는 길
맑은 물결에 드높은 흥취 넘쳐나누나.
기러기 따라와 배를 정박할 제에
강가엔 불빛이 별과 함께 늘어섰네.
농가의 가뭄 구제해주고
풍속 교화 잘못될까 염려하시며,
문장으로 후배들 추천하시고
풍아로써 퇴패한 풍속을 진작시키네.
높은 산언덕의 능선과 골짝 어스름한데
새로운 노랫가락 뱃노래에 그득하구나.
어울리지 못하는 나만이 가련하나니
머리 희도록 급제하지 못하였구나.

陪張丞相祠紫蓋山途經玉泉寺[1]
배 장 승 상 사 자 개 산 도 경 옥 천 사

望秩宣王命, 齋心待漏行.[2]
망 질 선 왕 명　 재 심 대 루 행

靑襟列冑子, 從事有參卿.[3]
청 금 열 주 자　 종 사 유 참 경

五馬尋歸路, 雙林指化城.[4]
오 마 심 귀 로　 쌍 림 지 화 성

聞鐘度門近, 照膽玉泉淸.[5]
문 종 도 문 근　 조 담 옥 천 청

皂蓋依林憩, 緇徒擁錫迎.[6]
조 개 의 림 게　 치 도 옹 석 영

天宮近兜率, 沙界豁迷明.[7]
천 궁 근 도 솔　 사 계 활 미 명

欲就終焉志, 恭聞智者名.[8]
욕 취 종 언 지　 공 문 지 자 명

人隨逝水歎, 波逐覆舟傾.[9]
인 수 서 수 탄　 파 축 복 주 경

想像若在眼, 周流空復情.
상 상 약 재 안　 주 류 공 부 정

謝公還欲臥, 誰與濟蒼生?[10]
사 공 환 욕 와　 수 여 제 창 생

장승상張丞相을 모시고 자개산紫蓋山에서 제를 올리고, 도중에 옥천사玉泉寺를 지나며

왕명을 거행해 산천에 제사드리니
치성 드리며 날 밝기 기다리도다.
학생과 경대부의 자제 늘어섰으며
종사와 참경들도 자리하였네.
태수는 돌아갈 길 찾아가시다
쌍림雙林에서 화성化城을 가리키시네.
종소리 들리니 도문사度門寺 가까웁거늘
거울처럼 투명한 옥천玉泉 맑기도 해라.
숲가에서 수레를 쉬고 있자니
승려는 석장錫杖 짚고 맞이하는데,
천궁天宮이라 도솔천兜率天 가까웁고
사계沙界는 확 트여 미혹된 자 밝혀준다네.
예서 늙어죽을 뜻 이루고 싶나니
삼가 지자대사智者大師 높은 이름 듣게 된다.
사람들 서수逝水의 탄식 좇아 하는데
물결은 기울어진 복주산覆舟山 뒤따르네.

1)장승상(張丞相) : 장구령張九齡. 156쪽 주1) 참조. 당시 형주대도독부장사荊州大都督府 長史로 좌천되어 있었음.

　자개산(柴蓋山) : 호북성 당양현當陽縣 남쪽에 있는 산.

　옥천사(王泉寺) : 호북성 당양현 서남쪽 옥천산 기슭에 있는 사찰.

2)망질(望秩) : 멀리서 산천을 바라보며 순서에 따라 제사를 지내는 것.

　대루(待漏) : 시간이 흘러 날이 밝기를 기다린다는 뜻. 누漏는 물시계를 가리킴.

3)청금(靑襟) : 청색의 옷깃. 주周대에 학생이 입던 복장, 학생을 가리키기도 함.

　주자(胄子) : 경대부卿大夫의 자제를 가리킴.

　종사(從事) : 주의 자사刺史 밑의 관리.

　참경(參卿) : 참좌參佐와 같음.

4)오마(五馬) : 태수太守. 태수가 외출할 때 다섯 마리의 말이 끄는 수레를 탔었음.

　쌍림(雙林) : 사라쌍수沙羅雙樹의 숲. 석가모니가 열반한 곳. 이후 극락왕생의 정토淨土 를 가리키게 되었음.

　화성(化城) : 성불成佛을 향한 길을 가는 중생들의 고초를 위로하기 위해 만든 환상의 성. 여기서는 옥천사를 가리킴.

5)도문(度門) : 중생을 구제하는 문. 여기서는 도문사度門寺를 가리킴. 옥천사 부근에 있음.

　조담(照膽) : 깨끗한 거울 혹은 맑고 투명한 물을 비유함.

6)조개(皂蓋) : 검은색으로 덮개를 씌운 수레. 군수 이상이 승용하였음.

　치도(淄徒) : 승려를 가리키는 말. 흑색으로 옷을 해 입는 무리라는 뜻.

7)천궁(天宮) : 도솔천의 내원內院. 미륵보살이 거주한다는 곳.

　도솔(兜率) : 도솔천兜率天. 욕계육천欲界六天의 넷째 하늘. 내원內院은 미륵보살의 정 토, 외원外院은 천중天衆의 환락처라 함.

　사계(沙界) : 불교에서 말하는 항하사수恒河沙數(갠지즈 강의 모래만큼 많은 세계) 삼천대천 세계三千大千世界. 부처가 거주한다는 곳.

8)지자(智者) : 지의智顗. 수隋나라의 고승이자 천태종의 제3조. 수 양제에 의해 지자대사 智者大師라는 칭호를 받음.

9)서수(逝水) : 시간의 흐름이 빠름을 비유함.「논어」「자한」에서 공자가 말하길, "가는 것 이 이와 같구나, 밤낮을 쉬지 않는도다.(逝者如斯乎, 不舍晝夜!)"하였음.

　복주(覆舟) : 산 이름. 봉우리가 배를 뒤집어놓은 것 같은 형상임. 지자대사가 여기에 거 처하면서 이름을 옥천산玉泉山으로 바꾸었음.

10)사공(謝公) : 동진東晉의 사안謝安. 여기서는 장구령을 사안에 비긴 것임. 사안이 회계 會稽의 동산에 은거하며 세상일에 관여하지 않자 당시 사람들이 "장차 창생이 어찌 되 려나" 하며 걱정하였음.

물상을 떠올려도 눈앞에 있는 듯한데
두루 다니다 보니 괜시리 정만 생겨나네.
사공謝公께선 되레 은퇴하려 하시니
뉘와 더불어 창생을 구제하게 되려나.

臘月八日於剡縣石城寺禮拜[1]
납 월 팔 일 어 섬 현 석 성 사 예 배

石壁開金像, 香山繞鐵圍.[2]
석 벽 개 금 상　향 산 요 철 위

下生彌勒見, 回向一心歸.[3]
하 생 미 륵 현　회 향 일 심 귀

竹柏禪庭古, 樓臺世界稀.[4]
죽 백 선 정 고　누 대 세 계 희

夕嵐增氣色, 餘照發光輝.
석 람 증 기 색　여 조 발 광 휘

講席邀談柄, 泉堂施浴衣.[5]
강 석 요 담 병　천 당 시 욕 의

願承功德水, 從此濯塵機.[6]
원 승 공 덕 수　종 차 탁 진 기

≪ 註

1) **납월팔일(臘月八日)** : 음력 12월 8일. 석가모니가 성도成道한 날로 전해짐.
　　섬현(剡縣) : 옛 성城이 절강성 신창현新昌縣 서남쪽에 있음.
　　석성사(石城寺) : 남조 제齊나라 때 암벽에 백 척 높이의 미륵불상을 조성하고 절을 세웠음.
2) **금상(金像)** : 금색의 불상. 암석 위에 새겨진 미륵불을 가리킴.
　　향산(香山) : 불교에서 말하는 염부제주閻浮提洲의 최고 중심. 곤륜산과 설산 사이에 있다고 함.
　　철위(鐵圍) : 철위산鐵圍山. 불경에서 말하는, 남섬부주南贍部洲 등 사대부주四大部洲의 바깥에 있는 산. 중심은 수미산이며 바깥에 7개의 산과 8개의 바다가 있고 그 외곽을 철위산이 둘러싸고 있다 함.
3) **미륵(彌勒)** : 미륵보살彌勒菩薩. 남천축南天竺의 바라문 가문에서 태어나 석가여래의 불위佛位를 이어받는다는 부처. 여기서는 석성사 안의 미륵불상을 가리킴.
　　회향(回向) : 자기가 닦은 공덕을 돌려서 목적하는 곳으로 향하여 나가는 것.
4) **선정(禪庭)** : 사찰의 정원.
　　세계(世界) : 본래 '세世'는 시간, '계界'는 공간을 의미하며, 유정한 세계 혹은 국토를 가리킴. 세간世間과 같음.
5) **담병(談柄)** : 옛날 사람이 청담淸談을 할 때 들고 있던 먼지떨이나 나뭇가지 따위.
　　천당(泉堂) : 사찰에서 목욕하던 못. 불가 교의에 따라 속세의 생각들을 닦아내는 것을 비유하기도 함.
6) **공덕수(功德水)** : 팔공덕지八功德池의 물. 서방 극락세계에 있으며 마음의 때를 닦아준다고 함.

섣달 팔일,
섬현剡縣 석성사石城寺에서 예배 드리고

바위벽에 금빛 불상 새겨놓으니
향산香山이 철위산鐵圍山에 둘러싸인 듯.
세상에 오신 미륵불彌勒佛 만나뵙고는
방향을 돌려 한 마음으로 귀의하려네.
대와 잣나무 자라는 절 마당 옛스러운데
누대에는 세속의 자취 찾을 길 없네.
저물녘 이내는 푸르고 흐릿한 기색 더해가고
지던 해 남은 빛을 발하는구나.
불경 강론하는 자리엔 담병談柄을 맞아들이고
목욕하는 샘터에 목욕 옷 펼치어둔다.
원컨대 공덕수功德水 받아들여서
이로부터 진세의 기심機心을 닦아내고자.

同獨孤使君東齋作¹⁾
동 독 고 사 군 동 재 작

郞官舊華省, 天子命分憂.²⁾
낭 관 구 화 성   천 자 명 분 우

襄土歲頻旱, 隨車雨再流.³⁾
양 토 세 빈 한   수 거 우 재 류

雲陰自南楚, 河潤及東周.⁴⁾
운 음 자 남 초   하 윤 급 동 주

廨宇宜新霽, 田家賀有秋.⁵⁾
해 우 의 신 제   전 가 하 유 추

竹間殘照入, 池上夕陽浮.
죽 간 잔 조 입   지 상 석 양 부

寄謝東陽守, 何如八詠樓?⁶⁾
기 사 동 양 수   하 여 팔 영 루

≪ 註

1) 독고사군(獨孤使君) : 양주자사襄州刺史를 지낸 독고책獨孤册을 가리킴. 하남河南 사람으로, 자는 백모伯謀. 사군使君은 주군州郡의 장관에 대한 통칭.

2) 낭관(郞官) : 육부六部의 낭중郞中, 원외랑員外郞을 가리키는 말. 독고책이 호부낭중戶部郞中을 역임했기에 이렇게 부른 것임.
   화성(華省) : 중앙의 청요직淸要職에 해당하는 관서. 여기서는 낭서郞署를 가리킴.
   분우(分憂) : 천자의 정치적 근심을 분담한다는 뜻. 주로 군수郡守, 자사刺史의 직책을 가리킴.

3) 수거(隨車) : 후한後漢의 정홍鄭弘과 관련된 고사. 지방관으로 선정을 베풀었으며 그가 수레를 타고 가면 가물었던 곳에 비가 내렸다고 함.

4) 남초(南楚) : 양양襄陽 일대를 가리킴. 양양이 위치한 남방은 옛날 초나라 지역이었음.
   동주(東周) : 주나라 평왕平王으로부터 난왕赧王에 이르기까지 낙양洛陽에 도읍한 시기를 동주시대라고 함. 여기서는 낙양 일대를 가리킴.

5) 유추(有秋) : 농사를 지어 가을에 작물의 수확을 기대할 것이 있다는 뜻.

6) 동양수(東陽守) : 심약沈約을 가리킴. 남조 제齊나라 사람으로 동양군의 태수를 지냈음.
   팔영루(八詠樓) : 심약이 동양태수로 있으며 현창루玄暢樓에서 8편의 시를 지었기에 후대에 팔영루라는 이름을 갖게 되었음.

독고사군獨孤使君이 '동재東齋'에서 지은 시에 화답함

화려한 관서에 낭관郎官으로 계시었거늘
천자께서 근심을 덜어달라 명하시었다.
양양襄陽 땅 해마다 가물었건만
수레를 따라 비 다시 내리는도다.
남쪽 초楚 땅부터 구름이 자욱하더니
혜택이 멀리 동주東周 땅까지 끼치는구나.
관사官舍는 막 비가 개어 보기 좋은데
농가에선 추수할 것 있다며 축하한다네.
대숲 사이로 남은 햇빛 비추어들고
연못 위엔 석양이 떠 있거늘,
동양태수東陽太守께 말씀드리옵나니
팔영루八詠樓와 비교하여 어떠하온지?

峴山送朱大去非遊巴東[1]
현 산 송 주 대 거 비 유 파 동

峴山南郭外, 送別每登臨.
현 산 남 곽 외 송 별 매 등 림

沙岸江村近, 松門山寺深.
사 안 강 촌 근 송 문 산 사 심

一言余有贈, 三峽爾相尋.[2]
일 언 여 유 증 삼 협 이 상 심

祖席宜城酒, 征途雲夢林.[3]
조 석 의 성 주 정 도 운 몽 림

蹉跎遊子意, 眷戀故人心.
차 타 유 자 의 권 련 고 인 심

去矣勿淹滯, 巴東猿夜吟.
거 의 물 엄 체 파 동 원 야 음

※ 註

1) **현산(峴山)** : 양양襄陽에 있는 산. 42쪽 주2) **양공현산하羊公峴山下** 참조.
　주대거비(朱大去非) : 시인과 교유하던 동향의 선비. 인적사항은 미상.
　파동(巴東) : 지금의 사천성四川省 운양雲陽, 봉절奉節 등의 현에 해당하는 지역.
2) **삼협(三峽)** : 152쪽 주1) 참조.
3) **조석(祖席)** : 송별하는 자리를 가리킴. 조祖는 여행길의 안위를 비는 제사의 이름.
　의성(宜城) : 지금의 호북성湖北省 의성현宜城縣. 좋은 술의 산지로 유명했음.

현산峴山에서,
파동巴東으로 유람 가는 주거비朱去非를 보내며

현산이라 남쪽 성곽의 바깥
송별하랴 매양 오르는구나.
모래 기슭 강촌과 가까웁고
소나무 문의 산사 으슥하여라.
나 한 수의 시 드리옵나니
그대는 삼협三峽을 찾아가누나.
떠나는 자리엔 의성宜城 술이요
여행길에는 운몽雲夢의 수풀.
나그네는 돌아올 날 늦을까 염려를 하고
친구는 그리운 정을 맘에 담는다.
가거들랑 오래도록 머물지 마오!
파동에는 원숭이 밤마다 슬피 운다오.

宴張記室宅[1]
연 장 기 실 택

甲第金張館, 門庭軒騎多.[2]
갑 제 금 장 관　문 정 헌 기 다

家封漢陽郡, 文會楚材過.[3]
가 봉 한 양 군　문 회 초 재 과

曲島浮觴酌, 前山入詠歌.[4]
곡 도 부 상 작　전 산 입 영 가

妓堂花映發, 書閣柳透迤.
기 당 화 영 발　서 각 유 위 이

玉指調箏柱, 金泥節舞羅.[5]
옥 지 조 쟁 주　금 니 식 무 라

誰知書劍者, 年歲獨蹉跎?[6]
수 지 서 검 자　연 세 독 차 타

《 註

1) **장기실**(記室): 양양襄陽 출신으로 한양군왕漢陽郡王에 봉해진 장간지張柬之의 손자 장
비張毖로 추정됨. 당시 빈왕邠王 이수례李守禮의 왕부王府에서 관직을 맡고 있었음. 기
실記室은 서기書記를 담당하는 관리.

2) **금장**(金張): 156쪽 주3) 참조.

3) **문회**(文會): 문사文士들을 초대해 자리한 모임.
　초재(楚材): 초나라의 인재. 남방 출신의 재능 있는 사람을 널리 가리켜 말한 것임.

4) **곡도**(曲島): 굽이져 휜 모양의 섬. 곡수연曲水宴을 베풀기 위해 만든 작은 인공 섬을 가
리킴.
　부상작(浮觴酌): 술잔을 물위에 띄워 흘려보내며 마심.

5) **쟁주**(箏柱): '쟁箏'은 현악기의 이름으로 거문고보다 조금 작은 크기. '주柱'는 현악기
의 줄을 받치고 있는 부위.
　금니(金泥): 장식하기 위해 쓰이는 금가루.

6) **서검자**(書劍者): 책과 검은 옛날의 지식 계층이 외출할 때 휴대하던 물건으로, 사士 계
층을 가리킴. 여기서는 시인 자신을 가리킨 것임.

장기실張記室 댁에서 연회하며

권문세가 호화로운 대저택에
수레와 말 대문 뜰 앞에 줄지어 섰네.
집안은 한양군왕漢陽郡王에 봉해졌나니
문인들 모여들어 남방 인재 넘쳐난다네.
굽이진 섬에 잔 띄워 술을 마시다
앞산에 들어가 노래를 불러 제낀다.
기당妓堂에는 꽃잎이 빛을 발하고
서각書閣에는 버들이 흐늘거리네.
거문고 줄 고르는 고운 손가락
춤옷은 금가루로 꾸미었구나.
뉘 알리? 서검書劍을 지닌 이 사람
그 홀로 세월을 허송했음을.

登龍興寺閣[1]
등용흥사각

閣道乘空出, 披軒遠目開.[2]
각도승공출　피헌원목개

逶迤見江勢, 客至屢緣迴.
위이견강세　객지누연회

茲郡何塡委! 遙山復幾哉![3]
자군하전위　요산부기재

蒼蒼皆草木, 處處盡樓臺.
창창개초목　처처진누대

驟雨一陽散, 行舟四海來.[4]
취우일양산　행주사해래

鳥歸餘興滿, 周覽更徘徊.
조귀여흥만　주람갱배회

※ 註

1)용흥사(龍興寺) : 악주岳州에 있던 사찰.
2)각도(閣道) : 누각의 상부에 걸쳐진 통로.
3)전위(塡委) : 모이거나 쌓여 있다는 뜻.
4)일양(一陽) : 하나의 양기陽氣. 즉 태양을 가리킴.

용흥사龍興寺 누각에 올라

누각 위의 통로 허공 타고 뻗쳐 있어
창 열치자 눈길 저 멀리 내다보이네.
휘돌아 가는 강의 형세 눈에 뵈거늘
나그네 이르러 누차 강 따라 돌아가누나.
이 고을 어찌 이리 경물이 다채로운가!
저 멀리 산봉우린 또 얼마나 많나!
푸르고 푸르른 건 모두가 초목
여기 저기엔 온통 누대로구나.
소나기 내리자 태양은 숨어드는데
사방 바다에선 배들이 찾아든다네.
새들 돌아가도 남은 흥취 그득하나니
두루 바라보며 이리저리 거닐어본다.

登總持寺浮屠[1]
등 총 지 사 부 도

半空躋寶塔, 晴望盡京華.
반 공 제 보 탑　청 망 진 경 화

竹遶渭川遍, 山連上苑斜.[2]
죽 요 위 천 편　산 련 상 원 사

四門開帝宅, 千陌俯人家.
사 문 개 제 택　천 맥 부 인 가

累劫從初地, 爲童憶聚沙.[3]
누 겁 종 초 지　위 동 억 취 사

一窺功德見, 彌益道心加.
일 규 공 덕 견　미 익 도 심 가

坐覺諸天近, 空香送落花.[4]
좌 각 제 천 근　공 향 송 낙 화

※ 註

1) **총지사**(總持寺) : 수 양제隋煬帝가 건립한 사찰. 섬서성陝西省 장안현長安縣에 있음.
2) **위천**(渭川) : 위수渭水. 감숙성甘肅省 위원현渭源縣에서 발원해 장안을 지나 황하로 유입되는 강.
  상원(上苑) : 상림원上林苑. 98쪽 주6) 참조.
3) **누겁**(累劫) : 여러 번 겁劫을 지남. '겁'은 불교의 시간 단위. 보통 연월일시를 계산할 수 없는 아득한 시간을 의미함.
  초지(初地) : 불교에서 말하는 수행 과정의 10단계 가운데 첫 번째 단계. 환희지歡喜地라고도 함.
  위동(爲童) : 「묘법연화경妙法蓮華經」에 "아이들이 놀면서 모래를 쌓아 불탑을 만들 듯이 모든 사람들이 다 불도를 이룰 수 있다"는 내용이 있음.
4) **제천**(諸天) : 불경에 의하면 욕계欲界가 6천天, 색계色界가 18천, 무색계無色界가 4천으로 총 3계에 28천이 있다고 함. 이를 제천이라 함.
  낙화(落花) : 「유마힐경維摩詰經」에 의하면, 한 천녀天女가 천화天花를 보살과 대제자에게 뿌리자 꽃이 보살에게 이르러서는 다 떨어지고 대제자에게는 몸이 달라붙어 떨어지지 않았다고 함.

총지사總持寺 부도에 올라

허공 밖에 솟은 보탑 올라서서는
개운한 눈길로 온 서울 땅 바라보노라.
대숲은 두루 위수渭水를 둘러쌌으며
산봉우리 비스듬히 상원上苑에 잇닿았구나.
황도皇都에는 사대문 열려 있으며
민가는 대로변에 나지막해라.
억겁 세월 초지初地로 나아가나니
아이가 모래로 불탑 쌓는단 말 떠오른다네.
한번 공덕功德이 드러남 보게 되면은
도심道心은 더욱 늘어 보태어지리.
이에 제천諸天이 가까운 줄 깨닫게 되니
공중에선 향그럽게 천화天花를 떨어뜨리네.

與崔二十一遊鏡湖寄包賀二公¹⁾
여 최 이 십 일 유 경 호 기 포 하 이 공

試覽鏡湖物, 中流見底清.
시 람 경 호 물　 중 류 견 저 청

不知鱸魚味, 但識鷗鳥情.²⁾
부 지 노 어 미　 단 식 구 조 정

帆得樵風送, 春逢穀雨晴.³⁾
범 득 초 풍 송　 춘 봉 곡 우 청

將探夏禹穴, 稍背越王城.⁴⁾
장 탐 하 우 혈　 초 배 월 왕 성

府掾有包子, 文章推賀生.
부 연 유 포 자　 문 장 추 하 생

滄浪醉後唱, 因子寄同聲.⁵⁾
창 랑 취 후 창　 인 자 기 동 성

※ 註

1) 최이십일(崔二十一) : 최국보崔國輔로 추정됨. 최국보는 오군吳郡 출신의 시인으로, 오언 절구를 잘 지었음. 집현직학사, 좌보궐, 예부원외랑 등을 역임했으며 후에 진릉군사마로 좌천되었음.
　경호(鏡湖) : 84쪽 주5) 참조.
　포하(包賀) : 포융包融과 하조賀朝. 포융은 84쪽 주1) 포호조包戶曹 참조. 하조는 월주 越州 사람으로, 포융과 함께 오월吳越 지역의 유명한 문사. 산음위山陰尉를 지냈음.
2) 노어미(鱸魚味) : 진晉의 장한張翰과 관련된 고사. 장한은 오군吳郡 출신으로 객지에서 벼슬하다 가을날 불현듯 고향의 농어회가 생각이 나 외지 생활을 청산하고 귀향하였음.
　구조정(鷗鳥情) : 68쪽 주4) 해구海鷗 참조.
3) 초풍(樵風) : 순풍順風과 같은 뜻. 한漢의 정홍鄭弘과 관련된 고사로, 어느 신선이 정홍 에 대한 감사의 뜻으로 땔감 실은 배에 순풍을 불게 해주었다고 함.
　곡우(穀雨) : 24절기의 이름. 4월 20일 혹 21일에 해당함.
4) 하우혈(夏禹穴) : 회계산 위에 있음. 옛날 하나라의 우 임금이 들어갔다고 전해지는 굴.
　월왕성(越王城) : 회계산 위에 있음. 춘추시대 월왕 구천勾踐이 오나라에게 패한 후 이곳 에서 5천의 병사와 함께 주둔하였음.
5) 창랑(滄浪) : 창랑의 노래. 202쪽 주2) 참조.

최이십일과 함께 경호鏡湖에서 노닐고, 포包·하賀 두 공에게 드림

경호의 물상 살펴보니
중류의 물결 바닥까지 투명하구나.
농어의 맛이야 알지 못해도
갈매기의 정일랑 알고 있노라.
돛에는 순풍이 불어오는데
봄날이라 청명한 곡우穀雨의 시절.
우 임금의 동굴을 찾아나서니
월왕성은 차츰 멀어진다네.
관부官府에 계신 포선생이여
문장으로 이름난 하선생이여.
술 취해 창랑을 노래하면서
그대들께 동심同心을 전해드리오.

本闍黎新亭作[1]
본 도 려 신 정 작

八解禪林秀, 三明給苑才.[2]
팔 해 선 림 수   삼 명 급 원 재

地偏香界遠, 心靜水亭開.[3]
지 편 향 계 원   심 정 수 정 개

傍險山查立, 尋幽石逕迴.
방 험 산 사 립   심 유 석 경 회

瑞花長自下, 靈藥豈須栽?[4]
서 화 장 자 하   영 약 기 수 재

碧網交紅樹, 清泉盡綠苔.
벽 망 교 홍 수   청 천 진 록 태

戲魚聞法聚, 閑鳥誦經來.[5]
희 어 문 법 취   한 조 송 경 래

棄象玄應悟, 忘言理必該.
기 상 현 응 오   망 언 이 필 해

靜中何所得? 吟詠也徒哉!
정 중 하 소 득   음 영 야 도 재

≪ 註

1) **본도려(本闍黎)** : 미상의 승려. 도려는 중들에게 모범이 될 만한 고승을 가리키는 말. 도리闍梨라고도 함.

2) **팔해(八解)** : 8가지 해탈. 번뇌를 벗어나는 8가지의 선정禪定.
   선림(禪林) : 사원과 같음.
   삼명(三明) : 숙명명宿命明, 천안명天眼明, 누진명漏盡明. 숙명명은 숙세宿世의 생사상生死相을 아는 것, 천안명은 미래세의 생사상을 아는 것, 누진명은 현재의 고상高相을 알아서 일체의 번뇌를 끊는 것을 의미함.
   급원(給苑) : 사찰을 가리킴. 급원給園과 같으며 본래는 급고독원給孤獨園. 급고독은 인도 사위성舍衛城의 장자長者로서 고아나 자식 없는 늙은이에게 베풀기를 잘해 그런 이름을 얻게 되었음. 그가 사위국의 태자에게 원림園林을 사들여 정사精舍를 건립하고 승중僧衆에게 기증하였기에 급고독원이라 부르게 되었음.

3) **향계(香界)** : 사찰과 같음.

4) **서화(瑞花)** : 우담바라優曇鉢羅. 3천 년 만에 꽃이 피면 부처가 세상에 나온다고 하는 나무.
   영약(靈藥) : 전설 속의 선약仙藥.

5) **희어(戲魚)** : 『촉보록蜀普錄』에 의하면, 해마사解魔寺의 길상吉祥이라는 승려가 물고기를 부릴 줄 알았다고 함.
   한조(閑鳥) : 『법원주림法苑珠林』에 의하면, 제齊나라의 대각사大覺寺 승려 범範이 불경을 강설할 때 기러기가 법당에 들어와 설법하는 것을 들었다고 함.

본本 스님의 새 정자에서 자음

팔해八解의 사원 빼어나게 아름다워라.
삼명三明의 사찰에 재인才人들 모여 있구나.
땅이 외져 절간이 멀기도 한데
마음 고요하게 물가에다 정자 지었네.
그 곁은 험하여 산을 깎아 세운 듯하니
그윽한 곳 찾아나서자 돌길이 굽이져 있네.
상서로운 꽃 자라 절로 늘어졌으니
영험한 약초인들 어찌 심어 가꾸리.
우거진 푸른 숲엔 붉은 나무 얽혀 있으며
맑은 샘물가는 온통 초록빛 이끼.
놀던 물고기 설법 들으려 모여드는데
한가한 새는 불경 외우며 다가오도다.
표상表象을 버려둔 채 현묘한 뜻 깨닫게 되니
말을 잊었어도 이치야 필시 갖춰지누나.
이 고요함 속에 얻는 것 무엇이런가?
다만 시를 읊조릴 뿐이로다.

長安早春
장 안 조 춘

關戍惟東井, 城市起北辰.[1]
관 수 유 동 정　성 시 기 북 신

咸歌太平日, 共樂建寅春.[2]
함 가 태 평 일　공 락 건 인 춘

雪盡青山樹, 冰開黑水濱.[3]
설 진 청 산 수　빙 개 흑 수 빈

草迎金埒馬, 花伴玉樓人.[4]
초 영 금 랄 마　화 반 옥 루 인

鴻漸看無數, 鶯歌聽欲頻.[5]
홍 점 간 무 수　앵 가 청 욕 빈

何當桂枝擢, 歸及柳條新?[6]
하 당 계 지 탁　귀 급 유 조 신

※ 註

1)동정(東井) : 별자리 이름으로, 진秦의 분야分野였음. 분야란 별자리 위치와 지상의 구역을 상호 연계시킨 것. 춘추시대에 장안長安은 진秦과 동방 여러 나라의 분야에 해당함.
　북신(北辰) : 북극성北極星.

2)건인춘(建寅春) : 정월을 가리킴. 건인建寅은 하대夏代의 역법으로, 정월을 한 해의 첫머리로 삼았음.

3)흑수(黑水) : 장안 인근 유역을 흐르는 강물.

4)금랄(金埒) : 부호의 호사스럽게 꾸민 마구간을 가리킴. 날埒은 키 작은 담장.

5)홍점(鴻漸) : 본래 기러기가 차츰 물가로 나아간다는 뜻으로, 벼슬길에 나감을 비유한 것임.

6)계지탁(桂枝擢) : 과거에 급제함을 가리킴.

장안長安의 이른 봄날

동정東井 바라보며 관문 들어섰으며
북극성北極星 올려보며 성시가 일어났도다.
모든 이들 태평시절 노래하나니
다함께 정월이 옴을 즐거워하네.
청산의 나무엔 덮였던 눈 녹아지고
흑수 물가엔 얼음이 풀리었으니,
풀은 대갓집 말을 맞아들이고
꽃은 옥루玉樓의 여인과 짝을 짓누나.
벼슬길 나선 이들 숱하게 보며
꾀꼬리 노랫소리 빈번히 들을 터이니,
어느 때에나 과거에 급제를 하여
버들가지 새로 물 오를 제 돌아가려나?

秦中苦雨思歸贈袁左丞賀侍郞¹⁾
진 중 고 우 사 귀 증 원 좌 승 하 시 랑

爲學三十載,　閉門江漢陰.²⁾
위 학 삼 십 재　　폐 문 강 한 음

明敭逢聖代,　羈旅屬秋霖.
명 양 봉 성 대　　기 려 속 추 림

豈直昏墊苦,　亦爲權勢沉.³⁾
기 치 혼 점 고　　역 위 권 세 침

二毛催白髮,　百鎰罄黃金.⁴⁾
이 모 최 백 발　　백 일 경 황 금

淚憶峴山墮,　愁懷湘水深.
누 억 현 산 타　　수 회 상 수 심

謝公積憤懣,　莊舃空謠吟.⁵⁾
사 공 적 분 만　　장 석 공 요 음

躍馬非吾事,　狎鷗眞我心.⁶⁾
약 마 비 오 사　　압 구 진 아 심

寄言當路者,　去矣北山岑.⁷⁾
기 어 당 로 자　　거 의 북 산 잠

※ 註

1) **진중(秦中)**: 옛날의 진秦 땅에 해당하는 지역. 지금의 섬서성陝西省 일대.
 원좌승(袁左丞): 원인경袁仁敬으로 추정됨. 양양襄陽 출신으로 항주자사杭州刺史, 대리경大理卿 등의 관직을 역임했음. 좌승은 상서성尙書省에 두었던 관직명.
 하시랑(賀侍郞): 하지장賀知章으로 추정됨. 월주越州 출신으로 시서에 뛰어났음. 만년에는 사명광객四明狂客으로 자호하였고, 환향해 도사가 되기를 청하였음. 시랑侍郞은 육부六部의 관직명으로 상서尙書 다음의 직위.
2) **강한음(江漢陰)**: 양양襄陽이 한수漢水의 남쪽에 있음. 음陰은 강물의 남쪽을 가리킴.
3) **혼점(昏墊)**: 물난리를 만나 정신이 혼미해짐. 즉 수해로 인한 괴로움을 의미함.
 권세(權勢): 상경하여 아무런 정치적 진로의 성취가 없기에 권세가 사라졌다고 한 것임.
4) **이모(二毛)**: 희끗희끗한 머리카락. 연로함을 가리킴.
 백일(百鎰): 일鎰은 옛날 황금의 무게 단위로 24냥兩에 해당. 백일은 많은 화폐를 의미.
5) **사공(謝公)**: 사령운謝靈運을 가리킴. 남북조 시대의 시인으로, 강남江南의 경색을 묘사한 산수시를 잘 지었음. 그의 「도로억산중道路憶山中」 시에 "고향에 있으니 너는 그리움 쌓일 테고, 산을 떠올리나니 나는 마음이 답답해진다存鄕爾思積, 憶山我憤懣"는 시구가 있음.
 장석(莊舃): 전국시대 월나라 사람. 초나라에서 고관이 되었으나 고향이 그리워 월나라 노래를 불렀다는 고사가 있음.
6) **약마(躍馬)**: 벼슬길에 나감을 비유함. **압구(狎鷗)**: 은거 생활을 비유함.
7) **북산(北山)**: 은일의 장소를 가리킴.

진중秦中에서 오래 비가 내려 귀향을 생각하며, 원좌승袁左丞과 하시랑賀侍郎에게 드림

삼십 년 글을 배웠네!
한수漢水 남쪽에 문 걸어 닫고.
인재를 들어 쓰는 좋은 시대 맞이했으나
나그네 되어 가을 장맛비 맞고 있구나.
어쩌다 물난리의 괴로움 만나게 됐나!
나의 권세 또한 물속으로 가라앉누나.
머리터럭은 백발되려 재촉하는데
많았던 금전 모두 다 떨어졌도다.
현산峴山을 떠올리니 눈물 흐르고
상수湘水를 회상하니 시름은 깊어지노라.
사공謝公은 울적함 북받쳐올랐다 하며
장석莊舃은 속절없이 고향을 노래했다지.
과거 급제는 나의 일이 아니요
은거야말로 참된 내 마음일세.
요직에 있는 이에게 말을 전하나니
떠나가리라, 저 북산北山 꼭대기 향해.

陪張丞相登荊州城樓因寄薊州張使君及浪泊戍主劉家[1]
배 장 승 상 등 형 주 성 루 인 기 계 주 장 사 군 급 낭 박 수 주 유 가

薊門天北畔, 銅柱日南端.[2]
계 문 천 북 반　　동 주 일 남 단

出守聲彌遠, 投荒法未寬.[3]
출 수 성 미 원　　투 황 법 미 관

側身聊倚望, 携手莫同懽.
측 신 요 의 망　　휴 수 막 동 환

白璧無瑕玷, 靑松有歲寒.[4]
백 벽 무 하 점　　청 송 유 세 한

府中丞相閣, 江上使君灘.[5]
부 중 승 상 각　　강 상 사 군 탄

興盡迴舟去, 方知行路難.
흥 진 회 주 거　　방 지 행 로 난

《 註

1) **장승상(張丞相)** : 장구령張九齡을 가리킴. 156쪽 주1) 참조.
　형주(荊州) : 지금의 호북성湖北省 강릉현江陵縣에 치소가 있었음.
　계주(薊州) : 지금의 천진시天津市 계현薊縣.
　장사군(張使君) : 미상. 사군은 주군州郡의 장관에 대한 통칭.
　낭박(浪泊) : 월남越南의 서호西湖를 가리킴.
　수주(戍主) : 변경 지역의 방비를 맡은 주무 장관.
　유가(劉家) : 미상.
2) **계문(薊門)** : 계구薊丘. 지금의 북경北京 덕승문德勝門 서북쪽 지역.
　동주(銅柱) : 후한後漢의 마원馬援이 월남 땅에 구리 기둥을 세워 국경의 경계로 삼은 바 있음.
3) **투황(投荒)** : 낭박 지역은 변경의 황무지여서 관리들의 유배지로 삼았던 곳임.
4) **청송유세한(靑松有歲寒)** : 「논어」 「자한」에 "한 해가 추워진 연후에야 소나무 잣나무가 뒤늦게 시듦을 알게 된다(歲寒然後, 知松柏之後彫)"는 구절이 있음.
5) **승상각(丞相閣)** : 한漢의 승상 공손홍公孫弘이 객관을 세우고 동쪽 쪽문을 열어 현인을 초빙한 고사를 가리킴.
　사군탄(使君灘) : 지금의 호북성湖北省 의창현宜昌縣 장강長江에 있는 여울. 한 무제 때 장건張騫이 외국으로 사신을 가며 이곳을 건넜기에 붙여진 이름.

장승상張丞相을 모시고 형주 성루에 올라. 인하여 계주의 장사군 및 낭박의 수주 유가에게 보냄

계문薊門이야 하늘 북쪽 가

구리 기둥 세운 곳은 저 남쪽 끝.

변방을 지켜 명성이 멀리서 전해오나니

거친 땅 다스림에 법 집행 무르지 아니하다네.

몸 기울여 애오라지 바라볼 순 있어도

손을 이끌며 함께 즐기긴 어려웁구나.

한 점 티없는 백옥과도 같으며

한 해가 추워진 연후의 푸른 솔과 같은 이.

관부官府 안에는 승상丞相의 누각

강 위에는 사군使君의 여울.

흥이 다해 배 돌려 돌아가다가

비로소 길 가는 어려움 알게 되었소.

荊門上張丞相[1]
형 문 상 장 승 상

共理分荊國, 招賢愧楚材.[2]
공 리 분 형 국　초 현 괴 초 재

召南風更闡, 丞相閣還開.[3]
소 남 풍 갱 천　승 상 각 환 개

覯止欣眉睫, 沈淪拔草萊.[4]
구 지 흔 미 첩　침 륜 발 초 래

坐登徐孺榻, 頻接李膺杯.[5]
좌 등 서 유 탑　빈 접 이 응 배

始慰蟬鳴柳, 俄看雪間梅.
시 위 선 명 류　아 간 설 간 매

四時年籥盡, 千里客程催.[6]
사 시 연 약 진　천 리 객 정 최

日下瞻歸翼, 沙邊厭曝鰓.[7]
일 하 첨 귀 익　사 변 염 폭 새

佇聞宣室召, 星象復中台.[8]
저 문 선 실 소　성 상 복 중 태

형문荊門에서 장승상張丞相에게 올림

함께 다스려 형주荊州를 분담하시어
어진 이 초빙하나 초 땅 인재 부끄럽도다.
소남召南처럼 좋은 풍속 되살아나고
승상의 누각도 다시금 여시었구나.
만나 뵈올 적 눈가엔 기쁨 어리었나니
초야에 묻혔다 발탁되어선,
서유徐孺인 양 걸상에 앉아보았고
이응李膺 같은 분과도 잔을 같이하였네.
처음 매미가 버들에 울 적엔 마음 편안했으나
어느덧 눈 사이 매화를 보게 되었네.
사계절 흘러 한 해가 끝나가나니
천리 나그네길 서둘러 가야 하리라.
해 아래 돌아가는 새 뵈지 않는데
모랫가엔 헐떡이는 물고기 많기도 해라.
선실宣室로 불렀단 소식 듣길 기대하오니
별자리에 삼공三公 지위 회복한다 써 있다오.

※ 註 _____

1)형문(荊門) : 산 이름으로, 형주荊州를 가리키기도 함. 그 주치州治가 지금의 호북성湖北省 강릉현江陵縣에 있었음.

　장승상(張丞相) : 장구령張九齡을 가리킴. 156쪽 주1) 참조.

2)공리(共理) : 황제와 함께 다스린다는 뜻.

　형국(荊國) : 형주荊州를 가리킴. 장구령은 당시 형주대도독부장사로 재임중이었음.

　초재(楚材) : 남방 출신의 재능 있는 선비를 가리킴.

3)소남(召南) : 「시경」의 국풍國風 가운데 하나. 모두 14편으로, 소백召伯의 교화를 받아 이뤄진 것으로 알려짐. 이 구절은 장구령의 덕화德化를 소백에 비유한 것임.

　승상각(丞相閣) : 한漢의 승상 공손홍公孫弘이 누각을 짓고 어진 이를 초빙한 고사가 있음.

4)초래(草萊) : 들판을 가리킴.

5)서유(徐孺) : 후한後漢의 서치徐穉를 가리킴. 자가 유자孺子임. 예장豫章 사람으로 가난하나 덕행으로 이름이 있었음. 태수인 진번陳蕃은 그가 방문하면 특별히 예우하여 전용 걸상을 내어 앉게 하고 돌아가면 걸어두었다 함. 이 구절은 장구령을 진번에 비유한 것임.

　이응(李膺) : 후한 사람. 강직한 성품에 고결하고 청백하였음. 조정이 날로 혼란해졌으나 홀로 법도를 지켜 명망이 높았고, 그를 만나볼 수 있었던 선비들은 등용문登龍門했다고 자랑하였다고 함. 이 구절은 장구령을 이응에 비유한 것임.

6)연약(年篇) : 고대에 시간을 표기하던 대나무 조각.

7)폭새(曝鰓) : 아가미를 드러내고 헐떡거린다는 뜻. 실의에 빠져 좌절함을 비유함.

8)선실(宣室) : 건물명. 한대 미앙궁未央宮 앞쪽에 있던 전각. 효문제孝文帝가 가의賈誼를 이곳으로 불러 접견한 바 있음.

　성상(星象) : 별의 명암과 위치 따위로 인간사의 길흉화복을 점치는 것.

　중태(中台) : 별 이름. 상태, 중태, 하태로 이뤄진 별자리를 삼태三台라 하는데, 옛사람은 이를 삼공三公의 지위에 대응시켜 파악하였음. 이 구절은 장구령이 다시 예전의 지위를 회복하길 바란 것임.

장구령張九齡

和宋大使北樓新亭[1]
화송대사북루신정

返耕意未遂, 日夕登城隅.
반 경 의 미 수　일 석 등 성 우

誰謂山林近? 坐爲符竹拘.[2]
수 위 산 림 근　좌 위 부 죽 구

麗譙非改作, 軒檻是新圖.[3]
여 초 비 개 작　헌 함 시 신 도

遠水自嶓冢, 長雲呑具區.[4]
원 수 자 파 총　장 운 탄 구 구

願隨江燕賀, 羞逐府寮趨.[5]
원 수 강 연 하　수 축 부 료 추

欲識狂歌者, 丘園一豎儒.[6]
욕 식 광 가 자　구 원 일 수 유

≪ 註

1) 송대사(宋大使) : 송정宋鼎으로 개원開元 연간에 양주자사襄州刺史를 지냈음. 대사는 안사按使와 같음.
　북루(北樓) : 형주荊州의 북성루北城樓를 가리킴.
2) **부죽(符竹)** : 부符란 조정에서 명령을 하달할 때 증명으로 삼던 신표. 대나무로 만든 것을 부죽이라 함. 대개 군수郡守의 직권을 상징함.
3) **여초(麗譙)** : 성의 담장 위에 세워진 화려한 망루望樓.
4) **원수(遠水)** : 멀리 보이는 한수漢水를 가리킴.
　파총(嶓冢) : 산 이름. 지금의 섬서성陝西省 면현沔縣의 서남쪽에 있으며 한수의 발원지.
　구구(具區) : 호수의 이름. 강소성江蘇省 오현吳縣 서남쪽에 있는 태호太湖를 가리킴. 오호五湖라고도 함.
5) **강연하(江燕賀)** : 「회남자淮南子」 「설림훈說林訓」에 "큰 집이 완성되자 제비 참새가 서로 하례한다"는 구절이 있음.
6) **수유(豎儒)** : 비루하고 못난 선비라는 뜻. 작자 자신에 대한 겸칭임.

송대사宋大使의 「북루신정北樓新亭」에 화답함

돌아가 밭 갈 뜻 못 이룬 채
밤낮 성 모퉁이 찾아 오르네.
뉘라 산림이 가깝다 말을 했던가?
벼슬에 얽매이기 마련인 것을.
화려한 망루는 고쳐 짓지 않았고
난간은 새로 설계해 만들었구나.
멀리 강물은 파총산嶓冢山서 흘러오는데
늘어선 구름 태호太湖를 삼키었구나.
강가 제비 좇아서 하례하오나
벼슬아치 따라 종종걸음은 부끄러워라.
알고 싶소? 광망한 노래 부르는 자를
그 사람 전원에 묻힌 못난 선비라.

夜泊宣城界[1]
야 박 선 성 계

西塞沿江島, 南陵問驛樓.[2]
서새 연 강 도　남릉 문 역 루

潮平津濟闊, 風止客帆收.[3]
조 평 진 제 활　풍 지 객 범 수

去去懷前浦, 茫茫泛夕流.
거 거 회 전 포　망 망 범 석 류

石逢羅刹礙, 山泊敬亭幽.[4]
석 봉 나 찰 애　산 박 경 정 유

火熾梅根冶, 煙迷楊葉洲.[5]
화 치 매 근 야　연 미 양 엽 주

離家復水宿, 相伴賴沙鷗.
이 가 부 수 숙　상 반 뇌 사 구

※ 註

1) 선성(宣城) : 지금의 안휘성安徽省 선성현宣城縣.
2) 서새(西塞) : 산 이름. 지금의 호북성湖北省 대야현大冶縣 동쪽에 있음.
　남릉(南陵) : 지금의 안휘성安徽省 남릉현南陵縣. 선성宣城의 서쪽에 있음.
3) 진제(津濟) : 나루터를 가리킴.
4) 나찰(羅刹) : 바위의 이름. 안휘성 귀지현貴池縣 서쪽 장강長江 속에 있음.
　경정(敬亭) : 산 이름. 선성현 북쪽에 있는 명산.
5) 매근야(梅根冶) : 매근梅根은 본래 산 이름. 귀지현 동쪽에 있음. 육조시대 이래 주철소
　가 있었음.
　양엽주(楊葉洲) : 귀지현 서북쪽의 강에 있는 섬.

밤에 선성宣城 경계에 배를 대고서

서새산西塞山은 강가 섬 따라 늘어섰는데
남릉南陵에 이르러 역루驛樓를 물어보았네.
조수 잔잔하고 나루는 드넓게 트여 있거늘
바람 잦아들어 돛을 거둬들였네.
앞길의 포구 기약하며 가고 가느라
저문 강에 배 띄우니 망망하기만.
가로막은 나찰석羅刹石과 맞닥뜨리고
그윽한 경정산敬亭山에 배를 대었네.
매근야梅根冶에는 불길이 솟아나는데
양엽주楊葉洲엔 안개가 자욱하구나.
집 떠나 다시 물가에서 잠을 자나니
모랫가 갈매기와 서로 동무가 되네.

奉先張明府休沐還鄉海亭宴集探得堦字[1]
봉선장명부휴목환향해정연집탐득계자

自君理幾甸, 余亦經江淮.[2]
자 군 이 기 전　여 역 경 강 회

萬里音信斷, 數年雲雨乖.[3]
만 리 음 신 단　수 년 운 우 괴

歸來休澣日, 始得賞心諧.
귀 래 휴 한 일　시 득 상 심 해

朱紱心雖重, 滄洲趣每懷.[4]
주 불 심 수 중　창 주 취 매 회

樹低新舞閣, 山對舊書齋.
수 저 신 무 각　산 대 구 서 재

何以發佳興? 陰蟲鳴夜堦.[5]
하 이 발 가 흥　음 충 명 야 계

※ 註

1) 봉선(奉先) : 지금의 섬서성陝西省 포성현蒲城縣.
　　장명부(張明府) : 장자용張子容. 76쪽 주1) 참조.
　　탐득계자(探得堦字) : '계堦' 자로 운韻을 삼아 지었다는 뜻. '계堦' 자는 '가佳' 운에 속해 있으며, 시구의 회淮·괴乖·해諧·회懷·재齋 자가 모두 그에 해당함.
2) 기전(幾甸) : 본래 왕성 주위의 사방 천 리 땅을 가리키나 후대에는 통상 서울 지역을 지칭하는 말로 쓰였음. 여기서는 봉선奉先이 경조부京兆府에 속해 있기에 기전이라 한 것임.
　　강회(江淮) : 장강長江과 회수淮水 혹은 그 유역의 강소성江蘇省과 안휘성安徽省을 가리킴. 맹호연은 개원 17년(729) 가을에 이 지역을 여행하였음.
3) 운우괴(雲雨乖) : 빗방울이 구름을 떠나듯 서로 이별함을 비유함.
4) 주불(朱紱) : 인장을 묶는 주홍색의 끈. 관리 신분이 됨을 비유함.
　　창주취(滄洲趣) : 은거의 지취. 38쪽 주2) 참조.
5) 음충(陰蟲) : 귀뚜라미를 가리킴.

봉선奉先의 장명부張明府가 휴가로
고향에 와 해정海亭에서 잔치하려 모이다.
'계堦' 자로 운을 해 자음

그대 기전畿甸 고을 다스릴 때부터
나는야 장강長江 회수淮水 노닐었다오.
만리 머나먼 길 소식 끊어지고는
몇 해를 구름과 비인 양 떨어졌구려.
이제 휴가 얻어 돌아왔으니
비로소 즐거운 마음 하나되었소.
비록 관리 노릇을 마음에 중히 여기나
매양 은거의 지취를 품고 있으리.
수풀은 새 무대舞臺에 나지막한데
산봉우리는 옛 서재 마주하였네.
어이해야 좋은 흥취 생겨나리오?
귀뚜라미 밤 섬돌에 울고 있는데.

同張明府碧溪贈答[1]
동 장 명 부 벽 계 증 답

別業聞新製, 同聲和者多.
별 업 문 신 제　　동 성 화 자 다

還看碧溪答, 不羨綠珠歌.[2]
환 간 벽 계 답　　불 선 녹 주 가

自有陽臺女, 朝朝拾翠過.[3]
자 유 양 대 녀　　조 조 습 취 과

舞庭鋪錦繡, 粧牖閉藤蘿.
무 정 포 금 수　　장 유 폐 등 라

秩滿休閑日, 春餘景色和.[4]
질 만 휴 한 일　　춘 여 경 색 화

仙鳧能作伴, 羅襪共凌波.[5]
선 부 능 작 반　　나 말 공 릉 파

別島尋花藥, 迴潭折芰荷.
별 도 심 화 약　　회 담 절 기 하

更憐斜日照, 紅粉艶靑娥.[6]
갱 련 사 일 조　　홍 분 염 청 아

≪ 註

1) **장명부(張明府)** : 장자용張子容. 76쪽 주1) 참조.
2) **녹주(綠珠)** : 진晉의 부호 석숭石崇의 애첩으로 노래를 잘하였음. 여기서는 가기歌妓를 비유한 것임.
3) **양대녀(陽臺女)** : 전설 속의 무산巫山 신녀. 62쪽 주4) 양왕襄王 참조.
　습취(拾翠) : 본래 비취새의 깃털을 주워 머리에 장식한다는 뜻이나 후대에는 부녀자가 봄날에 노니는 정경을 비유하게 됨.
4) **질만(秩滿)** : 관리의 임기 만료를 의미함. 질秩은 관리의 녹봉.
5) **선부(仙鳧)** : 신선이 타고 다닌다는 들오리. 동시에 신발을 가리키기도 함. 여기서는 날 씬한 미녀를 비유한 것임.
　나말(羅襪) : 본래 비단 양말을 가리키나 여기서는 춤추는 기녀를 비유한 것임.
6) **청아(靑娥)** : 젊고 어여쁜 여성을 가리킴.

장명부의 「벽계증답碧溪贈答」에 화답함

별장에서 지은 새 시 알려진 후에
한 소리로 화답하는 이 많기도 해라.
「벽계증답碧溪贈答」 시 읽어봤더니
녹주綠珠의 노랫소리 부럽지 않아.
절로 양대陽臺 신녀神女 나타나서는
아침마다 노닐며 지나가는 듯.
춤추는 뜨락엔 수놓은 비단 펼쳐 있으며
단장하던 창가엔 덩쿨이 뒤덮였구나.
임기 끝나 한가로이 쉬는 이때에
늦은 봄의 경색은 화창도 해라.
날씬한 미녀와 짝을 이루고
춤추는 기녀와 물결 밟누나.
외딴 섬으로 작약芍藥을 찾아나서고
굽이진 못에서 돌며 연꽃을 꺾어 든다네.
석양이 비춰와 아쉽기도 하다만
연지분의 아가씨는 곱기도 해라.

贈蕭少府[1]
증 소 소 부

上德如流水, 安仁道若山.[2]
상 덕 여 류 수　 안 인 도 약 산

聞君秉高節, 而得奉淸顔.[3]
문 군 병 고 절　 이 득 봉 청 안

鴻漸昇台羽, 牛刀列下班.[4]
홍 점 승 태 우　 우 도 열 하 반

處腴能不潤, 居劇體常閑.[5]
처 유 능 불 윤　 거 극 체 상 한

去詐人無諂, 除邪吏息奸.
거 사 인 무 첨　 제 사 이 식 간

欲知淸與潔, 明月在澄灣.
욕 지 청 여 결　 명 월 재 징 만

≪ 註

1)**소소부**(蕭少府) : 미상. 소부少府는 관직명으로 현위縣尉를 가리킴.
2)**상덕**(上德) : 지극한 덕. 「노자老子」에 "지극한 덕은 물과도 같다(上善若水)"는 구절이
 있음.
　안인(安仁) : 인의 도를 편안히 여긴다는 뜻.「논어論語」「이인里仁」에 "어진 자는 인을
 편안히 여기고, 지혜로운 자는 인을 이롭게 여긴다(仁者安人, 知者利仁)"는 구절이 있음.
3)**청안**(淸顔) : 맑고 빼어난 용모. 친구의 얼굴을 높여 부르는 말.
4)**홍점**(鴻漸) : 226쪽 주5) 참조.
　태우(台羽) : 태정台鼎의 오류로 추정됨. 태정은 삼공三公의 지위를 가리킴.
　우도(牛刀) : 소를 잡는 칼. 큰 재주를 비유함.「논어」「양화」에 "닭을 잡는 데 어찌 소 잡
 는 칼을 쓰리오?(割鷄焉用牛刀)" 하는 구절이 있음.
　하반(下班) : 낮은 지위. 여기에서는 소소부蕭少府가 처한 직위를 가리킴.
5)**처유**(處腴) : 요직에 있음을 가리킴. 후한後漢의 공분孔奮과 관련된 고사. 공분의 청렴결
 백함에 대해 어떤 이들은 그가 기름진 곳에 있어도 스스로를 윤택하게 하지 못할 것이
 라 비웃었음.
　거극(居劇) : 일이 많아 바쁜 고을에서 근무한다는 뜻. 고개顧覬之와 관련된 고사. 그는
 많은 인구로 사무가 복잡한 산음山陰의 업무를 간소화해 한가하게 관리 생활을 하였음.

소소부蕭少府에게 드림

지극한 덕은 흐르는 물과 같으며
인仁을 편안히 여기니 도가 산과 같구려.
그대 고상한 절개 지녔다 하니
받들어 청안清顔으로 삼을 만하리.
벼슬길 나아가 삼공三公에 올라야 하나
큰 재주 지닌 채 낮은 자리 놓여 있구나.
요직에 있어도 부유하지 않을 것이며
바쁜 고을에서도 몸은 늘 한가하리라.
거짓을 없애니 사람들 아첨하지 못하며
사특함 제거해 아전들 간교한 짓 그만둔다네.
청렴결백이란 무엇이더냐?
맑은 물굽이에 밝은 달 비추고 있다.

同王九題就師山房[1]
동 왕 구 제 취 사 산 방

晚憩支公室, 故人逢右軍.[2]
만 게 지 공 실　 고 인 봉 우 군

軒窓避炎暑, 翰墨動新义.
헌 창 피 염 서　 한 묵 동 신 문

竹閉窓裏日, 雨隨墖下雲.
죽 폐 창 리 일　 우 수 계 하 운

同遊淸陰遍, 吟臥夕陽曛.
동 유 청 음 편　 음 와 석 양 훈

江靜棹歌歇, 溪深樵語聞.
강 정 도 가 헐　 계 심 초 어 문

歸途未忍去, 攜手戀淸芬.[3]
귀 도 미 인 거　 휴 수 연 청 분

≪ 註

1) **왕구**(王九) : 왕형王逈. 72쪽 주1) 참조.
  취사(就師) : 미상의 승려. '취就'는 승려의 법명, '사師'는 승려의 존칭임.
2) **지공**(支公) : 지둔支遁. 68쪽 주2) 참조. 여기서는 취사就師를 비유한 것임.
  우군(右軍) : 진晋의 서예가 왕희지王羲之를 가리킴. 우군장군右軍將軍을 역임했기에
  세칭 왕우군王右軍으로 불림. 여기서는 왕구王九를 비유한 것임.
3) **청분**(淸芬) : 맑고 향기로움. 고결한 덕행을 비유한 것임.

왕구王九의「제취사산방題就師山房」에 화답함

느지막이 지공支公의 산방에 쉬다
옛 친구 왕우군王右軍 만나본다네.
창가에서 무더위 피해가면서
붓 놀려 새 시를 지어내는데,
대숲은 창에 비치는 햇볕 가려주고
비는 섬돌 아래 구름 따라 떨어지누나.
시원한 나무 그늘 두루 함께 노닐다가는
석양 노을 아래 시 읊으며 누웠어라.
조용한 강가엔 뱃노래 잦아드는데
깊은 시내엔 나무꾼의 말소리 들려온다네.
돌아오는 발걸음 떨어지지 않기에
향그러운 분 사모해 손을 이끌어본다.

上張吏部¹⁾
상 장 이 부

公門世緒昌,　才子冠裴王.²⁾
공 문 세 서 창　　재 자 관 배 왕

自出平津邸,　還爲吏部郎.³⁾
자 출 평 진 저　　환 위 이 부 랑

神仙餘氣色,　列宿動輝光.⁴⁾
신 선 여 기 색　　열 수 동 휘 광

夜直南宮靜,　朝趨北禁長.⁵⁾
야 직 남 궁 정　　조 추 북 금 장

時人窺水鏡,　明主賜衣裳.⁶⁾
시 인 규 수 경　　명 주 사 의 상

翰苑飛鸚鵡,　天池待鳳凰.⁷⁾
한 원 비 앵 무　　천 지 대 봉 황

≪ 註

1) **장이부(張吏部)** : 장균張均. 상서좌승상尙書左丞相 장설張說의 아들로, 당시 이부원외
랑吏部員外郎으로 있었음. 개원 4년(716) 진사에 급제하여 병부시랑, 형부상서 등의 관
직을 역임. 이부원외랑은 종6품의 관직으로 인사 업무를 담당.

2) **세서(世緒)** : 누대에 걸친 공업功業.
　배왕(裴王) : 진대晉代의 배해裴楷와 왕융王戎을 가리킴. 두 사람 모두 이부랑吏部郎의
물망에 올랐던 유능한 인재였음. 여기서는 장이부張吏部를 비유한 것임.

3) **평진저(平津邸)** : 한漢의 공손홍公孫弘이 승상이 되어 평진후平津侯에 봉해졌음. 저邸
는 왕후의 저택을 가리키는데, 후대에는 재상부宰相府를 평진저라 이름하게 되었음. 여
기서는 장설의 부府를 지칭한 것임.

4) **신선(神仙)** : 신선서神仙署의 약칭. 즉 상서성尙書省의 별칭임.
　열수(列宿) : 하늘의 별자리. 옛사람은 낭관郎官의 직임이 위로 하늘의 성좌와 상응해 정
해지는 것으로 여겼음.

5) **남궁(南宮)** : 남방의 별자리 이름. 상서성을 남궁에 대응시킨 것임.
　북금(北禁) : 황제의 거처를 '금중禁中'이라 하며, 상서성의 북쪽에 있기에 '북금北禁'이
라 한 것임.

6) **수경(水鏡)** : 본래 맑은 물과 거울을 가리키나 사람의 인품을 비유하기도 함. 여기서는
장균을 비유한 것임.
　명주(明主) : 이부랑을 지낸 허윤許允이 위 명제魏明帝에게 의복을 하사받은 전고가
있음.

7) **한원(翰苑)** : 한림원翰林院을 가리킴. 옛날 문사들이 앵무새를 노래한 고사가 여럿 있음.
　천지(天池) : 중서성中書省을 가리킴. 봉황지鳳凰池라고도 함.

장이부張吏部께 올림

공의 가문 대대로 쌓인 공훈 많기도 하며
배해裵楷 왕융王戎인 양 인재도 으뜸이로다.
승상의 집안에서 출생하시어
이부원외랑 되시었으니,
신선부神仙府엔 기색이 넘치어나고
하늘 별자리에 광채 번쩍인다오.
밤이면 고요한 남궁南宮에 숙직하시고
아침이면 금중禁中으로 종종걸음질.
사람들 수경水鏡 같은 그대를 바라보고
임금께선 의복을 하사하시네.
한림원에 앵무새는 날아가는데
중서성에선 봉황새 오기를 기다리누나.

和于判官登萬山亭因贈洪府都督韓公[1]
화우판관등만산정인증홍부도독한공

韓公美襄土, 日賞城西岑.[2]
한공미양토 　일상성서잠

結構意不淺, 嵓潭趣轉深.
결구의불천 　암담취전심

皇華一動詠, 荊國幾謳吟.[3]
황화일동영 　형국기구음

舊徑蘭勿翦, 新堤柳欲陰.
구경난물전 　신제유욕음

砌傍餘怪石, 沙上有閑禽.
체방여괴석 　사상유한금

自牧豫章郡, 空瞻楓樹林.[4]
자목예장군 　공첨풍수림

因聲寄流水, 善聽在知音.
인성기류수 　선청재지음

耆舊眇不接, 崔徐無處尋.[5]
기구묘부접 　최서무처심

物情多貴遠, 賢俊豈無今!
물정다귀원 　현준기무금

遲爾長江暮, 澄淸一洗心.
지이장강모 　징청일세심

판관判官의 「등만산정登萬山亭」에 화답하여
홍부의 한도독韓都督께 드림

한공韓公은 양양襄陽 땅 아름답게 여기사
날마다 성 서쪽 봉우리 완상하신다.
지으신 시의 뜻 얕지 않으며
바위 못의 정취 더욱 더 깊어가는데,
조정의 명 받고 오시어 한번 읊조리시자
형주荊州 사람들 적잖이 노래 부르네.
옛 길의 난초일랑 베지를 마소
새 제방의 버들은 그늘지려네.
섬돌 가 괴이한 돌 그대로인데
모래 위엔 한가로운 물새들만이.
예장군豫章郡을 다스리게 되면서부터
괜시리 단풍 숲을 바라보는데,
흐르는 물결 위로 소리 부치면
지음知音은 잘도 알아들으시리라.
시대가 멀어 덕망 있는 노인장 만날 길 없어
최주평崔州平 서서徐庶를 찾을 곳 없긴 하다만,

1) 판관(判官) : 절도사나 관찰사 밑에 속한 관리. 문서 사무를 담당하였음.
　만산정(萬山亭) : 지금의 호북성湖北省 양번시襄樊市의 서북쪽 만산 위에 있던 정자.
　홍부도독한공(洪府都督韓公) : 홍부는 홍주洪州의 관부官府라는 뜻. 도독은 직명으로,
　각 주州에 대도독이나 도독부를 설치하여 군무를 관장하였음. 한공은 당시 홍주자사로
　있던 한조종韓朝宗을 가리킴.
2) 성서잠(城西岑) : 만산萬山을 가리킴.
3) 황화(皇華) : 조정의 사자使者에 대한 미칭. 여기서는 홍주도독 한조종을 가리킴.
　형국(荊國) : 형주荊州를 가리킴. 한조종은 이전에 형주자사를 지냈음. 혹은 옛날 형초荊
　楚의 땅이었던 양양襄陽을 지칭한 것으로도 볼 수 있음.
4) 예장군(豫章郡) : 홍주에 속해 있던 지역. 지금의 강서성江西省 남창시南昌市.
5) 기구(耆舊) : 명망이 있으며 덕행을 지닌 노인.
　최서(崔徐) : 최주평崔州平과 서서徐庶. 제갈량과 교유했던 인물로 양양襄陽에 은거했음.

세상 인정 먼 옛날 귀히 여기나
어질고 뛰어난 분 이젠들 어이 없으리.
장강에 해 지기 기다렸다가
맑은 그 물에 마음 한번 닦아보고자.

下瀧石[1]
하 공 석

瀧石三百里, 沿洄千嶂間.[2]
공 석 삼 백 리　 연 회 천 장 간

沸聲常活活, 湍勢亦潺潺.
비 성 상 활 활　 천 세 역 잔 잔

跳沫魚龍沸, 垂籐猿狖攀.[3]
도 말 어 룡 비　 수 등 원 유 반

榜人苦奔峭, 而我忘險艱.[4]
방 인 고 분 초　 이 아 망 험 간

放溜情彌遠, 登艫目自閑.
방 류 정 미 원　 등 로 목 자 한

暝帆何處泊? 遙指落星灣.[5]
명 범 하 처 박　 요 지 낙 성 만

≪ 註

1) 공석(瀧石) : 공석贛石이라고도 함. 강서성江西省 공강贛江에 있는 암반이 많은 여울의 이름.
2) 연회(沿洄) : 순류를 따라 강을 내려오거나 역류해 올라감.
3) 원유(猿狖) : 꼬리가 긴 원숭이.
4) 분초(奔峭) : 무너져 내린 절벽의 큰 돌.
5) 낙성만(落星灣) : 팽려호彭蠡湖 가운데에 있는 물굽이. 전설에 의하면 별이 이곳에 떨어 져 돌이 되었다고 함.

공석탄灘石灘을 내려오며

삼백 리 공석灘石의 거친 여울물
깎아지른 수많은 산 사이 내려가노라.
철썩 철썩 강물 소리 항상 들리고
출렁 출렁 물의 기세 거칠기도 하구나.
솟구치는 포말에 어룡은 날아오르고
늘어진 등나무에 원숭이 매달렸어라.
사공은 무너진 돌더미에 고생이건만
나는야 험난함도 잊어버렸소.
물결 타고 내려오니 마음 더욱 유원해지며
배에 오르니 눈길 절로 한가롭구나.
날 어두워 어디에 배를 대려나?
저 멀리 낙성만落星灣 가리켜보네.

行出竹東山望漢川[1]
행 출 죽 동 산 망 한 천

異縣非吾土, 連山盡綠篁.
이 현 비 오 토　　연 산 진 록 황

平田出郭少, 盤壟入雲長.
평 전 출 곽 소　　반 롱 입 운 장

萬壑歸於海, 千峰劃彼蒼.[2]
만 학 귀 어 해　　천 봉 획 피 창

猿聲亂楚峽, 人語帶巴鄕.[3]
원 성 난 초 협　　인 어 대 파 향

石上攢椒樹, 藤間養蜜房.
석 상 찬 초 수　　등 간 양 밀 방

雪餘春未暖, 嵐解晝初陽.
설 여 춘 미 난　　남 해 주 초 양

征馬疲登頓, 歸帆愛渺茫.
정 마 피 등 돈　　귀 범 애 묘 망

坐欣沿溜下, 信宿見維桑.[4]
좌 흔 연 류 하　　신 숙 견 유 상

≪ 註

1)죽동산(竹東山) : 죽산현竹山縣 동쪽에 있는 산.
　한천(漢川) : 한수漢水를 가리킴.
2)피창(彼蒼) : 하늘을 가리킴.『시경·진풍·황조』에 "저 푸른 하늘이여, 우리 훌륭한 분을
　죽이셨네(彼蒼者天, 殲我良人)" 하는 구절이 있음.
3)초협(楚峽) : 장강 상류에 있는 서릉협西陵峽으로 추정됨.
　파향(巴鄕) : 장강 상류인 파촉巴蜀 지역을 가리킴.
4)신숙(信宿) : 이틀 밤 묵는 것을 의미함.
　유상(維桑) : 고향 땅을 가리킴. 상재桑梓라고도 함.『시경·소아·소반』의 "뽕나무와 가
　래나무도 반드시 공경한다(維桑維梓, 必恭敬止)"는 구절에 전거를 두고 있음.

죽동산竹東山을 나와 한수漢水를 바라보며

낯선 고을 내 살던 땅 같지 않으니
늘어선 산에는 온통 푸르른 대숲.
성곽 나서자 평평한 밭 많지 않으며
굽이진 밭두렁은 구름 사이 길쭉하구나.
모든 골짝의 물 바다로 돌아들 가고
수많은 산봉우리 하늘을 갈라놨는데,
원숭이 울음 초楚 땅 협곡에 어수선하고
사람들 파촉巴蜀 사투리로 말을 한다네.
돌 위에는 산초나무 모여 있으며
등나무 사이 벌꿀통 놓아 기른다.
봄이나 눈이 남아 따스하지 않으며
낮에 남기 걷히자 햇살 처음 비추인다네.
나그네 태운 말 오르락내리락 힘이 들더만
돌아가는 돛배는 아득한 강물 좋기만 해라.
물결 타고 내려오는 길 즐거웁나니
이틀을 묵고 가면 고향 땅 눈에 보이리.

久滯越中贈謝南池會稽賀少府[1]
구 체 월 중 증 사 남 지 회 계 하 소 부

陳平無産業, 尼父倦東西.[2]
진 평 무 산 업　　이 부 권 동 서

負郭昔云翳, 問津今已迷.[3]
부 곽 석 운 예　　문 진 금 이 미

未能忘魏闕, 空此滯秦稽.[4]
미 능 망 위 궐　　공 차 체 진 계

兩見夏雲起, 再聞春鳥啼.
양 견 하 운 기　　재 문 춘 조 제

懷仙梅福市, 訪舊若耶溪.[5]
회 선 매 복 시　　방 구 약 야 계

聖主賢爲寶, 卿何隱遁棲?
성 주 현 위 보　　경 하 은 둔 서

≪ 註

1) **월중(越中)** : 지금의 절강성浙江省 남부 소흥시紹興市 일대.
　사남지(謝南池) : 미상의 인물.
　회계하소부(會稽賀少府) : 회계현위會稽縣尉 하조賀朝를 가리킴. 생몰년 미상.
2) **진평(陳平)** : 중국 한대漢代의 정치가. 유방劉邦을 도와 통일을 이루고 상국 조참이 죽은 후에는 좌승상이 되었음.
　이부(尼父) : 공자가 죽은 후 노애공魯哀公이 공자를 추모해 '이부'라 이름하였음.
3) **부곽(負郭)** : 성곽 옆에 집을 지었음을 가리킴. 진평과 관련된 고사. 젊었을 적에 몹시 가난해서 누추한 골목에 문도 없는 집에서 살았음.
　문진(問津) : 공자와 관련된 고사. 138쪽 주4) 참조.
4) **위궐(魏闕)** : 궁궐 문 앞에 높이 쌓은 망루. 곧 조정을 가리킴.
　진계(秦稽) : 회계會稽를 가리킴. 경내에 진망산秦望山과 회계산會稽山이 있음.
5) **매복시(梅福市)** : 매복이 문지기로 있던 저자. 즉 회계를 가리킴. 매복은 한나라 사람으로, 왕망이 정권을 잡자 고향인 구강九江으로 돌아와 신선이 되었다고 함. 훗날 회계의 저자에서 문지기로 있는 것을 본 사람이 있다고 전해짐.
　약야계(若耶溪) : 46쪽 주1) 참조.

오래도록 월중越中에 머무르며, 사남지謝南池와 회계의 하소부賀少府께 드림

진평陳平은 생업을 갖지 못했고
공자孔子는 동분서주 고달프셨지.
예전엔 성곽에 붙어살더니
이젠 나루를 묻다 길을 잃었네.
조정을 잊지야 못하면서도
속절없이 회계 땅에 머물렀구나.
여름날 구름 일어남 두 번 보았고
봄날 새 우는 소리 거듭 듣고 있다오,
매복시梅福市에선 신선을 떠올렸으며
약야계若耶溪로 옛 벗을 찾아가거늘,
임금은 현인을 보물로 삼으시는데
그대들은 어이하여 숨어 사시오?

送韓使君除洪府都督[1)]
송 한 사 군 제 홍 부 도 독

逑職撫荊衡, 分符襲寵榮.[2)]
술 직 무 형 형   분 부 습 총 영

往來看擁傳, 前後賴專城.[3)]
왕 래 간 옹 전   전 후 뇌 전 성

勿翦棠猶在, 波澄水更清.[4)]
물 전 당 유 재   파 징 수 갱 청

重推江漢理, 旋改豫章行.[5)]
중 추 강 한 리   선 개 예 장 행

召父多遺愛, 羊公有令名.[6)]
소 부 다 유 애   양 공 유 영 명

衣冠列祖道, 耆舊擁前旌.[7)]
의 관 열 조 도   기 구 옹 전 정

峴首晨風送, 江陵夜火迎.[8)]
현 수 신 풍 송   강 릉 야 화 영

無才慚孺子, 千里愧同聲.[9)]
무 재 참 유 자   천 리 괴 동 성

홍부도독洪府都督에 제수된 한사군韓使君을 전송하며

형주荊州 땅의 다스림 조정에 보고를 하자
부절을 나눠주어 총영寵榮을 잇게 하도다.
왕래할 때 역참의 수레 탄 것 보게 되나니
앞뒤로 부자가 전성專城의 직책 맡으셨구나.
팥배나무 자르지 말란 노래 아직도 불리우는데
물결 맑아 강물 더욱 투명해졌네.
추중되어 양주襄州를 다스리시다
새로이 홍주洪州로 부임하게 되시었구려.
소부召父처럼 남긴 사랑 많기도 하며
양공羊公인 양 아름다운 이름 지니었으니,
사대부들 전별하는 자리에 늘어서 있고
노인장들 앞장서 깃발을 들어준다네.
현산峴山에서 아침 바람 속에 전송하나니
강릉江陵에선 밤에 불을 밝혀 영접하리라.
재주 없어 서유자徐孺子께 창피하거늘
천 리 밖 동심同心에게도 부끄럽기만.

1) **한사군(韓使君)** : 한조종韓朝宗을 가리킴. 252쪽 주1) 홍부도독한공府都督韓公 참조. 개원 24년(736)에 홍주자사에 임명되었음.

2) **술직(述職)** : 본래 제후가 천자에게 조회하는 것을 의미하나, 후대에는 지방관이 중앙에 직무를 보고하는 것을 가리키게 되었음.
   형형(荊衡) : 형주荊州를 가리킴. 북쪽에는 형산荊山, 남쪽에는 형산衡山이 있기에 이렇게 이름한 것임. 그러나 여기서는 널리 형주와 양주襄州 일대를 아울러 일컬은 것임.
   분부(分符) : 부절符節을 나눠 받음. 236쪽 주2) 참조.

3) **옹전(擁傳)** : 승전乘傳과 같음. 관리가 역참의 수레나 말을 탄다는 뜻.
   전후(前後) : 한조종과 그 부친 한사복韓思復을 가리킴. 한사복 역시 양주자사를 역임했음.
   전성(專城) : 성주城主와 같은 뜻으로, 주목州牧이나 태수太守 같은 지방관을 가리킴.

4) **물전(勿翦)** : 「시경 · 소남 · 감당甘棠」에 "싱싱한 팥배나무, 자르지 말고 베지도 마오. 소백께서 머무르신 곳이라네(蔽芾甘棠, 勿翦勿伐, 召伯所茇)"하는 구절이 있음. 소백은 소공召公을 가리킴. 후대에는 이를 빌어 덕정을 베푼 관리를 기리는 뜻으로 쓰임.

5) **강한(江漢)** : 장강長江과 한수漢水. 여기서는 양주襄州 지역을 가리킴.
   선개(旋改) : 새로 홍부도독의 직임을 받았음을 의미함. 예장豫章은 곧 홍주洪州를 가리킴.

6) **소부(召父)** : 한漢의 남양태수南陽太守 소신신召信臣을 가리킴. 지방관으로 선정을 베풀어 백성들이 그를 아버지처럼 친애하여 소부라 이름하게 되었음.
   양공(羊公) : 진晉의 양호羊祜를 가리킴. 42쪽 주2) **양공현산하羊公峴山下** 참조.

7) **조도(祖道)** : 전별의 뜻. 본래 여로에 오르기 전에 드리는 길제사를 가리킴.

8) **현수(峴首)** : 현수산峴首山, 즉 현산峴山. 42쪽 주2) **양공현산하羊公峴山下** 참조.
   강릉(江陵) : 지금의 호북성湖北省 강릉현江陵縣. 양주와 홍주 사이에 있음.

9) **유자(孺子)** : 서유자徐孺子를 가리킴. 234쪽 주5) 서유徐孺 참조.

소공召公

盧明府九日峴山宴袁使君張郞中崔員外[1)]
노 명 부 구 일 현 산 연 원 사 군 장 낭 중 최 원 외

宇宙誰開闢? 江山此鬱盤!
우 주 수 개 벽　　강 산 차 울 반

登臨今古用, 風俗歲時觀.
등 림 금 고 용　　풍 속 세 시 관

地理荊州分, 天涯楚塞寬.
지 리 형 주 분　　천 애 초 새 관

百城今刺史, 華省舊郞官.[2)]
백 성 금 자 사　　화 성 구 낭 관

共美重陽節, 俱懷落帽歡.[3)]
공 미 중 양 절　　구 회 낙 모 환

酒邀彭澤載, 琴轍武城彈.[4)]
주 요 팽 택 재　　금 철 무 성 탄

獻壽先浮菊, 尋幽或藉蘭.[5)]
헌 수 선 부 국　　심 유 혹 자 란

烟虹鋪藻翰, 松竹掛衣冠.
연 홍 포 조 한　　송 죽 괘 의 관

叔子神如在, 山公興未闌.[6)]
숙 자 신 여 재　　산 공 흥 미 란

嘗聞騎馬醉, 還向習池看.[7)]
상 문 기 마 취　　환 향 습 지 간

노명부盧明府가 9일에 현산峴山에서 원사군袁使君, 장낭중張郎中, 최원외崔員外와 연회를 하여

우주는 그 누가 개벽하였나?
강산이 이다지 두텁고 깊을 줄이야!
예나 지금이나 산 위에 올라
세시의 풍속을 살피어보네.
땅의 형세 형주荊州에서 갈라졌으며
하늘 끝 초 땅의 변경 광활하구나.
지방관으로 계신 현 자사刺史님
중앙 관청에 있던 옛 낭관님.
함께 중양절重陽節 좋아하시어
다들 낙모落帽의 즐거움 떠올리면서,
팽택彭澤에서 실어 온 술 마시느라고
무성武城에서 타던 거문고 잠시 멈췄네.
술잔 올려 먼저 국화주 마시고서는
그윽한 곳 찾아 난초에도 앉아보노라.
구름 하늘에 무지개 고운 무늬 펼쳐 있는데
소나무 대나무에 의관 벗어 걸쳐두었네.

≪ 註

1) 노명부(盧明府) : 노상盧象을 가리킴. 188쪽 주1) 참조. 한편 양양령襄陽令으로 있던 노
   선盧僎이란 주장도 있음.
   구일(九日) : 음력 9월 9일. 중양절重陽節 혹은 중구重九라고도 함.
   원사군(袁使君) : 미상. 사군은 주군의 장관을 가리킴.
   장낭중(張郎中) : 장자용張子容. 76쪽 주1) 참조. 가부낭중駕部郎中으로 있던 장원張愿
   이란 주장도 있음.
   최원외(崔員外) : 최종지崔宗之란 인물로 추정됨.
2) 백성(百城) : 자사와 같은 주군의 지방장관을 가리킴. 여기서는 노명부와 원사군을 가리킴.
   자사(刺史) : 주군의 행정장관.
   화성(華省) : 중앙의 청요직淸要職으로 이름난 중요 부서. 당대唐代의 경우 중서성, 문하
   성, 상서성을 가리킴.
   낭관(郎官) : 상서성의 좌우사낭중左右司郎中, 좌우사원외랑左右司員外郎을 가리킴. 여
   기서는 장낭중과 최원외를 가리킴.
3) 낙모환(落帽歡) : 진晉 도연명의 외조인 맹가孟嘉와 관련된 고사. 정서대장군 환온桓溫
   의 참군參軍으로 중양절 연회에 참석했다 모자가 바람에 떨어졌으나 모르고 있다 환온
   의 명으로 남이 지은 조소의 글에 이내 아름다운 문장으로 답하였음.
4) 주요(酒邀) : 도연명과 관련된 고사. 중양절이 되었으나 마실 술이 없던 중 마침 강주자
   사江州刺史 왕홍王弘이 이 술을 보내준 일이 있었음.
   금철(琴轍) : 공자의 제자 자유子游와 관련된 고사. 「논어」「양화」에 의하면, 그가 무성을
   다스릴 때 예악에 의한 교화를 중시해 고을 사람들이 거문고를 타며 노래를 하였다고
   함. 여기서는 노명부가 잠시 공무를 쉬고 연회를 벌인 것을 비유적으로 표현한 것임.
5) 부국(浮菊) : 국화잎을 술에 띄움. 국화주를 마신다는 뜻으로도 쓰임.
6) 숙자(叔子) : 진晉 양호羊祜의 자字. 42쪽 주2) 양공현산하洋公峴山下 참조.
   산공(山公) : 진晉의 산간山簡을 가리킴. 194쪽 주2) 참조.
7) 습지(習池) : 습가지習家池를 가리킴. 194쪽 주1) 참조.

숙자叔子의 신령이 곁에 있는 듯하며
산공山公의 흥취도 다함 없거늘,
일찍이 듣자니 술 취해 말을 타고는
습지習池를 향하여 바라봤다고.

현산

宴崔明府宅夜觀妓[1]
연 최 명 부 택 야 관 기

畫堂觀妙妓, 長夜正留賓[2]
화 당 관 묘 기　　장 야 정 류 빈

燭吐蓮花豔, 粧成桃李春.
촉 토 연 화 염　　장 성 도 리 춘

髻鬟低舞席, 衫袖掩歌脣[3]
계 환 저 무 석　　삼 수 엄 가 순

汗濕偏宜粉, 羅輕詎著身?
한 습 편 의 분　　나 경 거 착 신

調移箏柱促, 歡會酒杯頻.
조 이 쟁 주 촉　　환 회 주 배 빈

儻使曹王見, 應嫌洛浦神[4]
당 사 조 왕 견　　응 혐 낙 포 신

※ 註

1) **명부(明府)** : 현령縣令을 가리킴.
2) **화당(畫堂)** : 그림으로 장식된 방. 즉 화려하게 치장된 방을 가리킴.
   묘기(妙妓) : 용모가 빼어나고 기예가 뛰어난 기녀.
3) **계환(髻鬟)** : 머리카락을 둥글게 고리 모양으로 묶어 상투처럼 올린 여성의 머리 장식.
4) **조왕(曹王)** : 삼국의 위魏나라 조식曹植을 가리키며, 그는 진왕에 봉해졌음.
   낙포신(洛浦神) : 조식의 「낙신부洛神賦」에 나오는 낙수洛水 신녀. 신묘한 자태가 아름
   답게 묘사되었음.

최명부崔明府 댁에서 연회하여, 밤에 기녀의 가무를 구경하고

화려한 집안에 어여쁜 기녀 보고 있자니
정녕 밤늦도록 손님을 머물게 할 만.
촛불은 농염히 연꽃을 토해내는데
고운 화장은 봄날 도리화桃李花인 양.
땋아 올린 머린 춤추는 자리에 나즈막하고
적삼 소매로 노래하는 입술 가리운다네.
땀에 젖어 분단장 지워지는데
비단 적삼 가벼이 너울거린다.
곡조 바뀌어 거문고 소리 급하여지고
즐거운 연회에 잔질은 잦아지누나.
만일 조왕曹王이 그를 본다면
낙수신녀洛水神女에게 실망하리라.

韓大使東齋會岳上人諸學士[1]
한 대 사 동 재 회 악 상 인 제 학 사

郡守虛陳榻, 林間召楚材.[2]
군 수 허 진 탑　　임 간 소 초 재

山川祈雨畢, 雲物喜晴開.
산 천 기 우 필　　운 물 희 청 개

抗禮尊縫掖, 臨流挹渡杯.[3]
항 례 존 봉 액　　임 류 읍 도 배

徒攀朱仲李, 誰薦和羹梅?[4]
도 반 주 중 리　　수 천 화 갱 매

翰墨緣情製, 高深以意裁.
한 묵 연 정 제　　고 심 이 의 재

滄洲趣不遠, 何必問蓬萊?[5]
창 주 취 불 원　　하 필 문 봉 래

※ 註

1) 한대사(韓大使) : 한조종韓朝宗. 당시 양주자사襄州刺史 겸 산남동도채방사山南東道採
　訪使로 있었음. 대사는 절도사節度使 및 각 도를 순찰하는 채방사의 칭호.
　악상인(岳上人) : 미상의 승려.
2) 진탑(陳榻) : 한漢의 진번陳蕃이 의자를 준비해두고 서치徐穉를 우대한 고사. 234쪽 주
　5) 서유徐孺 참조.
　초재(楚材) : 널리 남방의 인재를 가리킨 것임.
3) 봉액(縫掖) : 유자儒者가 착용하는 복장. 곧 유자를 가리킴.
　도배(渡杯) : 전설에 따르면, 서진西晉의 배도杯度는 술법에 뛰어나 작은 잔을 타고 강
　을 건넜으며, 이에 '도배'라는 이름을 얻게 되었다 함. 여기서는 악상인을 비유한 것임.
4) 주중리(朱仲李) : 옛날 방릉房陵의 주중朱仲이라는 사람의 집에 있던 희귀한 오얏나무.
　화갱매(和羹梅) : 국에 간을 맞추는 매화로 만든 식초라는 뜻. 군주를 잘 보좌할 수 있는
　신하를 비유함.
5) 창주취(滄洲趣) : 38쪽 주2) 참조.
　봉래(蓬萊) : 38쪽 주6) 참조.

한대사韓大使의 동재東齋에 악상인岳上人과 여러 학사들이 모이다

군수는 진번陳蕃의 의자 비어 있기에
숲에 묻힌 초楚 땅 인재 부르시누나.
산천에 비가 그치길 기원하시니
온 경물 날이 갬을 기뻐하는데,
대등한 예로 선비들을 높여주시어
물가에서 도배渡杯에게 절을 하시네.
주중朱仲처럼 오얏나무나 돌본다면은
누가 임금 보좌할 유능한 이 천거하리오!
정감을 펼쳐 시문을 지어내리니
높고도 깊게 뜻을 마름질하리.
창주滄洲의 정취가 멀지 않거늘
어찌 꼭 봉래산蓬萊山 물어 찾으랴?

初年樂城館中臥疾懷歸[1]
초 년 낙 성 관 중 와 질 회 귀

異縣天隅僻,　孤帆海畔過.
이 현 천 우 벽　　고 범 해 반 과

往來鄕信斷,　留滯客情多.
왕 래 향 신 단　　유 체 객 정 다

臘月聞雷震,　東風感歲和.[2]
납 월 문 뢰 진　　동 풍 감 세 화

蟄蟲驚戶穴,　巢鵲眄庭柯.
칩 충 경 호 혈　　소 작 면 정 가

徒對芳樽酒,　其如伏枕何.
도 대 방 준 주　　기 여 복 침 하

歸來理舟楫,　江海正無波.
귀 래 이 주 즙　　강 해 정 무 파

◈ 註
─────────────────────────────
1)낙성(樂城) : 지금의 절강성浙江省 낙청현樂淸縣.
2)납월(臘月) : 음력 12월.

신년 초에 낙성樂城의 판사館舍에 병들어 누워 돌아갈 생각하며

외진 하늘 가 낯선 고을에
외로운 돛단배 바닷가를 지나가누나.
오가는 중에 고향 소식 끊어졌는데
머물러 있노라니 객수客愁만 늘어.
섣달 되어 천둥소리 들리어오고
봄바람에 시절의 온화함 느끼게 되네.
겨울잠 자던 벌레들 땅속에서 흠칫 놀라고
집 짓던 까치는 마당 나뭇가지 곁눈질하네.
하릴없이 향그런 술 마주한 채로
병들어 누웠자니 어떠하더냐?
배와 노를 손보아 돌아가리니
강에는 정녕코 풍파 없으리.

上巳日澗南園期王山人陳七諸公不至[1]
상 사 일 간 남 원 기 왕 산 인 진 칠 제 공 부 지

搖艇候明發,　花源弄晚春.
요 정 후 명 발　　화 원 농 만 춘

在山懷綺季,　臨漢憶荀陳.[2]
재 산 회 기 계　　임 한 억 순 진

上巳期三月,　浮杯興十旬.
상 사 기 삼 월　　부 배 홍 십 순

坐歌空有待,　行樂恨無鄰.
좌 가 공 유 대　　행 락 한 무 린

日晚蘭亭北,　煙花曲水濱.[3]
일 만 난 정 북　　연 화 곡 수 빈

浴蠶逢姹女,　探艾値幽人.[4]
욕 잠 봉 차 녀　　채 예 치 유 인

石壁堪題序,　沙場好解神.[5]
석 벽 감 제 서　　사 장 호 해 신

群公望不至,　虛擲此芳辰.
군 공 망 부 지　　허 척 차 방 신

※ 註

1) **상사일(上巳日)**: 음력 3월 초순의 사일巳日. 위魏 이후로는 3월 3일을 가리키게 되었음. 부정한 것을 씻기 위해 목욕재계하는 수계修禊 행사를 하였으며 곡수연曲水宴을 열어 음주하는 풍습이 있음.
　　간남원(澗南園): 남원南園이라고도 함. 138쪽 주1) 남원南園 참조.
　　왕산인(王山人): 왕형王迥. 72쪽 주1) 참조.
　　진칠(陳七): 시인의 동향 친구. 이름은 미상.

2) **기계(綺季)**: 기리계綺里季. 진秦 말기 상산商山에 은거한 상산사호商山四皓 가운데 한 명.
　　순진(荀陳): 후한後漢 말의 순숙荀淑과 진실陳實. 당시 부패한 환관 세력에 대항하던 이응李膺이 존경한 인물로 알려져 있음.

3) **난정(蘭亭)**: 지금의 절강성浙江省 소흥시紹興市에 있음. 진晉나라 때 왕희지王羲之를 비롯한 41명이 이곳에서 수계 행사를 한 바 있음.
　　곡수(曲水): 물위에 잔을 띄워 흐르도록 굽이지게 만든 도랑.

4) **욕잠(浴蠶)**: 양잠을 할 때 누에를 물에 씻어 종자를 선택하는 것.

5) **제서(題序)**: 시문을 지어내 뜻을 펴냄.
　　해신(解神): 상사일 풍습의 하나인 푸닥거리. 무당이 신의 노여움을 푸는 굿을 행하였음.

상사일上巳日에 간남원澗南園에서 왕산인王山人과 진칠陳七 제공이 오지 않아 기다리며

날 밝으면 작은 배 올라타고서
꽃 피어난 들에서 늦봄을 즐겨보련다.
산에서는 기리계綺里季 떠오를 테고
한수漢水에선 순숙荀淑 진실陳實 생각나리라.
상사上巳라 삼월을 기다렸나니
잔 띄워 놀면 백 일을 흥겹겠으나,
앉아 노래하며 속절없이 기다리다가
행락에 짝이 없을까 아쉬워하네.
난정蘭亭 북쪽에 해가 저물 때
굽이진 물가에 안개 피어나는데,
누에 씻는 소녀와 만나게 되고
쑥 캐는 은자와도 마주친다네.
석벽에는 시문을 새길 만한데
사장沙場에선 신령 달래기 좋기도 하군.
여러분들 기다려도 오지를 않아
이 좋은 시절을 헛되이 보내고 있다.

送莫氏甥兼諸昆弟從韓司馬入西軍[1]
송 막 씨 생 겸 제 곤 제 종 한 사 마 입 서 군

念爾習詩禮, 未嘗離戶庭.[2]
염 이 습 시 례　미 상 이 호 정

平生早偏露, 萬里更飄零.[3]
평 생 조 편 로　만 리 갱 표 령

坐棄三冬業, 行觀八陣形.[4]
좌 기 삼 동 업　행 관 팔 진 형

飭裝辭故里, 謀策赴邊庭.
식 장 사 고 리　모 책 부 변 정

壯志吞鴻鵠, 遙心伴鶺鴒.[5]
장 지 탄 홍 곡　요 심 반 척 령

所從文與武, 不戰自應寧.
소 종 문 여 무　부 전 자 응 녕

※ 註

1) **막씨생(莫氏甥)**: 성씨가 '막莫'인 조카. 누이의 아들로 추정됨.
　한사마(韓司馬): 미상. 사마는 주군州郡의 무관으로 군무를 담당하였음.
　서군(西軍): 160쪽 주1) 참조.
2) **시례(詩禮)**: 『시경』과 『예기』. 유가의 경전을 가리킴.
3) **편로(偏露)**: 부친을 여의어 의지할 곳이 없다는 뜻.
4) **삼동업(三冬業)**: 시서詩書의 학업을 가리킴. 삼동은 삼년과 같음.
　팔진형(八陣形): 여덟 가지 진법陣法의 형태.
5) **홍곡(鴻鵠)**: 홍곡지지鴻鵠之志를 가리킴. 커다란 포부를 비유함. 118쪽 주2) 참조.
　척령(鶺鴒): 118쪽 주2) 참조.

막씨莫氏 조카와 여러 형제들이 한사마韓司馬를 따라 서군에 들어가게 되어 전송하며

생각하니 너희들 시례詩禮 익히느라고
일찍이 고향집 떠난 적 있지 않구나.
살아오며 일찍 부친 여의었거늘
만리 밖을 다시금 떠돌 줄이야.
삼동三冬의 학업일랑 놓아둔 채로
팔진八陣의 형상 바라보리니,
여장 꾸려 고향을 떠나가서는
책략 꾸미며 변방으로 나아가누나.
장한 뜻이야 큰기러기 삼킬 만한데
멀리서 그리는 마음 할미새의 짝이 되리라.
문文과 무武를 일삼았으니
싸우지 않아도 절로 강녕하겠지.

峴山送蕭員外之荊州[1)]
현산송소원외지형주

峴山江岸曲, 郢水郭門前.[2)]
현산강안곡 영수곽문전

自古登臨處, 非今獨黯然.
자고등림처 비금독암연

亭樓明落日, 井邑秀通川.[3)]
누정명락일 정읍수통천

澗竹生幽興, 林風入管絃.
간죽생유흥 임풍입관현

再飛鵬激水, 一擧鶴沖天.
재비붕격수 일거학충천

佇立三荊使, 看君馳馬旋.[4)]
저립삼형사 간군사마선

---

1) **현산(峴山)**: 현수산峴首山. 42쪽 주2) 양공현산하洋公峴山下 참조.
   소원외(蕭員外): 소성蕭誠. 사훈원외랑司勳員外郎을 역임하고, 개원 20년(732) 형주대도독부병조荊州大都督府兵曹에 임명되었음. 한편 소증蕭證이라는 설도 있음. 원외는 원외랑員外郎의 준말.
   형주(荊州): 주치州治가 지금의 호북성湖北省 강릉현江陵縣에 있었음.
2) **강안곡(江岸曲)**: 한수漢水 강변을 가리킴. 한수는 양양襄陽을 경유해 형주, 강릉으로 흘러감.
   영수(郢水): 한수漢水를 가리킴. 춘추시대 초나라의 도읍 언영鄢郢이 한수의 남쪽에 있어 이렇게 이름한 것임.
3) **정읍(井邑)**: 성시城市를 가리킴.
   통천(通川): 강물이 흘러 통하는 하천. 여기서는 한수를 가리킴.
4) **삼형(三荊)**: 삼초三楚. 옛날부터 강릉江陵을 남초, 오吳를 동초, 팽성彭城을 서초라 하였음. 여기서는 형주의 치소가 있는 강릉을 가리킨 것임.
   사마(馳馬): 수레를 끄는 네 마리의 말.

현산峴山에서, 형주荊州로 가는 소원외蕭員外를 보내며

현산峴山은 강 언덕 굽이진 곳에
한수漢水는 성곽의 대문 앞으로.
옛부터 높이 올라 바라보던 곳
지금만 마음 구슬픈 건 아니었다오.
누정樓亭에는 지는 햇살 밝으며
성시城市는 흐르는 강물에 수려하거늘,
계곡 대숲엔 그윽한 흥 생기어나고
숲의 바람 악기 속으로 스미어드네.
다시 날아오르는 봉새 물을 박차 오르고
한번 날개짓에 두루미는 하늘에 부딪칠 듯.
형주로 가는 사자使者 우두커니 서 있는데
그대 바라보며 사마駟馬는 돌아선다네.

送王昌齡之嶺南[1)]
송 왕 창 령 지 영 남

洞庭去遠近, 楓葉早驚秋.[2)]
동 정 거 원 근　풍 엽 조 경 추

峴首羊公愛, 長沙賈誼愁.[3)]
현 수 양 공 애　장 사 가 의 수

土毛無縞紵, 鄕味有查頭.[4)]
토 모 무 호 저　향 미 유 사 두

已抱沉痼疾, 更貽魑魅憂.[5)]
이 포 침 아 질　갱 이 이 매 우

數年同筆硯, 茲夕異衾裯.[6)]
수 년 동 필 연　자 석 이 금 조

意氣今何在? 相思望斗牛.[7)]
의 기 금 하 재　상 사 망 두 우

≪ 註
1) 왕창령(王昌齡) : 128쪽 주1) 참조.
　영남(嶺南) : 오령五嶺의 남쪽. 지금의 광동廣東, 광서廣西 지역 일대.
2) 동정(洞庭) : 동정호. 62쪽 주1) 호湖 참조.
3) 현수양공애(峴首羊公愛) : 42쪽 주2) 양공현산하洋公峴山下 참조.
　장사가의수(長沙賈誼愁) : 62쪽 주4) 재자才子 참조.
4) 토모(土毛) : 토산土産과 같음.
　호저(縞紵) : 백색의 명주와 삼베. 친구 사이에 주고받는 예물의 일종.
　사두(查頭) : 축항편縮項鯿, 124쪽 주2) 참조.
5) 이매(魑魅) : 산속에 살며 사람을 해친다는 도깨비.
6) 이금조(異衾裯) : 이불을 달리한다는 뜻으로 이별을 의미함.
7) 두우(斗牛) : 별자리 이름으로 두수斗宿와 우수牛宿를 가리킴. 이 성좌의 분야는 오월吳越 땅으로 남방 지역에 상응함.

영남 가는 왕창령王昌齡을 전송하며

동정호洞庭湖에서 저 멀리 떠나간다네
붉은 단풍잎 이른 가을에 놀라 할 적에.
현수산峴首山이라 양공羊公이 좋아하던 곳
장사長沙 땅은 가의賈誼가 시름겹던 곳.
토산품에 좋은 옷감 별로 없어도
이 고장 맛난 것 축항편縮項鯿이 있다오.
이미 깊은 병을 앓고 계신데
다시 산도깨비가 근심을 끼치겠구려.
몇 해 동안 함께 배움을 나누었건만
오늘 밤부턴 잠자리를 달리하리라.
이제 마음을 어느 곳에 둔단 말이오?
그리움에 두우성斗牛星 바라보겠지.

與諸子登峴山[1]
여 제 자 등 현 산

人事有代謝, 往來成古今.
인사유대사 　왕래성고금

江山留勝迹, 我輩復登臨.
강산유승적 　아배부등림

水落魚梁淺, 天寒夢澤深.[2]
수락어량천 　천한몽택심

羊公碑尚在, 讀罷淚沾襟.[3]
양공비상재 　독파누점금

≪ 註

1) 현산(峴山) : 42쪽 주2) 양공현산하(羊公峴山下 참조.
2) 어량(魚梁) : 186쪽 주2) 참조.
　 몽택(夢澤) : 166쪽 주2) 참조.
3) 양공(羊公) : 42쪽 주2) 양공현산하(羊公峴山下 참조.

여러분들과 현산峴山에 올라

인간사 바뀌어 변해가나니
가고 오며 예와 지금 이루는도다.
강산에는 명승고적 남아 있기에
우리들 다시 올라 바라보노라.
물 줄어 어량魚梁나루 얕아졌으나
날 추워도 운몽택雲夢澤 깊기만 해라.
여전히 서 있는 양공羊公의 비석
읽고 나니 눈물이 옷깃 적신다.

臨洞庭[1]
임 동 정

八月湖水平, 涵虛混太淸.[2]
팔 월 호 수 평   함 허 혼 태 청

氣蒸雲夢澤, 波撼岳陽城.[3]
기 증 운 몽 택   파 감 악 양 성

欲濟無舟楫, 端居恥聖明.[4]
욕 제 무 주 즙   단 거 치 성 명

坐觀垂釣者, 徒有羨魚情.[5]
좌 관 수 조 자   도 유 선 어 정

≪ 註

1)동정(洞庭) : 동정호. 62쪽 주1) 호湖 참조.
2)호수평(湖水平) : 호수에 물이 불어 그 기슭과 서로 평평하게 닿아 있다는 뜻.
   함허(涵虛) : 태허의 혼돈스런 기운을 머금고 있다는 뜻.
   태청(太淸) : 하늘과 같음.
3)운몽택(雲夢澤) : 166쪽 주2) 참조.
   악양성(岳陽城) : 지금의 호북성湖北省 악양시. 동정호의 동북쪽에 있음.
4)욕제(欲濟) : 벼슬길에 나서고 싶으나 천거해주는 이가 없음을 비유함.
   단거(端居) : 벼슬하지 않고 평상적으로 보냄. 여기서는 은거의 의미.
5)선어정(羨魚情) : 물고기를 잡고자 하는 욕심. 관직에 진출하고자 하는 욕망을 비유한
   것임.

동정호洞庭湖를 바라보며

팔월의 호수 양 언덕과 평평하고
그 태허太虛의 기운 하늘과 아우러졌다.
물의 기운 운몽택雲夢澤 위로 뻗쳐가는데
파도는 악양성岳陽城을 뒤흔드누나.
강 건너려 해도 배와 노가 없으니
은거의 삶은 임금께 부끄러워라.
이에 낚시 드리운 이 바라보자니
괜시리 물고기 잡을 심정 찾아든다네.

晚春
만 춘

二月湖水淸, 家家春鳥鳴.
이 월 호 수 청   가 가 춘 조 명

林花掃更落, 徑草踏還生.
임 화 소 갱 락   경 초 답 환 생

酒伴來相命, 開樽共解酲.[1]
주 반 내 상 명   개 준 공 해 정

當杯已入手, 歌妓莫停聲.
당 배 이 입 수   가 기 막 정 성

≪ 註

1) 해정(解酲) : 술로 인한 병을 해소한다는 뜻. 우리말의 '해장' 은 그것이 와전된 것임.

늦봄

이월이라, 호수는 맑기도 한데
집집마다 봄날의 새 노래를 한다.
수풀 속 꽃은 쓸어도 다시 또 지고
오솔길 풀 밟히어도 되살아나네.
술친구 찾아와 서로 부르니
술단지 열고서 함께 주독을 푸네.
잔을 이미 손에 쥐고 있으니
노래하는 기녀여, 소리일랑 멈추질 마오.

歲暮歸南山[1]
세 모 귀 남 산

北闕休上書, 南山歸弊廬.[2]
북 궐 휴 상 서   남 산 귀 폐 려

不才明主棄, 多病故人疏.
부 재 명 주 기   다 병 고 인 소

白髮催年老, 靑陽逼歲除.[3]
백 발 최 년 로   청 양 핍 세 제

永懷愁不寐, 松月夜窗虛.
영 회 수 불 매   송 월 야 창 허

≪ 註

1)**남산(南山)**: 시인의 고향 거처가 있는 산 이름.
2)**북궐(北闕)**: 황제를 향해 상서하던 곳을 이름.
3)**청양(靑陽)**: 봄을 가리킴.

세모에 남산으로 돌아와

북궐에 상서하길 그만두고서
남산 낡은 오두막으로 돌아왔노라.
재주 없어 임금께선 버리셨으며
병이 많아 친구들도 소원하구나.
백발은 늙음을 재촉하건만
봄마저 한 해가 가길 서두른다네.
오랜 생각에 시름겨워 잠 못 드는데
솔 사이 달빛에 밤의 창가는 쓸쓸하기만.

梅道士水亭[1]
매 도 사 수 정

傲吏非凡吏, 名流即道流.[2]
오 리 비 범 리　명 류 즉 도 류

隱居不可見, 高論莫能酬.
은 거 불 가 견　고 론 막 능 수

水接仙源近, 山藏鬼谷幽.[3]
수 접 선 원 근　산 장 귀 곡 유

再來迷處所, 花下問漁舟.[4]
재 래 미 처 소　화 하 문 어 주

≪ 註

1) 매도사(梅道士) : 시인의 고향 부근에 사는 벗으로 추정됨.
2) 오리(傲吏) : 예법의 구속을 받지 않는 오만한 관리. 본래 칠원리漆園吏를 지낸 장자莊 子를 가리킴.
   명류(名流) : 이름난 선비.
3) 선원(仙源) : 신선이 거처하는 땅.
   귀곡(鬼谷) : 전국시대 초나라 사람인 귀곡자가 은거했던 골짜기의 이름. 이후 도사를 비 롯한 은사의 거처를 가리키게 됨.
4) 재래(再來) : 이하 2개 구는 도연명의 「도화원기桃花源記」의 내용을 빌어 매도사의 은거 지가 깊어 속인이 도달하기 어려움을 비유한 것임.

매도사梅道士의 수정水亭

오만한 관리가 평범한 관리 아닌 것처럼
명사名士는 바로 도사 가운데 숨어 있구나.
은둔해 살기에 만나볼 수 없으며
고상한 담론엔 응수하기 어려운지고.
시냇가에 접하여 신선의 땅 가까운데다
산속에 숨으니 은자의 거처 으슥도 하다.
다시 와도 처소를 찾을 길 없어
복사꽃 아래서 고깃배 향해 물어본다오.

閑園懷蘇子[1]
한 원 회 소 자

林園雖少事, 幽獨自多違.
임 원 수 소 사 　유 독 자 다 위

向夕開簾坐, 庭陰落影微.
향 석 개 렴 좌 　정 음 낙 영 미

鳥從煙樹宿, 螢傍水軒飛.
조 종 연 수 숙 　형 방 수 헌 비

感念同懷子, 京華去不歸.[2]
감 념 동 회 자 　경 화 거 불 귀

≪ 註

1)**한원(閑園)** : 시인의 장원인 간남원澗南園을 가리킴. 138쪽 주1) 남원南園 참조.
　소자(蘇子) : 미상의 인물.
2)**동회자(同懷子)** : 마음을 같이하는 사람.
　경화(京華) : 도읍지를 가리킴.

한원閑園에서 소蘇 선생을 그리며

원림을 가꿈이 비록 작은 일이나
쓸쓸히 홀로 사니 절로 어긋남이 많구나.
저물녘 발을 열고 앉았노라니
지는 햇살 희미해 마당이 어슴푸레.
새들은 안개 낀 나무에 자러 갔는데
반디는 물가 집 옆으로 날아다닌다.
한마음의 사람 그리워 생각하건만
서울로 떠나가곤 돌아올 줄 모르네.

留別王維[1]
유별왕유

寂寂竟何待? 朝朝空自歸,
적적경하대   조조공자귀

欲尋芳草去, 惜與故人違.[2]
욕심방초거   석여고인위

當路誰相假? 知音世所稀.[3]
당로수상가   지음세소희

祇應守寂寞, 還掩故園扉.
지응수적막   환엄고원비

≪ 註

1) 왕유(王維) : 자는 마힐摩詰. 저명한 화가이자 산수전원시로 이름을 날려 맹호연과
   함께 '왕맹王孟'으로 불림. 상서우승尙書右丞을 역임하여 세칭 왕우승王右丞으로 일컬
   어짐.
2) 심방초(尋芳草) : 고상한 지조를 실천하겠다는 뜻. 산림으로 들어가 은거함을 비유한 것임.
3) 상가(相假) : 서로 빌려줌. 여기서는 서로 이끌어주어 추천함을 의미함.

왕유王維와 작별하며

쓸쓸히 끝내 무엇을 기대하였나?
아침마다 속절없이 홀로 돌아왔거늘.
향그런 풀 찾아 떠나려 하나
친구와 어긋남이 안타까울 뿐.
벼슬길에 있는 그 누가 끌어주려나?
세상에는 지음知音이 희소하거늘.
다만 적막함 지키며 살아가리니
옛 동산에 돌아가 문짝 걸어 닫으리.

武陵泛舟[1]
무릉범주

武陵川路狹, 前棹入花林.
무릉천로협 전도입화림

莫測幽源裏, 仙家信幾深.
막측유원리 선가신기심

水迴靑嶂合, 雲渡綠谿陰.
수회청장합 운도녹계음

坐聽閒猿嘯, 彌淸塵外心.[2]
좌청한원소 미청진외심

※ 註
1)무릉(武陵) : 지금의 호남성湖南省 상덕현常德縣.
2)진외(塵外) : 진세塵世의 밖. 즉 이 세상의 바깥.

무릉武陵에서 배 띄워

무릉의 시냇길 좁기도 해라
노 저어 복사꽃 숲으로 들어가노라.
그윽한 도화원桃花源 속 헤아릴 수 없나니
선인仙人의 거처 참으로 깊숙하도다.
물은 모여 선 푸른 산봉우리 휘돌아가고
구름은 어스름 녹음 진 계곡 건너가누나.
한가한 원숭이 울음소리 듣고 있자니
티끌 세상 벗어난 심정 더욱 맑아진다네.

同曹三御史行泛湖歸越¹⁾
동 조 삼 어 사 행 범 호 귀 월

秋入詩人興, 巴歌和者稀.²⁾
추 입 시 인 흥　파 가 화 자 희

泛湖同旅泊, 吟會是歸思.
범 호 동 려 박　음 회 시 귀 사

白簡徒推薦, 滄洲已拂衣.³⁾
백 간 도 추 천　창 주 이 불 의

杳冥雲海去, 誰不羨鴻飛.⁴⁾
묘 명 운 해 거　수 불 선 홍 비

≪ 註 _____

1)**조삼어사(曹三御史)** : 이름 미상. 어사는 탄핵과 규찰을 맡은 어사대御史臺의 장관. 당대
　에는 시어사侍御史, 전중시어사殿中侍御史, 감찰어사監察御史 등이 있었음.

2)**파가(巴歌)** : 초楚나라 가곡 가운데 하나. 비루한 노래로 알려져 있음. 여기서는 시인 자
　신의 작품을 낮추어 말한 것임.

3)**백간(白簡)** : 탄핵하는 관원이 올리는 상소문. 여기서는 어사를 이름한 것임.
　창주(滄洲) : 은자의 땅. 38쪽 주2) 참조.

4)**홍비(鴻飛)** : 큰기러기처럼 높이 날아 속세를 초월함을 비유함.

조삼어사曹三御史의 「행범호귀월行汎湖歸越」에 화답함

가을이 시인의 흥취 속에 들어온들
비루한 노래엔 화답할 이 드물리라.
동정호洞庭湖에 배 띄워 함께 머물다가는
고향으로 돌아갈 생각 노래한다네.
어사께서는 추천을 해주셨으나
창주滄洲 향해 옷깃 떨치고 돌아서노라.
아득한 구름바다로 떠나가나니
뉘라 날으는 큰기러기 부럽지 않으랴!

遊景空寺蘭若[1)]
유 경 공 사 난 야

龍象經行處, 山腰度石關[2)]
용 상 경 행 처 산 요 도 석 관

屢迷靑嶂合, 時愛綠蘿閒.
누 미 청 장 합 시 애 녹 라 한

宴息花林下, 高談竹嶼間.
연 식 화 림 하 고 담 죽 서 간

寥寥隔塵事, 疑是入雞山.[3)]
요 요 격 진 사 의 시 입 계 산

≪ 註

1) 경공사(景空寺) : 호북성湖北省 양번시襄樊市 남쪽의 백마산白馬山에 있는 고찰.
   난야(蘭若) : 34쪽 주2) 참조.
2) 용상(龍象) : 불가어佛家語. 덕 있는 고승을 물과 뭍에서 가장 힘이 센 용과 코끼리에 비
   유한 것임.
3) 진사(塵事) : 인간세상의 일을 가리킴.
   계산(雞山) : 인도에 있는 불교 성지인 계족산雞足山. 가섭존자伽葉尊者가 입적한 곳으
   로 알려져 있음.

경공사景空寺 난야에서 노닐고

고승 대덕께서 다니시던 곳
산허리의 바위 문 지나가노라.
첩첩 푸른 산봉우리에 자주 길을 잃지만
한적하게 늘어진 여라 볼 때마다 사랑스럽다.
꽃 피어난 수풀 아래 편안히 쉬다
대섬 사이에서 고상한 이야기하네.
적막하니 세상사와 떨어졌자니
마치 계족산雞足山에 들어온 양 싶구나.

陪張丞相登嵩陽樓[1]
배 장 승 상 등 숭 양 루

獨步人何在? 嵩陽有故樓.[2]
독 보 인 하 재　숭 양 유 고 루

歲寒問耆舊, 行縣擁諸侯.[3]
세 한 문 기 구　행 현 옹 제 후

泱莽北彌望, 沮漳東會流.[4]
앙 망 북 미 망　저 장 동 회 류

客中遇知己, 無復越鄉憂.[5]
객 중 우 지 기　무 부 월 향 우

※ 註

1) 장승상(張丞相) : 장구령張九齡, 156쪽 주1) 참조.
　숭양루(嵩陽樓) : '당양루當陽樓'가 잘못 전해진 것. 당양은 형주부荊州府에 속한 지역.
2) 독보(獨步) : 삼국 위魏의 왕찬王粲을 가리킴. 조식曹植은 「여양덕조서與楊德祖書」에서
　왕찬에 대해 "예전에 중선이 한남 땅을 홀로 걸었다(昔仲宣獨步於漢南)"고 기술한 바
　있음. 중선은 왕찬의 자字이며 한남은 형주를 가리킴.
3) 행현(行縣) : 주군州郡의 장관이 속현을 순시하는 것.
　제후(諸侯) : 지방관을 비유한 것임.
4) 저장(沮漳) : 저수沮水와 장수漳水. 저수는 호북성의 보강현保康縣에서 흘러나와 당양當
　陽으로 흘러가며, 장수는 호북성 남장현南漳縣에서 흘러나와 맥성에서 저수와 합쳐짐.
5) 월향(越鄕) : 고향을 떠남.

장승상張丞相을 모시고 숭양루嵩陽樓에 올라

홀로 걷던 이 어디 있느뇨?
숭양嵩陽엔 옛 누대만 남아 있구나.
한 해가 추워지자 노인장들 위문하시고
고을을 순시하며 수령들 격려하시네.
드넓은 북녘 멀리 내어다보니
저수沮水와 장수潭水 동에서 만나 흘러가누나.
객지에서 지기를 만나셨으니
다시는 고향 떠난 근심을 갖지 마시길.

與顏錢塘登樟亭望潮作[1]
여 안 전 당 등 장 정 망 조 작

百里雷聲震, 鳴絃暫輟彈.[2]
백 리 뇌 성 진　명 현 잠 철 탄

府中連騎出, 江上待潮觀.
부 중 연 기 출　강 상 대 조 관

照日秋雲迴, 浮天渤澥寬.[3]
조 일 추 운 형　부 천 발 해 관

驚濤來似雪, 一坐凜生寒.
경 도 내 사 설　일 좌 늠 생 한

※ 註

1) 안전당(顏錢塘) : 성이 안씨인 전당의 현령縣令. 전당은 지금의 절강성 항주시杭州市.
   장정(樟亭) : 전당현의 남쪽에 위치한 정자. 절강정浙江亭이라고도 함.
2) 백리(百里) : 우레 소리가 백 리까지 들리듯 밀려오는 조수 소리가 멀리 들려옴을 비유한 것임.
   명현(鳴絃) : 공자의 제자 복부제宓不齊(자천子賤)가 한가롭게 거문고를 타면서 단보單父를 잘 다스렸다는 고사가 있음. 이 구절은 안전당이 잠시 공무를 쉬게 됨을 의미한 것임.
3) 발해(渤澥) : 발해渤海와 같음.

안전당顏錢塘과 장정樟亭에 올라 조수를 바라보며 지음

천둥소리 백 리에 울려 퍼지자
사또께선 잠시 공무를 접어두시네.
관청에서 잇달아 말 달려 나와
강가에서 밀물 기다려 구경하노라.
저 멀리 가을 구름 햇살에 비추이는데
드넓은 발해渤海는 하늘에 떠 있는 듯.
눈발 몰아치듯 거센 파도 밀려들더니
온 자리엔 으스스 한기 넘쳐나누나.

題大禹寺義公禪房[1]
제 대 우 사 의 공 선 방

義公習禪寂, 結宇依空林.
의 공 습 선 적　　결 우 의 공 림

戶外一峰秀, 堦前衆壑深.
호 외 일 봉 수　　계 전 중 학 심

夕陽連雨足, 空翠落庭陰.[2]
석 양 연 우 족　　공 취 낙 정 음

看取蓮花淨, 方知不染心.[3]
간 취 연 화 정　　방 지 불 염 심

≪ 註

1)대우사(大禹寺) : 절강성 소흥시紹興市 회계산會稽山에 있는 절.
　의공(義公) : 사적 미상의 승려.
2)공취(空翠) : 공중으로 퍼져 있는 푸르른 산빛.
3)연화(蓮花) : 부처의 묘법을 연꽃에 비유한 것임.
　불염심(不染心) : 애욕에 의해 더럽혀지지 않은 정결한 마음.

대우사大禹寺 의공義公의 선방禪房에 부침

의공義公께선 정적의 사념에 익숙하시어
텅 빈 숲속에 처소를 지으셨다네.
창 밖에는 수려한 봉우리 하나
섬돌 앞으로는 깊숙한 여러 골짜기.
석양에 빗발은 이어지는데
허공의 산빛 마당에 그늘져 떨어지누나.
해맑은 연꽃 바라보아 그러하실까?
세정世情에 물들지 않은 마음 깨닫게 되네.

尋白鶴嵓張子容隱居¹⁾
심 백 학 암 장 자 용 은 거

白鶴青嵓畔, 幽人有隱居.
백 학 청 암 반　유 인 유 은 거

堦庭空水石, 林壑罷樵漁.
계 정 공 수 석　임 학 파 초 어

歲月青松老, 風霜苦竹疎²⁾
세 월 청 송 로　풍 상 고 죽 소

覩茲懷舊業, 攜策返吾廬³⁾
도 자 회 구 업　휴 책 반 오 려

※ 註

1) 백학암(白鶴嵓) : 양번시襄樊市 남쪽에 있는 백학산을 가리킴.
　장자용(張子容) : 76쪽 주1) 참조.
　유인(幽人) : 속세를 피해 그윽한 곳에 숨어사는 사람.
2) 고죽(苦竹) : 대나무의 일종. 죽순의 맛이 무척 씀.
3) 구업(舊業) : 시인이 옛날 은거하던 곳을 가리킴.

백학암白鶴嵓의 장자용張子容 은거지를 방문하고

백학白鶴이라 푸른 산기슭
숨어사는 이의 집이 여기 있구나.
섬돌과 마당엔 수석水石이 휑뎅그렁
숲과 골짝엔 나무꾼과 어부 뵈질 않누나.
세월 따라 청송은 늙어져 가고
풍상에 고죽苦竹은 성기어간다.
이를 보고 옛 은거하던 곳 떠올리면서
지팡이 짚고 나의 오두막으로 돌아오노라.

九日得新字[1]
구 일 득 신 자

九日未成旬, 重陽卽此辰.[2]
구 일 미 성 순　중 양 즉 차 신

登高尋故事, 載酒訪幽人.[3]
등 고 심 고 사　재 주 방 유 인

落帽恣歡飮, 授衣同試新.[4]
낙 모 자 환 음　수 의 동 시 신

茱萸正可佩, 折取寄情親.[5]
수 유 정 가 패　절 취 기 정 친

※ 註

1) 구일(九日) : 음력 9월 9일. 중양절을 가리킴.
2) 중양(重陽) : 70쪽 주4) 참조.
3) 재주(載酒) : 266쪽 주4) 주요酒邀 참조.
4) 낙모(落帽) : 266쪽 주3) 참조.
　수의(授衣) : 음력 9월이 되면 아낙네가 겨울옷을 지어줌을 의미함.
5) 수유(茱萸) : 나무 이름. 중양절에 산수유 가지를 꽂는 풍습이 있음.

아흐렛날에,
'신新'자 운韻을 써 지음

아흐레라 열흘은 아니 됐으니
중양절이 바로 오늘이라네.
높이 올라 옛사람의 일을 상기해보니
술 싣고 와 은자를 찾아주었지.
모자 떨어뜨린 채 맘껏 즐거이 술을 마시고
새로 만든 겨울옷도 함께 걸치어본다.
바야흐로 산수유 가지 꽂을 만하니
이를 꺾어 친한 이에게 보내주고파.

除夜樂城張少府宅[1]
제 야 낙 성 장 소 부 택

雲海訪甌閩, 風濤泊島濱.[2]
운 해 방 구 민　풍 도 박 도 빈

如何歲除夜, 得見故鄕親.
여 하 세 제 야　득 견 고 향 친

余是乘桴客, 君爲失路人.[3]
여 시 승 부 객　군 위 실 로 인

平生復能幾? 一別十餘春.
평 생 부 능 기　일 별 십 여 춘

※註 _____

1) 낙성(樂城) : 272쪽 주1) 참조.
　장소부(張少府) : 장자용張子容을 가리킴. 76쪽 주1) 참조.
2) 구민(甌閩) : 옛날 구월甌越과 민월閩越의 땅. 지금의 절강성 영가현永嘉縣 및 복건성福
　建省 복주시福州市 일대.
3) 승부객(乘桴客) : 뜻을 펴지 못해 탈출구를 찾는 사람을 가리킴. 92쪽 주1) 부우해浮于海
　참조.
　실로인(失路人) : 뜻을 펼칠 기회를 얻지 못한 사람을 가리킴.

제야除夜에 낙성樂城의 장소부張少府 댁에서

구름바다로 옛 월越 땅 찾아가다가
풍파 일어 섬 가에 배를 대었네.
어떠하리? 한 해의 마지막 밤에
고향 땅 친하던 이 만나본다면.
나는야 뗏목 탄 나그네 신세
그대는 길 잃은 사람이로다.
한평생이야 그 얼마나 되리오마는
한번 헤어지자 십여 년 세월!

舟中曉望
주 중 효 망

挂席東南望, 青山水國遙.
괘 석 동 남 망　　청 산 수 국 요

舳艫爭利涉, 來往任風潮. [1]
축 로 쟁 리 섭　　내 왕 임 풍 조

問我今何適, 天台訪石橋. [2]
문 아 금 하 적　　천 태 방 석 교

坐看霞色曉, 疑是赤城標. [3]
좌 간 하 색 효　　의 시 적 성 표

※ 註

1) 축로(舳艫) : 배의 뒤쪽과 앞쪽. 고물과 이물. 즉 배를 가리킴.
  이섭(利涉) : 순조롭게 물의 흐름을 따라 배를 운항함. 98쪽 주2) 참조.
2) 천태(天台) : 천태산. 38쪽 주1) 참조.
  석교(石橋) : 천태산에 있는 돌다리.
3) 적성표(赤城標) : 적성산을 가리킴. 붉은 노을 빛을 띠고 있음. 40쪽 주4) 참조.

배 안에서 새벽에 바라보며

돛 걸고 동남쪽 바라보아도
청산은 수국에서 멀기만 해라.
배 타고 순류 따라 강을 건너며
오고 감을 바람과 조수에 맡기었도다.
내게 묻노니 이제 어데로 가나?
천태산天台山에 석교石橋를 찾아가노라.
앉아 새벽 노을빛 보고 있자니
적성산赤城山이 눈앞에 어른거리는 듯.

遊精思觀迴王白雲在後[1]
유 정 사 관 회 왕 백 운 재 후

山谷未停午, 至家已夕曛.
산 곡 미 정 오　지 가 이 석 훈

迴瞻山下路, 但見牛羊群.
회 첨 산 하 로　단 견 우 양 군

樵子暗相失, 草蟲寒不聞.
초 자 암 상 실　초 충 한 불 문

衡門猶未掩, 佇立待夫君.[2]
형 문 유 미 엄　저 립 대 부 군

≪ 註

1) 정사관(精思觀) : 양양襄陽 부근에 있던 것으로 추정되는 도교 사원.
　왕백운(王白雲) : 왕형王迥. 72쪽 주1) 참조.
2) 형문(衡門) : 나무를 가로놓아 출입을 막는 문. 가난한 집의 문을 의미함.
　부군(夫君) : 차군此君과 같음. 여기서는 왕형을 가리킴.

정사판精思觀에서 노닐고 돌아와, 왕백운王白雲은 뒤처져 있었음

산골에선 정오 되지 아니했건만
집에 오니 어스름 저물었구나.
산 아래 내려오던 길
다만 소와 양떼가 눈에 뜨이네.
나무꾼은 날 어두워 서로를 잃고
풀벌레는 한기에 울음이 없다.
사립문을 아직 닫지 아니한 채로
우두커니 서서 그 분이 오길 기다리노라.

與杭州薛司戶登樟亭驛[1]
여 항 주 설 사 호 등 장 정 역

水樓一登眺, 半出青林高.
수 루 일 등 조　 반 출 청 림 고

帟幕英僚敞, 芳筵下客叨.
역 막 영 료 창　 방 연 하 객 도

山藏伯禹穴, 城壓伍胥濤.[2]
산 장 백 우 혈　 성 압 오 서 도

今日觀溟漲, 垂綸欲釣鼇.[3]
금 일 관 명 창　 수 륜 욕 조 오

※ 註

1) 항주(杭州) : 지금의 절강성 항주시.
   설사호(薛司戶) : 이름 미상. 사호는 관직명으로, 사호참군司戶參軍의 줄임말. 사호는
   62쪽 주1) 참조.
   장정역(樟亭驛) : 306쪽 주1) 참조.
2) 백우혈(伯禹穴) : 우禹 임금이 들어갔다고 전해지는 굴. 지금의 소흥시紹興市에 있음.
   222쪽 주4) 하우혈夏禹穴 참조.
   오서도(伍胥濤) : 오서는 오자서伍子胥를 가리킴. 춘추시대 초나라 사람으로 집안의 복
   수를 위해 오왕 합려闔廬를 보좌, 초나라를 침공해 도움을 함락시켰음. 후에 모함을 받
   고 죽은 후 말가죽 부대에 담겨져 강물에 던져졌음.
3) 명창(溟漲) : 바다를 가리킴.
   조오(釣鼇) : 『열자列子』에 나오는 전설. 발해 동쪽에 있는 다섯 산, 즉 대여岱輿 · 원교
   員嶠 · 방호方壺 · 영주瀛洲 · 봉래蓬萊를 떠받들고 있는 큰 거북을 용백국龍伯國의 거
   인이 낚시로 잡아 구워먹었다고 함.

항주杭州의 설사호薛司戶와 장정역樟亭驛에 올라

한번 수루水樓에 올라 바라보자니
높다랗게 푸른 숲 반쯤을 벗어났구나.
장막 안의 뛰어난 관료들 너그러워서
화려한 자리에 못난 나도 자리하였소.
산에는 우禹 임금의 동굴 숨어 있으며
성곽은 오자서伍子胥 삼킨 파도 짓누르도다.
오늘 검푸른 바다를 보고 있노라니
낚싯줄 드리워 큰 거북 잡아보고 싶구나.

尋天台山作[1)]
심 천 태 산 작

吾友太一子, 餐霞臥赤城.[2)]
오 우 태 일 자 찬 하 와 적 성

欲尋華頂去, 不憚惡溪名.[3)]
욕 심 화 정 거 불 탄 악 계 명

歇馬憑雲宿, 揚帆截海行.
헐 마 빙 운 숙 양 범 재 해 행

高高翠微裏, 遙見石梁橫.[4)]
고 고 취 미 리 요 견 석 량 횡

≪ 註

1) 천태산(天台山) : 38쪽 주1) 참조.
2) 태일자(太一子) : 천태산 도사의 이름이겠으나 미상의 인물.
   적성(赤城) : 38쪽 주2) 참조.
3) 화정(華頂) : 96쪽 주5) 참조.
   악계(惡溪) : 천태산 서남쪽을 흐르는 급류의 이름. 험악한 강물이란 뜻으로, 90리 사이
   에 56개의 여울이 있음.
4) 석량(石梁) : 천태산의 석교石橋를 가리킴.

천태산天台山을 찾아가 지음

나의 벗 태일자太一子께선
노을 먹으며 적성赤城에 누워 산다오.
찾아가려 화정華頂으로 떠나가나니
악계惡溪라는 이름도 두렵지 않네.
말을 쉬게 하고 구름 속에 잠을 자면서
돛을 펄럭이며 바다를 가로지른다.
높디높아라, 푸르른 산기운 속에
저 멀리 가로놓인 석교石橋 눈에 뜨이네.

宿立公房[1]
숙입공방

支遁初求道, 深公笑買山.[2]
지둔초구도　심공소매산

何如石崑趣, 自入戶庭間.
하여석암취　자입호정간

苔澗春泉滿, 蘿軒夜月閒.
태간춘천만　나헌야월한

能令許玄度, 吟臥不知還.[3]
능령허현도　음와부지환

≪ 註

1) **입공(立公)** : 미상. 양양襄陽 혹은 인근 지역의 승려로 짐작됨.
2) **지둔(支遁)** : 68쪽 주2) 참조.
　심공(深公) : 동진東晉의 승려 축도잠竺道潛(286~374)으로, 자는 법심法深. 지둔이 앙산
　仰山을 매입해 은거지로 삼으려 하자 타이른 일이 있음.
3) **허현도(許玄度)** : 허순許詢. 현도는 그의 자. 진晉의 명사로 재주와 풍정風情이 많았던
　인물.

입공立公의 방에서 자며

지둔支遁이 처음 구도求道할 적에
심공深公은 산을 사느냐며 웃었다 하네.
어떠한가? 바위산의 정취가
마당 사이 저절로 스미어듦이.
이끼 낀 계곡엔 봄 샘물 그득해지고
여라 걸린 처마엔 밤 달이 한적하구나.
허현도許玄度에게 이를 보게 한다면
누워 읊조리다 돌아가길 잊게 되리라.

尋陳逸人故居[1)]
심 진 일 인 고 거

人事一朝盡, 荒蕪三徑休.[2)]
인 사 일 조 진 황 무 삼 경 휴

始聞潯浦臥, 奄作岱宗遊.[3)]
시 문 장 포 와 엄 작 대 종 유

池水猶含墨, 山雲已落秋.[4)]
지 수 유 함 묵 산 운 이 락 추

今朝泉壑裏, 何處覓藏舟.[5)]
금 조 천 학 리 하 처 멱 장 주

註

1) **진일인(陳逸人)** : 이름 미상. 일인逸人은 숨어사는 선비를 뜻함.
2) **삼경(三徑)** : 164쪽 주1) 참조.
3) **장포와(潯浦臥)** : 병이 있어 누워지냄을 의미함. 장포는 '장수潯水'의 물가라는 뜻. 산서성 동부에서 발원해 하북, 하남성의 접경 지역을 흐름.
   대종유(岱宗遊) : 사망을 의미함. 대종은 태산泰山을 가리킴. 사람이 죽은 후 혼백이 태산으로 돌아간다는 미신이 있었음.
4) **지수(池水)** : 초서草書로 유명한 서예가 장지張芝와 관련된 고사. 연못가에서 글씨를 익혀 물이 온통 시커멓게 되었다고 함. 여기서는 진일인이 평소 서법에 뛰어났음을 비유한 것임.
5) **천학(泉壑)** : 샘터와 골짜기. 은거하던 곳을 가리킴.
   장주(藏舟) : 출전은 「장자」 「대종사」로 "산골짜기에 배를 숨긴다(藏舟於壑)"는 뜻. 후대에는 부단한 사물의 변화, 생로병사의 진행을 비유하게 되었음. 여기서는 병들어 세상을 뜬 진일인陳逸人을 가리킴.

진일인陳逸人의 옛 처소를 찾아와

인간사 하루아침에 끝나버리고
황폐한 오솔길엔 인적이 끊어졌구나.
병들어 장수潭水 가에 누웠다 듣긴 했으나
홀연 세상을 떠 대종岱宗으로 떠나갔구려.
못의 물엔 아직 검은 기운 남아 있건만
산 위의 구름 이미 가을 되어 흩어졌도다.
오늘 아침 은거하던 곳 찾아왔으나
그 어디에서 떠나간 그대를 만나보리오!

姚開府山池¹⁾
요 개 부 산 지

主人新邸第, 相國舊池臺.²⁾
주인신저제　상국구지대.

館是招賢闢, 樓因敎舞開.³⁾
관시초현벽　누인교무개.

軒車人已散, 簫管鳳初來.⁴⁾
헌거인이산　소관봉초래.

今日龍門下, 誰知文擧才.⁵⁾
금일용문하　수지문거재.

※ 註

1) **요개부(姚開府)** : 요숭姚崇(650~721)을 가리킴. 자는 원지元之. 측천무후, 예종, 현종 3대에 걸쳐 재상 겸 병부상서를 지냈음. '개부開府'는 부서府署를 열 수 있는 권한을 지닌 고관을 일컫는 말.
   산지(山池) : 귀족의 저택 가운데 있는 산림과 못. 요숭의 산지는 낙양洛陽에 있었음.
   주인(主人) : 개원 9년(721), 요숭이 사망한 후 산지를 새로 매입한 주인을 가리킴. 당시 금선공주金仙公主가 거처했음.
2) **상국(相國)** : 요숭을 가리킴. 세 번 재상의 지위에 있었기에 이렇게 부른 것임.
3) **초현관招賢館** : 초현관招賢館을 가리킴. 공손홍公孫弘이 재상이 되자 객관을 지어 어진 인사를 초치한 고사가 있음. 234쪽 주3) 승상각丞相閣 참조.
4) **소관(簫管)** : 춘추시대 진 목공秦穆公 때의 사람인 소사簫史와 관련된 고사. 『열선전列仙傳』에 따르면 소사는 소簫를 잘 불어 봉황이 소리를 듣고 날아왔으며, 어느 날 갑자기 봉황을 따라 날아가 사라졌다고 함. 이 구절은 요숭이 세상을 떴음을 의미한 것임.
5) **용문(龍門)** : 234쪽 주5) 이응李膺 참조.
   문거(文擧) : 후한의 공융孔融을 가리킴. 문거는 그의 자字. 어려서부터 총명하여 10살에 기지를 부려 아무나 만나지 않던 당대의 명사 이응을 만나보았음. 이응은 그를 기특하게 여겨 장차 큰 인물이 될 것으로 예언한 일이 있음.

요개부姚開府의 산지山池에서

저택은 새 주인 맞이했어도
옛 재상의 못과 누대 그대로라네.
객사 열어 어진 인재 부르셨으며
누대 지어 가무도 가르쳤다오.
수레 타고 찾던 손들 흩어졌나니
퉁소 소리에 봉황새 찾아들 적에.
오늘날 용문龍門의 아래에서는
뉘라 문거文擧의 재능 알아보려나.

夏日浮舟過陳逸人別業[1]
하 일 부 주 과 진 일 인 별 업

水亭涼氣多, 閒棹晚來過.
수 정 양 기 다　한 도 만 래 과

澗影見籐竹, 潭香聞芰荷.
간 영 견 등 죽　담 향 문 기 하

野童扶醉舞, 山鳥笑酣歌.
야 동 부 취 무　산 조 소 감 가

幽賞未云遍, 煙光奈夕何.
유 상 미 운 편　연 광 내 석 하

※ 註

1)진일인(陳逸人) : 326쪽 주1) 참조.

여름날 배 띄워 진일인陳逸人의 별장에 들러

수정水亭은 시원하기 이를 데 없어
한가로이 노 저어 저물녘 찾아가노라.
계곡물엔 등나무 대나무 그림자 지고
못가엔 향그런 연꽃 내음 번져온다네.
촌 아이는 취해 춤추는 이 부축하는데
산새는 술주정 노래에 웃음 짓는군.
그윽한 완상玩賞 아직 다하지 못하였건만
안개 퍼지며 날 저무니 어찌하리오.

夏日辨玉法師茅齋[1]
하 일 변 옥 법 사 모 재

夏日茅齋裏, 無風坐亦涼.
하 일 모 재 리　　무 풍 좌 역 량

竹林新筍槪, 籐架引稍長.
죽 림 신 순 기　　등 가 인 초 장

鷰覓巢窠處, 蜂來造蜜房.
연 멱 소 과 처　　봉 래 조 밀 방

物華皆可翫, 花蕊四時芳.[2]
물 화 개 가 완　　화 예 사 시 방

❀ 註

1)**변옥법사(辨玉法師)** : 미상. 법사란 불법에 정통하여 남의 스승이 될 만한 자를 이름.
2)**사시(四時)** : 아침, 낮, 저녁, 밤을 가리킴.

여름날 변옥법사辨玉法師의 초가에서

여름날 초가집 안은

바람 없어도 가만 앉았으면 시원하기만.

대숲에는 새로 난 죽순 빽빽해지고

등나무 시렁엔 줄기 끝 쭉쭉 뻗어간다네.

제비는 둥지 칠 곳 찾아 헤매이는데

벌은 날아들어 꿀 담을 집을 만드네.

경색景色을 두루 완미할 만하나니

꽃술은 하루종일 향기로워라.

與張折衝遊耆闍寺[1]
여 장 절 충 유 기 도 사

釋子彌天秀, 將軍武庫才.[2]
석 자 미 천 수 장 군 무 고 재

橫行塞北盡, 獨步漢南來.[3]
횡 행 새 북 진 독 보 한 남 래

貝葉傳金口, 山樓作賦開.[4]
패 엽 전 금 구 산 루 작 부 개

因君振嘉藻, 江楚氣雄哉.[5]
인 군 진 가 조 강 초 기 웅 재

≪ 註

1) **장절충(張折衝)** : 이름 미상. 절충은 절충도위折衝都尉의 약칭으로 절충부의 병사를 통솔하는 4~5품의 무관직.
   기도사(耆闍寺) : 지금의 호북성湖北省 송자현松滋縣에 있던 사찰.
2) **미천(彌天)** : 의지와 기상이 하늘에 닿을 듯 고원함.
   무고(武庫) : 다양한 병장기를 구비한 무기고처럼 무용과 학식을 겸비한 장수를 비유함.
3) **독보(獨步)** : 왕찬王粲의 고사를 차용한 것임. 304쪽 주2) 참조.
4) **패엽(貝葉)** : 고대 인도에서 불경을 적던 패다라貝多羅 나무의 잎사귀.
   금구(金口) : 부처의 입과 혀가 금강처럼 견고하다 하여 이르는 말.
   산루작부(山樓作賦) : 왕찬이 「등루부登樓賦」를 지은 것을 가리킴.
5) **가조(嘉藻)** : 남의 시문에 대한 미칭.

장절충張折衝과 기도사耆闍寺에 노닐고

스님은 하늘 닿을 듯 빼어나시고
장군은 특출한 무재武才 지니었도다.
변새 북쪽 두루 다니며 시세 펼치고
한수 남으로 내려와 홀로 앞장서 가네.
패엽貝葉에는 부처님 말씀 전한다는데
산속 누대에서 부賦를 지어 펼쳐내도다.
그대의 아름다운 글 울려퍼지니
강초江楚의 기상 굳세고 씩씩해지리!

與白明府遊江[1)]
여 백 명 부 유 강

故人來自遠, 邑宰復初臨.[2)]
고 인 내 자 원　 읍 재 부 초 림

執手恨爲別, 同舟無異心.
집 수 한 위 별　 동 주 무 이 심

沿洄洲渚趣, 演漾絃歌音.[3)]
연 회 주 저 취　 연 양 현 가 음

誰識躬耕者, 年年梁甫吟?[4)]
수 식 궁 경 자　 연 년 양 보 음

1) **백명부**(白明府) : 이름 미상. 명부는 곧 현령縣令. 132쪽 주1) 참조.
2) **읍재**(邑宰) : 고을의 수령, 곧 현령을 가리킴.
3) **현가**(絃歌) : 거문고 따위의 현악기에 맞추어 부르는 노래.
4) **수식**(誰識) : 이하 2개 구는 본래 제갈량諸葛亮과 관련된 고사로 시인 자신을 제갈량에 견준 것임.
　　양보음(梁甫吟) : 악부樂府의 곡조 이름. 제갈량이 즐겨 부른 노래로 본래 춘추시대 제나라 재상 안자晏子의 간계에 의해 세 용사가 자살하게 된 것을 내용으로 하고 있음.

백명부白明府와 한강漢江에서 노닐고

옛 친구 멀리서 찾아왔구나.
고을 수령 되어 다시 이르렀구나.
손 맞잡고 헤어져 있던 날 아쉬워하다
같이 배를 타고 한마음을 느껴본다네.
강물 따라 섬에 놀아 즐거웁거늘
출렁이는 물결에 노랫소리 퍼져가누나.
뉘 알리오? 몸소 밭 갈며 사는 이 사람
해마다 「양보음梁甫吟」을 노래하는 줄.

遊精思題觀主山房[1]
유 정 사 제 관 주 산 방

誤入花源裏, 初憐竹逕深.[2]
오 입 화 원 리　초 련 죽 경 심

方知仙子宅, 未有世人尋.
방 지 선 자 택　미 유 세 인 심

舞鶴過閒砌, 飛猿嘯密林.
무 학 과 한 체　비 원 소 밀 림

漸通玄妙理, 深得坐忘心.[3]
점 통 현 묘 리　심 득 좌 망 심

※ 註

1) 정사(精思) : 양양襄陽에 있던 것으로 추정되는 도관道觀의 이름.
2) 오입화원리(誤入花源裏) : 도연명의 「도화원기桃花源記」 가운데 어부가 우연히 도화원에 들어가게 된 사건을 차용한 것임. 선경仙境에 들어간 듯함을 비유적으로 표현한 것임.
3) 현묘(玄妙) : 도가의 용어. 깊고 오묘한 도를 가리킴.
  좌망(坐忘) : 도가의 용어. 물아物我를 잊어버린 맑고 투명한 정신 경계를 가리킴.

정사관精思觀에서 노닐고 관주觀主의 산방山房에 부침

어쩌다 도화원桃花源 속으로 들어왔으나
애초부터 그윽한 대숲 길 맘에 들었소.
알겠어라, 신선의 집이 여기 있어서
속인들이야 찾아오는 이 있지 않음을.
학은 춤추며 한적한 섬돌 지나가고
원숭이 날며 밀림에서 울어낼 뿐.
현묘玄妙한 이치 차츰 깨닫게 되니
좌망坐忘의 심경을 깊이 터득하노라.

尋梅道士張逸人[1)]
심 매 도 사 장 일 인

彭澤先生柳, 山陰道士鵝.[2)]
팽 택 선 생 류   산 음 도 사 아

我來從所好, 停策漢陰多.[3)]
아 래 종 소 호   정 책 한 음 다

重以觀魚樂, 因之鼓枻歌.[4)]
중 이 관 어 락   인 지 고 예 가

崔徐跡未朽, 千載挹淸波.[5)]
최 서 적 미 후   천 재 읍 청 파

≪ 註

1)매도사(梅道士) : 미상.
　장일인(張逸人) : 미상. 일인은 은사와 같은 인물을 지칭하는 말.
2)팽택선생류(彭澤先生柳) : 진晉의 도연명陶淵明은 일찍이 팽택현령彭澤縣令을 지냈으며, 집 앞에는 다섯 그루의 버드나무가 있었음. 여기서는 장일인을 비유한 것임.
　산음도사아(山陰道士鵝) : 진晉의 왕희지王羲之가 좋은 거위를 기르는 산음山陰의 도사를 위해 『도덕경』을 써주고 거위를 얻어온 고사가 있음. 여기서는 매도사를 비유한 것임.
3)한음(漢陰) : 양양현襄陽縣 서쪽에 있는 한음대漢陰臺를 가리킴.
4)어락(魚樂) : 「장자莊子」 「추수秋水」 편에 장자와 혜자가 물고기의 즐거움에 대해 논한 바 있음.
5)최서(崔徐) : 최주평崔州平과 서서徐庶. 252쪽 주5) 참조.
　청파(淸波) : 최주평과 서서의 맑고 고상한 덕을 비유한 것임.

매도사梅道士와 장일인張逸人을 찾아가

팽택彭澤 선생과 버들
산음山陰 도사와 거위.
내 좋아하는 것 따라 길을 가다가
자주 한음대漢陰臺에서 발길 멈추네.
물고기의 즐거움 거듭 지켜보다
노를 두드리며 노래도 불러본다.
최주평崔州平 서서徐庶의 자취 남아 있으니
천 년 지나 맑은 물결 향해 절을 올리네.

陪姚使君題惠上人房得靑字[1]
배 요 사 군 제 혜 상 인 방 득 청 자

帶雪梅初暖, 含煙柳尙靑.
대 설 매 초 난　함 연 유 상 청

來觀童子偈, 得聽法王經.[2]
내 관 동 자 게　득 청 법 왕 경

會理知無我, 觀空厭有形.[3]
회 리 지 무 아　관 공 염 유 형

迷心應覺悟, 客思不遑寧.[4]
미 심 응 각 오　객 사 불 황 녕

≪ 註

1)요사군(姚使君) : 이름 미상. 사군은 주군州郡의 장관에 대한 통칭.
　혜상인(惠上人) : 전당錢塘 출신으로, 왕유王維와 교유했던 승려로 짐작됨.
2)게(偈) : 불덕을 찬미하고 교리를 서술한 4구 형식의 시.
　법왕(法王) : 석가모니에 대한 존칭.
3)무아(無我) : 불가어. 인신人身과 사물에 있어 항상적인 실체가 없다는 견해.
　관공(觀空) : 온갖 사물의 실체 혹은 이체理體가 없음을 관조하는 것.
　유형(有形) : 불가에서는 일반적인 물질은 물론 욕계欲界와 색계色界의 정욕情欲을 유
　형적인 것으로 간주함.
4)미심(迷心) : 사리에 어긋나는 망녕된 마음.

요사군姚使君을 모시고서,
혜상인惠上人의 방에 제題함.
'청靑'으로 운을 함

눈 덮힌 매화에 따스한 기운 감도는데
안개에 싸인 버들은 푸르구나.
동자승童子僧의 게偈 듣고 나선
불경佛經 강론하는 말씀 들었노라.
교리를 깨달아 '무아無我'를 알게 되고
공상空相을 관조하자 '유형有形'이 싫어진다.
미혹된 마음 응당 깨우쳐야 하건만
객수에 사로잡혀 편안치 못하구나.

晩春題遠上人南亭[1)]
만 춘 제 원 상 인 남 정

給園支遁隱, 虛寂養閒和.[2)]
급 원 지 둔 은　　허 적 양 한 화

春晚群木秀, 關關黃鳥歌.[3)]
춘 만 군 목 수　　관 관 황 조 가

林棲居士竹, 池養右軍鵝.[4)]
임 서 거 사 죽　　지 양 우 군 아

花月北窓下, 淸風期再過.
화 월 북 창 하　　청 풍 기 재 과

※ 註

1) **원상인(遠上人)** : 미상. 상인은 승려의 존칭.
2) **급원(給園)** : 224쪽 주2) 참조.
　지둔(支遁) : 68쪽 주2) 참조. 여기서는 원상인을 비유한 것임.
　한화(閒和) : 한아閒雅와 평화平和.
3) **관관(關關)** : 의성어. 새 우는 소리.
4) **거사죽(居士竹)** : 왕희지王羲之의 다섯째 아들 왕자유王子猷와 관련된 고사. 그는 잠시
　남의 집을 빌려 머무는 동안에도 대나무를 심었으며 대나무를 '차군此君'이라 불렀음.
　우군아(右軍鵝) : 왕희지王羲之와 관련된 고사. 340쪽 주2) 산음도사아山陰道士鵝 참조.

늦은 봄 원상인遠上人의 남정南亭에서

절에 은거한 지둔이시여
맑고 고요함 속에 한화閒和를 기르는도다.
봄 깊어 수목은 어여뻐지고
꾀꼬리 꾀꼴꾀꼴 노래하누나.
숲에는 거사居士의 대 자라나는데
연못엔 우군右軍의 거위 기른다네.
북창 아래 달님이 꽃을 비추니
맑은 바람 다시 스쳐가길 기다리네.

人日登南陽驛門亭子懷漢川諸友[1)]
인 일 등 남 양 역 문 정 자 회 한 천 제 우

朝來登陟處, 不似豔陽時.
조 래 등 척 처　　불 사 염 양 시

異縣殊風物, 羈懷多所思.
이 현 수 풍 물　　기 회 다 소 사

剪花驚歲早, 看柳訝春遲.[2)]
전 화 경 세 조　　간 류 아 춘 지

未有南飛鴈, 裁書欲寄誰?
미 유 남 비 안　　재 서 욕 기 수

※ 註

1) 인일(人日) : 음력 정월 7일을 이르는 말.
　남양(南陽) : 지금의 하남성河南省 남양시南陽市.
　한천(漢川) : 한수漢水를 가리킴.
2) 전화(剪花) : 색종이를 잘라 사람을 만드는 인일의 세시풍습을 가리킴.

인일人日에 **남양**南陽 역문의 정자에 올라,
한수漢水 가의 벗들을 그리며

아침 되어 이곳에 올라와보니
따스한 봄철이 아닌 것 같네.
타향이라 풍물이 같지 않거늘
나그네 맘속엔 생각만 많아지누나.
잘라놓은 색지에 세월 빨라 놀라웁지만
버들을 보니 봄이 더뎌 의아하구나.
남으로 나는 기러기도 있지 않으니
편지를 쓴다 한들 누구에게 보내줄까?

遊鳳林寺西嶺[1)]
유 봉 림 사 서 령

共喜年華好, 來遊水石間.
공 희 연 화 호　　내 유 수 석 간

烟容開遠樹, 春色滿幽山.
연 용 개 원 수　　춘 색 만 유 산

壺酒朋情洽, 琴歌野興閒.
호 주 붕 정 흡　　금 가 야 흥 한

莫愁歸路暝, 招月伴人還.
막 수 귀 로 명　　초 월 반 인 환

1)봉림사(鳳林寺) : 호북성湖北省 양번시襄樊市 동남쪽에 위치한 사찰.

봉림사鳳林寺 서쪽 봉우리에서 노닐고

시절의 아름다움 함께 즐기어
시냇가 바위 사이 오가며 노니노라.
안개는 멀리 나무 숲에 걷히어가고
봄빛은 깊숙한 산골에 넘쳐난다오.
한 병 술에 우정도 넉넉하거늘
거문고 노랫소리에 자연의 흥취 유유하여라.
걱정 마오, 귀로가 어두웁다고
달 부르고 짝을 지어 돌아가리라.

陪獨孤使君同與蕭員外證登萬山亭[1]
배 독 고 사 군 동 여 소 원 외 증 등 만 산 정

萬山靑嶂曲, 千騎使君遊.[2]
만 산 청 장 곡　천 기 사 군 유

神女鳴環佩, 仙郎接獻酬.[3]
신 녀 명 환 패　선 랑 접 헌 수

遍觀雲夢野, 自愛江城樓.[4]
편 관 운 몽 야　자 애 강 성 루

何必東南守, 空傳沈隱侯.[5]
하 필 동 남 수　공 전 심 은 후

※ 註

1) 독고사군동(獨孤使君同) : 독고동은 독고책獨孤册의 오류로 여겨짐. 독고책은 하남河南 사람으로 양주襄州 자사로 재임하며 맹호연과 돈독한 우정을 쌓았음. 사군使君은 자사刺史의 별칭.

　소원외증(蕭員外證) : 소증은 소성蕭誠의 오류로 여겨짐. 소성은 사훈원외랑司勳員外郎을 지냈음.

2) 만산(萬山) : 한고산漢皐山을 가리킴. 42쪽 주2) 신녀한고곡神女漢皐曲 참조.

3) 신녀(神女) : 정교보鄭交甫가 한고산에서 두 신녀를 만난 고사를 가리킴.

　선랑(仙郎) : 상서성尙書省 각부의 낭중, 원외랑에 대한 속칭.

4) 운몽(雲夢) : 166쪽 주2) 참조.

　강성(江城) : 양양성을 가리킴.

5) 동남수(東南守) : 동양태수東陽太守를 지낸 심약沈約을 가리킴. 동양이 동남쪽에 있으므로 '동남수'라 한 것임. 심약은 남조의 제齊와 양梁 시대의 저명한 문인. 오흥吳興 사람으로, 자는 휴문休文. 동양태수로 재임할 때 현창루玄暢樓에서 여덟 수의 시를 제영題詠하여 후인들이 '팔영루八詠樓'라 이름하게 되었음.

　심은후(沈隱侯) : 심약을 가리킴. 시호가 '은隱'이었기에 이렇게 부른 것임.

독고동獨孤同 사군과 소증蕭證 원외랑을 모시고 만산정萬山亭에 올라

만산萬山 푸르른 산굽이에

천기千騎 거느리고 사군이 노니시누나.

신녀神女는 허리에 찬 둥근 옥玉 울리우는데

선랑仙郎은 잔 올리며 곁에 있도다.

두루 운몽雲夢 들판 구경하시고

절로 강성江城의 누대 좋아하시네.

어찌 동남수東南守만 시를 지으랴?

공연히 심은후沈隱侯의 일 전해오도다.

贈道士參廖[1]
증 도 사 참 료

蜀琴久不弄, 玉匣細塵生.[2]
촉 금 구 불 롱　　옥 갑 세 진 생

絲脆絃將斷, 金徽色尙榮.[3]
사 취 현 장 단　　금 휘 색 상 영

知音徒自惜, 聾俗本相輕.[4]
지 음 도 자 석　　농 속 본 상 경

不遇鍾期聽, 誰知鸞鳳聲?[5]
불 우 종 기 청　　수 지 난 봉 성

---

1) **참료(參廖)** : 이백의 시에 「증참료자贈參廖子」라는 시가 있는 바, 양양에 은거했던 인물로 추정됨.

2) **촉금(蜀琴)** : 거문고를 가리킴. 한漢의 문인 사마상여司馬相如가 옛 촉땅 출신으로 거문고를 잘 탔기에 생겨난 말.
   옥갑(玉匣) : 옥으로 장식한 상자. 거문고를 넣어둔 상자를 가리킴.

3) **금휘(金徽)** : 금색으로 된 기러기발.

4) **지음(知音)** : 종자기鍾子期와 백아伯牙의 고사.

5) **종기(鍾期)** : 종자기를 가리킴.
   난봉(鸞鳳) : 난새와 봉새. 어진 선비를 비유함.

도사 참료參廖에게 줌

거문고 오래도록 타지를 않아
옥갑玉匣에는 잔 먼지 생겨났구려.
명주실 약해져 줄은 끊어지려 하여도
금빛 기러기발 그 색상 여전히 빛이 난다네.
지음知音만이 다만 애석해 할 뿐
우매한 속인들 본시 서로를 업신여기지.
종자기에게 들려줄 기회 얻지 못하니
뉘라 난새 봉새의 소리 알아주려나!

京還贈張維¹⁾
경 환 증 장 유

拂衣去何處? 高枕南山南.²⁾
불 의 거 하 처　고 침 남 산 남

欲徇五斗祿, 其如七不堪,³⁾
욕 순 오 두 록　기 여 칠 불 감

早朝非晏起, 束帶異抽簪.⁴⁾
조 조 비 안 기　속 대 이 추 잠

因向智者說, 遊魚思舊潭.
인 향 지 자 설　유 어 사 구 담

≪ 註

1)장유(張維) : 미상.
2)남산(南山) : 시인의 고향에 있는 남산을 가리킴.
3)오두록(五斗祿) : 다섯 말의 봉록. 도연명이 팽택현령으로 있다 사퇴한 고사를 염두에 둔
   것임. 340쪽 주2) 팽택선생류彭澤先生柳 참조.
   칠불감(七不堪) : 진晉의 혜강嵇康이 관인 생활을 감당할 수 없다며 거절한 7가지의
   사유.
4)속대(束帶) : 허리띠를 묶는다는 뜻으로, 의관衣冠을 바로하고 공무를 봄을 의미함.
   추잠(抽簪) : 관冠을 벗기 위해 비녀를 뽑는다는 뜻으로, 관직에서 사퇴함을 의미함.

서울에서 돌아와 장유張維에게 줌

옷깃 떨치며 어디로 떠나가는가?
남산 양지 바른 곳에 편안히 누워 있다네.
다섯 말의 녹봉을 꾀하려 함이
어찌 일곱 가지를 사절함과 같으리!
아침에도 더디 일어날 수 없으니
벼슬살이는 은퇴함만 같지 않다오.
지혜로운 분에게 말씀 드리옵나니
노는 물고기도 옛 못을 그리워하오.

題李十四莊兼贈綦母校書[1]
제 이 십 사 장 겸 증 기 모 교 서

聞君息陰地, 東郭柳林間.[2]
문 군 식 음 지　　동 곽 유 림 간

左右瀍澗水, 門庭緱氏山.[3]
좌 우 전 간 수　　문 정 구 씨 산

抱琴來取醉, 垂釣坐乘閒.
포 금 내 취 취　　수 조 좌 승 한

歸客莫相待, 緣源殊未還.
귀 객 막 상 대　　연 원 수 미 환

≪ 註

1) 이십사(李十四) : 이름 미상. 시의 내용으로 볼 때 그의 장원이 낙양 동쪽에 있었던 것으로 추정됨.
　기모교서(綦母校書) : 기모잠綦母潛을 가리킴. 시인으로 왕유王維 등과 교유하였음. 교서는 교서랑校書郞의 줄임말. 서적의 교열 업무를 담당하였음.
2) 식음(息陰) : 식영息影과 같음. 은거하여 한가롭게 살아감. 38쪽 주3) 참조.
3) 전간수(瀍澗水) : 전수瀍水와 간수澗水. 전수는 하남성河南省의 맹진孟津에서 발원해 낙양의 낙수洛水로 유입되며, 간수는 하남성 민지澠池에서 발원해 낙수로 유입되는 강물.
　구씨산(緱氏山) : 하남성 언사현偃師縣 동남쪽에 있는 산. 주 영왕周靈王의 태자인 왕자 진王子晉이 신선이 된 곳으로 알려져 있음.

이십사李十四의 장원에 부쳐,
겸하여 기모교서綦母校書에게 줌

들었나니 그대 은거하신 곳
동쪽 성곽 버들 숲 사이 있다고.
전수瀍水와 간수澗水 좌우로 흘러가고
구씨산緱氏山은 문과 뜨락 이루었으리.
거문고 껴안고 술기운에 취하며
낚시 드리운 채 한가함 누리시리라.
돌아가는 손일랑 기다리지 마시오
근원 찾아가 돌아오지 않으리니.

寄趙正字[1]
기 조 정 자

正字芸香閣, 幽人竹素園.[2]
정 자 운 향 각   유 인 죽 소 원

經過宛如昨, 歸臥寂無喧.
경 과 완 여 작   귀 와 적 무 훤

高鳥能擇木, 羝羊漫觸藩.[3]
고 조 능 택 목   저 양 만 촉 번

物情今已見, 從此願忘言.
물 정 금 이 견   종 차 원 망 언

≋ 註

1) **조정자(趙正字)** : 미상. 정자는 중서성中書省, 비서성秘書省 등에 두었던 관직명으로 도서의 교감 업무를 보았음.

2) **운향각(芸香閣)** : 비서성의 별칭. 운향은 책벌레를 막는 효능을 지닌 향초의 이름.
   죽소원(竹素園) : 도서가 풍부함을 동산에 비유한 것임. 죽소는 죽백竹帛과 같은 뜻으로 서적을 의미함.

3) **고조능택목(高鳥能擇木)** : 군주를 선택해 섬김을 비유한 것. 『좌전』 애공 11년에 공자가 "새가 나무를 택하지 나무가 어찌 새를 택할 수 있겠느냐?(鳥則擇木, 木豈能擇鳥?)" 하는 구절이 있음.
   저양만촉번(羝羊漫觸藩) : 『주역』 「대장大壯」괘에 "숫양이 울타리를 받고 물러서지도 못하고 나아가지도 못한다(羝羊觸藩, 不能退, 不能遂)"는 구절이 있음.

조정자趙正字에게 줌

정자께선 운향각芸香閣
은자는 죽소원竹素園에.
지난 시절 완연히 어제 같건만
돌아와 누우니 적막해 잡소리 없네.
높이 나는 새 나무를 가려 앉으나
숫양은 어수선히 울타리에 부딪치누나.
세상 물정 이제는 깨달았으니
원컨대 이제부턴 말을 잊고자.

秋登張明府海亭[1]
추등장명부해정

海亭秋日望, 委曲見江山.
해정추일망　위곡견강산

染翰聊題壁, 傾壺一解顔.
염한요제벽　경호일해안

歡逢彭澤令, 歸賞故園間.[2]
환봉팽택령　귀상고원간

余亦將琴史, 棲遲共取閒.
여역장금사　서지공취한

※ 註

1) **장명부(張明府)** : 장자용張子容을 가리킴. 76쪽 주1) 참조.
2) **팽택령(彭澤令)** : 진晉의 도연명陶淵明을 가리킴. 340쪽 주2) **팽택선생류彭澤先生柳** 참조. 여기서는 장명부를 비유한 것임.

가을날 장명부張明府의 해정海亭에 올라

해정海亭에서 가을날 바라보자니
구불구불 강산이 눈에 보인다.
붓 적셔 애오라지 벽에다 시를 적고는
술병 기울이며 한번 웃어보노라.
반갑게 팽택현령彭澤縣令 상봉했나니
귀향해 옛 동산 사이로 구경 다니네.
나 또한 거문고 악보 지니고서는
함께 한가로이 노닐고 쉬어보노라.

題融公蘭若[1]
제 융 공 난 야

精舍買金開, 流泉遶砌迴.[2]
정사 매 금 개   유 천 요 체 회

荂荷薫講席, 松柏映香臺.[3]
기 하 훈 강 석   송 백 영 향 대

法雨晴飛去, 天花晝下來.[4]
법 우 청 비 거   천 화 주 하 래

談玄殊未已, 歸騎夕陽催.[5]
담 현 수 미 이   귀 기 석 양 최

≪ 註

1) 융공(融公) : 양양襄陽 백마산白馬山에 있는 경공사景空寺의 승려.
　난야(蘭若) : 34쪽 주2) 참조.
2) 정사(精舍) : 불사佛寺를 가리킴.
　매금(買金) : 옛날 인도의 급고독給孤獨이라 불리운 장자長者가 지타태자祇陀太子의 원
　림園林을 금으로 사들여 부처에게 정사를 지어준 고사가 있음.
3) 향대(香臺) : 향을 사르는 대臺. 곧 불전佛殿을 가리킴.
4) 법우(法雨) : 불법이 중생을 이롭게 함이 마치 빗물이 만물을 윤택하게 해줌과 같다는 뜻.
　천화(天花) : 천화天華라고도 함. 220쪽 주4) 낙화落花 참조.
5) 담현(談玄) : 불법의 현묘한 뜻을 담론함.

융공融公의 난야에 부쳐

금으로 사들여 지으신 정사精舍.
섬돌 감싸며 샘물은 돌아 흐르네.
강설하는 자리에 마름과 연꽃 향기 퍼져오고
향대香臺엔 소나무 잣나무의 그림자 비치어온다.
법우法雨는 개인 하늘에 날리우는데
천화天花는 한낮에 내리는도다.
현묘한 담론 미처 끝나지 아니했건만
날 저물어 말 타고 돌아가길 재촉하노라.

九日龍沙作寄劉大昚虛[1]
구 일 용 사 작 기 유 대 신 허

龍沙豫章北, 九日挂帆過.[2]
용 사 예 장 북　 구 일 괘 범 과

風俗因時見, 湖山發興多.
풍 속 인 시 견　 호 산 발 흥 다

客中誰送酒? 棹裏自成歌[3]
객 중 수 송 주　 도 리 자 성 가

歌竟乘流去, 滔滔任夕波.
가 경 승 류 거　 도 도 임 석 파

《 註

1) **구일(九日)**: 음력 9월 9일, 중양절重陽節을 가리킴.

　용사(龍沙): 강서성江西省 신건현新建縣 북쪽의 지명. 긴 백사장으로 유명하며 옛부터
　중양절에 등고登高하던 곳으로 알려져 있음.

　유대신허(劉大昚虛): 유신허. '대大'는 배항排行이 첫째라는 뜻. 개원 11년(723) 진사가
　되어 낙양위, 하현령 등을 역임. 산승, 도사와 널리 교유했으며 시인으로 하지장賀知章,
　포융包融 등과 이름이 나란하였음.

2) **예장(豫章)**: 지금의 강서성 남창시南昌市.

3) **송주(送酒)**: 도연명陶淵明과 관련된 고사. 266쪽 주4) 주요酒邀 참조.

중굿날 용사龍沙에서.
유신허劉眘虛에게 줌

용사龍沙 땅이라 예장豫章의 북쪽
중굿날에 돛배 타고 지나가노라.
시절 찾아와 등고登高의 풍속 보고 있자니
흠뻑 산수의 흥취 피어오르네.
객 가운데 그 누가 술을 보낼까?
놋소리에 절로 노랫가락 흘러나오네.
노래 끝나도록 물결 타고 흘러가나니
도도한 저녁 물결에 배를 맡겨두노라.

洞庭湖寄閻九¹⁾
동 정 호 기 염 구

洞庭秋正闊, 余欲泛歸船.
동 정 추 정 활　여 욕 범 귀 선

莫辨荊吳地, 唯餘水共天.²⁾
막 변 형 오 지　유 여 수 공 천

渺瀰江樹沒, 合沓海湖連.
묘 미 강 수 몰　합 답 해 호 련

遲爾爲舟楫, 相將濟巨川.³⁾
지 이 위 주 즙　상 장 제 거 천

≪ 註

1)동정호(洞庭湖) : 62쪽 주1) 호湖 참조.
　염구(閻九) : 62쪽 주1) 염방閻防·구九 참조.
2)형오(荊吳) : '형荊'은 지금의 호남성, 호북성 일대. '오吳'는 강소성, 절강성 일대.
3)주즙(舟楫) : 임금을 보좌할 만한 어진 신하를 비유함.

동정호洞庭湖.
염구閻九에게 줌

가을이라 동정호 드넓기도 하여라
나는야 돌아갈 배 띄워보고 싶어라.
형荊과 오吳를 분간할 수 없으니
물과 하늘이 오로지 하나 되었네.
강가 나무 아득하니 잠기어 있고
바다 호수는 연이어 잇달았구나.
그대가 배와 노 되길 기다릴 테니
서로 함께 큰 강물을 건너보자오.

秋日陪李侍御渡松滋江[1]
추 일 배 이 시 어 도 송 자 강

南紀西江闊, 皇華御史雄.[2]
남 기 서 강 활　황 화 어 사 웅

截流寧假楫, 挂席自生風.
절 류 영 가 즙　괘 석 자 생 풍

寮宷爭攀鷁, 魚龍亦避驄.[3]
요 채 쟁 반 익　어 룡 역 피 총

坐聞白雪唱, 翻入棹歌中.[4]
좌 문 백 설 창　번 입 도 가 중

※ 註

1) 이시어(李侍御) : 미상. 시어는 시어사侍御史의 약칭.
　송자강(松滋江) : 호북성湖北省 송자현松滋縣을 지나는 장강의 줄기.
2) 남기(南紀) : 장강長江과 한수漢水 유역의 남방을 가리킴. 여러 강줄기가 모여 남방의
　기강紀綱을 이룬다는 뜻.
　서강(西江) : 서쪽으로 흘러드는 장강長江의 상류를 가리킴.
　황화(皇華) : 사신에 대한 미칭.
3) 익(鷁) : 배를 가리킴. 178쪽 주3) 익주鷁舟 참조.
　피총(避驄) : 피총마어사避驄馬御史의 뜻. 총마는 본래 흰 바탕에 파란 얼룩이 있는 말
　로, 후한의 환전桓典이 총마를 타고 나서면 그의 권위에 사람들이 모두 피하였다는 고
　사가 있음. 178쪽 주3) 총마驄馬 참조.
4) 백설창(白雪唱) : 양춘백설陽春白雪를 가리킴. 전국시대 초나라에서 불린 고아한 가곡의
　이름.

가을날 이시어李侍御를 모시고
송자강松滋江을 건너며

남기南紀 땅 흐르는 서강西江 넓기도 하고
사자로 오신 어사御史는 위엄이 넘쳐나도다.
강을 건넘에 어찌 노의 힘을 빌리랴?
돛 올리자 바람 절로 불어와 주네.
동료들은 앞다퉈 배에 올라타는데
어룡은 역시 총마어사驄馬御史를 피하는구나.
백설白雪의 노랫소리 들려오거늘
뱃노래 가락에 올려져 불려지누나.

秦中感秋寄遠上人[1]
진 중 감 추 기 원 상 인

一丘常欲臥, 三徑苦無資.[2]
일 구 상 욕 와　삼 경 고 무 자

北土非吾願, 東林懷我師.[3]
북 토 비 오 원　동 림 회 아 사

黃金燃桂盡, 壯志逐年衰.[4]
황 금 연 계 진　장 지 축 년 쇠

日夕涼風至, 聞蟬但益悲.
일 석 양 풍 지　문 선 단 익 비

≪ 註
1) 진중(秦中) : 장안長安을 가리킴. 장안은 옛 진秦나라의 땅이었음.
　원상인(遠上人) : 여산廬山 동림사東林寺의 승려로 여겨지나 미상.
2) 삼경(三徑) : 전원으로 돌아가 은거함을 비유함. 164쪽 주1) 참조.
3) 동림(東林) : 동림사東林寺. 146쪽 주3) 참조.
4) 황금연계진(黃金燃桂盡) : 물가는 비싸고 생활은 궁핍함을 비유한 것임. 본래 전국시대
　소진蘇秦과 관련된 고사. 유세를 위해 진秦에서는 황금 백 근을 소모했으며 초楚에서는
　계수나무처럼 비싼 땔감으로 불을 때며 보냈다고 함.

진중秦中에서 가을날에 느꺼워.
원상인遠上人에게 줌

늘 산언덕에 누워 살고 싶어도
은거의 밑천 없어 씁쓸하여라.
북쪽 땅은 내 원하는 곳 아니니
동림의 우리 스님을 생각한다오.
황금과 계수나무 땔감 떨어져가고
장한 뜻은 세월 따라 미약해지네.
주야로 서늘한 바람 불어오는데
쓰르라미 소리 들려 구슬픔 더해진다.

重酬李少府見贈[1]
중 수 이 소 부 견 증

養疾衡茅下, 由來浩氣眞.[2]
양 질 형 모 하　유 래 호 기 진

五行將禁火, 十步想尋春.[3]
오 행 장 금 화　십 보 상 심 춘

致敬維桑梓, 邀歡卽故人.[4]
치 경 유 상 재　요 환 즉 고 인

還看後凋色, 靑翠有松筠.[5]
환 간 후 조 색　청 취 유 송 균

※ 註
1) 이소부(李少府) : 미상. 소부는 현위縣尉의 다른 이름.
2) 양질(養疾) : 병환을 치유하기 위해 휴양하고 조리함.
3) 오행(五行) : 고대 중국에서 사물을 구성하는 원소로 인식된 금金, 목木, 수水, 화火, 토
  土의 5개 원소. 여기에서는 천기의 운행을 의미한 것임.
  금화(禁火) : 한식寒食을 가리킴.
4) 상재(桑梓) : 양친 혹은 고향을 가리킴.
5) 후조(後凋) : 소나무와 잣나무를 가리킴. 『논어論語』 「자한子罕」에서 공자가 말하길, "한
  해가 추워진 연후에야 소나무 잣나무가 뒤늦게 시듦을 알게 된다(歲寒然後, 知松柏之後
  凋也)" 하였음.
  송균(松筠) : 소나무와 대나무. 이소부를 비유한 것임.

이소부李少府가 보내준 시에 거듭 화답함

초가 아래 병든 몸 조리하고 있어도
호연浩然한 기상이야 변함없이 그대로.
시절은 장차 한식寒食이 되어
가까이 봄 찾아나설 생각 찾아든다오.
공경을 다할 곳은 어버이시며
기쁘게 맞이할 이는 오랜 친구들.
뒤늦게 시드는 빛 뒤돌아보면
푸르른 솔과 대가 있을 뿐이라네.

宿永嘉江寄山陰崔少府國輔[1]
숙 영 가 강 기 산 음 최 소 부 국 보

我行窮水國, 君使入京華.
아 행 궁 수 국　 군 사 입 경 화

相去日千里, 孤帆天一涯.
상 거 일 천 리　 고 범 천 일 애

臥聞海潮至, 起視江月斜.
와 문 해 조 지　 기 시 강 월 사

借問同舟客, 何時到永嘉?[2]
차 문 동 주 객　 하 시 도 영 가

영가강永嘉江에서 묵으며,
산음소부山陰少府 최국보崔國輔에게 줌

나의 갈 길 수국水國에 막혀 있거늘
그대는 사자使者 되어 서울로 올라가누나.
서로의 거리 하루에 천 리가 멀어지는데
외로운 돛배로 하늘 끝자락에 처해 있구려.
누워 조수가 밀려오는 소릴 듣고 있다가
일어나 기울어가는 강 달 바라본다오.
같이 배 탄 이에게 물어보나니
어느 때에나 영가永嘉에 다다르겠소?

上巳日洛中寄王九逈[1]
상 사 일 낙 중 기 왕 구 형

卜洛成周地, 浮杯上巳筵.[2]
복 락 성 주 지　부 배 상 사 연

鬪雞寒食下, 走馬射堂前.
투 계 한 식 하　주 마 사 당 전

垂柳金堤合, 平沙翠幕連.[3]
수 류 금 제 합　평 사 취 막 련

不知王逸少, 何處會群賢.[4]
부 지 왕 일 소　하 처 회 군 현

≪ 註

1)**상사일**(上巳日) : 삼월삼짇날. 274쪽 주1) 참조.
　낙중(洛中) : 하남성河南省의 낙양洛陽을 가리킴.
　왕구형(王九逈) : 왕형王逈을 가리킴. 72쪽 주1) 참조.
2)**복락**(卜洛) : 낙읍洛邑을 택할지 점친다는 뜻. 옛날 주공周公이 낙양에서 점을 쳤을 때
　길조가 있어 동도東都로 정한 사실이 있음. 이 때문에 새로 도읍을 정하는 것을 '복락'
　이라고 하게 됨.
　성주(成周) : 낙양을 가리킴. 주周의 성왕成王이 주공에게 낙양의 경영을 명하고 또 은나
　라의 완악한 백성들을 옮긴 후 성주라고 이름하였음.
　부배(浮杯) : 상사일에 굽이져 휘돌아가는 물에 술잔을 띄워 마시는 풍습이 있음.
3)**금제**(金堤) : 굳게 쌓은 제방을 가리킴.
4)**왕일소**(王逸少) : 동진東晉의 왕희지王羲之. 일소는 그의 자. 274쪽 주3) 난정蘭亭 참조.

상사일上巳日 낙양에서. 왕형王逈에게 보내줌

옛 도읍 낙양洛陽 땅에서
잔 띄워 삼짇날 술자리하네.
한식寒食 밑이라 닭싸움하며
활터 앞에선 말을 달리는구나.
드리운 버들 제방에 모여 섰는데
평탄한 모래밭엔 비취색 휘장 줄을 이었네.
알 수 없어라, 왕희지王羲之께선
어느 곳에서 어진 이들과 모이셨는지.

聞裴侍御胐自襄州司戶除豫州司戶因以投寄¹⁾

문 배 시 어 비 자 양 주 사 호 제 예 주 사 호 인 이 투 기

故人荊河掾, 尙有柏臺威.²⁾
고 인 형 하 연　상 유 백 대 위

移職自樊沔, 芳聲聞帝畿.³⁾
이 직 자 번 면　방 성 문 제 기

昔余臥林巷, 載酒訪柴扉.
석 여 와 림 항　재 주 방 시 비

松菊無君賞, 鄕園嬾欲歸.
송 국 무 군 상　향 원 난 욕 귀

≪ 註

1) **배시어비(裴侍御胐)** : 배비. 시인과 절친했던 인물로 회주사마懷州司馬, 예부낭중禮部郎中, 상서시랑尙書侍郎 등의 관직을 역임했음. 시어는 관직명으로 178쪽 주1) 황시어簧侍御 참조.
  양주(襄州) : 지금의 호북성湖北省 양번시襄樊市.
  사호(司戶) : 관직명. 62쪽 주1) 참조.
  예주(豫州) : 지금의 하남성河南省 여남현汝南縣.

2) **형하(荊河)** : 예주豫州를 가리킴.
  연(掾) : 속리屬吏의 별칭. 지방관을 보좌하는 관원.
  백대(柏臺) : 어사대御史臺의 별칭. 어사부御史府에 잣나무를 줄지어 심었기에 이런 이름을 갖게 된 것임.

3) **번면(樊沔)** : 번성樊城과 면수沔水. 즉 양주襄州를 가리킴. 번성은 호북성湖北省 양번시襄樊市에 있던 성으로 한수漢水의 북안에 접해 있음. 면수는 한수의 다른 이름.

시어侍御 배비裵朏가 양주사호에서 여주사호로
제수되어 시를 지어줌

예주豫州 땅의 관원이 된 옛 친구는
백대柏臺의 위엄이야 여전하겠지.
양주襄州에 있다 관직을 옮기었거늘
향기로운 이름 서울까지 전해온다네.
전에 나 시골에서 은거할 적에
술 싣고 사립문으로 찾아주었네.
그대 없이 솔과 국화 즐겨야 하니
고향 동산에는 천천히 돌아가리라.

江上寄山陰崔少府國輔[1]
강 상 기 산 음 최 소 부 국 보

春堤楊柳發, 憶與故人期.
춘 제 양 류 발   억 여 고 인 기

草木本無意, 枯榮自有時.
초 목 본 무 의   고 영 자 유 시

山陰定遠近, 江上日相思.
산 음 정 원 근   강 상 일 상 사

不及蘭亭會, 空吟祓禊詩.[2]
불 급 난 정 회   공 음 불 계 시

≪ 註

1) **강(江)** : 장강을 가리킴.
 산음(山陰) : 지금의 절강성浙江省 소흥시紹興市.
 최소부국보(崔少府國輔) : 최국보, 222쪽 주1) 참조.
2) **난정회(蘭亭會)** : 왕희지王羲之와 여러 어진 선비들이 산음의 난정에서 가졌던 모임.
 274쪽 주3) 참조.
 불계(祓禊) : 삼짇날 물가에서 씻으며 액막이하는 것.

강가에서.
산음山陰의 소부少府 최국보崔國輔에게 지어줌

봄 강둑에 버들개지 싹터오니
옛 친구와의 기약 떠오른다.
초목은 본시 뜻이 없건만
꽃 피고 메마름엔 절로 시절이 있군.
산음山陰 땅 그 얼마나 떨어졌을까?
강가에서 날마다 그리워하네.
난정蘭亭의 모임에 갈 수 없기에
속절없이 액 막아줄 시구나 읊조려보오.

送洗然弟進士擧[1)
송 세 연 제 진 사 거

獻策金門去, 承歡彩服違.[2)
헌 책 금 문 거   승 환 채 복 위

以吾一日長, 念爾聚星稀.[3)
이 오 일 일 장   염 이 취 성 희

昏定須溫席, 寒多未授衣.[4)
혼 정 수 온 석   한 다 미 수 의

桂枝如已擢, 早逐鴈南飛.[5)
계 지 여 이 탁   조 축 안 남 비

≪ 註

1) 세연(洗然) : 시인의 동생.

2) 헌책(獻策) : 진사와 고시에서 책문策問을 작성해 제출하는 것. 정책에 대한 질문에 답하는 형식을 띰.
   금문(金門) : 금마문金馬門. 98쪽 주5) 참조.
   채복(彩服) : 채색한 어린아이의 의복. 노래자老萊子는 70세가 넘어서도 색동옷을 입고 아이처럼 장난하며 부모를 기쁘게 해드렸음.

3) 일일장(一日長) : 상대보다 나이가 조금 많음을 가리킴. 『논어』 「선진」에 공자가 말하길, "내가 너희들보다 하루 정도 나이를 더 먹었다고 나를 어렵게 여기지 말라(以吾一日長乎爾, 無吾以也)"한 구절이 있음.
   취성(聚星) : 친한 사람과 단란하게 모임을 비유한 것임. 152쪽 주5) 참조.

4) 혼정(昏定) : 혼정신성昏定晨省의 줄임말. 부모를 위해 날이 저물면 잠자리를 살펴드리고 날이 새면 아침 문안인사를 드리는 것.
   온석(溫席) : 황향黃香과 관련된 고사. 집이 가난해 날이 추우면 자신의 몸으로 자리를 따뜻하게 해드리며 효성을 다하였음.
   수의(授衣) : 312쪽 주4) 참조.

5) 계지(桂枝) : 계림일지桂林一枝의 줄임말. 과거 급제를 비유한 것임. 226쪽 주6) 참조.

진사과거 보러 가는 세연洗然 아우를 보내며

금문金門으로 책문策問 올리려 떠나가니
효심에 즐겁던 부모님과 헤어지네.
나 하루를 더 살았음에도
너를 생각하니 가깝게 지내지 못하였구나.
어버이를 지극한 효성으로 모시었고
날 추워져도 겨울옷 갖춰 입지 못했네.
과거는 이미 붙은 것과 매한가지
서둘러 기러기 따라 남으로 날아오게나.

夜泊廬江聞故人在東林寺以詩寄之 [1]
야 박 여 강 문 고 인 재 동 림 사 이 시 기 지

江路經廬阜, 松門入虎溪. [2]
강 로 경 려 부   송 문 입 호 계

聞君尋寂樂, 清夜宿招提. [3]
문 군 심 적 락   청 야 숙 초 제

石鏡山精怯, 禪林怖鴿棲. [4]
석 경 산 정 겁   선 림 포 합 서

一燈如悟道, 爲照客心迷. [5]
일 등 여 오 도   위 조 객 심 미

밤에 여강廬江에 묵다 친구가 동림사東林寺에 있다는 소식을 듣고 시를 지어 보냄

뱃길이 여산廬山을 지나쳐 가니
송문松門에서 호계虎溪로 들어간다네.
듣자니 그대 고적한 즐거움 찾아
맑은 밤 절간에서 묵고 있다고.
석경石鏡에 산속 요정妖精 두려워하고
사원에는 겁먹은 비둘기 깃들었으리.
한 줄기 등불인 양 도를 깨우쳤다면
나그네 마음 미혹되지 않게 비춰주시길….

宿桐廬江寄廣陵舊遊[1)]
숙 동 려 강 기 광 릉 구 유

山暝聽猿愁, 滄江急夜流.
산 명 청 원 수　창 강 급 야 류

風鳴兩岸葉, 月照一孤舟.
풍 명 양 안 엽　월 조 일 고 주

建德非吾土, 維揚憶舊遊.[2)]
건 덕 비 오 토　유 양 억 구 유

還將數行淚, 遙寄海西頭.[3)]
환 장 수 행 루　요 기 해 서 두

≪ 註

1) **동려강(桐廬江)** : 절강성浙江省 동려현桐廬縣 경계를 지나는 전당강錢塘江의 한 부분.
   광릉(廣陵) : 군명郡命. 치소가 강소성江蘇省 양주시襄州市에 있었음.
2) **건덕(建德)** : 지금의 절강성浙江省 건덕현建德縣.
   유양(維揚) : 양릉을 가리킴.
3) **해서두(海西頭)** : 양주가 바다의 서쪽에 있기에 그렇게 부른 것임.

동려강桐廬江에서 묵으며, 광릉廣陵의 옛 친구에게 보내줌

산 어둑하고 잔나비 소리 시름겹게 들리는데
푸른 강물은 밤 되어 급히도 흘러가네.
바람은 양 언덕 나뭇잎 울려놓고
달님은 쓸쓸한 배 하나 비추고 있다.
건덕建德이야 내 고향 땅이 아니기에
유양維揚의 친구를 떠올려본다.
이에 몇 줄기 흐르는 눈물을
저 멀리 바다 서쪽으로 뛰워 보내네.

南還舟中寄袁太祝[1)]
남 환 주 중 기 원 태 축

沿泝非便習, 風波厭苦辛.[2)]
연소 비 편 습   풍 파 염 고 신

忽聞遷谷鳥, 來報武陵春.[3)]
홀 문 천 곡 조   내 보 무 릉 춘

嶺北迴征棹, 巴東問故人,[4)]
영 북 회 정 도   파 동 문 고 인

桃源何處是? 遊子正迷津.[5)]
도 원 하 처 시   유 자 정 미 진

≪ 註

1) **원태축(袁太祝)** : 원관袁瓘. 습유拾遺로 있다 죄를 얻어 영남에 유배되었으며 후에 무릉
   승武陵丞을 거쳐 예장위豫章尉가 되었음. 태축은 태상시太常寺에 속한 관직명으로 142
   쪽 주1) 참조.

2) **연소(沿泝)** : 순류와 역류.

3) **천곡조(遷谷鳥)** : 깊은 골짝에 있던 새가 높은 나무로 옮겨가듯 지위가 상승됨을 비유함.
   무릉(武陵) : 지금의 호남성湖南省 상덕현常德縣.

4) **영북(嶺北)** : 오령五嶺의 이북. 오령은 대유령大庾嶺, 기전령騎田嶺, 도방령都龐嶺, 맹
   저령萌渚嶺, 월성령越城嶺. 호남성과 광동성, 광서성, 귀주성을 잇는 산맥.
   파동(巴東) : 한漢나라 때의 군명郡名. 지금의 사천성四川省 동쪽에 해당하며 여기서는
   무릉을 가리킴.

5) **도원(桃源)** : 노연명의 「도화원기」에, 어느 어부가 우연히 무릉도원에 들어갔다 나중에
   다시 그곳을 찾으려 했으나 결국 찾지 못했다는 내용이 실려 있음.

남에서 돌아오는 배 안에서. 원태축袁太祝에게 보내줌

배 타고 떠다님에 편안치 못하니
풍파의 고생 물리도록 겪고 있다오.
홀연 듣자니 골짝에서 날아온 새가
무릉武陵의 소식을 일러준다네.
가던 배를 영북嶺北으로 되돌리면서
파동巴東의 친구에게 문안드리오.
무릉도원은 어느 곳에 있더이까?
나그네 정녕 나루를 찾을 길 없구려.

東陂遇雨率爾貽謝南池[1]
동 파 우 우 솔 이 이 사 남 지

田家春事起, 丁壯就東陂.
전 가 춘 사 기　 정 장 취 동 파

殷殷雷聲作, 森森雨足垂.
은 은 뇌 성 작　 삼 삼 우 족 수

海虹晴始見, 河柳潤初移.
해 홍 청 시 견　 하 류 윤 초 이

余意在耕稼, 因君問土宜.[2]
여 의 재 경 가　 인 군 문 토 의

※ 註
1)사남지(謝南池) : 생애 미상. 은거하던 선비로 추정됨.
2)토의(土宜) : 토질에 적당한 식물을 가리킴.

동쪽 언덕에 비가 내려 급히 사남지謝南池에게 지어줌

농가에 봄 농사 시작할 때 됐으니
장정들 동쪽 언덕에 일을 나가네.
우르릉 천둥소리 일어나고는
주룩주룩 빗발이 내리치누나.
날 개자 바다엔 무지개 떠오르는데
물가 버들은 촉촉하게 젖어 있구나.
나의 뜻 밭 가는 데 있으니
무엇을 심을까, 그대에게 물어본다오.

行至汝墳寄盧徵君[1]
행 지 여 분 기 노 징 군

行乏憩余駕, 依然見汝墳.
행 핍 게 여 가　의 연 견 여 분

洛川方罷雪, 嵩嶂有殘雲.[2]
낙 천 방 파 설　숭 장 유 잔 운

曳曳半空裏, 溶溶五色分.[3]
예 예 반 공 리　용 용 오 색 분

聊題一時興, 因寄盧徵君.
요 제 일 시 흥　인 기 노 징 군

≪ 註

1)**여분(汝墳)**: 여수汝水 가의 제방. 지금의 하남성 임여臨汝 일대. 여수는 하남성河南省 숭현嵩縣의 천식산天息山에서 발원해 회하淮河로 유입되는 강물.
　노징군(盧徵君): 노홍일盧鴻一을 가리킴. 숭산嵩山에 은거하였으며 간의대부諫議大夫로 불렸으나 사양하였음. 시·서·화에 능했으며 박학하여 500여 명이 그를 추종하여 배웠음. 징군은 조정의 부름을 사양한 은사에 대한 존칭.
2)**낙천(洛川)**: 낙양洛陽 인근 지역을 가리킴. 평야 지대를 또한 '천川'이라 함.
　숭장(嵩嶂): 숭산을 가리킴. 지금의 하남성河南省 등봉현登封縣 북쪽에 있음.
3)**오색(五色)**: 오색의 구름 기운을 가리킴.

길 가다 여분汝墳에 이르러.
노징군盧徵君에게 보냄

나의 수레 쉼 없이 길을 가다가
마음에 끌려 여분汝墳을 보게 되었소.
낙양洛陽 부근엔 눈 그치려 하는데
숭산嵩山에는 구름이 남아 있구나.
허공 속을 잇달아 나부끼다가
오색으로 나뉘어 넘실넘실 흘러가누나.
애오라지 한때의 흥취 시로 적어서
노징군盧徵君께 보내드리오.

寄天台道士[1)]
기 천 태 도 사

海上求仙客, 三山望幾時?[2)]
해 상 구 선 객　삼 산 망 기 시

焚香宿華頂, 裛露採靈芝.[3)]
분 향 숙 화 정　읍 로 채 영 지

屢踐莓苔滑, 將尋汗漫期.[4)]
누 천 매 태 활　장 심 한 만 기

儻因松子去, 長與世人辭.[5)]
당 인 송 자 거　장 여 세 인 사

≪ 註

1)천태(天台) : 천태산天台山을 가리킴. 38쪽 주1) 참조.
2)해상(海上) : 이 구절은 진시황秦始皇 때에 서불徐市이 삼신산三神山을 찾아 떠나간 고
　　사를 가리킴.
　　삼산(三山) : 신선이 산다는 봉래蓬萊 · 방장方丈 · 영주瀛洲의 삼신산을 가리킴.
3)화정(華頂) : 천태산의 봉우리 이름.
4)한만기(汗漫期) : 알 수 없는 기약. 장생불사를 의미함.
5)송자(松子) : 전설 속의 옛 신선인 적송자赤松子를 가리킴.

천태산天台山 도사에게 보냄

바다 위로 신선 찾아 떠나간 사람
어느 때에야 삼신산三神山 보았으려나?
향 사르며 화정華頂에 묵고 있으며
이슬 젖은 영지靈芝를 캐어내도다.
자주 미끄러운 이끼 밟아가면서
영원한 기약 찾아 헤매이리라.
혹 적송자赤松子 따라 떠나가고는
길이 세상 사람과 작별하셨나.

和張明府登鹿門山[1)]
화 장 명 부 등 녹 문 산

忽示登高作, 能寬旅寓情.
홀 시 등 고 작　　능 관 여 우 정

絃歌旣多暇, 山水思彌淸.[2)]
현 가 기 다 가　　산 수 사 미 청

草得風先動, 虹因雨後成.
초 득 풍 선 동　　홍 인 우 후 성

謬承巴俚和, 非敢應同聲.[3)]
유 승 파 리 화　　비 감 응 동 성

※ 註

1) **장명부(張明府)** : 장자용張子容을 가리킴. 76쪽 주1) 참조.
　 녹문산(鹿門山) : 54쪽 주1) 참조.
2) **현가(絃歌)** : 고을을 다스린다는 뜻. 266쪽 주4) 금철琴轍 참조.
3) **파리(巴俚)** : 파인하리巴人下俚의 줄임말. 본래 '파巴 땅 사람들이 부르는 비루한 민요'
　 를 뜻하나 자신의 시문을 낮추어 부르는 말로 쓰임. 300쪽 주2) 참조.

장명부張明府의「등녹문산登鹿門山」에 화답함

산에 올라 지은 시 문득 보여주거늘
객지 여관 속의 심정 풀어줄 만해.
고을 다스리다 자주 겨를을 내니
산수의 사념 더욱 더 맑기만 한데,
바람에 풀잎 먼저 흔들리는 양
비온 뒤에 무지개 나타나는 듯….
잘못 비루한 노래로 화답하나니
감히 같은 격조로 응답할 수 없겠네.

和張三自穰縣還途中遇雪¹⁾
화 장 삼 자 양 현 환 도 중 우 설

風吹沙海雪, 來作柳園春.²⁾
풍 취 사 해 설   내 작 유 원 춘

宛轉隨香騎, 輕盈伴玉人.³⁾
완 전 수 향 기   경 영 반 옥 인

歌疑郢中客, 態比洛川神.⁴⁾
가 의 영 중 객   태 비 낙 천 신

今日南歸楚, 雙飛似入秦.⁵⁾
금 일 남 귀 초   쌍 비 사 입 진

≪ 註

1) **장삼**(張三) : 미상.
  양현(穰縣) : 지금의 하남성河南省 등현鄧縣.
2) **사해**(沙海) : 개봉開封에 있는 지명.
3) **향기**(香騎) : 미녀를 태운 말을 가리킴.
  옥인(玉人) : 미모의 여성을 비유한 것임.
4) **영중객**(郢中客) : 노래 잘하는 가수를 가리킴. 전국시대 초나라 송옥宋玉의 「대초왕문對
  楚王問」에 "영郢 땅에서 노래 부르던 나그네(客有歌於郢中者)"라는 구절에 전고를 두고
  있음.
  낙천신(洛川神) : 조식曹植의 「낙신부洛神賦」에서 아름답게 묘사된 낙천신녀洛川神女를
  가리킴.
5) **쌍비사입진**(雙飛似入秦) : 장삼이 미녀를 동반하고 돌아온 것을 진 목공秦穆公 때 소사
  簫史와 농옥弄玉이 봉황을 따라 날아간 고사에 비유한 것임. 328쪽 주4) 참조.

장삼張三의 「자양현환도중우설 自穰縣還途中遇雪」에 화답함

바람은 사해沙海에 눈을 날리다
버들 동산 찾아들어 봄을 이루리.
감싸 돌며 미인 태운 말 뒤따르면서
하늘하늘 옥인玉人을 짝하는구나.
노래는 영郢 땅 나그네인 양 뛰어나며
자태는 낙천신녀洛川神女에 비견되리.
오늘 남녘 초楚 땅으로 돌아오는 그 모습
짝지어 날며 진秦 땅에 들던 옛 일과 흡사하구나.

歲除夜會樂城張少府宅¹⁾
세 제 야 회 낙 성 장 소 부 택

疇昔通家好, 相知無間然.²⁾
주 석 통 가 호　　상 지 무 간 연

續明催畫燭, 守歲接長筵.³⁾
속 명 최 화 촉　　수 세 접 장 연

舊曲梅花唱, 新正柏酒傳.⁴⁾
구 곡 매 화 창　　신 정 백 주 전

客行隨處樂, 不見度年年.
객 행 수 처 락　　불 견 도 년 년

≫ 註

1) 낙성(樂城) : 지금의 절강성 낙청현樂淸縣.
　장소부(張少府) : 장자용張子容을 가리킴. 76쪽 주1) 참조.
2) 통가(通家) : 대대로 친밀하게 지내는 집안.
3) 수세(守歲) : 제야에 뜬눈으로 밤을 새우는 것.
4) 매화창(梅花唱) : 한나라 때에 「매화락梅花落」이라는 기악곡이 있었음.
　백주(柏酒) : 백엽주柏葉酒. 정월 초하루에 마시던 술로 액을 물리쳐주는 것으로 여겨졌음.

제야에 **낙성**樂城의 **장소부**張少府 댁에 모여

옛부터 집안끼리 사이가 좋아
서로 간격 없이 알고 지냈네.
날 어둡자 서둘러 촛불 밝히고
수세守歲하며 오래도록 연회하누나.
옛 곡 「매화락梅花落」을 노래하고는
새해 아침 백엽주柏葉酒를 권해준다네.
나그네길 곳에 따라 즐거웁나니
해마다 어찌 지냈나 알지 못하네.

自洛之越[1]
자 락 지 월

遑遑三十載, 書劍兩無成.[2]
황 황 삼 십 재 　 서 검 양 무 성

山水尋吳越, 風塵厭洛京.[3]
산 수 심 오 월 　 풍 진 염 낙 경

扁舟泛湖海, 長揖謝公卿.
편 주 범 호 해 　 장 읍 사 공 경

且樂杯中物, 誰論世上名?[4]
차 락 배 중 물 　 수 론 세 상 명

※ 註

1) 낙(洛) : 지금의 하남성河南省 낙양洛陽을 가리킴.
　월(越) : 옛 월나라가 있던 지역. 지금의 절강성浙江省 남부 일대를 가리킴.
2) 서검(書劍) : 문무文武와 같음. 독서를 통해 관리로 등용되거나 장수가 되어 군공을 세움.
3) 오월(吳越) : 오는 지금의 강소성江蘇省, 월은 절강성浙江省 일대.
　낙경(洛京) : 낙양을 가리킴. 당시 동도東都였기에 '경京'이라 한 것임.
4) 배중물(杯中物) : 술을 가리킴.

낙양洛陽에서 월越 땅으로 가며

경황 없이 지나간 삼십 년 세월
서검을 둘 다 이루지 못하였구나.
오월吳越의 산수 찾아 떠나가리니
낙양洛陽의 티끌먼지 지겨웁다네.
쪽배를 물위에 띄워놓고서
고관들께 하직 인사 올리는도다.
잔 속의 술이나 즐길까 하니
뉘라 세상의 공명功名을 따져 말하리?

歸至郢中作[1]
귀 지 영 중 작

遠遊經海嶠, 返棹歸山阿.[2]
원 유 경 해 교 　 반 도 귀 산 아

日夕見喬木, 鄕園在伐柯.[3]
일 석 견 교 목 　 향 원 재 벌 가

愁隨江路盡, 喜入郢門多.
수 수 강 로 진 　 희 입 영 문 다

左右看桑土, 依然卽匪佗.[4]
좌 우 간 상 토 　 의 연 즉 비 타

돌아오다 영鄍 땅에 이르러 지음

멀리 임해臨海의 멧부리 지나 노닐다가는
배 돌려 산언덕으로 돌아가노라.
밤낮 큰 나무 바라봤으니
고향 동산이 멀지 않으리.
시름은 강길 따라 사라져가고
영문鄍門 들어서자 기쁨이 넘쳐난다네.
좌우로 고향 땅을 살펴보자니
의구한 옛 모습 전혀 다름없구나.

途中遇晴
도 중 우 청

已失巴陵雨, 猶逢蜀坂泥.[1]
이 실 파 릉 우   유 봉 촉 판 니

天開斜景遍, 山出晚雲低.
천 개 사 경 편   산 출 만 운 저

餘濕猶霑草, 殘流尚入谿.
여 습 유 점 초   잔 류 상 입 계

今宵有明月, 鄉思遠悽悽.
금 소 유 명 월   향 사 원 처 처

※ 註

1) 파릉(巴陵) : 사천성四川省에 속한 파巴 땅의 구릉.
  촉판(蜀坂) : 사천성에 속한 촉蜀 땅의 비탈.

도중에 날이 개어

파巴 땅 구릉에 비 그쳤건마는
촉蜀 땅 비탈에서 진창을 만나게 됐네.
비끼는 햇살에 하늘은 활짝 열리고
저물녘 구름 아래 봉우리들 드러나누나.
남은 습기 풀잎을 적시우는데
나머지 빗물은 계곡으로 흘러든다네.
오늘밤 밝은 달도 찾아와주니
향수에 젖어 멀리 타향에서 슬퍼하노라.

蔡陽館[1]
채 양 관

日暮馬行疾, 城荒人住稀.
일 모 마 행 질　성 황 인 주 희

聽歌疑近楚, 投館忽如歸.
청 가 의 근 초　투 관 홀 여 귀

魯堰田疇廣, 章陵氣色微.[2]
노 언 전 주 광　장 릉 기 색 미

明朝拜嘉慶, 須着老萊衣.[3]
명 조 배 가 경　수 착 노 래 의

※ 註 _____

1) **채양관(蔡陽館)** : 석양관夕陽館이라고도 함. 호북성湖北省 조양현棗陽縣에 있던 객관.
2) **노언(魯堰)** : 조양현에 속한 지명.
 장릉(章陵) : 조항현에 속한 지명.
3) **배가경(拜嘉慶)** : 양친과 헤어졌다 반갑게 다시 만나는 것.
 노래의(老萊衣) : 노래자老萊子와 관련된 고사. 382쪽 주2) 채복彩服 참조.

채양관蔡陽館에서

날 저물어 말 급히 몰아 가는데
성 안은 황량해 사는 이들 드물기만 해.
노래 들으니 초楚 땅이 가까운 듯
객관에 투숙하자 홀연 집으로 돌아온 듯.
노언魯堰의 밭 광활하기도 한데
장릉章陵의 경치는 희미하구나.
내일이면 부모님 만나뵈리니
노래자老萊子의 옷 입고 효성을 다해보련다.

他鄕七夕[1]
타 향 칠 석

他鄕逢七夕, 旅館益羈愁.
타 향 봉 칠 석　　여 관 익 기 수

不見穿針婦, 空懷故國樓.[2]
불 견 천 침 부　　공 회 고 국 루

緖風初減熱, 新月始登秋.[3]
서 풍 초 감 열　　신 월 시 등 추

誰忍窺河漢, 迢迢望斗牛.[4]
수 인 규 하 한　　소 소 망 두 우

≪註

1) 칠석(七夕) : 음력 7월 7일. 견우성牽牛星과 직녀성織女星이 은하수를 사이에 두고 만난
    다는 전설이 있음.
2) 천침부(穿針婦) : 칠석날 부녀자들이 누대에 올라 색실을 바늘구멍에 끼우고 직녀성을
    바라보며 지혜와 솜씨를 비는 풍습이 있었음.
    고국(故國) : 고향과 같은 뜻임.
3) 서풍(緖風) : 가을바람을 가리킴.
4) 하한(河漢) : 은하수를 가리킴.
    두우(斗牛) : 이십팔수 가운데의 두성斗星과 우성牛星, 곧 '북두칠성과 견우성牽牛星'을
    이르는 말.

타향 칠석

타향에서 칠석을 맞이하고는
여관방 나그네의 시름 더해만 간다.
직녀성에 기원하는 아낙 뵈지 않는데
실없이 고향의 누대 떠올려보네.
가을바람에 더위는 수그러들고
초승달은 가을밤에 떠오르는군.
누군들 차마 은하수 살펴보리오?
아득히 두우성斗牛星 바라본다네.

夜泊牛渚趁薛八船不及[1]
야 박 우 저 진 설 팔 선 불 급

星羅牛渚夕, 風退鷁舟遲.
성 라 우 저 석　　풍 퇴 익 주 지

浦漵常同宿, 烟波忽間之.
포 서 상 동 숙　　연 파 홀 간 지

榜歌空裏失, 船火望中疑.[2]
방 가 공 리 실　　선 화 망 중 의

明發泛湖海, 茫茫何處期?
명 발 범 호 해　　망 망 하 처 기

━━━━━ ※ 註 ━━━━━━━━━━━━━━━━━━━━━━

1) 우저(牛渚) : 산 이름. 안휘성安徽省 마안산시馬鞍山市에 있음.
　설팔(薛八) : 34쪽 주1) 참조.
2) 방가(榜歌) : 뱃사공이 노를 저으며 부르는 노래.

밤에 우저牛渚에 묵으며,
설팔薛八의 배를 따라가다 놓침

날 저문 우저牛渚에 별들은 총총
바람 물러가 배 더디 나아간다네.
물가에서 늘 함께 잠을 잤건만
안개 낀 물결에 홀연 떨어지다니….
허공 속으로 뱃노래 소리 사라졌기에
뱃전에 불 피웠나 살펴본다네.
날 밝아 물위에 배를 띄운들
아득한 그 어디서 만나볼는지….

曉入南山[1]
효 입 남 산

瘴氣曉氛氳, 南山沒水雲.[2]
장 기 효 분 온　남 산 몰 수 운

鯤飛今始見, 鳥墮舊來聞.[3]
곤 비 금 시 견　조 타 구 래 문

地接長沙近, 江從汨渚分.[4]
지 접 장 사 근　강 종 멱 저 분

賈生曾弔屈, 余亦痛斯文.[5]
가 생 증 조 굴　여 역 통 사 문

※ 註

1) 남산(南山) : 장사長沙에 있는 악록산岳麓山을 가리킴.
2) 장기(瘴氣) : 산림 속의 습하고 더운 기운.
3) 곤비(鯤飛) : 『장자莊子』 「대종사大宗師」, "곤의 크기는 몇천 리나 되는지 모른다. 변해
서 새가 되면 이름을 붕이라 하는데, 붕의 등은 몇천 리나 되는지 모른다. 성을 내며 날
으면 그 날개가 마치 하늘에 드리운 구름과 같다.(鯤之大不知其幾千里也. 化而爲鳥, 其
名爲鵬, 鵬之背不知其幾千里也. 怒而飛, 其翼若垂天之雲.)"
　조타(鳥墮) : 장기가 심함을 표현한 것임. 『후한서後漢書』 「마원전馬援傳」, "내가 낭박과
서리 사이에 있으며 오랑캐를 멸하지 못하고 있을 때, 아래로는 빗물이 흥건하고 위로는
안개가 자욱하여 독기가 후텁지근 겹겹이 둘러싸고 있었는데, 위를 보니 날아가던 매가
물속으로 떨어지고 있었다.(當吾在浪泊西里間, 虜未滅之時, 下潦上霧, 毒氣重蒸, 仰視
飛鳶跕跕墮水中.)"
4) 장사(長沙) : 지금의 안휘성安徽省 장사시長沙市.
　멱저(汨渚) : 멱수汨水를 가리킴. 강서성 수수현에서 발원해 상음현에서 나수羅水와 합
류하여 멱라수라고 부르기도 함. 전국시대 말에 굴원屈原이 이 강에서 투신자살하였음.
5) 가생증조굴(賈生曾弔屈) : 한漢의 가의賈誼가 장사왕태부로 좌천되어 가다 상수湘水에
서 굴원을 조문하는 글을 지은 바 있음. 98쪽 주4) 조굴弔屈 참조.
　사문(斯文) : 유자儒者나 문인을 지칭하는 말.

새벽에 남산으로 들어가며

습하고 후터분한 기운 새벽녘에 심해지고
남산은 물가 구름 속에 잠기었구나.
곤鯤새의 비상 지금에야 처음 본다만
날던 새 떨어진단 말 옛부터 들어왔노라.
땅은 장사長沙 가까이 붙어 있으며
강은 멱수汨水에서 갈라져 흘러간다네.
가의賈誼가 굴원屈原을 조문했듯이
나 또한 그분들을 가슴 아파하노라.

夜渡湘水[1]
야 도 상 수

客行貪利涉, 夜裏渡湘川.[2]
객 행 탐 리 섭　야 리 도 상 천

露氣聞香杜, 歌聲識採蓮.[3]
노 기 문 향 두　가 성 식 채 련

榜人投岸火, 漁子宿潭煙.
방 인 투 안 화　어 자 숙 담 연

行旅時相問, 涔陽何處邊?[4]
행 려 시 상 문　잠 양 하 처 변

※ 註

1)상수(湘水) : 광서성廣西省 흥안현興安縣에서 발원해 북으로 장사長沙를 거쳐 동정호洞
　庭湖로 유입되는 강물.
2)이섭(利涉) : 순조롭게 배가 항해함. 98쪽 주2) 참조.
3)향두(香杜) : 향초 두약杜若을 가리킴.
　채련(採蓮) : 연밥 따며 부르는 노래를 가리킴.
4)잠양(涔陽) : 호남성 예현澧縣에 있던 포구의 이름.

밤에 상수湘水를 건너며

여로에 순탄히 뱃길 가고자
한밤중 상수湘水를 건너간다네.
이슬 기운에 두약杜若 향기 느껴지는데
노랫소리 채련곡採蓮曲인 줄 알 수 있겠네.
사공은 불빛 퍼지는 기슭에 몸을 붙이고
어부는 안개 낀 못가에 잠을 자는군.
나그네에게 때때로 물어보나니
잠양涔陽 포구는 어느 쪽이오?

赴京途中遇雪
부 경 도 중 우 설

沼遞秦京道, 蒼茫歲暮天.[1]
초 체 진 경 도　 창 망 세 모 천

窮陰連晦朔, 積雪滿山川.[2]
궁 음 연 회 삭　 적 설 만 산 천

落鴈迷沙渚, 飢烏噪野田.
낙 안 미 사 저　 기 오 조 야 전

客愁空佇立, 不見有人烟.
객 수 공 저 립　 불 견 유 인 연

≪ 註

1) **진경(秦京)** : 당의 도읍인 장안長安이 옛날 진秦의 땅이었기에 이렇게 부른 것임.
2) **궁음(窮陰)** : 온통 하늘이 흐린 기운으로 가득함.
　연회삭(連晦朔) : 날이 오래 되었음을 가리킴. 회는 그믐, 삭은 초하루.

서울 가는 길에 눈을 만나

장안長安 가는 길 까마득하고
세모의 하늘은 아득도 하다.
달 바뀌도록 음기가 끝이 없더니
온 산천에 쌓인 눈 그득하구나.
날아 내리던 기러기 물가를 찾지 못하고
굶주린 까마귀 들판에서 울고 있구나.
객수에 속절없이 한참을 서성이나니
인가의 연기일랑 보이질 않네.

宿武陵卽事[1)]
숙 무 릉 즉 사

川暗夕陽盡, 孤舟泊岸初.
천 암 석 양 진 고 주 박 안 초

嶺猿相叫嘯, 潭影似空虛.
영 원 상 규 소 담 영 사 공 허

就枕滅明燭, 扣船聞夜漁.
취 침 멸 명 촉 구 선 문 야 어

鷄鳴問何處? 人物是秦餘.[2)]
계 명 문 하 처 인 물 시 진 여

≪ 註

1) 무릉(武陵) : 지금의 호남성湖南省 상덕현常德縣.
2) 인물(人物) : 도연명陶淵明의 「도화원기桃花源記」에 등장하는 사람들. 진대秦代의 혼란
  을 피해 세상을 등진 채 은둔해 살아왔음.

무릉武陵에서 묵으며

석양 지고 시내 어둑할 무렵
외로운 배 강기슭에 정박하였네.
산고개에 잔나비 울어대건만
못 그림자는 텅 비어 있는 듯.
잠을 청하느라 밝은 등불 끄고 있자니
뱃전 두드리며 밤 고기잡는 소리 들려오네.
닭 울음소리 들리는 곳 어디인가?
그 사람들 모두가 진나라 적 후손이라네.

同盧明府餞張郎中除義王府司馬海園作¹⁾
동 노 명 부 전 장 낭 중 제 의 왕 부 사 마 해 원 작

上國山河裂, 賢王邸第開.²⁾
상 국 산 하 열　　현 왕 저 제 개

故人分職去, 潘令寵行來.³⁾
고 인 분 직 거　　반 령 총 행 래

冠蓋趨梁苑, 江湘失楚材.⁴⁾
관 개 추 량 원　　강 상 실 초 재

預愁軒騎動, 賓客散池臺.
예 수 헌 기 동　　빈 객 산 지 대

※ 註

1)**노명부(盧明府)** : 노상盧象을 가리킴. 188쪽 주1) 참조.
　장낭중(張郎中) : 장자용張子容을 가리킴. 76쪽 주1) 참조.
　의왕(義王) : 현종의 24번째 아들인 이최李漼를 가리킴. 개원開元 21년(733)에 의왕에
　봉해졌으며 23년에 개부開府하였음.
　사마(司馬) : 276쪽 주1) 한사마韓司馬 참조.
2)**상국(上國)** : 제후의 입장에서 황제를 일컫는 말.
　산하열(山河裂) : 영토를 분할해 봉해줌을 의미함.
　저제(邸第) : 왕후王侯의 저택과 관부.
3)**반령(潘令)** : 진晉의 반악潘岳. 일찍이 하양령河陽令을 지낸 바 있음. 여기서는 노상을
　비유한 것임.
4)**관개(冠蓋)** : 본래 관모冠帽와 수레덮개를 가리키는 말이나 후대에는 관리를 지칭하는
　용어로 사용됨.
　양원(梁苑) : 한漢의 양효왕梁孝王이 건축한 동산의 이름. 하남성 상구현 동쪽에 있음.
　강상(江湘) : 장강長江과 상강湘江의 유역.
　초재(楚材) : 216쪽 주3) 참조.

노명부盧明府가 의왕부사마義王府司馬에 임명된 장낭중 張郞中을 전별하며 해원海園에서 지은 시에 화답함

황제께서 산하를 갈라주시어
왕께서 개부開府를 하시었도다.
옛 친구 직분 맡아 떠나가심에
반악潘岳처럼 총영을 얻어 오시리.
관원의 몸으로 양원梁苑을 걸으시리니
장상長湘 땅은 초楚의 인재 잃고 말았네.
이별의 시름 속에 거마車馬는 움직이는데
손님들은 못가 누대에서 흩어져간다.

落日望鄉
낙 일 망 향

客行愁落日, 鄉思重相催.
객 행 수 락 일　 향 사 중 상 최

況在他山外, 天寒夕鳥來.
황 재 타 산 외　 천 한 석 조 래

雪深迷郢路, 雲暗失陽臺.[1]
설 심 미 영 로　 운 암 실 양 대

可歎悽遑子, 勞歌誰爲媒?[2]
가 탄 처 황 자　 노 가 수 위 매

≪ 註

1)영(郢) : 춘추시대 초나라의 도읍. 옛성이 호북성 강릉현 북쪽에 있음.
  양대(陽臺) : 초나라 혜왕이 무산신녀를 만난 곳. 62쪽 주4) 양왕襄王 참조.
2)노가(勞歌) : 관직에 진출하려 애쓰나 천거해주는 이가 없음을 비유한 것임. 『공양전公羊
  傳』 선공宣公 15년에 "주린 자는 밥을 노래하고, 힘쓰는 자는 일을 노래한다(飢者歌其
  食, 勞者歌其事)"는 구절이 있음.

해 질 무렵 고향을 바라보며

길 가다 해 질까 근심을 하고
고향 그리워 길 더욱 재촉하노라.
더구나 타향 산천에 처해 있으며
날 춥고 저녁 새들도 돌아감에야….
수북한 눈에 영郢 땅 가는 길 찾지 못하고
어둑한 구름에 양대陽臺를 잃고 말았네.
탄식할 만하여라, 허둥지둥 서두는 이여
애쓰며 노래한들 그 누가 도와주려나?

永嘉上浦館逢張八子容[1]
영 가 상 포 관 봉 장 팔 자 용

逆旅相逢處, 江村日暮時.
역 려 상 봉 처 강 촌 일 모 시

衆山遙對酒, 孤嶼共題詩.[2]
중 산 요 대 주 고 서 공 제 시

廨宇鄰蛟室, 人烟接島夷.[3]
해 우 인 교 실 인 연 접 도 이

鄉關萬餘里, 失路一相悲.
향 관 만 여 리 실 로 일 상 비

※ 註

1) **영가(永嘉)** : 지금의 절강성浙江省 온주시溫州市. 374쪽 주1) 참조.
　　상포관(上浦館) : 온주에 있던 객관.
　　장팔자용(張八子容) : 76쪽 주1) 참조.
2) **고서(孤嶼)** : 산 이름. 온주시 영가강永嘉江 속에 있음.
3) **교실(蛟室)** : 용궁龍宮과 같은 뜻.
　　인연(人烟) : 거주민의 불 때는 연기. 즉 인가人家를 비유한 것임.
　　도이(島夷) : 동남 해상에 거주하는 족속을 가리킴.

영가永嘉의 상포관上浦館에서 장자용張子容을 만나

객사에서 상봉하였네.
강촌에 해 지던 때에.
멀리 산봉우리 사이하고 대작하다가
고서산孤嶼山에서 함께 시를 짓누나.
관사官舍는 용궁과 이웃하였고
촌락은 섬 오랑캐와 붙어 있구나.
만리 머나먼 고향 땅이여!
서로 길을 잃은 듯 슬퍼하노라.

送張子容赴擧[1]
송 장 자 용 부 거

夕曛山照滅, 送客出柴門.
석 훈 산 조 멸　송 객 출 시 문

惆悵野中別, 殷勤醉後言,
추 창 야 중 별　은 근 취 후 언

茂林余偃息, 喬木爾飛翻.
무 림 여 언 식　교 목 이 비 번

無使谷風誚, 須令友道存.[2]
무 사 곡 풍 초　수 령 우 도 존

※ 註
1) **장자용**(張子容) : 76쪽 주1) 참조.
2) **곡풍**(谷風) : 『시경』 「소아」의 편명. 천하의 풍속이 각박해져 친구 사이의 도가 사라졌음
   을 노래한 것이란 설이 있음.

과거 보러 가는 장자용을 보내며

산을 비추던 석양빛 사라질 제에
나그네 보내려 사립문 나서고 있네.
벌판의 작별 애처롭다만
취기 어린 말은 곡진하기만.
우거진 수풀이야 나의 쉼터요
그대는 높다란 나무로 날아오르라.
다만 「곡풍谷風」 시에 허물되지 않도록
벗의 도리를 잘 간직해 나아가세나.

送張參明經擧兼向涇州省覲[1)]
송 장 참 명 경 거 겸 향 경 주 성 근

十五綵衣年, 承歡慈母前.[2)]
십 오 채 의 년　승 환 자 모 전

孝廉因歲貢, 懷橘向秦川.[3)]
효 렴 인 세 공　회 귤 향 진 천

四座推文擧, 中郎許仲宣.[4)]
사 좌 추 문 거　중 랑 허 중 선

泛舟江上別, 誰不仰神仙?[5)]
범 주 강 상 별　수 불 앙 신 선

❀ 註

1) **장참(張參)** : 유학자. 명경과에 합격해 국자사업國子司業을 역임했으며 저서로 『오경문
   자五經文字』 3권이 있음.
   명경거(明經擧) : 과거 고시 가운데 하나. 유교 경전에 대한 지식을 시험하였음.
   경주(涇州) : 지금의 감숙성甘肅省 경주현涇州縣.
2) **채의년(綵衣年)** : 채색 옷을 입는 나이. 즉 어린 시절을 가리킴.
3) **효렴(孝廉)** : 한대漢代 이래로 효성과 청렴함을 갖춘 인재를 조정에 추천하는 제도가 있
   었음.
   세공(歲貢) : 지방에서 매년 향공鄕貢으로 조정에 인재를 천거해 올리는 것.
   회귤(懷橘) : 오吳의 육적陸績과 관련된 고사. 6세에 원술袁術을 만나보았는데 귤을 내
   려주자 어머니에게 드리기 위해 품안에 넣어 나온 일이 있음.
   진천(秦川) : 섬서성陝西省과 감숙성甘肅省 일대. 여기서는 경주涇州를 가리킨 것임.
4) **문거(文擧)** : 공융孔融의 자. 10세에 당대의 명망 있는 인물인 하남윤河南尹 이응李膺
   을 만난 고사가 있음. 328쪽 주5) 참조.
   중랑(中郎) : 후한後漢 헌제獻帝 때의 인물인 좌중랑장左中郎將 채옹蔡邕을 가리킴. 어
   린 왕찬의 재능을 높이 평가한 고사가 있음.
   중선(仲宣) : 왕찬王粲의 자. 200쪽 주3) 왕선王宣 참조.
5) **신선(神仙)** : 곽태郭太와 관련된 고사. 박학다식하여 낙양에서 이응과 교제하였으며 귀
   향할 때 이응과 함께 배를 탄 것을 보고 사람들이 신선과 같다고 경탄하였음.

장참張參이 명경과明經科를 보고 겸해 경주涇州로 부모를 뵈러 가기에 전송하며

열다섯 살 어린 나이로
정성껏 어머님 봉양하였네.
효성과 청렴으로 천거받으니
귤을 품고 진천秦川을 향하여 간다.
온 좌중이 추앙하던 문거文擧 같으며
중랑中郞이 허여한 중선仲宣 같구나.
배 띄워 강 위에서 작별을 할 새
누군들 신선을 앙망하지 않으리.

泝江至武昌[1]
소 강 지 무 창

家本洞湖上, 歲時歸思催.[2]
가 본 동 호 상　　세 시 귀 사 최

客心徒欲速, 江路苦邅迴.
객 심 도 욕 속　　강 로 고 전 회

殘凍因風解, 新梅變臘開.
잔 동 인 풍 해　　신 매 변 랍 개

行看武昌柳, 髣髴映樓臺.
행 간 무 창 류　　방 불 영 루 대

강을 거슬러 무창武昌에 이르러

우리 집 본래 동호洞湖의 곁이라.
세모 되니 돌아갈 마음 급해지누나.
나그네의 뜻 서두르고 싶다만
강길 돌아가려니 고달프기만.
남은 추위 동풍東風에 풀리어지고
새 매화 섣달 지나 피어나려네.
길 가며 무창武昌의 버들을 보니
그 빛깔이 누대에 어른거리는 듯.

唐城館中早發寄楊使君[1]
당 성 관 중 조 발 기 양 사 군

犯霜驅曉駕, 數里見唐城.
범 상 구 효 가　수 리 견 당 성

旅館歸心逼, 荒村客思盈.
여 관 귀 심 핍　황 촌 객 사 영

訪人留後信, 策蹇赴前程.
방 인 유 후 신　책 건 부 전 정

欲識離魂斷, 長空聽鴈聲.
욕 식 이 혼 단　장 공 청 안 성

≪ 註

1) 당성(唐城) : 지금의 호북성湖北省 수현隨縣 서북쪽에 옛 성이 있음.
　양사군(楊使君) : 미상. 사군은 주군의 장관에 대한 통칭.

당성唐城 객관客館에서 이른 아침 출발하며, 양사군에 줌

서리 무릅쓴 채 새벽녘 말 몰아가다
몇 리 지나 당성唐城을 바라보았네.
여관에서도 돌아갈 마음 다급해지고
황량한 마을에 객수만 그득하였지.
사람 찾아 소식을 남겨놓고는
둔한 말 채찍하며 길을 나서오.
이별의 애끊는 심정 알려 한다면
아득한 하늘 기러기 소리 들어주시길.

陪李侍御謁聰禪上人[1]
배 이 시 어 알 총 선 상 인

欣逢柏臺舊, 共謁聰公禪.[2]
흔 봉 백 대 구   공 알 총 공 선

石室無人到, 繩床見虎眠.
석 실 무 인 도   승 상 견 호 면

陰崖常抱雪, 松澗爲生泉.
음 애 상 포 설   송 간 위 생 천

出處雖云異, 同懽在法筵.[3]
출 처 수 운 이   동 환 재 법 연

◈◈ 註

1) 시어(侍御) : 178쪽 주1) 황시어黃侍御 참조.
　총선상인(聰禪上人) : 미상. 다른 본에는 제목이 「배백대우공방총상인선거陪柏臺友共訪
　聰上人禪居」로 되어 있음. 상인은 승려에 대한 존칭.
2) 백대(柏臺) : 어사부御史府를 가리킴.
3) 출처(出處) : 벼슬에 나아감과 산림에 은거함.
　법연(法筵) : 설법하는 자리. 법석法席과 같음.

이시어李侍御를 모시고 총선聰禪 스님을 뵙게 되어

백대柏臺의 옛 친구 반갑게 만나
참선하는 총공聰公을 같이 뵈었네.
석실에는 찾아오는 이 있지 않은데
앉은 곳 옆에 조는 호랑이 보이는구나.
어스름한 벼랑엔 늘 눈이 쌓여 있으며
소나무 계곡엔 샘물이 솟아 흐른다.
출처는 비록 다르다지만
설법하는 곳에선 함께 기뻐하노라.

和張丞相春朝對雪[1]
화 장 승 상 춘 조 대 설

迎氣當春立, 承恩喜雪來.[2]
영 기 당 춘 립   승 은 희 설 래

潤從河漢下, 花逼豔陽開.[3]
윤 종 하 한 하   화 핍 염 양 개

不覩豐年瑞, 安知燮理才.[4]
부 도 풍 년 서   안 지 섭 리 재

撒鹽如可擬, 願糝和羹梅.[5]
살 염 여 가 의   원 삼 화 갱 매

※ 註
1)**장승상(張丞相)** : 장구령張九齡을 가리킴. 156쪽 주1) 참조.
2)**영기(迎氣)** : 입춘이 되면 동쪽 들판에 나가 봄을 맞이하는 관습이 있었음.
3)**윤종(潤從)** : 적셔줌이 무척 넓고 큼을 비유한 것임.
4)**풍년서(豐年瑞)** : 초봄에 내리는 눈은 풍년의 징조로 여겨졌음.
  섭리재(燮理才) : 천하를 조화롭게 다스릴 만한 재능.
5)**살염(撒鹽)** : 눈이 흩날림을 비유한 것임.
  삼(糝) : 국에 쌀 또는 쌀가루를 넣어 간을 맞춤.
  화갱매(和羹梅) : 매실식초로 국의 간을 맞춘다는 뜻. 군주를 잘 보좌해 경세제민經世濟民을 이룰 수 있는 인재를 비유함.

장승상張丞相의 「츈조대셜春朝對雪」에 화답함

　　입춘 되어 봄기운 맞이할 제에
　　은택 입어 반가운 눈도 내려주누나.
　　은하수로부터 내려 적셔주나니
　　꽃은 따스한 봄날 맞아 피어나리라.
　　풍년의 상서로운 징조 볼 줄 모르면
　　어찌 섭리의 재능 알 수 있으리.
　　소금 뿌림에 비길 만도 하거늘
　　쌀과 매실식초처럼 잘 간을 맞춰주시길.

送王宣從軍[1)]
송 왕 선 종 군

才有幕中畫, 而無塞上勳.[2)]
재 유 막 중 화　이 무 새 상 훈

漢兵將滅虜, 王粲始從軍.[3)]
한 병 장 멸 로　왕 찬 시 종 군

旌旆邊庭去, 山川地脈分.
정 패 변 정 거　산 천 지 맥 분

平生一匕首, 感激贈夫君.[4)]
평 생 일 비 수　감 격 증 부 군

※ 註

1) 왕선(王宣) : 미상.
2) 막중화(幕中畫) : 군막 속의 그림. '畫'가 '圡'로 된 이본도 있음.
3) 왕찬(王粲) : 430쪽 주4) 중랑中郞·중선仲宣 참조. 왕찬은 후한後漢 말엽에 동오東吳
   의 정벌에 참여하여 「종군시從軍詩」를 지은 바 있음.
4) 부군(夫君) : '이 사람' 또는 '이 친구'의 뜻으로 친근한 이를 일컫는 말.

종군하는 왕선王宣을 보내며

재주는 군막軍幕 속 그림 같으나
변새邊塞에서 공훈 세울 기회 아직 없었네.
한漢의 군병 오랑캐 무찌를 적에
왕찬王粲은 처음 종군하러 나섰다 하네.
깃발은 변방으로 떠나가는데
산천은 땅줄기 따라 나뉘었구나.
평소 지녀온 단검 하나 있으니
감격에 겨워 그대에게 전해주노라.

送張祥之房陵[1]
송 장 상 지 방 릉

我家南渡頭, 慣習野人舟.
아 가 남 도 두　관 습 야 인 주

日夕弄淸淺, 林湍逆上流.
일 석 농 청 천　임 단 역 상 류

山河據形勝, 天地生豪酋.
산 하 거 형 승　천 지 생 호 추

君意在利涉, 知音期自投.[2]
군 의 재 리 섭　지 음 기 자 투

≪ 註

1)**장상(張祥)** : 미상.
　방릉(房陵) : 지금의 호북성湖北省 방현房縣.
2)**이섭(利涉)** : 98쪽 주2) 참조.
　지음(知音) : '지기知己'와 같음. 58쪽 주4) 참조.

방릉房陵에 가는 장상張祥을 보내며

우리 집 있는 곳은 남쪽 나룻가
촌사람의 배도 곧잘 다룬다오.
밤낮 맑은 냇물에 노닐고 있어
산골 시내 상류로도 거슬러 오르네.
산천은 장엄한 형세 차지하였고
천지는 호걸 낳아 기르는도다.
그대 순탄히 물 건널 염려하리니
나 또한 저절로 이르길 기원하겠소.

送桓子之郢城過禮¹⁾
송 환 자 지 영 성 과 례

聞君馳綵騎, 躞蹀指南荊.²⁾
문 군 치 채 기　섭 접 지 남 형

爲結潘楊好, 言過鄢郢城,³⁾
위 결 반 양 호　언 과 언 영 성

摽梅詩已贈, 羔鴈禮將行.⁴⁾
표 매 시 이 증　고 안 예 장 행

今夜神仙女, 應來感夢情.⁵⁾
금 야 신 선 녀　응 래 감 몽 정

≪ 註

1) 환자(桓子) : 미상.
　영성(郢城) : 춘추시대 초나라의 도읍지였던 언영鄢郢을 가리킴. 지금의 호북성 의성현
　宜城縣 서남쪽.
　과례(過禮) : 납폐納幣와 같음. 정혼하여 납폐함에 예물을 담아 보내는 것.
2) 채기(綵騎) : 채색한 비단으로 장식한 수레와 말.
　남형(南荊) : 남쪽의 형주荊州 지역. 여기서는 언영을 가리킴.
3) 반양호(潘楊好) : 사돈을 맺는다는 뜻. 진晉나라 반악潘岳의 처는 양씨楊氏로, 누대에
　걸쳐 두 가문이 혼인 관계를 맺었기에 생겨난 말임.
4) 표매(摽梅) : 『시경』 「소남」에 '표유매摽有梅'란 시가 있음. 적령기의 여성이 남편을 구
　하는 내용으로, 여기서는 정혼하였음을 비유한 것임.
　고안(羔鴈) : 어린 양과 기러기. 결혼 예물로 이용되었음.
5) 금야(今夜) : 이하 두 구절은 송옥宋玉의 「신녀부神女賦」에 전고를 둔 것임. 62쪽 주4)
　양왕襄王 참조.

영성郢城으로 납폐納幣하러 가는 환씨桓氏 아들을 보내며

듣자니 자네 비단 치장한 말을 타고서
남형南荊을 향해 달려간다고.
두 집안이 사돈을 맺게 되어서
언영성鄢郢城으로 떠나게 되었군 그래.
정혼은 이미 이뤄졌으니
어린 양과 기러기 예물로 예를 올리리.
오늘밤이면 아리따운 선녀가
꿈속으로 찾아와 정을 나누리.

早春潤州送從弟還鄉[1]
조 춘 윤 주 송 종 제 환 향

兄弟遊吳國, 庭闈戀楚關.[2]
형 제 유 오 국　정 위 연 초 관

已多新歲感, 更餞白眉還.[3]
이 다 신 세 감　갱 전 백 미 환

歸泛西江水, 離筵北固山.[4]
귀 범 서 강 수　이 연 북 고 산

鄉園欲有贈, 梅柳著先攀.
향 원 욕 유 증　매 류 착 선 반

≪ 註

1)윤주(潤州) : 지금의 강소성江蘇省 진강시鎭江市 일대.
　종제(從弟) : 맹옹孟邕을 가리킴.
2)오국(吳國) : 춘추시대 오나라의 영토인 강소성江蘇省, 절강성浙江省 지역.
　정위(庭闈) : 부모님이 거처하는 공간, 즉 부모를 비유함.
　초관(楚關) : 초나라의 성곽과 관문. 시인의 고향인 양양襄陽은 옛 초나라의 영역에 속함.
3)백미(白眉) : 가장 재능이 출중한 이를 가리키는 말. 삼국 촉蜀의 마량馬良은 5형제 중
　재능이 특출했고 눈썹에 흰털이 있어 그를 '백미' 라고 칭하였음.
4)북고산(北固山) : 윤주를 흐르는 장강長江 남쪽에 접한 산.

이른 봄 귀향하는 사촌 아우를 윤주潤州에서 보내며

형과 아우 오吳나라에 노닐다가는
양친 계신 초楚 땅을 그리워하네.
새해 되어 감회가 많기도 한데
고향 가는 아우를 보내게 됐소.
서강西江에 배 띄워 돌아가리니
북고산北固山에서 작별의 자리를 마련하였네.
고향 동산에 보내고픈 것 하나 있으니
매화 버들 꺾어다 전해주시게.

送告八從軍[1)]
송 고 팔 종 군

男兒一片氣, 何必五車書.
남아일편기　하필오거서

好勇方過我, 才多便起余.
호용방과아　재다편기여

運籌將入幕, 養拙就閑居.[2)]
운주장입막　양졸취한거

正待功名遂, 從君繼兩疏.[3)]
정대공명수　종군계량소

≪ 註

1)고팔(告八) : 미상. '告八'는 '告러'의 와전으로 추정됨.
2)운주(運籌) : 지략을 운용함.
　양졸(養拙) : 졸박拙朴함을 지킴.
3)양소(兩疏) : 한漢의 소광疏廣과 그의 조카 소수疏受. 각기 태부太傅와 소부少傅의 직책
　에 있다 영예롭게 퇴임하기로 작정하고 병을 핑계로 물러났음.

종군하는 고팔告八을 보내며

사나이 가슴속 한 조각 기운을
어찌 꼭 서책에다 두어야 하나.
용기를 좋아함 나보다 지나친데다
재주 많아 나를 분발케 하네.
지략이 있으니 군막에 들게 될 것이며
졸함을 길러 한가롭게 살아가리라.
정녕 공명 이루길 기대하나니
그대 좇아 두 소씨疏氏의 뒤를 잇고 싶다네.

送元公之鄂渚尋觀主張諶鸞[1)
송 원 공 지 악 저 심 관 주 장 참 란

桃花春水漲, 之子忽乘流.
도 화 춘 수 창　 지 자 홀 승 류

峴首辭蛟浦, 江邊問鶴樓.[2)
현 수 사 교 포　 강 변 문 학 루

贈君靑竹杖, 送爾白蘋洲.[3)
증 군 청 죽 장　 송 이 백 빈 주

應是神仙輩, 相期汗漫遊.[4)
응 시 신 선 배　 상 기 한 만 유

≪ 註

1) **원공(元公)** : 원단구元丹丘로 추정됨. 아미산峨眉山 등지에서 은거하였고 도교를 숭상
　　했으며 이백과 가까이 지냈음.
　악저(鄂渚) : 호북성 무창현武昌縣 서쪽의 장강 유역.
　관주(觀主) : 도관道觀의 주인.
　장참란(張諶鸞) : 미상.
2) **현수(峴首)** : 현수산峴首山. 42쪽 주2) 양공현산하羊公峴山下 참조.
　교포(蛟浦) : 178쪽 주2) 참조.
　학루(鶴樓) : 황학루黃鶴樓. 116쪽 주2) 참조.
3) **백빈(白蘋)** : 물위에 떠 자라는 수초. '네가래'라고 함.
4) **한만유(汗漫遊)** : 세상을 벗어나 노님.

원공元公이 관주觀主 장참란張驂鸞을 찾아 악저鄂渚로 가기에 전송하며

봄물 붇고 복사꽃 피어날 적에
이분 홀연히 물결 타고 떠나가시네.
현수산峴首山에서 교포蛟浦를 하직하시고
강가에선 황학루黃鶴樓에 인사하누나.
그대에게 푸른 대지팡이 드리옵나니
이를 물풀 자라나는 섬가로 보내주시오.
계신 분들 모두 신선이리니
서로 세상 밖에 노닐길 기약하려네.

峴山餞房琯崔宗之[1]
현산전방관최종지

貴賤平生隔, 軒車是日來.[2]
귀천평생격 헌거시일래

靑陽一覯止, 雲霧豁然開.[3]
청양일구지 운무활연개

祖道衣冠列, 分亭驛騎催.[4]
조도의관열 분정역기최

方期九日聚, 還待二星迴.[5]
방기구일취 환대이성회

※ 註

1) 현산(峴山) : 현수산峴首山. 42쪽 주2) 양공현산하羊公峴山下 참조.
  방관(房琯) : 하남河南 사람. 처음에는 은거하다 이부상서吏部尙書, 태자소부太子少傅
  를 역임하고 형부상서刑部尙書로 관직에서 물러남.
  최종지(崔宗之) : 266쪽 주1) 최원외崔員外 참조.
2) 헌거(軒車) : 고대에 대부大夫가 타던 벽과 지붕이 처진 수레. 여기서는 사대부의 수레를
  가리킴.
3) 청양(靑陽) : 봄날을 가리킴.
4) 조도(祖道) : 여행길에 오르며 길의 신에게 드리는 제사. 아울러 음주를 하고 송별하였음.
  의관(衣冠) : 의관을 정제한 사대부를 가리킴.
  분정(分亭) : 현산 위의 정자를 가리킴. 이곳에서 서로 나뉘어 헤어졌기에 이렇게 부른
  것임.
5) 구일(九日) : 음력 9월 9일. 중양절重陽節을 가리킴.
  이성(二星) : 방관과 최종지를 가리킴.

현산峴山에서 방관房琯과 최종지崔宗之를 전송하며

신문의 높낮이야 평소 차이 있으나
오늘 수레 타고들 오시었구나.
따스한 봄날에 한번 만나뵈오니
구름과 안개 활짝 걷히었도다.
길 제사에 선비들 늘어섰는데
이별하는 정자엔 역마가 재촉을 하네.
중굿날에 만나보길 기약하나니
두 별이 되돌아오길 기다리겠소.

送王五昆季省覲[1]
송 왕 오 곤 계 성 근

公子戀庭幃, 勞歌涉海沂.[2]
공자 연 정 위　노 가 섭 해 기

水乘舟楫去, 親望老萊歸.[3]
수 승 주 즙 거　친 망 노 래 귀

斜日催烏鳥, 淸江照綵衣.[4]
사 일 최 오 조　청 강 조 채 의

平生急難意, 遙仰鶺鴒飛.[5]
평 생 급 난 의　요 앙 척 령 비

어버이를 뵈러 가는 왕오王五 형제를 보내며

그대들 어버이 계신 곳 그리웁기에
고별을 노래하며 바닷가로 떠나가누나.
물결 타고 배 저어 떠나가나니
양친은 노래자老萊子 돌아오길 기다리겠지.
해 기울어 까마귀도 서두르는데
맑은 강에 색동옷 비추인다네.
평소 형제의 우애 도타웠나니
멀리서 할미새 날아감을 올려 보리라.

送崔易¹⁾
송 최 이

片玉來誇楚, 治中作主人.²⁾
편 옥 내 과 초　치 중 작 주 인

江山增潤色, 詞賦動陽春.³⁾
강 산 증 윤 색　사 부 동 양 춘

別館當虛敞, 離情任吐伸.
별 관 당 허 창　이 정 임 토 신

因聲兩京舊, 誰念臥漳濱.⁴⁾
인 성 양 경 구　수 념 와 장 빈

≪ 註

1)**최이(崔易)** : 미상.
2)**편옥(片玉)** : 얻기 어려운 인재를 비유한 것임. 여기서는 최이를 가리킴.
　내과초(來誇楚) : 「한비자韓非子」에 초나라 사람 화씨和氏가 왕에게 옥구슬을 헌상한 고
　사가 있음.
　치중(治中) : 주군의 좌리佐吏를 가리킴.
3)**양춘(陽春)** : 전국시대 초나라에서 불리던 고아한 가곡의 이름.
4)**양경(兩京)** : 서경西京인 장안長安과 동경東京인 낙양洛陽을 가리킴.
　와장빈(臥漳濱) : 병으로 누워 있음을 의미함. 장수漳水는 호북성 남장현南漳縣의 봉래
　동산蓬萊洞山에서 발원해 동남쪽으로 강릉江陵을 거쳐 장강에 유입되는 강.

최이崔易를 보내며

옥 조각을 초楚 땅에 와 자랑하나니
치중治中이 바로 그 주인이로다.
강산에는 광채가 더하여졌고
시문은 「양춘陽春」인 양 울려 퍼졌지.
객관客館이 텅 빈 듯 여겨지리니
석별의 정을 마음껏 토로하누나.
두 서울의 친구들께 말이나 전해주구려
누가 장수漳水 가에 병든 날 생각하냐고.

送盧少府使入秦¹⁾
송 노 소 부 사 입 진

楚關望秦國, 相去千里餘.
초 관 망 진 국　　상 거 천 리 여

州縣勤王事, 山河轉使車.
주 현 근 왕 사　　산 하 전 사 거

祖筵江上列, 離恨別前書.²⁾
조 연 강 상 열　　이 한 별 전 서

願及芳年賞, 嬌鶯二月初.
원 급 방 년 상　　교 앵 이 월 초

장안長安으로 사행 가는 노소부盧少府를 보내며

초楚 땅에서 진秦나라 바라보자니
서로의 거리 천 리 넘게 떨어졌구나.
고을마다 나랏일에 힘을 다하고
사자使者의 수레 강산을 달려가리라.
강가에다 송별의 자리 벌여놓고는
이별을 한탄하며 작별에 앞서 글을 짓는다.
원컨대 꽃다운 시절 즐길 수 있게
어여쁜 꾀꼬리 우는 이월이면 돌아오시길.

送謝錄事之越¹⁾
송 사 녹 사 지 월

淸旦江天迥, 涼風西北吹.
청 단 강 천 형　양 풍 서 북 취

白雲向吳會, 征帆亦相隨.²⁾
백 운 향 오 회　정 범 역 상 수

想到耶溪日, 應探禹穴奇.³⁾
상 도 야 계 일　응 탐 우 혈 기

仙書儻相示, 余在北山陲.⁴⁾
선 서 당 상 시　여 재 북 산 수

≪ 註

1)사녹사(謝錄事) : 미상. 녹사는 주현州縣의 관원으로 녹사참군事參軍의 줄임말.
　월(越) : 춘추시대 월나라가 있던 지금의 절강성浙江省 남부 지역.
2)오회(吳會) : 96쪽 주3) 참조.
3)야계(耶溪) : 약야계若耶溪. 46쪽 주1) 참조.
　우혈(禹穴) : 하우혈夏禹穴. 222쪽 주4) 참조.
4)선서(仙書) : 우 임금이 보았다는 산신山神의 글. 이를 보고 치수治水의 이치를 알게 되
　었다고 함.
　북산(北山) : 은거하는 산을 가리킴. 여기서는 시인이 거처하던 만산萬山을 가리킴. 지금
　의 호북성 양번시襄樊市 서북쪽에 있음.

월越 땅으로 가는 사녹사謝錄事를 보내며

맑은 아침에 강 하늘 아득도 하다.
서늘한 바람은 서북에서 불어오네.
흰 구름 오회吳會를 향하였는데
나그네의 돛배 그 뒤를 따르는구나.
아마 약야계若耶溪 이르는 날엔
기이한 우혈禹穴을 찾아 나서리.
혹 신선의 글을 보여주실까?
나는야 북산北山 가에 살고 있다오.

洛下送奚三還揚州¹⁾
낙하송해삼환양주

水國無邊際, 舟行共使風.²⁾
수국무변제　주행공사풍

羨君從此去, 朝夕見鄕中.
선군종차거　조석견향중

余亦離家久, 南歸恨不同.
여역이가구　남귀한부동

音書若有問, 江上會相逢.
음서약유문　강상회상봉

≪ 註

1) 낙하(洛下) : 낙양洛陽을 가리킴. 지금의 하남성 낙양시.
　해삼(奚三) : 미상.
　양주(揚州) : 지금의 강소성 양주시.
2) 사풍(使風) : 바람의 힘으로 돛을 펴고 배를 가게 함.

양주揚州로 돌아가는 해삼奚三을 낙양에서 보내며

물의 나라 끝없이 펼쳐져 있고
바람 부리며 배들은 길을 간다네.
그대 부러워라, 이제 떠나가
머잖아 고향 땅 보게 되리라
나 또한 집 떠난 지 오래이건만
그대만 남으로 돌아가니 한스럽구려.
내 글을 보고서 만약 묻거든
강가에서 만나자 말이나 전해주시길.

送袁十嶺南尋弟¹⁾
송 원 십 영 남 심 제

早聞牛渚詠, 今見鶺鴒心.²⁾
조 문 우 저 영　금 견 척 령 심

羽翼嗟零落, 悲鳴別故林.³⁾
우 익 차 령 락　비 명 별 고 림

蒼梧白雲遠, 烟水洞庭深.⁴⁾
창 오 백 운 원　연 수 동 정 심

萬里獨飛去, 南風遲爾音.
만 리 독 비 거　남 풍 지 이 행

❀ 註
──────────────────────────────────
1) 원십(袁十) : 원태축袁太祝의 형으로 이름은 미상. 원태축은 당시 영남에 유배되어 있
　었음. 그에 관해서는 388쪽 주1) 참조.
　영남(嶺南) : 오령五嶺의 남쪽. 지금의 광동성廣東省, 광서성廣西省 일대.
2) 우저영(牛渚詠) : 진晉의 원호袁虎에 관한 고사. 젊은 시절을 불우하게 보내다 우저에
　진주한 장군 사상謝尙이 우연히 그의 영사시詠史詩를 듣게 되어 알려지게 되었음.
　척령심(鶺鴒心) : 형제애를 비유함. 118쪽 주2) 참조.
3) 우익(羽翼) : 좌우의 수족처럼 친근한 사람을 비유함.
4) 창오(蒼梧) : 산 이름. 116쪽 주2) 참조.
　동정(洞庭) : 호수 이름. 62쪽 주1) 호湖 참조.

영남嶺南으로 아우 찾아가는 원십袁十을 보내며

전에 우저牛渚의 노래 들어봤으며
지금 형제 사랑하는 마음 보게 되노라.
아우의 곤경을 탄식하고는
슬피 울며 고향을 떠나가누나.
흰 구름의 창오산蒼梧山 멀기도 한데
동정호洞庭湖 안개 낀 물 깊기도 해라.
만릿길을 혼자서 날아가리니
남풍에 그대 소식 오길 기다리려네.

永嘉別張子容[1]
영 가 별 장 자 용

舊國余歸楚, 新年子北征.[2]
구 국 여 귀 초　신 년 자 북 정

挂帆愁海路, 分手戀朋情.
괘 범 수 해 로　분 수 연 붕 정

日夜故園意, 汀洲春草生.
일 야 고 원 의　정 주 춘 초 생

何時一杯酒, 重與季鷹傾?[3]
하 시 일 배 주　중 여 계 응 경

≪ 註
1) 영가(永嘉) : 426쪽 주1) 참조.
　　장자용(張子容) : 76쪽 주1) 참조.
2) 구국(舊國) : 양양襄陽이 춘추시대 초나라 땅이었기에 이렇게 표현한 것임.
3) 계응(季鷹) : 장계응張季鷹. 현실에 초탈한 애주가로 알려져 있음.

영가永嘉에서 장자용張子容과 작별하며

옛 나라, 나는 초楚 땅으로 돌아를 가고
새해 되어 그댄 북으로 길을 떠나네.
돛을 올리니 바닷길 시름겨운데
손 놓고 헤어지면 친구의 정 그리워지리.
밤낮으로 고향을 떠올렸나니
작은 섬에 봄풀은 자라나겠지.
어느 때에야 한잔의 술을
다시 계응季鷹과 함께 기울여볼까.

送袁太祝尉豫章¹⁾
송 원 태 축 위 예 장

何幸遇休明, 觀光來上京.²⁾
하 행 우 휴 명　관 광 내 상 경

相逢武陵客, 獨送豫章行.³⁾
상 봉 무 릉 객　독 송 예 장 행

隨牒牽黃綬, 離群會墨卿.⁴⁾
수 첩 견 황 수　이 군 회 묵 경

江南佳麗地, 山水舊難名.
강 남 가 려 지　산 수 구 난 명

◈ 註

1)원태축(袁太祝) : 388쪽 주1) 참조.
  위예장(尉豫章) : 예장의 위관尉官으로 부임함. 예장은 지금의 강서성 남창시南昌市.
2)휴명(休明) : 맑고 깨끗함. 통치자에 대한 찬미의 뜻이 담겨 있음.
3)무릉객(武陵客) : 원태축은 영남으로 귀양 갔다가 해배된 후 무릉에 머문 바 있음.
4)수첩(隨牒) : 관직 임명장.
  황수(黃綬) : 관인官印을 묶는 황색의 끈. 색에 따라 직위의 고하가 달랐음.
  묵경(墨卿) : 묵객墨客. 문사文士의 별칭.

예장豫章의 위판尉官이 된 원태축袁太祝을 떠나 보내며

얼마나 행운인가? 태평시절을 만나
서울에 올라와 관광을 하게 되다니.
무릉武陵의 길손을 만나봤으나
예장豫章으로 간다기에 홀로 보내네.
임명장 받아 황색 인끈 옆에 차고는
무리를 떠나 시인 묵객 만나보리라.
강남은 아름답고 수려한 지역
옛부터 산수를 형언키 어려웠다네.

471

都下送辛大之鄂¹⁾
도 하 송 신 대 지 악

南國辛居士, 言歸舊竹林.²⁾
남국 신 거 사   언 귀 구 죽 림

未逢調鼎用, 徒有濟川心.³⁾
미 봉 조 정 용   도 유 제 천 심

余亦忘機者, 田園在漢陰.⁴⁾
여 역 망 기 자   전 원 재 한 음

因君故鄉去, 遙寄式微吟.⁵⁾
인 군 고 향 거   요 기 식 미 음

※ 註

1) 도하(都下) : 장안長安을 가리킴.
 신대(辛大) : 114쪽 주1) 참조.
 악(鄂) : 악주鄂州, 지금의 호북성 무창武昌 지역.
2) 남국(南國) : 장강長江과 한수漢水 사이에 위치한 지역을 가리킴.
 거사(居士) : 학문과 덕행이 있으나 벼슬하지 않고 은거하는 선비.
3) 조정(調鼎) : 솥 안의 음식을 맛이 나도록 함. 조갱調羹이라고도 함.
 제천심(濟川心) : 세상을 구제하려는 마음.
4) 망기(忘機) : 기심機心을 잊음.
 한음(漢陰) : 한수漢水의 남쪽. 곧 양양襄陽을 가리킴.
5) 식미음(式微吟) : 「시경詩經·패풍邶風」의 「식미式微」편을 가리킴. 귀환의 뜻을 말한 노
 래로, "식미하고 쇠미해졌거늘 어찌하여 돌아가지 않는가(式微式微, 胡不歸)" 하는 구절
 로 시작됨.

악주鄂州로 가는 신대辛大를 서울에서 보내며

남쪽 나라에서 올라온 신거사辛居士가
옛 대숲으로 돌아간다 말을 하누나.
임금 보필할 기회 얻지 못하니
헛되이 세상 구제할 마음 지니었구나.
나 또한 기심機心을 잊고 사는 이
전원이 한수漢水의 남에 있다네.
그대 고향으로 떠난다기에
멀리서 「식미式微」의 노래 부쳐준다오.

送席大¹⁾
송 석 대

惜爾懷其寶, 迷邦倦客遊.²⁾
석 이 회 기 보   미 방 권 객 유

江山歷全楚, 河洛越成周.³⁾
강 산 역 전 초   하 락 월 성 주

道路疲千里, 鄕園老一丘.⁴⁾
도 로 피 천 리   향 원 노 일 구

知君命不偶, 同病亦同憂.⁵⁾
지 군 명 불 우   동 병 역 동 우

≪ 註

1)석대(席大) : 이름 미상. 양양襄陽의 인물로 추정됨.
2)회기보(懷其寶) : 「논어」「양화陽貨」에, "보물을 지니고 있으면서 나라를 어지럽게 버려
   두는 것을 어질다고 할 수 있겠습니까?(懷其寶, 而迷其邦, 可謂仁乎?)" 하는 구절이
   있음.
3)하락(河洛) : 황하黃河와 낙수洛水.
4)성주(成周) : 하남성 낙양洛陽을 가리킴. 376쪽 주2) 참조.
   일구(一丘) : 산야에 은거함을 가리킴.
5)불우(不偶) : 불우不遇와 같음.

석대席大를 보내며

안타깝네, 자네 보물을 지니었건만
나라 버려둔 채 나그네로 힘들게 떠돌다니.
온 초楚 땅의 강산 지나쳤으며
황하 낙수 건너 낙양까지 이르렀구려.
천릿길 오가느라 지쳐버려서
고향 동산에 숨어살며 늙어가려나.
그대의 불우함 알고 있기에
함께 아파하고 또 함께 근심하노라.

送賈昇主簿之荊府[1)]
송 가 변 주 부 지 형 부

奉使推能者, 勤王不暫閑.
봉 사 추 능 자　근 왕 부 잠 한

觀風隨按察, 乘騎度荊關.[2)]
관 풍 수 안 찰　승 기 도 형 관

送別登何處? 開筵舊峴山.[3)]
송 별 등 하 처　개 연 구 현 산

征軒明日遠, 空望郢門間.[4)]
정 헌 명 일 원　공 망 영 문 간

≪≪ 註

1) **가변(賈昇)** : 미상. 가승賈昇 혹은 가변賈弁으로 전해오기도 함.
　주부(主簿) : 문서와 장부를 담당하는 관리.
　형부(荊府) : 형주荊州를 가리킴. 지금의 호북성 강릉현江陵縣.
2) **관풍(觀風)** : 지방관이 순시하며 민간의 풍속을 관찰하는 것.
　안찰(按察) : 안찰사按察使. 지방을 순찰하며 관리를 감독하는 일을 하였음.
　형관(荊關) : 양양 남쪽에 있는 형산荊山의 관문. 형주로 갈 때 지나는 곳임.
3) **현산(峴山)** : 현수산峴首山. 42쪽 주2) 양공현산하羊公峴山下 참조.
4) **영문(郢門)** : 영郢은 춘추시대 초나라의 도읍. 지금의 호북성 강릉현 북쪽에 위치함.

형주荊州 가는 가변주부賈昪主簿를 보내며

유능한 이에게 사신 임무 맡기니
국사에 힘 쓰느라 잠시도 겨를이 없네.
안찰사 좇아 관풍觀風에 나서
말을 타고 형관荊關을 넘어가리라.
송별하려 오른 곳 어디이런가?
옛 현산에 자리를 마련하였다.
내일이면 나그네의 수레 멀어질 테니
공연히 영문郢門 사이로 바라보리라.

送王大校書[1]
송 왕 대 교 서

導漾自嶓塚, 東流爲漢川.[2]
도 양 자 파 총 동 류 위 한 천

維桑君有意, 解纜我開筵.[3]
유 상 군 유 의 해 람 아 개 연

雲雨從茲別, 林端意渺然.[4]
운 우 종 자 별 임 단 의 묘 연

尺書能不悋? 時望鯉魚傳.[5]
척 서 능 불 린 시 망 이 어 전

≪ 註

1) **왕대교서(王大校書)** : 왕창령王昌齡을 가리킴. 128쪽 주1) 참조. 비서성秘書省 교서랑校書郞을 지낸 바 있음. 교서랑은 정부의 장서를 교감하는 직책.
2) **양(漾)** : 양수漾水. 파총산에서 발원하여 동으로 흘러 한수漢水가 됨.
   파총(嶓塚) : 섬서성陜西省 면현沔縣 서남쪽에 있는 산. 한수의 발원지.
3) **유상(維桑)** : 고향을 가리킴. 256쪽 주4) 참조.
4) **운우(雲雨)** : 벗과의 이별을 비유함.
5) **척서(尺書)** : 척소서尺素書. 한 자 길이의 명주에 쓴 글. 서신을 가리킴.
   이어(鯉魚) : 잉어 형상으로 접은 서신.

왕대교서王大校書를 보내며

파총嶓塚에서 흘러나온 양수漾水의 물결
동으로 흘러들어 한수漢水를 이루었구나.
그대의 뜻 고향 땅에 있기에
나 닻줄 풀고 송별의 자리 마련하였네.
구름과 비인 양 이제 헤어져야 하나니
숲 가에서 마음은 아련해진다.
소식을 보냄이야 인색치 않으시겠지?
잉어가 전해오길 때때로 기다리겠소.

浙江西上留別裴劉二少府[1]
절강서상유별배유이소부

西上浙江西, 臨流恨解攜.[2]
서상절강서   임류한해휴

千山疊成嶂, 萬水合爲溪.
천산첩성장   만수합위계

石淺流難泝, 藤長險易躋.
석천유난소   등장험이제

誰憐問津者, 歲晏此中迷.[3]
수련문진자   세안차중미

◈◈ 註 ◈◈

1)절강(浙江) : 전당강錢塘江을 가리킴.
  배유이소부(裴劉二少府) : 이름 미상. 소부는 현위縣尉의 별칭.
2)해휴(解攜) : 잡았던 손을 놓고 이별함.
3)문진(問津) : 138쪽 주4) 참조.

절강浙江 서쪽 가에서 배裴·유劉 두 소부少府와 헤어지며

서쪽 가라네, 절강의 서쪽
물가에서 작별을 한탄하노라.
수많은 산 겹겹이 쌓여 묏봉우리 이루고
온 골짝의 물 합쳐져 시내가 되었구나.
얕은 바윗돌에 물길 어렵게 오르며
긴 등나무 있어 험한 곳 쉽게 올라가네.
뉘라 나루 묻는 이 가여워하리?
세모에 이곳에서 길을 잃고 말았네.

京還留別新豐諸友[1]
경 환 유 별 신 풍 제 우

吾道昧所適, 驅車還向東.
오 도 매 소 적　구 거 환 향 동

主人開舊館, 留客醉新豐.
주 인 개 구 관　유 객 취 신 풍

樹遶溫泉綠, 塵遮晚日紅.[2]
수 요 온 천 록　진 차 만 일 홍

拂衣從此去, 高步躡華嵩.[3]
불 의 종 차 거　고 보 섭 화 숭

≪ 註

1) 신풍(新豐) : 섬서성 임동현臨潼縣 동북쪽에 옛 성이 있었음.
2) 온천(溫泉) : 임동현 남쪽에 있던 궁궐 이름. 화청궁華淸宮으로도 불림.
3) 화숭(華嵩) : 화산과 숭산. 화산은 섬서성 화음현華陰縣 남쪽에 있으며, 숭산은 하남성
   등봉현登封縣 북쪽에 있음.

장안長安에서 돌아오게 되어
신풍新豐의 여러 벗과 헤어지며

나의 길 갈 곳을 알지 못하여
수레 몰아 동으로 돌아가련다.
주인은 옛 손님방 열어주고는
길손을 머물게 해 신풍에서 취하게 하네.
나무는 초록으로 온천궁溫泉宮 둘러쌌는데
붉은 저녁해는 먼지에 가리웠구나.
옷깃 떨치며 이제는 떠나가리니
의기양양 걸으며 화산華山 숭산嵩山에 올라서리라.

廣陵別薛八[1]
광릉별설팔

士有不得志, 悽悽吳楚間.[2]
사 유 부 득 지 처 처 오 초 간

廣陵相遇罷, 彭蠡泛舟還.[3]
광 릉 상 우 파 팽 려 범 주 환

檣出江中樹, 波連海上山.
장 출 강 중 수 파 련 해 상 산

風帆明日遠, 何處更追攀?[4]
풍 범 명 일 원 하 처 갱 추 반

≪ 註

1) 광릉(廣陵) : 군郡 이름. 지금의 강소성 양주시襄州市.
   설팔(薛八) : 이름 미상. 34쪽 주1) 참조.
2) 오초(吳楚) : 옛 오나라와 초나라가 있던 강소성, 절강성 및 호북성 일대.
3) 팽려(彭蠡) : 호수 이름. 강서성江西省 구강시九江市의 남쪽에 있음.
4) 추반(追攀) : 뒤쫓아 붙잡는다는 뜻으로 석별을 형용함.

광릉廣陵에서 설팔薛八과 작별하며

뜻을 펴지 못한 선비 있구나.
오吳 초楚 사이에서 슬퍼하누나.
광릉에서 서로 만나 헤어진다네.
팽려彭蠡로 배 띄워 돌아간다네.
돛대는 강 속 나무인 양 드러나는데
파도는 바닷가 산으로 계속 이르네.
돛단배 내일이면 멀어지겠지.
어느 곳으로 좇아가 잡아볼꺼나.

臨渙裴明府席遇張十一房六¹⁾
임 환 배 명 부 석 우 장 십 일 방 륙

河縣柳林邊, 河橋晚泊船.²⁾
하 현 유 림 변　하 교 만 박 선

文叨才子會, 官喜故人連.³⁾
문 도 재 자 회　관 희 고 인 련

笑語同今夕, 輕肥異往年.⁴⁾
소 어 동 금 석　경 비 이 왕 년

晨風理征棹, 吳楚各依然.
신 풍 이 정 도　오 초 각 의 연

※ 註 ────────────────

1)임환(臨渙) : 현縣 이름. 지금의 안휘성安徽省 숙현宿縣의 임환집臨渙集.
　배명부(裴明府) : 미상. 명부는 현령縣令의 다른 이름.
　장십일(張十一) : 미상.
　방륙(房六) : 미상.
2)하현(河縣) : 임환이 환수渙水 강변에 있기에 이렇게 부른 것임.
3)도(叨) : '외람되다'는 뜻의 겸사謙詞.
　재자(才子) : 덕성과 재주를 겸비한 사람.
4)경비(輕肥) : 가벼운 갖옷과 살찐 말. 부귀와 호사를 비유한 것임.

임환臨渙의 배명부裴明府가 마련한 연석宴席에서 장십일張十一과 방륙房六을 만나

임환臨渙의 버들 숲 주변

날 저물어 강다리에 배를 대노라.

재자才子의 모임에 글이 부끄럽거늘

오랜 벗들 모여 관청 안이 즐거웁구나.

담소야 오늘밤도 마찬가지나

부귀함은 지난해와 같지를 않군.

새벽바람에 뱃길을 나설 것이니

오吳와 초楚 땅은 예전 그대로겠지.

盧明府早秋宴張郞中海園卽事得秋字[1)]
노 명 부 조 추 연 장 낭 중 해 원 즉 사 득 추 자

邑有絃歌宰, 翔鸞狎野鷗.[2)]
읍 유 현 가 재　　상 란 압 야 구

眷言華省舊, 暫滯海池遊.[3)]
권 언 화 성 구　　잠 체 해 지 유

鬱島藏深竹, 前溪對舞樓.[4)]
울 도 장 심 죽　　전 계 대 무 루

更聞書卽事, 雲物是新秋.[5)]
갱 문 서 즉 사　　운 물 시 신 추

※※ 註

* 노상盧象이 지은 시로도 알려져 있음.
1) **노명부**(盧明府) : 노상盧象. 188쪽 주1) 참조.
　장낭중(張郞中) : 장자용張子容. 76쪽 주1) 참조.
2) **현가재**(絃歌宰) : 예악禮樂으로 백성을 교화시키는 지방관을 가리킴. 266쪽 주4) 금철琴
　鐵 참조.
　상란(翔鸞) : 벼슬길에 오른 자를 비유한 것임.
　야구(野鷗) : 벼슬하지 않고 은거한 자를 비유한 것임.
3) **권언**(眷言) : 뒤돌아봄. '언言'은 어조사.
　화성(華省) : 중앙의 청요직淸要職으로 이름난 중요 부서. 212쪽 주2) 참조.
4) **울도**(鬱島) : 자리를 옮겨다닌다는 전설 속의 선산仙山.
5) **운물**(雲物) : 경물景物과 같음.

노명부盧明府의 「장낭중張郎中의 해원海園에서 이른 가을날 연회하며」 추秋 자로 운을 함

고을에 거문고 타며 노래하는 수령이 있어
높이 나는 난새로 벌의 갈매기 가까이하네.
옛날 화성華省에 있을 적 돌이키면서
잠시 바닷가 못에 머물러 노니신다네,
울도鬱島에는 깊은 대숲 감춰져 있고
앞 시내는 무대와 마주하였네.
듣자니 눈앞의 사물을 시로 옮기셔
새로운 가을날의 경물을 노래했다고.

同盧明府早秋夜宴張郎中海亭[1)
동 노 명 부 조 추 야 연 장 낭 중 해 정

側聽絃歌宰, 文書游夏徒.[2)
측 청 현 가 재　문 서 유 하 도

故園欣賞竹, 爲邑幸來蘇.
고 원 흔 상 죽　위 읍 행 래 소

華省曾聯事, 仙舟復與俱.[3)
화 성 증 련 사　선 주 부 여 구

欲知臨泛久, 荷露漸成珠.
욕 지 임 범 구　하 로 점 성 주

≪ 註

1) 노명부(盧明府) : 188쪽 주1) 참조.
　장낭중(張郎中) : 76쪽 주1) 참조.
2) 현가재(絃歌宰) : 266쪽 주4) 금철琴輟 참조.
　문서(文書) : 여기서는 문학과 같은 뜻임.
　하도(夏徒) : '자하子夏의 무리' 라는 뜻. 「논어」「선진」에, "문학으로는 자유 · 자하가 있
　　다(文學, 子游子夏)"는 구절이 있음.
3) 화성(華省) : 212쪽 주2) 참조.
　선주(仙舟) : 430쪽 주5) 참조.

노명부盧明府의 「장낭중張郎中의 해정海亭에서 이른 가을날 밤 연회하며」에 화답함

들으니 거문고 타며 노래하는 수령께옵서
문학으로 이름난 자하子夏 무리와 노니신다고.
고향 동산에 즐겨 보던 대나무 숲도
고을 위해 오신 분 덕에 되살아나네.
일찍이 화성華省에서 잇달아 일을 보시다
배에 탄 신선인 양 다시 함께 모이었구나.
오래도록 배 띄워 노닌 줄 알 수 있으니
연꽃에 맺힌 이슬 차츰 옥구슬 되어가네.

崔明府宅夜觀妓[1]
최 명 부 택 야 관 기

白日旣云暮, 朱顔亦已酡.[2]
백 일 기 운 모   주 안 역 이 타

畫堂初點燭, 金幌半垂羅.
화 당 초 점 촉   금 황 반 수 라

長袖平陽曲, 新聲子夜歌.[3]
장 수 평 양 곡   신 성 자 야 가

從來慣留客, 玆夕爲誰多?
종 래 관 류 객   자 석 위 수 다

≪ 註

1) **최명부**(崔明府) : 미상. 명부는 현령縣令의 다른 이름.
2) **주안**(朱顔) : 술에 취한 미녀의 불그스름한 얼굴을 가리킴.
3) **장수**(長袖) : 춤을 잘 추는 이를 비유함.
  평양곡(平陽曲) : 평양은 한漢의 평양공주를 가리킴. 집에 노래를 잘하는 가녀歌女가 많았으며, 그 가운데 자부子夫라는 여성은 무제武帝의 사랑을 받아 위황후衛皇后가 되었음.
  자야가(子夜歌) : 진晉의 가곡명. 대개 남녀의 애정을 노래한 가사가 많음. 자야는 여자의 이름으로 애절한 목소리로 노래를 잘하였음.

최명부崔明府 댁에서 밤에 가기歌妓를 구경하고

환하던 태양 벌써 저물었으며
미녀의 얼굴 또한 이미 불그스레.
화려한 방 안에 촛불을 켜자
금빛 휘장에 반쯤 드리운 비단.
춤추는 긴 소매에 평양곡平陽曲이요
새 곡조로 「자야가子夜歌」 노래하네.
옛부터 손님을 잘도 만류했을 터
오늘밤은 누구에게 사랑받을까?

宴榮山人池亭[1]
연 영 산 인 지 정

甲第開金穴, 榮期樂自多.[2]
갑 제 개 금 혈　 영 기 낙 자 다

櫪嘶支遁馬, 池養右軍鵝.[3]
역 시 지 둔 마　 지 양 우 군 아

竹引携琴入, 花邀載酒過.
죽 인 휴 금 입　 화 요 재 주 과

山公時取醉, 來唱接羅歌.[4]
산 공 시 취 취　 내 창 접 리 가

≪ 註

1)**영산인(榮山人)**：미상. 산인은 산림에 은둔한 사람.
　금혈(金穴)：금을 숨겨둔 굴. 부호의 집을 비유함.
2)**영기(榮期)**：영계기榮啓期. 춘추시대의 은자, 낙천적으로 생을 살았다 함.
3)**지둔(支遁)**：지도림支道林. 68쪽 주2) 참조. 승려임에도 불구하고 오로지 준마의 기세
　를 감상하기 위해 4마리의 말을 길렀음.
　우군(右軍)：왕우군王右軍. 340쪽 주2) 산음도사아山陰道士鵝 참조. 거위를 좋아하여
　글씨를 써주고 얻어 길렀음.
4)**산공(山公)**：진晉의 산간山簡을 가리킴. 194쪽 주2) 참조.
　접리(接羅)：모자의 이름. 산간은 술에 취해 접리를 거꾸로 쓰고 돌아다녔음.

영산인榮山人의 지정池亭에서 연회하며

황금 감춘 동굴의 저택이런가
영계기榮啓期의 즐거움 절로 많으리.
마구간엔 지둔支遁의 말이 우는데
못에는 우군右軍의 거위 기르시누나.
대나무는 거문고 안은 이 인도해주고
꽃은 술 싣고 찾은 이 맞아준다네.
산공山公께선 때때로 술에 취하여
오는 길에 접리接纚의 노래 부르신다지.

夏日與崔二十一同集衛明府席[1)
하 일 여 최 이 십 일 동 집 위 명 부 석

言避一時暑, 池亭五月開.[2)
언 피 일 시 서   지 정 오 월 개

喜逢金馬客, 同飮玉人杯.[3)
희 봉 금 마 객   동 음 옥 인 배

舞鶴乘軒至, 遊魚擁釣來.[4)
무 학 승 헌 지   유 어 옹 조 래

座中殊未起, 簫管莫相催.[5)
좌 중 수 미 기   소 관 막 상 최

≪ 註

1) **최이십일(崔二十一)** : 최국보崔國輔로 짐작됨. 222쪽 주1) 참조.
   위명부(衛明府) : 미상. 명부는 현령縣令의 이칭.
2) **언피(言避)** : '언言'은 어조사.
3) **금마객(金馬客)** : 한대漢代 궁문에 금마문이 있었음. 98쪽 주5) 금문金門 참조.
   옥인(玉人) : 풍신이 준수한 사람을 일컬음.
4) **무학(舞鶴)** : 춘추시대 위의공衛懿公이 학을 좋아해 수레에 태우고 다닌 일이 있음.
   옹조(擁釣) : '낚시를 물다' 는 뜻. 다른 본에는 '옹검擁劍' 으로도 되어 있음. 옹검은 게의
   한 종류.
5) **소관(簫管)** : 퉁소와 큰 피리. 악기를 가리킴.

여름날 최이십일崔二十一과 함께 위명부衛明府의 주연酒筵에 모여

한철의 무더위 피할 수 있게
물가 정자를 오월에 지으셨구나.
금마金馬에서 오신 분 반갑게 만나
옥인玉人과 술잔 들고 함께 마시네.
춤추는 학은 수레 타고 찾아드는데
놀던 물고기 낚시 물고 헤엄쳐보네.
자리한 이들 일어날 기미 없으니
풍악일랑 서두를 것 없다오.

淸明日宴梅道士房[1]
청 명 일 연 매 도 사 방

林臥愁春盡, 開軒覽物華.
임 와 수 춘 진　개 헌 남 물 화

忽逢靑鳥使, 邀入赤松家.[2]
홀 봉 청 조 사　요 입 적 송 가

丹竈初開火, 仙桃正發花.[3]
단 조 초 개 화　선 도 정 발 화

童顔若可駐, 何惜醉流霞.[4]
동 안 약 가 주　하 석 취 류 하

※ 註

1) **청명일**(淸明日) : 절기명. 양력 4월 5일 혹은 6일경.
　매도사(梅道士) : 미상.
2) **청조**(靑鳥) : 서왕모西王母의 심부름을 하는 전설 속의 파랑새.
　적송(赤松) : 적송자赤松子. 194쪽 주3) 송자松子 참조.
3) **단조**(丹竈) : 도가에서 불로장생약으로 알려진 단약丹藥을 고아내는 화로.
　선도(仙桃) : 서왕모가 기른다는 전설 속의 복숭아. 3천 년에 한 번 꽃이 피고, 3천 년에
　한 번 과실이 열린다고 함.
4) **유하**(流霞) : 전설 속의 선주仙酒. 128쪽 주5) 작하酌霞 참조.

청명淸明날 매도사梅道士의 산방山房에서 연회하며

숲에 누워 봄이 감 서운도 하여
창문 열고 경물을 살펴보노라.
홀연 심부름 온 파랑새 만나고서는
적송자赤松子의 집으로 초대되었네.
단약丹藥 아궁이엔 불 지펴놨는데
선도仙桃는 막 꽃을 피우려 하네.
아이 적 얼굴 머물게 할 수 있다면
신선 술에 취해본들 어떠하리오.

寒夜宴張明府宅[1]
한 야 연 장 명 부 택

瑞雪初盈尺, 寒宵始半更.[2]
서 설 초 영 척   한 소 시 반 경

列筵邀酒伴, 刻燭限詩成.[3]
열 연 요 주 반   각 촉 한 시 성

香炭金爐暖, 嬌絃玉指淸.[4]
향 탄 금 로 난   교 현 옥 지 청

醉來方欲臥, 不覺曉雞鳴.
취 래 방 욕 와   불 각 효 계 명

≪ 註

1)장명부(張明府) : 장자용張子容. 76쪽 주1) 참조.
2)서설(瑞雪) : 눈이 오면 이듬해 풍년이 들 징조로 여겼기에 생겨난 말.
　반경(半更) : 경은 야간의 시간 단위. 하룻밤을 다섯으로 나눈 첫째 시각을 일경一更이라
　하며 그 반을 반경이라 함. 하오 일곱 시부터 여덟 시 사이.
3)각촉(刻燭) : 초에 눈금을 새기고 그 지점에 타들기까지 시간을 한정해 시를 지음.
4)향탄(香炭) : 연소시켜 숯의 상태로 만든 향료.
　옥지(玉指) : 미인의 손가락을 가리킴.

추운 밤 장명부張明府 댁에서 주연을 갖고

서설은 한 자나 쌓여가는데
추운 밤 시간은 깊어져가네.
자리 벌여 술친구 맞이하고선
초에 눈금 새기고 시를 짓노라.
금화로엔 향그런 숯 따스하거늘
미녀의 손가락 맑게 현을 울리네.
취해 돌아와 눕고자 하니
새벽닭 울어도 깨닫지 못하리.

和賈主簿弁九日登峴山[1)]
화 가 주 부 변 구 일 등 현 산

楚萬重陽日, 群公賞燕來.[2)]
초 만 중 양 일　군 공 상 연 래

共乘休沐暇, 同醉菊花杯.[3)]
공 승 휴 목 가　동 취 국 화 배

逸思高秋發, 歡情落景催.
일 사 고 추 발　환 정 낙 경 최

國人咸寡和, 遙愧洛陽才.[4)]
국 인 함 과 화　요 괴 낙 양 재

※ 註

1) 가주부변(賈主簿弁) : 「송가변주부지형부送賈主簿之荊府」(476쪽) 시의 주부 가변賈弁
　　과 동일인으로 추정됨.
　　구일(九日) : 음력 9월 9일. 중구重九 혹은 중양절重陽節을 가리킴.
　　현산(峴山) : 현수산峴首山. 42쪽 주2) 양공현산羊公峴山下 참조.
2) 초만(楚萬) : 양양襄陽에 있는 망초산望楚山과 만산萬山. 현산과 멀지 않은 곳에 있음.
3) 휴목(休沐) : 휴가와 같음.
4) 국인(國人) : 송옥宋玉의 「대초왕문對楚王問」에 나오는 고사. 어느 가객이 고아한 곡을
　　연주하자 따라 부르는 자가 적었다는 일화로서, 여기서는 가주부의 시를 찬미한 것임.
　　낙양재(洛陽才) : 가의賈誼를 가리킴. 62쪽 주4) 재자才子 참조.

주부主簿 가변賈弁의
「구일등현산九日登峴山」에 화답함

중양절날 망초산望楚山과 만산萬山에서는
여러분들 완상하며 술자리 벌이셨구나.
휴가의 한가로움 같이 누리며
국화주 술잔에 함께 취하여보네.
가을날 초일超逸한 생각 피어나건만
즐겁던 마음 지는 해에 촉급해진다.
나랏사람 다 화답하기 어려웁기에
멀리 낙양洛陽의 재인才人께 부끄러워라.

宴張別駕新齋[1]
연 장 별 가 신 재

世業傳珪組, 江城佐股肱.[2]
세 업 전 규 조　 강 성 좌 고 굉

高齋徵學問, 虛薄濫先登.[3]
고 재 징 학 문　 허 박 남 선 등

講論陪諸子, 文章得舊朋.
강 론 배 제 자　 문 장 득 구 붕

士元多賞激, 衰病恨無能.[4]
사 원 다 상 격　 쇠 병 한 무 능

※ 註

1) **장별가**(張別駕) : 미상. 별가는 관직명으로 지방관의 보좌역.
2) **세업**(世業) : 선대로부터 내려오는 공업功業.
   규조(珪組) : 작위나 관직을 비유함. '규珪'는 관인官人의 징표인 홀, '조組'는 관인官印을 묶던 끈.
   고굉(股肱) : 보좌하는 신하를 비유함. '고股'는 넓적다리, '굉肱'은 팔뚝.
3) **고재**(高齋) : 고아高雅한 서재. 남의 서재를 높여 일컫는 말임.
   허박(虛薄) : 공허하고 천박하여 독실하지 못함.
4) **사원**(士元) : 삼국시대 방통龐統의 자. 오의 장수 노숙이 유비에게 보내는 편지에, "방사원龐士元은 백 리를 다스릴 재능을 갖고 있지 않으며 치중治中, 별가別駕의 임무를 맡게 해야 비로소 큰 재능을 펼 수 있다"고 하였음. 여기서는 장별가를 비유한 것임.
   상격(賞激) : 남다른 재능을 인정받아 몹시 중시됨.

장별가張別駕의 새 서재에서 연회하며

선대의 공훈 관직으로 전해내려와
강성江城에서 고굉股肱의 신하로 보좌하시네.
서재에선 학문을 증험하나니
허박虛薄함은 먼저 오르려는 자에게나 넘쳐나는 것.
강론하니 여러 제자들 모시었으며
문장으로 오랜 벗들 얻으셨도다.
사원士元께선 크게 재능을 인정받건만
쇠하고 병든 난 무능함을 한탄한다오.

李氏園臥疾[1]
이 씨 원 와 질

我愛陶家趣, 林園無俗情.[2]
아 애 도 가 취 임 원 무 속 정

春雷百卉坼, 寒食四鄰清.
춘 뢰 백 훼 탁 한 식 사 린 청

伏枕嗟公幹, 歸山羨子平.[3]
복 침 차 공 간 귀 산 선 자 평

年年白社客, 空滯洛陽城.[4]
연 년 백 사 객 공 체 낙 양 성

≪ 註

1) **이씨원(李氏園)** : 시인이 낙양洛陽에서 머물렀던 집의 임원으로 추정됨.
2) **도가(陶家)** : 진晉의 도연명陶淵明을 가리킴.
　임원무속정(林園無俗情) : 이 구절은 도연명의 「신축세칠월부가환강릉야행도중辛丑歲七月赴假還江陵夜行塗中」 시의 한 구절을 그대로 인용한 것임.
3) **복침(伏枕)** : 침상에 눕는다는 뜻으로 병이 남을 가리킴.
　공간(公幹) : 유정劉楨의 자. 삼국 위魏의 문학가로 그의 시에, "나 어려서부터 고질병 앓았거늘, 맑은 장수 가에 유배 오게 되었다(余嬰沈痼疾, 竄身清漳濱)"는 구절이 있음.
　자평(子平) : 상장向長을 가리킴. 50쪽 주7) 상자尙子 참조.
4) **백사객(白社客)** : 은사隱士를 가리킴. 백사는 낙양洛陽 건춘문建春門 밖의 지명. 동경董京이란 은사가 이곳에 머문 바 있음. 122쪽 주3) 참조.

이씨의 임원林園에 병들어 누워

나 도연명의 아취雅趣를 좋아하나니
원림에는 속된 정취 있지 않다네.
봄 우레에 온갖 풀들 움터나는데
한식寒食이라 사방이 청명하구나.
병으로 누워 공간公幹인 양 탄식하다가
산으로 돌아간 자평子平을 부러워하네.
숨어살던 나 해를 거듭하면서
부질없이 낙양성洛陽城에 머물렀구나.

過故人莊
과 고 인 장

故人具雞黍, 邀我至田家.[1]
고 인 구 계 서   요 아 지 전 가

綠樹村邊合, 靑山郭外斜.
녹 수 촌 변 합   청 산 곽 외 사

開筵面場圃, 把酒話桑麻.[2]
개 연 면 장 포   파 주 화 상 마

待到重陽日, 還來就菊花.[3]
대 도 중 양 일   환 래 취 국 화

≪ 註

1) **구계서(具雞黍)** : 닭을 잡고 기장으로 밥을 함. 풍성하게 상을 차려 대접함을 의미함.
2) **화상마(話桑麻)** : 뽕나무와 삼이 자라나는 이야기를 함. 농가의 일상생활에 관한 이야기
   를 나눈다는 뜻. 도연명의 「귀원전거歸園田居」에 '서로 만나도 잡된 말 하지 않고, 다만
   뽕과 삼이 자랐나 말을 나눈다(相見今雜言, 但道桑麻長)'라는 구절이 있음.
3) **중양일(重陽日)** : 음력 9월 9일. 중구重九를 가리킴.
   취국화(就菊花 : 중양절에는 국화를 감상하고 국화주를 마시는 풍습이 있음.

옛 친구의 장원莊園에 들러

친구는 푸짐히 상 차려놓고
나를 전원의 집으로 맞이하누나.
푸른 나무들 마을 가에 모여 섰는데
청산은 성곽 밖으로 비스듬하네.
채마밭 마주한 곳에 자리를 여니
술잔 들고서 농사일 이야기하네.
중양절重陽節 오기를 기다렸다가
다시 와 국화 앞에 나서봤으면.

途中九日懷襄陽[1]
도중구일회양양

去國似如昨, 倏然經杪秋.[2]
거국사여작　숙연경초추

峴山不可見, 風景令人愁.[3]
현산불가견　풍경영인수

誰採籬下菊, 應閑池上樓.[4]
수채이하국　응한지상루

宜城多美酒, 歸與葛强遊.[5]
의성다미주　귀여갈강유

≪ 註
1)구일(九日) : 중양절重陽節을 가리킴.
2)거국(去國) : 고대에는 경내의 봉지나 제후의 식읍 등을 다 '국國'이라 칭하였음.
　초추(杪秋) : 늦가을. 음력 9월을 가리킴.
3)현산(峴山) : 현수산峴首山을 가리킴. 42쪽 주2) 양공현산하羊公峴山下 참조.
4)수채이하국(誰採籬下菊) : 도연명陶淵明의 「음주飮酒」 시에, "동쪽 울타리 밑에서 국화
　를 따다가, 아득히 남산을 바라본다(採菊東籬下, 悠然見南山)"는 구절이 있음.
5)의성(宜城) : 호북성 의성현. 명주의 산지로 이름이 났었음. 214쪽 주3) 참조.
　갈강(葛强) : 술을 좋아하던 진晉의 산간山簡이 총애하던 장수.

길 가다 중양절重陽節이 되어 양양襄陽을 떠올리며

어제 고향을 떠나온 것 같건만
홀연 늦가을 지나가누나.
현산峴山을 보지 못하겠으니
풍경이 사람을 시름겹게 하는군.
누가 울 밑의 국화를 따리?
못가 누대 응당 쓸쓸하겠지.
의성宜城엔 좋은 술 많다 하는데
갈강葛强과 함께 가서 놀아보리라.

初出關旅亭夜坐懷王大校書[1]
초 출 관 려 정 야 좌 회 왕 대 교 서

向夕槐烟起, 蔥籠池舘曛.[2]
향 석 괴 연 기　　총 롱 지 관 훈

客中無偶坐, 關外惜離群.[3]
객 중 무 우 좌　　관 외 석 리 군

燭至螢光滅, 荷枯雨滴聞.
촉 지 형 광 멸　　하 고 우 적 문

永懷蓬閣友, 寂寞滯揚雲.[4]
영 회 봉 각 우　　적 막 체 양 운

≪ 註

1)관(關) : 동관潼關. 섬서성陝西省 동관현潼關縣에 있음.
　여정(旅亭) : 길가에 여행객이 쉬도록 세워놓은 정자.
　왕대교서(王大校書) : 왕창령王昌齡. 128쪽 주1) 참조.
2)괴연(槐烟) : 홰나무가 울창하여 해 질 무렵에 안개가 낀 것처럼 보인다는 뜻.
　총롱(蔥籠) : 푸르게 우거진 모양.
3)우좌(偶坐) : 마주하고 앉는다는 뜻으로 동반자를 의미함.
　이군(離群) : 벗들을 떠남.
4)봉각우(蓬閣友) : 교서랑校書郎으로 있던 왕창령王昌齡을 가리킴. 봉각은 중앙의 장서
　각藏書閣을 가리킴.
　양운(揚雲) : 한漢의 양웅揚雄으로, 자는 자운子雲. 정권을 찬탈한 왕망王莽에 협조한
　죄과로 체포하러 오자 교서校書 일을 보던 중 투신자살하였음.

동관潼關을 나와 밤에 여정旅亭에 앉아 왕교서王校書를 생각하며

저물녘 홰나무엔 안개 이는 듯
어스름한 못가 여관에 우거져 있네.
객지에 마주하고 앉을 이 있지 않거늘
관문 밖의 작별이 아쉽기만.
촛불 켜자 반딧불은 사라져가고
마른 연잎엔 빗방울 소리 들리어온다.
봉각蓬閣의 벗 오래도록 생각하나니
양운揚雲인 양 막막히 길이 막혔네.

李少府與王九再來[1]
이 소 부 여 왕 구 재 래

弱歲早登龍, 今朝喜再逢.[2]
약 세 조 등 룡　　금 조 희 재 봉

何如春月柳? 猶憶歲寒松[3]
하 여 춘 월 류　　유 억 세 한 송

烟火臨寒食, 笙歌咽曙鐘.
연 화 임 한 식　　생 가 열 서 종

喧喧鬪雞道, 行樂羨朋從.[4]
훤 훤 투 계 도　　행 락 선 붕 종

≪ 註

1) **이소부**(李少府) : 372쪽 주1) 참조.
　　왕구(王九) : 왕형王迥. 72쪽 주1) 참조.
2) **약세**(弱歲) : 약관弱冠의 나이. 20~29세가량의 젊은이를 가리킴.
　　등룡(登龍) : 등용문登龍門. 과거 고시에 합격함을 비유함.
3) **춘월류**(春月柳) : 이소부를 비유한 것임.
　　세한송(歲寒松) : 시인 자신을 비유한 것임. 230쪽 주4) 참조.
4) **투계**(鬪雞) : 한식寒食에 닭싸움을 하는 풍속이 있었음.

이소부李少府와 왕구王九가 다시 찾아와

이른 나이 등용문에 오르신 이를
오늘 아침 기쁘게 다시 만나네.
봄버들께선 어떻게 보내셨는가?
추운 계절 소나무 아직도 기억해주네.
시절은 한식에 임하였으니
풍악소리에 새벽 종소리 묻혀버리네.
길가에선 닭싸움질 떠들썩한데
친구들 좇아 즐거이 놀아보련다.

尋張五迴夜園作[1]
심 장 오 회 야 원 작

聞就龐公隱, 移居近洞湖.[2]
문 취 방 공 은 이 거 근 동 호

興來林是竹, 歸臥谷名愚.[3]
흥 래 임 시 죽 귀 와 곡 명 우

挂席樵風便, 開軒琴月孤.[4]
괘 석 초 풍 편 개 헌 금 월 고

歲寒何用賞, 霜落故園蕪.
세 한 하 용 상 상 락 고 원 무

≪ 註

1) **장오(張五)** : 70쪽 주1) 참조.
2) **방공(龐公)** : 방덕공龐德公. 54쪽 주3) 참조.
 동호(洞湖) : 시인의 고향 부근에 있던 호수 이름.
3) **곡명우(谷名愚)** : 우공곡愚公谷을 가리킴. 산동성山東省 치박시淄博市 서쪽에 있음.
 춘추시대 제 환공齊桓公이 이곳에서 은자를 만난 고사가 있어 후대에 은거지를 비유
 하게 됨.
4) **괘석(挂席)** : 돛을 단다는 뜻.
 초풍(樵風) : 순풍을 의미함.

장오張五를 찾아갔다 돌아와
밤에 장원莊園에서 지음

듣자니 방공龐公의 은둔처로 나아가고자

동호洞湖 가까이로 옮겨 산다고.

흥이 나면 대숲을 찾아나서고

돌아와선 우곡愚谷에 누워 보내네.

돛을 달면 순풍이 불어와주고

창을 열면 거문고 달빛이 외로울사.

한 해가 추워지니 어찌 즐길까?

서리 내려 옛 동산 거칠어가는데.

張七及辛大見尋南亭醉作[1)]
장 칠 급 신 대 견 심 남 정 취 작

山公能飮酒, 居士好彈箏.[2)]
산 공 능 음 주 　 거 사 호 탄 쟁

世外交初得, 林中契已并.[3)]
세 외 교 초 득 　 임 중 계 이 병

納涼風颯至, 逃暑日將傾.
납 량 풍 삽 지 　 도 서 일 장 경

便就南亭裏, 餘樽惜解酲.[4)]
변 취 남 정 리 　 여 준 석 해 정

≪ 註

1) **장칠(張七)** : 미상.
　신대(辛大) : 114쪽 주1) 참조.
2) **산공(山公)** : 194쪽 주2) 참조. 여기서는 장칠을 비유한 것임.
　거사(居士) : 472쪽 주2) 참조. 여기서는 신대를 비유한 것임.
3) **세외교(世外交)** : 세속적이지 않은 교제.
　임중계(林中契) : 산림에 은거하려는 뜻을 서로 약속함.
4) **해정(解酲)** : 288쪽 주1) 참조.

장칠張七과 신대辛大가 찾아와 남정南亭에서 취하여 지음

산공山公은 술 마시길 잘도 하는데
거사는 거문고 타기를 좋아하누나.
세상 밖의 교유 나누었기에
산림에 은거할 약속 이미 함께하였네.
서늘하게 바람은 살랑 불거늘
더위 피하노라니 해 장차 기울어간다.
문득 남정 안으로 들어가나니
남은 술로 해장하기 아쉬웁구나.

題張野人園廬[1]
제 장 야 인 원 려

與君園廬並, 微尚頗亦同.[2]
여 군 원 려 병   미 상 파 역 동

耕釣方自逸, 壺觴趣不空.[3]
경 조 방 자 일   호 상 취 불 공

門無俗士駕, 人有上皇風.[4]
문 무 속 사 가   인 유 상 황 풍

何必先賢傳, 唯稱龐德公.[5]
하 필 선 현 전   유 칭 방 덕 공

※ 註

1) 장야인(張野人) : 미상. 야인은 숨어사는 이.
  원려(園廬) : 농원과 그에 딸린 오두막.
2) 미상(微尙) : 126쪽 주3) 참조.
  경조(耕釣) : 밭 갈고 낚시함. 흔히 은거 생활을 가리킴.
3) 호상(壺觴) : 술단지와 술잔. 곧 술을 가리킴.
4) 상황풍(上皇風) : 상고시대의 순박한 기풍을 의미함. 상황은 복희伏羲를 가리킴.
5) 선현전(先賢傳) : 고대의 현인들에 관한 전기.
  방덕공(龐德公) : 54쪽 주3) 참조.

장야인의 오두막에 붙여

그대와 전원의 오두막 이웃하였고
소박한 뜻도 자못 한가지로다.
밭 갈고 낚시하며 절로 편안하거늘
술 즐기는 취미도 빠짐없구나.
문전에는 속인의 수레 오지 않나니
그 사람 먼 옛날 순후한 풍도 지니었다네.
어찌 꼭 선현의 전을 읽으며
오로지 방덕공龐德公만 칭송하리오.

過景空寺故融公蘭若[1]
과 경 공 사 고 융 공 난 야

池上靑蓮宇, 林間白馬泉.[2]
지 상 청 련 우　임 간 백 마 천

故人成異物, 過客獨潸然.[3]
고 인 성 이 물　과 객 독 산 연

旣禮新松塔, 還尋舊石筵.
기 례 신 송 탑　환 심 구 석 연

平生竹如意, 猶挂草堂前.[4]
평 생 죽 여 의　유 괘 초 당 전

≪ 註

1) 경공사(景空寺) : 백마사白馬寺라고도 함. 호북성 양양襄陽 남쪽에 있음.
　융공(融公) : 362쪽 주1) 참조.
　난야(蘭若) : 34쪽 주2) 참조.
2) 청련우(靑蓮宇) : 절의 다른 이름. 청련은 푸른 연꽃으로 부처의 눈을 비유함.
　백마천(白馬泉) : 양양의 백마산에 있는 샘.
3) 이물(異物) : 죽은 이를 가리킴.
4) 죽여의(竹如意) : 승려가 설법할 때 손에 드는 용구. 대나무를 비롯하여 쇠와 구리로 만듦.

경공사景空寺를 지나다 고故 융공融公의 난야에서

못가에는 청련우青蓮宇요
수풀 사이엔 백마천白馬泉이라.
옛사람 죽어 돌아갔기에
과객 홀로 눈물 주루룩 흘리노라.
새로 난 솔방울에 예를 올린 후
옛 앉았던 돌자리 찾아보았네.
평소 들고 계시던 죽여의竹如意만이
여전히 초당 앞에 걸려 있구나.

早寒江上有懷
조 한 강 상 유 회

木落鴈南度, 北風江上寒.
목 락 안 남 도　북 풍 강 상 한

我家襄水曲, 遙隔楚雲端.[1]
아 가 양 수 곡　요 격 초 운 단

鄕淚客中盡, 歸帆天際看.
향 루 객 중 진　귀 범 천 제 간

迷津欲有問, 平海夕漫漫.[2]
미 진 욕 유 문　평 해 석 만 만

≪ 註

1) 양수(襄水) : 시인의 고향 양양襄陽은 양수의 남쪽에 있음.
　초운(楚雲) : 양양은 옛날 초나라의 땅이었음.
2) 평해(平海) : 강물이 드넓기에 바다로 지칭한 것임.

이른 아침 추운 강가에서 감회가 있어

낙엽 지고 기러기 남으로 날아가는데
북풍 불어와 강변이 춥기도 하다.
우리 집은 양수襄水의 굽이
멀리 초 땅의 구름 끝과 막히었구나.
향수의 눈물 객지에 다 쏟고는
하늘 끝 돌아가는 돛배만 바라보노라.
나루 잃고 길을 물으려 하나
해질녘 너른 바다 아득도 해라.

南山下與老圃期種瓜[1]
남 산 하 여 노 포 기 종 과

樵牧南山近, 林閭北郭賒.[2]
초 목 남 산 근   임 려 북 곽 사

先人留素業, 老圃作鄰家.[3]
선 인 유 소 업   노 포 작 린 가

不種千株橘, 唯資五色瓜.[4]
부 종 천 주 귤   유 자 오 색 과

邵平能就我, 開徑窮蓬麻.[5]
소 평 능 취 아   개 경 궁 봉 마

《 註

1)노포(老圃) : 늙은 농부. 채소 재배하는 것을 포圃라고 함.

2)임려(林閭) : 동네 어귀에 세운 문.

3)소업(素業) : 선대에 남겨준 업. 통상 유자儒者의 업業을 가리킴.

4)천주귤(千株橘) : 양양의 이형李衡이란 사람이 무릉武陵에 천 그루의 귤을 심은 고사가 있음.
   오색과(五色瓜) : 오이를 미화해 표현한 것으로, 완적阮籍의 「영회詠懷」 시에 나오는 시 어를 원용한 것임.

5)소평(邵平) : 소평갑平이라고도 함. 진秦에서 동릉후東陵侯에 봉해졌으나 진이 망한 후 포의가 되어 장안성 동쪽에서 오이를 재배하며 살았음. 오이의 품질이 좋아 세칭 '동릉 과東陵瓜'라고 일컬어졌음.

남산 아래에서 늙은 농부와 오이를 심기로 약속하고

나무하고 마소 치는 남산 가까운데
숲가 마을 있는 북쪽 성곽 멀기도 해라.
선대에 유업儒業을 남겨줬건만
늙은 농부와 이웃하여 살고 있다네.
천 그루 귤나무는 심지 못하고
오로지 오색의 오이를 밑천 삼았군.
소평邵平이 내게로 올 수 있도록
쑥과 삼 베어 오솔길이나 열어놓으리.

裴司士員司戶見尋[1]
배 사 사 원 사 호 견 심

府寮能枉駕, 家醞復新開.[2]
부 료 능 왕 가　 가 온 부 신 개

落日池上酌, 清風松下來.
낙 일 지 상 작　 청 풍 송 하 래

廚人具雞黍, 稚子摘楊梅.[3]
주 인 구 계 서　 치 자 적 양 매

誰道山公醉, 猶能騎馬迴.[4]
수 도 산 공 취　 유 능 기 마 회

≪ 註

1) 배사사(裴司士) : 미상. 사사는 현에 속한 관명으로, 토목공사에 관한 일을 맡아보았음.
　원사호(員司戶) : 미상. 사호는 관명으로, 호구와 토지, 요역 등에 관한 일을 맡아보았음.
2) 부료(府寮) : 사사, 사호와 같은 관부의 벼슬아치를 가리킴.
　왕가(枉駕) : 타인의 방문에 대한 존칭. 귀한 분이 몸을 낮추어 수레를 타고 찾아온다는 뜻.
3) 구계서(具雞黍) : 508쪽 주1) 참조.
　양매(楊梅) : 상록교목. 열매가 매실처럼 둥글고 신맛이 있음.
4) 산공(山公) : 194쪽 주2) 참조.

배사사裴司士, 원사호員司戶가 찾아와

관리들 몸 굽혀 찾아오시니
집에 담근 술 새로이 뚜껑을 연다.
해 지는 못가에서 잔질할 때에
맑은 바람은 솔 아래로 불어온다네.
부엌에선 닭 잡아 밥을 하는데
아이는 매실을 따고 있구나.
뉘 말했나? 산공山公은 취하여서도
말 타고 돌아가길 잘도 했다고.

除夜
제 야

漸遞三巴路, 羇危萬里身.[1]
초 체 삼 파 로　기 위 만 리 신

亂山殘雪夜, 孤燭異鄕人.
난 산 잔 설 야　고 촉 이 향 인

漸與骨肉遠, 轉於僮僕親.
점 여 골 육 원　전 어 동 복 친

那堪正漂泊, 來日歲華新.[2]
나 감 정 표 박　내 일 세 화 신

제야除夜

삼파三巴로 가는 길 까마득하고
위태로운 만릿길의 나그네 신세.
겹겹의 산에 잔설 흩뿌리는 밤
이방인 홀로 등불 밝히었구나.
골육과는 차츰 멀어져가고
하인과 점차 친근해지네.
어찌 차마 배에서 잠을 이루리?
내일이면 새해가 찾아오는데.

傷峴山雲表觀主[1]
상 현 산 운 표 관 주

少小學書劍, 秦吳多歲年.[2]
소 소 학 서 검　진 오 다 세 년

歸來一登眺, 陵谷尙依然.[3]
귀 래 일 등 조　능 곡 상 의 연

豈意餐霞客, 忽隨朝露先.[4]
기 의 찬 하 객　홀 수 조 로 선

因之問閭里, 把臂幾人全?[5]
인 지 문 려 리　파 비 기 인 전

≪註
1) 현산(峴山) : 현수산峴首山. 42쪽 주2) 양공현산하襄公峴山下 참조.
  운표(雲表) : 관주의 이름. 도교 사원을 '관觀'이라 함.
2) 진오(秦吳) : 옛 진나라와 오나라 땅. 멀리 남북으로 노닐었음을 의미함.
3) 능곡(陵谷) : 언덕과 계곡. 자연을 의미함.
4) 찬하객(餐霞客) : 노을을 먹고사는 사람. 신선을 의미함.
5) 파비(把臂) : 손과 팔뚝을 잡는다는 뜻으로 친밀한 관계를 가리킴.

현산峴山의 운표관주雲表觀主를 가슴 아파하며

어려서 글과 검술 익히고 나선
남북을 주유하며 많은 세월 보내었다네.
귀향해 한번 높이 올라 내려볼 적에
산천이야 여전히 예전 그대로.
어찌 알았으랴! 신선 되어서
홀연 아침 이슬 따라 먼저 갈 줄을.
이에 묻고 싶나니, 우리 동네에
친한 이 몇이나 온전하신가?

賦得盈盈樓上女[1]
부득 영 영 루 상 녀

夫壻久別離, 靑樓空望歸.[2]
부서 구 별 리   청루 공 망 귀

粧成卷簾坐, 愁思嬾縫衣.
장 성 권 렴 좌   수 사 난 봉 의

鷰子家家入, 楊花處處飛.
연 자 가 가 입   양 화 처 처 비

空床難獨守, 誰爲解金徽?[3]
공 상 난 독 수   수 위 해 금 휘

≫≫ 註

1) **부득(賦得)** : 정해진 제목과 내용에 의거해 시를 짓는 것. 위 시는 「고시십구수古詩十九首」「청청하반초靑靑河畔草」의 시구에 근거해 지은 것임.
   영영(盈盈) : 아름다운 모양에 대한 형용.
2) **청루(靑樓)** : 부녀자의 거처를 가리킴.
3) **공상(空床)** : 「고시십구수」「청청하반초」에, "집 떠난 이 돌아올 줄 모르니, 쓸쓸한 침상을 홀로 지키기 어렵다(蕩子行不歸, 空床難獨守)"는 구절이 있음.
   해금휘(解金徽) : 휘徽는 기러기발을 가리킴. 거문고를 탄다는 뜻.

아름다운 누대 위의 여인

오래도록 낭군과 헤어졌구나.
청루에서 부질없이 돌아오길 기다린다네.
단장한 채 발 걷고 앉아 있으나
시름 겨워 바느질도 하기 싫어라.
제비는 이집저집 날아드는데
버들개지 여기저기 날리우누나.
쓸쓸한 침상 홀로 지키기 어려웁구나
거문고는 누굴 위해 타볼꺼나.

春怨
춘 원

佳人能畫眉, 粧罷出簾帷.
가 인 능 화 미　장 파 출 렴 유

照水空自愛, 折花將遺誰?
조 수 공 자 애　절 화 장 유 수

春情多豔逸, 春意倍相思.
춘 정 다 염 일　춘 의 배 상 사

愁心極楊柳, 一種亂如絲.[1]
수 심 극 양 류　일 종 난 여 사

≪ 註

1) **수심(愁心)** : 이하 두 구절은 시름겨운 마음에 버드나무를 보게 되자 극도로 심란해진
　다는 뜻.

봄날의 슬픔

고운 여인 눈썹을 잘도 그리네.
단장 마친 후 주렴 밖으로 나서는구나.
물에 비친 모습 맘에 든다만
꽃을 꺾는들 그 누구에게 줄 수 있으랴.
춘정은 더욱 농욱해지고
님 생각 배나 그리웁구나.
버들 보노라니 시름은 끝이 없는데
얽힌 실인 양 마음은 심란해지네.

閨情
규 정

一別隔炎涼, 君衣忘短長.[1]
일 별 격 염 량　군 의 망 단 장

裁縫無處等, 以意忖情量.[2]
재 봉 무 처 등　이 의 촌 정 량

畏瘦疑傷窄, 防寒更厚裝.[3]
외 수 의 상 착　방 한 갱 후 장

半啼封裹了, 知欲寄誰將?[4]
반 제 봉 과 료　지 욕 기 수 장

※ 註

1) **염량(炎涼)** : 날씨가 덥고 차가움.
2) **무처등(無處等)** : 동일하게 비교할 대상이 없다는 뜻.
　정량(情量) : 개인의 표준. 여기서는 신체의 크기를 가리킴.
3) **외수의상착(畏瘦疑傷窄)** : 남편이 말랐으리라 짐작하고 옷을 짓자니 품이 작게 될까 염
　려된다는 뜻.
4) **장(將)** : 가져간다는 뜻.

규방의 정

한번 헤어져 여름 가고 겨울이 가고
그대 옷 길이도 잊고 말았소.
재봉을 하여도 꿰매며 대볼 것이 없기에
마음으로 짐작해 만들어보오.
말랐겠거니 만들면 작을까 염려가 되고
따스하게 만들자니 두터울까 걱정이라오.
울먹이며 옷꾸러미 싸놓았지만
누구에게 맡겨 보낼까 알지 못하오.

寒夜
한야

閨夕綺窓閉, 佳人罷縫衣.
규 석 기 창 폐　가 인 파 봉 의

理琴開寶匣, 就枕臥重幃.
이 금 개 보 갑　취 침 와 중 위

夜久燈花落, 薰籠香氣微.[1]
야 구 등 화 락　훈 롱 향 기 미

錦衾重自暖, 遮莫曉霜飛.[2]
금 금 중 자 난　차 막 효 상 비

※ 註

1) **등화(燈花)** : 등불의 심지에 맺힌 불꽃.
  훈롱(薰籠) : 향을 태워 옷에 향기를 배게 하는 도구.
2) **차막(遮莫)** : 그냥 내버려두다.

추운 밤에

규방의 저녁, 깁창 닫아둔 채로
아리따운 이 바느질 끝내었구나.
함 열어 거문고 튕겨보고는
겹 휘장 속에 누워 잠을 청하네.
밤 깊어 불꽃도 지려 하는데
훈롱의 향기는 잦아드누나.
비단 이불 두터워 따스하나니
새벽 서리는 날리거나 말거나.

美人分香[1]
미인분향

豔色本傾城, 分香更有情.[2]
염색본경성　분향갱유정

髻鬟垂欲解, 眉黛拂能輕.[3]
계환수욕해　미대불능경

舞學平陽態, 歌翻子夜聲.[4]
무학평양태　가번자야성

春風狹斜道, 含笑待逢迎.[5]
춘풍협사도　함소대봉영

≪ 註

1)**분향(分香)** : 본래 향기를 나누어준다는 뜻이나 여기서는 향기롭게 화장했다는 의미.

2)**경성(傾城)** : 미인을 가리킴. 한漢 효무제 때 이연년李延年이 부른 노래에, "북방에 미인
　이 있어, 세상에 드물게 홀로 서 있네. 한 번 돌아보면 성이 무너지고, 두 번 돌아보면
　나라가 무너진다(北方有佳人, 絕世而獨立, 一顧傾人城, 再顧傾人國)"는 구절이 있음.

3)**계환(髻鬟)** : 여성의 두발을 머리 위로 둥근 고리처럼 묶어 올린 것. 268쪽 주3) 참조.

4)**평양태(平陽態)** : 492쪽 주3) 참조.
　자야성(子夜聲) : 492쪽 주3) 참조.

5)**협사도(狹斜道)** : 젊은이들이 주색의 행락을 누리는 창기의 거처.「장안유협사행長安有
　狹斜行」이란 고악부에, "장안에는 좁고 비탈진 곳 있어, 길이 좁아 수레가 못 다닌다(長
　安有狹斜, 道狹不容車)"는 구절이 있음.

미인의 향기

본래 성을 무너뜨릴 듯 어여쁜데다
향그럽게 단장하니 정 더욱 생겨나누나.
쪽 찐 머리는 흩어져 흘러내리고
까맣게 칠한 눈썹 가벼이 치켜든다네.
평양공주平陽公主 댁 기녀 같은 자태로 춤을 추면서
자야子夜 같은 목소리로 노래를 하네.
봄바람 부는 비탈진 골목길에서
웃음 띤 얼굴로 손님을 맞이한다오.

登安陽城樓¹⁾
등 안 양 성 루

縣城南面漢江流, 江嶂開成南雍州.²⁾
현 성 남 면 한 강 류　강 장 개 성 남 옹 주

才子乘春來騁望, 群公暇日坐銷憂.
재 자 승 춘 내 빙 망　군 공 가 일 좌 소 우

樓臺晚映靑山郭, 羅綺晴嬌綠水洲.³⁾
누 대 만 영 청 산 곽　나 기 청 교 녹 수 주

向夕波搖明月動, 更疑神女弄珠遊.⁴⁾
향 석 파 요 명 월 동　갱 의 신 녀 농 주 유

≪ 註

1) 안양(安陽) : 양주襄州의 안양현. 한수漢水 북쪽에 면해 있었음.
2) 남옹주(南雍州) : 양주 지역의 옛 지명. 진晉의 왕실이 남으로 내려와 호족들이 양주에
　남옹주를 세운 사실이 있음.
3) 나기(羅綺) : 화려한 비단옷. 혹은 비단옷을 입은 사람.
4) 신녀농주(神女弄珠) : 정교보鄭交甫가 한고漢皐에서 신녀를 만난 고사. 42쪽 주2) 신녀
　한고곡神女漢皐曲 참조.

안양安陽 성루에 올라

고을 성곽은 남으로 한강 물결 마주했나니
이 강산에 남옹주南雍州 열리었도다.
봄 오면 재명才名 있는 이들 멀리 조망하였고
한가한 날 여러 귀한 분들 앉아 시름 삭힌 곳.
청산 밖 누대에 석양 비추일 적에
초록 섬에 비단옷 선명해 아리땁구나.
저물녘 물결 일고 밝은 달 뜨니
신녀神女가 옥구슬 놀리며 놀러 오신 듯.

歲除夜有懷
세 제 야 유 회

五更鐘漏欲相催, 四氣推遷往復迴.[1]
오 경 종 루 욕 상 최　　사 기 추 천 왕 복 회

帳裏殘燈纔有焰, 爐中香氣盡成灰.
장 리 잔 등 재 유 염　　노 중 향 기 진 성 회

漸看春逼芙蓉枕, 頓覺寒消竹葉杯.[2]
점 간 춘 핍 부 용 침　　돈 각 한 소 죽 엽 배

守歲家家應未臥, 相思那得夢魂來.[3]
수 세 가 가 응 미 와　　상 사 나 득 몽 혼 래

※ 註

1) 오경(五更) : 하룻밤을 다섯으로 나눈 다섯째 시각. 새벽 3시부터 5시까지.
　종루(鐘漏) : 때를 알리는 종과 물시계.
　사기(四氣) : 춘하추동의 덥고 차가운 기운.
2) 부용침(芙蓉枕) : 연꽃으로 수놓은 베개.
　죽엽배(竹葉杯) : 양주襄州 의성宜城에서 생산되는 좋은 술을 가리킴.
3) 수세(守歲) : 제야에 설날 새벽까지 잠들지 않고 깨어 있는 풍습.

제야에 감회가 있어

오경五更이라 새벽 시간 깊어가는데
사기四氣는 돌고 돌아 변하여가네.
휘장 안 껌뻑이는 등불 꺼질 듯한데
향기롭던 화로 속엔 재만이 남아.
봄날이 가까워지니 부용침芙蓉枕 베고 자리라.
추위 수그러져 죽엽배竹葉杯 들게 되리라.
집집마다 수세守歲하느라 눕지 않을 터
어찌해야 꿈엔들 그리운 이 오게 할꺼나.

登萬歲樓
등 만 세 루

萬歲樓頭望故鄉, 獨令鄉思更茫茫.[1]
만 세 루 두 망 고 향   독 령 향 사 갱 망 망

天寒鴈度堪垂淚, 日落猿啼欲斷腸.
천 한 안 도 감 수 루   일 락 원 제 욕 단 장

曲引古堤臨凍浦, 斜分遠岸近枯楊.[2]
곡 인 고 제 임 동 포   사 분 원 안 근 고 양

今朝偶見同袍友, 却喜家書寄八行.[3]
금 조 우 견 동 포 우   각 희 가 서 기 팔 행

※ 註

1) 만세루(萬歲樓) : 지금의 강소성江蘇省 진강시鎭江市에 해당하는 윤주潤州 남쪽에 있던 누대.

2) 고제(古堤) : 수제隋堤. 수 양제隋煬帝가 운하를 개통하며 만들어놓은 제방.
   원안근고양(遠岸近枯楊) : 수제에 심어놓은 버드나무.

3) 동포(同袍) : 가까운 친구 관계를 가리킴.
   팔행(八行) : 서신을 가리킴.

만세루萬歲樓에 올라

만세루에서 고향 땅 바라보다가
홀로 향수에 젖어 마음 아련해지네.
날 추워 기러기 떠나자 눈물 나오고
해 지고 원숭이 울자 애 끊어진다.
구불구불 옛 제방은 얼어붙은 포구에 닿아 있구나.
비탈진 먼 강둑엔 마른 버들 가까이 뵈네.
오늘 아침 우연히 친구 만나니
기뻐라, 몇 글자 적어 집으로 보내어주리.

春情
춘정

靑樓曉日珠簾映, 紅粉春粧寶鏡催.[1]
청루효일주렴영　홍분춘장보경최

已厭交懽憐枕席, 相將遊戲遶池臺.
이염교환연침석　상장유희요지대

坐時衣帶縈纖草, 行卽裙裾掃落梅.
좌시의대영섬초　행즉군거소락매

更道明朝不當作, 相期共鬪管絃來.[2]
갱도명조부당작　상기공투관현래

≪ 註

1)청루(靑樓) : 여성의 거처에 대한 통칭.
　홍분(紅粉) : 연지와 분. 여성을 가리키기도 함.
2)관현(管絃) : 관악기와 현악기.

봄날의 정회

청루의 새벽 해에 주렴 빛날 제
고운 여인 거울 열고 봄단장하네.
실컷 기쁨 나누어 잠자리 맘에 드는데
서로 이끌며 못가 누대 따라 노니는구나.
앉으면 옷과 띠에 가는 풀 달라붙으며
걸으면 치맛자락에 떨어진 매화 쓸리운다네.
다시 내일 아침을 말한들 쓸데없으니
악기 가져와 함께 어울려보세.

宿建德江[1)]
숙 건 덕 강

移舟泊烟渚, 日暮客愁新.
이 주 박 연 저　　일 모 객 수 신
野曠天低樹, 江淸月近人.
야 광 천 저 수　　강 청 월 근 인

※ 註

1) **건덕강**(建德江) : 건덕현 경내를 지나 흐르는 절강浙江의 수계.

건덕강建德江에 묵으며

안개 낀 물가로 배를 옮기니
날 저물고 나그네 시름 더해가누나.
들은 넓고 하늘은 수풀에 드리웠는데
강물 맑고 달은 사람과 가까웁구나.

春曉
춘 효

春眠不覺曉, 處處聞啼鳥.
춘 면 불 각 효　 처 처 문 제 조

夜來風雨聲, 花落知多少?[1]
야 래 풍 우 성　 화 락 지 다 소

≪ 註

1) **지다소(知多少)** : 많다는 쪽에 의미를 두고 있음.

봄날 아침

봄잠에 날 밝는 줄 알지 못하다
곳곳에 새 우는 소리 듣게 되었네.
밤새 비바람 소리 들려왔으니
꽃들은 얼마나 지고 말았나?

送朱大入秦[1]
송 주 대 입 진

遊人五陵去, 寶劍直千金.[2]
유 인 오 릉 거 보 검 치 천 금

分手脫相贈, 平生一片心.
분 수 탈 상 증 평 생 일 편 심

≪ 註

1) 주대(朱大) : 214쪽 주1) 주대거비朱大去非 참조.
  진(秦) : 옛 진나라 땅인 장안長安을 가리킴
2) 오릉(五陵) : 장안을 가리킴. 본래 장안에 있는 한나라 황제의 다섯 능묘인 장릉長陵, 안
  릉安陵, 양릉陽陵, 무릉茂陵, 평릉平陵을 가리킴.

진秦으로 가는 주대朱大를 보내며

나그네 오릉五陵으로 떠나는데
보검은 천금의 가치 지녔구나.
손 놓고 헤어질 제 풀어 주니
평생토록 한마음을 같이하고자.

送友人之京
송 우 인 지 경

君登靑雲去, 余望靑山歸.[1]
군 등 청 운 거　여 망 청 산 귀

雲山從此別, 淚濕薜蘿衣.[2]
운 산 종 차 별　누 습 벽 라 의

≪ 註

1) **청운(靑雲)** : 높은 벼슬에 오름을 비유함.
2) **벽라의(薜蘿衣)** : 은자의 의복을 가리킴.

장안長安 가는 벗을 보내며

그댄 청운靑雲에 올라 떠나가시고
난 청산靑山 바라보며 돌아가노라.
구름과 산으로 이제 헤어지나니
눈물이 벽라의薜蘿衣를 적시는구려.

初下浙江舟中口號¹⁾
초 하 절 강 주 중 구 호

八月觀潮罷, 三江越海潯.²⁾
팔 월 관 조 파   삼 강 월 해 심
同瞻魏闕路, 無復子牟心.³⁾
동 첨 위 궐 로   무 부 자 모 심

≪註

1) 절강(浙江) : 절강성浙江省의 강물. 당대에는 신안강新安江과 전당강錢塘江을 절강이라 했음.
   구호(口號) : 초고 없이 입에서 나오는 대로 지었다는 뜻. 구점口占이라고도 함.
2) 삼강(三江) : 오강吳江, 전당강錢塘江, 포양강浦陽江을 가리킴.
3) 위궐(魏闕) : 궁궐, 즉 조정을 가리킴.
   자모(子牟) : 전국시대 위魏나라의 공자公子. 시골에 있으면서도 마음은 궁궐에 있다는 말을 한 바 있음.

절강浙江으로 내려가는 배 안에서

팔월이라, 밀려드는 물결 구경한 후에
삼강三江 지나 강해로 달려간다네.
함께 궁궐길을 바라본다만
자모子牟의 마음일랑 있지 않다오.

醉後贈馬四[1]
취후증마사

四海重然諾, 吾常聞白眉.[2]
사해중연낙 오상문백미

秦城遊俠客, 想得半酣時.[3]
진성유협객 상득반감시

≪ 註

1) 마사(馬四) : 이름 미상.
2) 연낙(然諾) : 신의를 지킴.
　백미(白眉) : 제갈공명과 교유하던 마량馬良을 가리킴. 5형제가 모두 뛰어났으나 그 가운데 제일 출중했으며 흰 눈썹이 있어 백미라 불리었음. 여기서는 마사를 마량에 비유한 것임.
3) 진성(秦城) : 장안을 가리킴.

취하여 마사馬四에게 줌

세상에서 신의가 소중하단 말
나 항상 그대에게 들어왔노라.
장안에서 노닐던 호협한 그대여
얼큰히 취해 서로의 의기 투합하도다.

檀溪尋故人[1]
단 계 심 고 인

花伴成龍竹, 池分躍馬溪.[2]
화 반 성 룡 죽   지 분 약 마 계

田園人不見, 疑向洞中棲.
전 원 인 불 견   의 향 동 중 서

※ 註

1) 단계(檀溪) : 양양襄陽 서남쪽을 흐르는 시내.
2) 성룡죽(成龍竹) : 용으로 변하는 대나무. 갈홍葛洪의 「신선전神仙傳」에 비장방費長房이
   호공호公에게 준 대나무 지팡이가 용으로 변했다는 고사가 나옴.
   약마계(躍馬溪) : 단계를 가리킴. 삼국시대 유비劉備가 적로的盧라는 말을 타고서 이 시
   내를 건너뛰어 목숨을 구한 고사가 있음.

단계檀溪로 친구를 찾아가

꽃은 용으로 변하는 대와 짝을 하였고
물길은 말 건너뛴 시내에서 갈라진다네.
전원에 그 사람 뵈지 않으니
아마도 골짜기 안에 머물렀겠지.

同張將薊門看燈[1]
동 장 장 계 문 간 등

異俗非鄉俗, 新年改故年.
이 속 비 향 속   신 년 개 고 년
薊門看火樹, 疑是燭龍然.[2]
계 문 간 화 수   의 시 촉 룡 연

≪註

1)장장(張將) : 미상.
 계문(薊門) : 계주薊州. 지금의 천진시天津市 계현薊縣.
2)화수(火樹) : 등불을 휘황하게 밝혀 나무에 걸어놓은 것.
 촉룡(燭龍) : 「산해경山海經」에 나오는 신神의 이름. 눈을 감으면 세상이 어두워지고 뜨면 밝아진다 함.
 연(然) : 탄다는 뜻의 '연燃'과 같음.

장장군張將軍의 「계문관등薊門看燈」에 화답함

풍속이 달라 고향과 같지 않은데
새해가 어언 묵은해 되어버렸네.
계문에서 휘황한 불나무 보니
마치 촉룡燭龍이 불을 내듯.

登峴山亭寄晉陵張少府[1]
등 현 산 정 기 진 릉 장 소 부

峴首風湍急, 雲帆若鳥飛.[2]
현 수 풍 단 급   운 범 약 조 비

憑軒試一問, 張翰欲來歸?[3]
빙 헌 시 일 문   장 한 욕 래 귀

※ 註

1) **현산(峴山)** : 현수산峴首山. 42쪽 주2) 양공현산하羊公峴山下 참조.
   진릉(晉陵) : 지금의 강소성 무진현武進縣.
   장소부(張少府) : 장자용張子容을 가리킴. 76쪽 주1) 참조.
2) **운범(雲帆)** : 백색의 돛을 단 배.
3) **장한(張翰)** : 장한張翰은 진晉의 오군吳郡 출신으로, 객지에서 벼슬하다 불현듯 고향의
   농어회가 생각이 나 외지 생활을 청산하고 귀향한 고사가 있음. 여기서는 장자용을 장한
   에 비유한 것임.

현산峴山 정자에 올라, 진릉의 장소부張少府에게 줌

현수산에 바람 드세게 불고
돛단배는 새처럼 날아가누나.
창에 기대어 한번 물어보려오.
장한張翰께선 돌아오지 않으시려오.

口號贈王九[1]
구 호 증 왕 구

日暮田家遠, 山中勿久淹.
일 모 전 가 원　산 중 물 구 엄
歸人須早去, 稚子望陶潛.[2]
귀 인 수 조 거　치 자 망 도 잠

≪ 註 _____

1) **구호(口號)** : 560쪽 주1) 참조.
　왕구(王九) : 왕형王逈. 72쪽 주1) 참조.
2) **치자(稚子)** : 진晉나라 도잠陶潛의 「귀거래사歸去來辭」에, "종들은 나와 맞이하고 아이
　들은 문가에서 기다린다(僮僕歡迎, 稚子候門)"는 구절이 있음. 여기서는 왕형을 도잠에
　비유한 것임.

즉흥으로 지어 왕구王九에게 줌

날 저물고 전원의 집 멀기만 하니
산중에 오래도록 머물지 마오.
집으로 돌아가는 이 서둘러 가오.
아이들 도잠 오시길 기다리나니.

同儲十二洛陽道中作[1)]
동 저 십 이 낙 양 도 중 작

珠彈繁華子, 金羈遊俠人.[2)]
주 탄 번 화 자　금 기 유 협 인

酒酣白日暮, 走馬入紅塵.[3)]
주 감 백 일 모　주 마 입 홍 진

≪ 註 _____

1)**저십이(儲十二)** : 저광희儲光羲. 진사, 감찰어사를 지냈으며 훗날 역적 안록산安祿山에
　협조한 죄로 유배 가 죽었음. 시인으로 품격 높은 작품을 남겼음.
2)**주탄(珠彈)** : 구슬로 만든 탄환.
　번화자(繁華子) : 비단옷을 잘 차려 입은 젊은이. 심약沈約의 시에, "낙양변화자洛陽繁
　華子"란 구절이 있음.
3)**홍진(紅塵)** : 떠들썩하게 번화한 곳을 의미함.

저십이儲十二의 「낙양도중洛陽道中」 시에 화답함

구슬 탄환 쏘아대는 멋쟁이들과
금장식 말고삐의 호협한 사내.
술에 취해 하루해 보내고서는
말 달려 먼지 속으로 사라져간다.

尋菊花潭主人不遇[1]
심 국 화 담 주 인 불 우

行至菊花潭, 村西日已斜.
행 지 국 화 담   촌 서 일 이 사

主人登高去, 雞犬空在家.[2]
주 인 등 고 거   계 견 공 재 가

≪ 註

1)국화담(菊花潭) : 등주鄧州 내향현內鄕縣 동쪽에 있는 못. 산 위에 피어난 국화로 인해 매우 물맛이 좋다고 함.
2)주인등고거(主人登高去) : 음력 9월 9일 중양절重陽節에 높은 곳에 올라 재앙을 피하는 관습이 있음.

국화담菊花潭 주인을 찾아가 만나지 못하고

발길이 국화담菊花潭에 이르고 보니
해는 이미 마을 서편에 기울었다네.
주인은 산으로 올라갔는지
닭과 개만 쓸쓸히 집에 남았네.

張郎中梅園作[1]
장 낭 중 매 원 작

綺席鋪蘭杜, 珠盤折芰荷.[2]
기 석 포 란 두　 주 반 절 기 하
故園留不住, 應是戀弦歌.[3]
고 원 유 부 주　 응 시 연 현 가

※ 註

1) 장낭중(張郎中) : 장자용張子容을 가리킴. 76쪽 주1) 참조.
　매원(梅園) : 시인이 다른 시에서 장자용의 '해원海園'을 언급한 것으로 미루어 해원의
　와전이 아닌가 함.
2) 난두(蘭杜) : 향초인 난초蘭草와 두약杜若.
　기하(芰荷) : 물풀인 마름과 연꽃.
3) 현가(弦歌) : 벼슬살이를 의미함. 266쪽 주4) 금철琴轍 참조.

장낭중張郎中의 매원梅園에서 지음

아름다운 자리에 난초 두약 벌여 있으며
예쁜 소반엔 마름 연꽃 꺾어두었네.
고향 동산에 머물기만 하고 살지 않으니
필시 벼슬살이에 마음 빼앗겼으리.

問舟子
문 주 자

向夕問舟子, 前程復幾多?
향 석 문 주 자　전 정 부 기 다

灣頭正好泊, 淮裏足風波.[1]
만 두 정 호 박　회 리 족 풍 파

≪ 註

1) 회(淮) : 회수淮水. 하남성河南省 동백산桐柏山에서 발원해 안휘성安徽省, 강소성江蘇省을 거쳐 바다로 흘러감.

뱃사공에 물어보다

저물 무렵 사공에게 물어보았네.
"앞길은 얼마나 남아 있느뇨?"
"물굽이에 배 대기 정말 좋나니
회수淮水엔 풍파가 너무 심하오."

楊子津望京口[1)]
양 자 진 망 경 구

北固臨京口, 夷山近海濱.[2)]
북 고 임 경 구 　 이 산 근 해 빈

江風白浪起, 愁殺渡頭人.
강 풍 백 랑 기 　 수 살 도 두 인

≪≪ 註

1) 양자진(楊子津) : 강소성江蘇省 강도현江都縣 남쪽에 위치한 나루터. 154쪽 주1) 참조.
　 경구(京口) : 옛 성城의 이름. 지금의 진강시鎭江市에 있었음.
2) 북고(北固) : 북고산北固山. 진강시 북쪽에 있는 산. 448쪽 주4) 참조.
　 이산(夷山) : 진강시 동북쪽에 있는 산 이름.

양자진楊子津에서 경구京口를 바라보며

북고산北固山은 경구京口에 임하였으며
이산夷山은 바닷가에 가까웁구나.
강바람에 흰 물결 일어나거늘
나루터의 사람들 몹시도 근심을 하네.

北澗泛舟[1]
북간 범주

北澗流恒滿, 浮舟觸處通.
북간유항만　부주촉처통
沿迴自有趣, 何必五湖中?[2]
연회자유취　하필오호중

≪ 註

1)북간(北澗) : 시인이 거처하던 남원南園의 북쪽으로 흐르던 시냇물.
2)연회(沿迴) : 물결을 따라 내려옴과 올라감.
　하필오호중(何必五湖中) : 춘추시대에 월왕越王 구천句踐을 도와 오몇를 무찌른 범려范
蠡가 오호五湖로 배를 타고 떠나 은거한 사실을 빗댄 것임.

북쪽 시내에 배 띄우고

북쪽 시내엔 냇물 항상 그득하구나.
배 띄워 어디로든 갈 수 있다오.
오르락 내리락 절로 흥취 있으니
하필 오호五湖 속으로 떠나야 하나?

洛中訪袁拾遺不遇[1]
낙 중 방 원 습 유 불 우

洛陽訪才子, 江嶺作流人.[2]
낙 양 방 재 자　 강 령 작 류 인

聞說梅花早, 何如北地春?[3]
문 설 매 화 조　 하 여 북 지 춘

※ 註

1)낙중(洛中): 낙양洛陽을 가리킴.
　원습유(袁拾遺): 좌습유左拾遺를 지낸 원관袁瓘을 가리킴. 388쪽 주1) 참조.
2)낙양(洛陽): 반안인潘安仁의 「서정부西征賦」에, "가의賈誼는 낙양의 재자才子(賈生洛陽之
　才子)"라는 구절이 있음. 여기서는 원습유를 가의에 비긴 것임.
　강령(江嶺): 오령五嶺 남쪽의 땅을 가리킴. 지금의 광동성廣東省, 광서성廣西省 일대.
3)문설매화조(聞說梅花早): 오령의 하나인 대유령大庾嶺은 기후가 온난해 매화가 일찍
　피어남.

낙중洛中으로 원습유袁拾遺를 방문했으나 만나지 못하고

낙양洛陽으로 재자才子를 찾아왔건만
강령江嶺에 유배객 되시었다니….
듣자니 매화가 이르게 핀다 하는데
북녘의 봄과는 어떠할는지….

送張郎中遷京[1]
송 장 낭 중 천 경

碧溪常共賞, 朱邸忽遷榮.[2]
벽 계 상 공 상   주 저 홀 천 영

預有相思意, 聞君琴上聲.
예 유 상 사 의   문 군 금 상 성

≪ 註 ──────────────────────────────

1)장낭중(張郎中) : 장자용張子容을 가리킴. 76쪽 주1) 참조.
 천경(遷京) : 서울로 관직을 옮겨감.
2)주저(朱邸) : 왕후나 고관의 저택.

서울로 벼슬 옮기는 장낭중張郎中을 보내며

벽계碧溪에서 늘 같이 즐기며 놀다
홀연 저택으로 영화롭게 옮겨가시네.
벌써 그리운 뜻 찾아들기에
그대의 거문고 소리 귀담아듣소.

戲贈主人
희증주인

客醉眠未起, 主人呼解酲.[1]
객 취 면 미 기　주 인 호 해 정

已言雞黍熟, 復道甕頭清.[2]
이 언 계 서 숙　부 도 옹 두 청

≪ 註

1) 해정(解酲) : 288쪽 주1) 참조.
2) 계서(雞黍) : 닭과 기장밥. 정성껏 차려낸 밥상을 가리킴. 508쪽 주1) 참조.
　옹두(甕頭) : 새로 담가 익힌 술.

장난으로 주인에게 지어줌

취한 손님 잠자리에 누워 있는데
주인은 해장하라 불러댄다네.
닭 잡아 밥상을 차려놨으며
새로 담근 술도 익었다 말을 하누나.

過融上人蘭若[1)]
과 융 상 인 난 야

山頭禪室挂僧衣, 窓外無人溪鳥飛.[2)]
산 두 선 실 괘 승 의   창 외 무 인 계 조 비

黃昏半在下山路, 却聽泉聲戀翠微.[3)]
황 혼 반 재 하 산 로   각 청 천 성 연 취 미

≪ 註

1) **융상인**(融上人) : 융공融公을 가리킴. 362쪽 주1) 참조.
   난야(蘭若) : 절을 가리킴. 34쪽 주2) 참조.
2) **선실**(禪室) : 승려가 거처하는 방.
3) **취미**(翠微) : 푸르른 산 기운. 산을 가리키기도 함.

융상인融上人의 절을 지나며

산머리 선실禪室엔 승복 걸려 있으며
인적 없는 창밖엔 골짝의 새 날아가누나.
하산길엔 황혼이 반쯤 드리웠는데
샘물 소리 들려와 푸른 산 더욱 좋구나.

涼州詞二首¹⁾
양주사 2 수

渾成紫檀金屑文, 作得琵琶聲入雲.²⁾
혼 성 자 단 금 설 문　　작 득 비 파 성 입 운

胡地迢迢三萬里, 那堪馬上送明君?³⁾
호 지 초 초 삼 만 리　　나 감 마 상 송 명 군

異方之樂令人悲, 羌笛胡笳不用吹.⁴⁾
이 방 지 악 영 인 비　　강 적 호 가 불 용 취

坐看今夜關山月, 思殺邊城遊俠兒.
좌 간 금 야 관 산 월　　사 살 변 성 유 협 아

≪ 註

1) 양주사(涼州詞) : 악부樂府 가곡명. 변방인 감숙성甘肅省 양주에서 채집된 것임.
2) 혼성(渾成) : 천연적으로 이루어졌다는 뜻.
　 자단(紫檀) : 열대 지방에서 생산되는 목재. 자줏빛에 박달나무처럼 단단한 성질을 지녔음.
　 금설문(金屑文) : 황금가루와 같은 무늬. 자단나무의 무늬를 가리킴.
　 비파(琵琶) : 악기명. 서역에서 전래된 악기로 4현 혹은 6현이며 본래 마상에서 연주하였음.
3) 호지(胡地) : 왕소군王昭君과 관련된 고사. 『서경잡기西京雜記』에 의하면, "한 원제漢元帝는 후궁이 너무 많아 화공을 시켜 초상화를 그리게 하고 그림을 보고서 불러 총애하였다. 이에 궁녀들은 모두 화공에게 뇌물을 주었으나 왕소군만은 그렇게 하지 않았다. 흉노가 추장을 위해 미인을 구하자 임금은 그림을 보고서 왕소군을 가도록 하였는데, 떠나갈 때 불러서 보았더니 미모가 후궁 가운데 제일이었다"고 한다.
　 명군(明君) : 왕소군을 가리킴. 진 문제晉文帝 사마소司馬昭의 이름을 기휘하기 위해 소昭를 명明으로 바꿔 부른 것임.
4) 강적(羌笛) : 악기명. 강족으로부터 유래된 긴 피리로 음을 조절하는 5개의 구멍이 나 있음.
　 호가(胡笳) : 악기명. 서역으로부터 유입된 피리로 구멍이 없음. 갈잎으로 만들었다고도 함.

양주사凉州詞

천연스런 자단紫檀의 황금 무늬가
비파의 소리 되어 구름으로 날아든다네.
머나먼 삼만 리 오랑캐의 땅
어이 차마 말 위의 명군明君 떠나보내리!

이방의 음악 사람을 슬프게 하니
강적羌笛 호가胡笳일랑 불지를 마소.
오늘밤 관산關山의 달 쳐다보면서
변새邊塞의 협객은 시름에 빠져들리라.

越中送張少府歸秦中¹⁾
월 중 송 장 소 부 귀 진 중

試登秦嶺望秦川, 遙憶靑門春可憐.²⁾
시 등 진 령 망 진 천　　요 억 청 문 춘 가 련

仲月送君從此去, 瓜時須及邵平田.³⁾
중 월 송 군 종 차 거　　과 시 수 급 소 평 전

≪ 註

1)월중(越中) : 옛날 월나라가 있던 지금의 절강성浙江省 남부 일대.
　장소부(張少府) : 장자용張子容. 76쪽 주1) 참조.
　진중(秦中) : 옛날 진나라 땅이던 지금의 섬서성陝西省 일대. 협소하게는 장안長安을
　가리킴.
2)진령(秦嶺) : 진망산秦望山을 가리킴.
　진천(秦川) : 진중秦中과 같음.
　청문(靑門) : 장안성 외곽에 있던 문. 소평召平이 진秦의 멸망 후 이 부근에서 오이를 재
　배하였음.
3)중월(仲月) : 음력 2월.
　과시(瓜時) : 오이가 익을 때. 음력 7월을 가리킴.
　소평(邵平) : 소평召平과 통함. 526쪽 주5) 참조.

진秦 땅으로 귀환하는 장소부張少府를 월越 땅에서 보내며

진망산秦望山 올라 진 땅을 바라보면서
저 멀리 청문靑門의 아름다운 봄 떠올려보네.
이월에 그댈 보내 이제 떠나가나니
칠월까진 소평邵平의 외밭에 이르시기를….

濟江問同舟人
제 강 문 동 주 인

潮落江平未有風, 輕舟共濟與君同.
조 락 강 평 미 유 풍　경 주 공 제 여 군 동
時時引領望天末, 何處靑山是越中?[1]
시 시 인 령 망 천 말　하 처 청 산 시 월 중

≫ 註

1) **인령(引領)** : 목을 펴고 멀리 바라봄.
　월중(越中) : 옛 월나라 땅. 협소하게는 회계會稽 지역을 가리킴.

강을 건너다 함께 배에 탄 이에게 물음

조수 빠져 강물 잔잔하고 바람 없구나.
그대와 함께 가벼운 배로 강을 건너네.
때때로 고개 들고 하늘 끝 바라보나니
어느 곳 청산이 월越 땅이더뇨?

送杜十四之江南[1]
송 두 십 사 지 강 남

荊吳相接水爲鄕, 君去春江正渺茫.[2]
형 오 상 접 수 위 향   군 거 춘 강 정 묘 망

日暮征帆泊何處? 天涯一望斷人腸.
일 모 정 범 박 하 처   천 애 일 망 단 인 장

《 註

1) **두십사(杜十四)** : 두황杜晃으로 짐작됨. 생애 미상.
  강남(江南) : 장강의 하류인 강소성 남부와 절강성 일대를 가리킴.
2) **형오(荊吳)** : 춘추시대 초나라와 오나라 지역. 장강長江의 중류, 하류 지역을 가리킴.

강남 가는 두십사杜十四를 보내며

형과 오 맞닿아 물의 나라 이루었거늘
그대 봄강으로 떠나가니 아득도 해라.
해 지면 나그네 돛배 어디에 댈까?
하늘 끝 한번 보고 애 끊어지려네.

淸明卽事[1]
청명즉사

帝里重淸明, 人心自愁思.[2]
제 리 중 청 명　　인 심 자 수 사

車聲上路合, 柳色東城翠.
거 성 상 로 합　　유 색 동 성 취

花落草齊生, 鸎飛蝶雙喜.
화 락 초 제 생　　앵 비 접 쌍 희

空堂坐相憶, 酌茗聊代醉.
공 당 좌 상 억　　작 명 요 대 취

≪ 註

1) **청명(淸明)** : 24절기의 하나. 춘분과 곡우 사이에 있으며 양력으로 4월 5·6일경. 이때 부터 날이 풀려 화창해지기 시작함.

2) **제리(帝里)** : 제왕이 거주하는 지역. 서울을 기리킴.

청명날에

제왕의 도읍서 다시 맞는 청명일
사람의 마음 절로 시름겨워라.
수레 소리 길 위에 시끄러운데
버들 빛 성동城東에 푸르러졌네.
꽃은 지고 풀 나란히 자라나거늘
꾀꼬리 날며 나비 쌍쌍이 즐거웁구나.
텅 빈 집에서 그리워하다
차 마시며 애오라지 취해보고자.

尋裴處士¹⁾
심 배 처 사

涉水更登陸, 所向皆清貞.
섭 수 갱 등 륙　　소 향 개 청 정

寒草不藏徑, 靈峯知有人.²⁾
한 초 부 장 경　　영 봉 지 유 인

悠哉鍊金客, 獨與煙霞親.³⁾
유 재 연 금 객　　독 여 연 하 친

曾是欲輕擧, 誰言空隱淪.⁴⁾
증 시 욕 경 거　　수 언 공 은 륜

遠心寄白日, 華髮廻靑春.⁵⁾
원 심 기 백 일　　화 발 회 청 춘

對此欽勝事, 胡爲勞我身?⁶⁾
대 차 흠 승 사　　호 위 노 아 신

≪ 註

1)배처사(裴處士) : 미상. 처사는 벼슬하지 않은 선비.
2)영봉(靈峯) : 선산仙山과 같음.
3)연금객(鍊金客) : 쇠를 불려 단약을 만들려는 사람. 즉 신선이 되길 갈구하며 도를 닦는 자.
4)경거(輕擧) : 날아다닌다는 뜻으로 신선이 됨을 의미함.
　은륜(隱淪) : 은거와 같음.
5)화발(華髮) : 백발과 같음.
6)승사(勝事) : 아름답고 좋은 일. 여기서는 은거 행위를 가리킴.

배처사裵處士를 찾아가

물 건너고 또 뭍에 올라서
찾아가는 곳 모두가 맑고 올곧음.
겨울 풀은 오솔길을 가리지 아니했는데
신령한 산속엔 그 사람 살고 있으리.
아득할손 단약丹藥을 달이는 이여.
홀로 안개 노을과 친하였구나.
몸 가벼이 떠올라 신선 되려 하나니
뉘라 부질없이 숨었다 말을 하리오.
유원한 심정을 밝은 해에 부치었으니
백발은 청춘되어 돌아왔구나.
이를 보고 은둔함을 부러워하나
어찌하여 이 내 몸은 고달프다오?

長樂宮¹⁾
장 락 궁

秦城舊來稱窈窕, 漢家更衣應不少.²⁾
진 성 구 래 칭 요 조　　한 가 갱 의 응 불 소

紅粉邀君在何處, 靑樓苦夜長難曉.³⁾
홍 분 요 군 재 하 처　　청 루 고 야 장 난 효

長樂宮中鐘暗來, 可憐歌舞慣相催.
장 락 궁 중 종 암 래　　가 련 가 무 관 상 최

歡娛此事今寂寞, 惟有年年陵樹哀.⁴⁾
환 오 차 사 금 적 막　　유 유 년 년 능 수 애

장락궁 長樂宮

진성秦城은 옛부터 미녀로 이름이 난 곳
한나라 황실은 시중드는 궁녀를 많이 두었지.
단장하고 임금 맞이한 곳 어디이런가?
청루 괴로운 밤에 새벽은 오질 않누나.
장락궁 안에 종소리 어렴풋이 들려오는데
가련토다, 늘 가무를 즐겨하다니.
그렇듯 즐기던 일 이제 적막해지고
능원陵園의 나무만이 세월 따라 슬퍼한다오.

渡揚子江[1]
도 양 자 강

桂檝中流望,　京江兩畔明.[2]
계 즙 중 류 망　　경 강 양 반 명

林開揚子驛,　山出潤州城.[3]
임 개 양 자 역　　산 출 윤 주 성

海盡邊陰靜,　江寒朔吹生.[4]
해 진 변 음 정　　강 한 삭 취 생

更聞楓葉下,　淅瀝度秋聲.[5]
갱 문 풍 엽 하　　석 력 도 추 성

≪ 註

1) 양자강(揚子江) : 강소성 강도현江都縣과 진강시鎭江市 사이를 지나는 장강長江의 일
　부. 현재에는 장강의 통칭으로 쓰임.
2) 계즙(桂檝) : 계수나무로 만든 노. 배를 가리킴.
　경강(京江) : 양자강의 다른 이름.
3) 윤주(潤州) : 지금의 강소성 진강시.
4) 삭취생(朔吹生) : 북풍이 불어온다는 뜻.
5) 석력(淅瀝) : 낙엽 지는 소리.
　도추성(度秋聲) : 가을 소리가 낙엽 지는 소리를 지나 들려온다는 뜻.

양자강揚子江을 건너며

노 저어 강물 속에서 바라보자니
경강京江의 양 기슭 밝기도 해라.
숲 사이로 양자역揚子驛 트여 있으며
산 위로 윤주성潤州城 솟아 있구나.
바다에 이르러 주변이 음산하거늘
강변은 춥고 북풍은 불어온다네.
지는 단풍잎에 귀 기울여보니
스르륵 그 소리에 가을 소리 들려오는 듯.

初秋
초 추

不覺初秋夜漸長, 淸風習習重淒涼.[1]
불 각 초 추 야 점 장　청 풍 습 습 중 처 량

炎炎暑退茅齋靜, 階下叢莎有露光.[2]
염 염 서 퇴 모 재 정　계 하 총 사 유 로 광

《 註

1)습습(習習) : 바람이 솔솔 부는 모양.
2)염염(炎炎) : 열기가 이글거리는 모양.
  사(莎) : 사초. 습한 땅에서 자라는 여러해살이 풀. 높이는 70cm가량으로 뿌리 끝에 둥
근 덩이줄기가 달렸고 여름철에 다갈색 꽃이 핌.

초가을

어느덧 초가을 밤 길어져가고
맑은 바람 솔솔 불어 서늘함 더해주누나.
무더위 물러가고 초가집 고요한데
섬돌 아래 사초에는 이슬이 빛을 발하네.

역자 후기

I.

맹호연(689~740)은 중국 시가문학의 최고봉을 이룬 성당 盛唐의 시단에서 활약했던 시인으로, 한국의 독자에게는 다음 의 「춘효春曉」로 잘 알려져 있다.

봄잠에 날 밝는 줄 알지 못하다　春眠不覺曉,
곳곳에 새 우는 소리 듣게 되었네. 處處聞啼鳥.
밤새 비바람 소리 들려왔으니　　夜來風雨聲,
꽃들은 얼마나 지고 말았나?　　花落知多少?

잠에서 깨어나 문득 비바람에 떨어졌을 꽃들을 염려하는 이 시는 오래도록 인구에 회자되어 우리에게 친숙한 편인데, 이 짤막한 시를 통해서도 자연의 사물과 일체되어 공명하는 시인 맹호연의 정신 경계와 평이·담박하며 자연스런 언어적 표현 속에 감춰진 참신한 예술 경계를 엿볼 수 있겠다.

맹호연의 시는 그 독특한 운치로 인해 역대로 수많은 이들 의 사랑을 받아왔다. 명대의 이동양李東陽은 각별히 그를 존 숭하여,

"당시唐詩는 이백李白과 두보杜甫 이외에 맹호연孟浩然
과 왕유王維를 대가大家라고 이를 만하다."

하였으니 시단에서의 걸출한 지위를 짐작할 만하다. 실로 맹
호연은 즐겨 산수를 노래하며 독보적 시경詩境을 이루었던
바, 동진東晉의 도연명陶淵明·송末의 사령운謝靈運을 뒤이어
산수시의 새로운 경지를 개척하는 성과를 이룬 것으로 평가
되고 있다. 그런 한편 왕유王維·위응물韋應物·유종원柳宗元
과 더불어 당대唐代 '산수전원시파山水田園詩派'를 대표하는
시인으로 문학사에 기술되고 있다.

그런데 맹호연이 남달리 산수시 창작에 힘을 기울인 원인
은 그 자신의 특수한 생애 이력과 관련이 깊다. 당대의 저명한
시인 가운데 드물게 그는 환로宦路에 오르지 못한 채 포의布衣
로 마쳤다. 이에 평생을 고향 양양襄陽의 간남원澗南園에 은
거해 살았으며, 간혹 원근의 명산대천을 찾아 유람하며 보내
었다. 맹호연의 일생은 곧 '은일隱逸'과 '만유漫遊'라는 두 단
어로 요약된다 하겠는데, 이렇듯 관직 생활의 굴레에서 벗어
난 생활 환경이 더욱 자연 친화적인 삶의 조건을 만들어주었
고, 이를 창작의 좋은 기회로 승화시켰으리란 점은 의심할 여
지가 없을 것이다.

한편 맹호연은 47세 무렵 이백과 조우한 적이 있는데, 그때

이백은 가슴속 깊은 숭모의 정을 담아 다음의 「증맹호연贈孟浩然」 시를 지어준 바 있다.

나는 맹호연 선생을 사랑하나니	吾愛孟夫子,
풍류로 천하에 이름이 나시었도다.	風流天下聞.
젊은 나이에 벼슬길 버리시고는	紅顔棄軒冕,
흰머리 되어 구름 낀 솔밭에 누워 계시네.	白首臥松雲.
달에 취하여 종종 술을 드시며	醉月頻中聖,
꽃에 미혹돼 임금을 섬기지 않으시누나.	迷花不事君.
높다란 산을 어떻게 우러러보리!	高山安可仰,
다만 싱그런 향기 앞에 절을 올릴 뿐.	徒此揖清芬.

이백의 눈에 비친 시인 맹호연은 한마디로 탈속적인 선비이자 멋진 풍류객 그 자체였다. 자연을 탐닉하는 데 마음을 뺏겨 세상 명리名利를 돌보지 않고 유유자적 살아가는 사람, 맹호연의 모습은 그렇게 비춰졌던 것이다. 그런데 이와 같은 이미지는 후대에도 크게 변함없이 전승된 것 같다. 가령 청淸의 오교吳喬는,

"맹호연의 시는 완연히 고사高士답다."

했으며, 근대 중국의 학자 문일다聞一多 역시,

"당대의 시인들은 모두 과거에 합격하기 위해 혈안이
었으나, 유독 맹호연은 세상 밖에 초연하였다."

하였으니 그를 이상적인 초탈한 은사로 허여하고 의심치 아
니하였다.

그런데 맹호연이 '은일 시인隱逸詩人'을 대표하는 인물로
간주됨에도 불구하고 실제 그 삶의 행적에는 은자적 형상에
반하는 자취가 발견되어 다소의 괴리감을 주고 있다. 시인의
생평을 고찰할 수 있는 일차적 전기 자료인 시집에는, 입신출
세立身出世의 개인 의지와 경세제민經世濟民의 정치 이상을
펼칠 기회를 갖지 못한 데서 오는 불만과 번민이 꾸밈없이 표
현된 시편이 적지 않으며, 특히 신·구 『당서唐書』에는 나이
마흔에 상경하여 진사과進士科에 응시한 사실이 또렷이 기재
되어 있다. 시인 자신 그에 관하여 「중하귀남원기경읍구유仲
夏歸南園寄京邑舊游」 시에서,

중년에 은거를 그만두고서　　　　中年廢丘壑
풍진 속에 서울 여행하였구나.　　上國旅風塵

한 바 있다. 그 외에 상서上書나 간알干謁 등의 방식으로 구사
求仕한 혐의도 있으니, 그가 철두철미 은사의 지조를 견지하
지 못했음은 자명하다. 정치·사회 현실을 완전히 초월한 전

원 시인이나 산림 시인이란 애초 존재할 수 없다는 노신魯迅의 지적을 상기해볼 때, 맹호연이 세상과 절연한 채 초야에 묻혀 살았다는 관점은 다분히 작의적인 해석이자 낭만적인 채색이 아닐 수 없는 것이다.

사실 맹호연의 인생 역정에서 엿보이는 출처出處에 대한 관념과 실천은 일반적인 사士 계층의 입장이나 행태와 다르지 않다. 그는 처음부터 벼슬을 단념한 적이 없었으니, 예컨대

> 시詩와 예禮를 유훈으로 전하였으니　　　詩禮襲遺訓,
> 추정趨庭의 가르침 이 몸까지 이어졌도다.　趨庭紹末躬.
> 주야로 늘 자강불식自强不息 힘을 썼기에　　晝夜常自强,
> 사부詞賦를 자못 솜씨 있게 짓는다.　　　　詞賦頗亦工.
>
> （「서회이경읍고인書懷貽京邑故人」）

하였다.

열심히 유가적 지식과 시문의 창작을 학습한 것은 관직 진출이라는 장차의 소용을 위한 것이 아니고 무엇이겠는가. 또한,

> 나와 그대들　　　　　　　吾與二三子,
> 평소의 사귐 깊었나니,　　　平生結交深.
> 다들 큰기러기 같은 뜻 품었으며　俱懷鴻鵠志,

함께 할미새 같은 마음 지녔도다.　　　共有鶺鴒心.

(「세연제죽정洗然弟竹亭」)

했으니, 세상에 나가 자신의 정치 이상을 펴고자 하는 원대한 뜻을 품고 있었다. 그러나 세상을 구제하려는 맹호연의 적극적 용세用世 의지는 불행히도 좌절되었던 바, 일찍이 「만춘와질기장팔자용晚春臥疾寄張八子容」 시에서,

늘 두렵네, 구렁에 파묻혀버려　　常恐塡溝壑,
날개 떨쳐 현달할 길 사라질꺼나.　無由振羽儀.

하고 불안해 한 것처럼 불운한 생애를 보내게 되었다.

맹호연은 생애의 대부분을 고향집에서 보냈지만 철저히 '은거를 위한 은거'를 하지 않았음은 분명한데, 그로부터 제기되는 의문은 이백을 비롯한 다수의 논자들이 무슨 근거로 맹호연을 은일 시인으로 찬미했던가 하는 것이다. 혹자는 맹호연이 출사出仕를 위해 고심한 행적을 가지고 그의 은거를 허위로 매도하며 '가은사假隱士'라 지칭하기도 하니, 이 문제를 해명하지 않는다면 맹호연의 인생과 시에 대한 바른 이해에 장애가 생겨날 것이다.

결론부터 말하자면, 맹호연의 개인적인 기질과 환경의 영향을 고려하고 또한 변화와 발전의 차원에서 그의 인생 역정

을 조망해볼 때, 그의 삶은 스스로 "평생모진은平生慕眞隱"이라 이른 것처럼 '진은眞隱'을 향해 나아가는 과정이었다. 그가 관직 진출이 좌절된 후 세속적 염원을 끊고 더욱 깊숙하게 은자의 길을 걷게 되었다는 점은 일찍이 도연명이 과감하게 관직에서 물러나 「귀거래사歸去來辭」를 노래한 경우와는 차이가 있어 보인다. 그러나 실로 그 두 사람의 종착점이 다른 것은 아니다.

일찍이 『고사전』을 읽어볼 적에　　　嘗讀高士傳,
가장 아름다운 이 도연명이었네.　　最嘉陶徵君.
　　　　　　（「중하귀남원기경읍구유仲夏歸南園寄京邑舊游」）

나 도연명의 아취雅趣를 좋아하나니　　我愛陶家趣,
원림에는 속된 정취 있지 않다네.　　林園無俗情
　　　　　　（「이씨원와질李氏園臥疾」）

맹호연은 평소 도연명을 이상 인격으로 삼아 그가 남긴 발자취를 따르려 했으며, 최종 도연명이 이르렀던 그 지점에 도달했던 것으로 여겨진다. 비록 배회의 발자취를 남기긴 했으나, 도연명의 벼슬살이를 생애의 오점으로 지적할 수 없듯이 맹호연의 관직 진출에 대한 기대를 사시를 뜨고 바라볼 수 없을 것이다.

그리고 왕사원王士源이 서序에서 밝힌 것처럼, 한조종의 남다른 배려로 조정에 천거될 기회가 있었음에도 스스로 포기한 것을 보면 맹호연은 지속적으로, 그리고 강렬하게 관직을 희구했다고 보기 어렵다. 애초 환로에 대한 기대가 미약했으며, 따라서 평소 심각하게 집착하지도 않은 것으로 추측된다. 다만 중년에 이르도록 용세用世의 의지가 완전히 소멸하지 않아 경세제민의 이상을 한번 펴보길 원했으나 여의치 않았고, 그로 인해 은자 본연의 생활에 안착하게 된 시점이 늦어졌다고 보는 것이 옳을 것이다. 과거고시의 실패가 각성제의 역할을 했겠지만 맹호연은 젊어서부터 은자적 풍모를 간직하며 살아왔고, 중년 이후 한 차원 나아간 은일의 삶을 자각적으로 지향하게 되었으니, 그를 은일 시인이라 이름하는 것은 큰 견지에서 실상과 어긋나지 않는 것이다.

2.

맹호연의 시집은 그가 세상을 뜬 지 다섯 해가 지나 동향인 왕사원이 편집하고 서문을 붙여 간행하였다. 218수를 수록했다는 이 판본은 현전하지 않으며, 현재 가장 오랜 판본은 송宋의 촉각본蜀刻本이다. 여기에는 왕사원의 서문과 함께 총 212수의 시가 대략 유람遊覽 · 증답贈答 · 여행旅行 · 송별送別 ·

연락宴樂 · 회사懷思 · 전원田園 등의 주제하에 분류되어 있는
데, 자구상의 명백한 오류가 적지 않은 편이다. 이후 간행된
명明의 동활자본銅活字本에는 261수, 급고각본汲古閣本에는
265수가 실려 있으며, 본 역서가 저본으로 삼고 있는 사부총
간본四部叢刊本에 영인된 4권으로 된 명간본明刊本에는 총
263수가 실려 있다. 이 판본은 상대적으로 오류가 적은 편이
지만,「시맹교示孟郊」를 비롯한 몇몇 작품들은 후대의 위작으
로 추정되고 있다. 그 점을 감안하면 맹호연의 시는 대략 250
여 수 정도라고 할 수 있겠다.

맹호연의 시는 대체로 전원의 은일 생활과 산수간 여행 생
활의 산물로서, 이를 내용상 대별한다면 맑고 빼어난 자연미
를 노래한 산수전원시山水田園詩와 진솔한 사상 · 감정의 표
현을 위주로 한 서정언지시抒情言志詩로 나눠볼 수 있다.

먼저 맹호연 시의 본령이라 할 수 있는 산수전원시를 취재
의 범위에 따라 구별하면 다음과 같다. 첫째, 고향인 양양 지
역의 우미한 자연 환경을 다룬 시편이 있다. 시인 소유의 전장
인 간남원과 그 인근의 풍경을 자세히 묘사하였으며, 현산과
녹문산 · 만산, 그리고 한수를 비롯한 고향 부근의 명승지를
즐겨 노래한 것들이다. 이들 작품에는 그 지역의 고유한 풍정
이 잘 녹아져 있다. 둘째, 지역적으로 광활하게 중국 각지의
산천과 명승을 포함하고 있는 작품들이 있으니, 과거를 보러

가기 위해, 혹은 멀리 벗을 방문하기 위해, 혹은 명승지를 유람하고서 지은 작품들이다. 그러므로 여기에는 장안과 낙양·계북·촉과 삼협, 악상, 오월 등 다양한 지역의 산수 풍광이 담겨져 있다. 셋째, 고향 및 각처의 명승지에 자리한 사찰과 도관의 풍경을 묘사한 작품들이 있으며, 마지막으로는 전원 생활의 정취와 풍미를 담고 있는 시들이 있다.

다음 서정언지를 위주로 한 시의 경우는 제재의 범위가 넓거나 함유된 내용이 복잡다단한 편은 아니다. 핵심을 이루는 주제는 역시 출사와 은거에 관한 문제인데, 세상을 구제하려는 적극적이고 진취적인 정신은 물론 회재불우懷才不遇의 불만 의식 또한 진실되게 표현되어 있다. 그 속에는 재야의 지식인으로서 갖는 세속의 권세와 명리에 대한 비판 의식과 자신의 도덕성을 고결하게 견지해내려는 자아의식이 잘 반영되어 있다. 그 외에 객지에서의 향수나 교유 인사들과의 우의友誼를 노래한 시편들이 다수 있으며, 지인들을 격려하거나 의협심을 찬양하는 내용의 시 등이 있다. 이런 시편들은 산수시에 비해 상대적으로 소홀히 다뤄졌지만 그 역시 맹호연 시의 중요한 구성 부분일 뿐만 아니라, 특히 지인논세知人論世의 견지에서 깊이 있게 읽혀져야 할 필요가 있다.

일찍이 송의 엄우嚴羽는 성당의 시단을 언급하며 '맹호연체'라는 용어를 사용한 바 있다. 실상에 대한 구체적인 설명은 없으나, 종합적인 차원에서 그의 시풍이 여타 작가와 구별되는 독특한 예술적 풍모를 지녔다는 판단의 소산일 것이다. 시인 자신이 어떠한 창작상의 방법을 통해 '맹호연체'를 이루었는지는 간단히 논하기 어려운 사안이지만, 다만 그가 작품 활동에 있어 '흥興'을 중시하며 창작에 임하였음은 확실하다. '흥'이란 '흥취興趣' 내지 '감흥感興'으로 풀이될 수 있는데, 이는 곧 시인의 창작 행위를 추동하는 영감과 같은 것으로 객관 사물의 자극에 의해 촉발되어 외부로 발흥되는 성질의 것이다. 시집 서문에서 "흥이 나길 기다렸다 지었다(貯興而作)"고 맹호연의 작시 태도를 언급한 것처럼, 그는 억지로 감정을 조작해 시를 짓지 않고 진실하고 자연스런 발흥을 중시해 창작에 임하였던 것이다. 그런 까닭에 그의 시구에서도 '흥'이란 글자가 빈번히 발견되고 있으니, 다음은 그 중의 몇 가지 사례이다.

어이해야 좋은 흥취 생겨나리오?　　何以發佳興?
귀뚜라미 밤 섬돌에 울고 있는데　　陰蟲鳴夜階.
　　　　　　　　　「봉선장명부휴목奉先張明府休沐~」

가을이 시인의 흥취 속에 들어온들　　秋入詩人興,
비루한 노래엔 화답할 이 드물리라.　　巴歌和者稀.
　　　　　　　　　「동조삼어사행범호귀월同曹三御史行帆湖歸越」

어스름해지자 시름 찾아들어도　　　愁因薄霧起,
맑은 가을이라 흥취가 일어나누나.　　興是淸秋發."
　　　　　　　　　　　　　　（「추등만산기장오秋登萬山寄張五」）

시절 찾아와 등고登高의 풍속 보고 있자니 風俗因時見,
흠뻑 산수의 흥취 피어오르네.　　　湖山發興多."
　　　　　　　　　　　　（「구일용사작기유대신허九日龍沙作寄劉大昚虛」）

온 고을을 봄시찰 마치고 돌아오는 길　百里行春返,
맑은 물결에 드높은 흥취 넘쳐나누나.　淸流逸興多."
　　　　　　　　　　（「배노명부범주회현산작陪盧明府泛舟迴峴山作」）

　　그렇다면 이러한 창작 태도로부터 산출된 맹호연 시의 독특한 예술적 성취는 어디에 있는가? 그것은 바로 '청淸'이라는 한 글자로 집약될 것이다. 이미 동시대의 여러 사람이 맹호연 시의 특징을 그런 시각에서 평한 바 있으니, 서문에 따르면 그의,

옅은 구름에 은하수 어렴풋한데　微雲淡河漢,
성긴 비는 오동잎을 적시우네.　　疎雨滴梧桐.

하는 시구는 '청절淸絶'하다는 찬탄을 받고 있다. 한편 두보는,

양양의 맹호연을 추억하나니   回憶襄陽孟浩然,

맑은 시는 구절마다 전해질 만하다. 淸詩句句盡堪傳.

(「해민이십수解悶十二首」)

하여 그의 시품을 역시 '청'이라는 글자로 함축하였다. 이러한 견해는 후대의 평론가들에 의해 그대로 추인되어 왔으니, 다음은 그 구체적인 예이다.

"오래 읊조리고 있노라면 금석궁상의 소리가 생겨난다.(諷咏之久, 有金石宮商之聲.)" - 송의 엄우嚴羽.

"어기가 '청량'하여 읊노라면 샘물이 바위 위에 흐르고 바람이 솔 아래 불어오는 소리가 있다.(語氣淸亮, 誦之如泉流石上, 風來松下之音.)" - 명의 육시옹陸時雍.

"그 '청공유냉' 함이 밝은 달 속으로 울려 퍼지는 경쇠 소리, 돌 위를 흘러가는 샘물소리를 듣는 듯하다.(其淸空幽冷, 如月中聞磬, 石上聽泉.)" - 청의 옹방강翁方綱.

"맑고도 확 트여 있다.(淸而曠.)" - 명의 호응린胡應麟.

맹호연 시의 독특한 운치와 미감이랄 수 있는 '청'에 관한 논자들의 평은 대체로 두 가지 측면에서 해석되고 있다. 그 언어적 표현에 있어서는 맑고 깨끗하며 시원스런 성운미聲韻美를 느끼게 한다는 점이며, 시의 의경意境에 있어서는 역시 맑고 그윽하면서도 산뜻하게 확 트여 있어 상쾌한 느낌을 준다는 점이다.

이와 같은 맹호연 시의 '청淸'은 그가 즐겨 노래한 산수자연의 속성이 바로 맑음에 있다는 점에서 일면 당연한 귀결이겠으나, 시품詩品과 인품人品을 연계해 파악하는 한시미학의 전통 관념을 고려한다면 시인의 사람됨이라는 문제를 도외시할 수 없겠다. 앞서 인용한 이백의 시에서 그의 덕성을 일러 '청분淸芬'이라 지칭한 점을 상기할 필요가 있거니와, 서문에서 맹호연을 형용하길,

"모습은 맑고 깨끗했으며 정신은 활달하고 명랑하였다.(骨貌淑淸, 風神散朗.)"

한 점을 유의할 필요가 있다. 내면의 맑고 깨끗함이 겉으로 순전하게 표출되어 안팎으로 해맑음을 간직한 사람, 맹호연의 인품은 바로 그러했던 것이다. 그리고 역시 서문의,

"행위에 꾸밈이 없이 진실됨을 추구하는 행동을 했기에 흡사 허탄한 듯하였다.(行不爲飾, 動以求眞, 故似誕.)"

하는 구절 또한 음미해볼 만하다. 허위적인 가식을 싫어하여
남이 이해하기 어려울 정도로 언행의 진솔함을 추구했던 것
인데, 그가 은거 생활을 하며 산수자연을 깊이 애호하게 된 배
경에는 이러한 청진淸眞함을 자기 인격으로 삼기 위한 노력이
숨어 있는 것이다. 이와 같은 맹호연의 개인적 기질과 성품이
그의 작품 활동에 반영되어 나온 결과가 곧 '청淸'의 경지인
것이다.

이러한 시품과 인품상의 특징으로 말미암아 맹호연의 시는
운치韻致가 높은 것으로 평가되어 왔다. 예컨대, 엄우는 맹호
연 시의 뛰어난 점이 바로 '일미묘오(一味妙悟)'한 데 있다 하
여 그 초연한 시적 경지를 높이 평가한 바 있다. 심지어 청의
왕사진王士禎의 경우에는 「만박심양망향로봉晚泊潯陽望香爐
峰」 시를 최상급으로 품평하여,

"시가 이 정도에 이르러서면 색과 상이 다 비었다 하겠
으니, 바로 영양이 뿔을 걸고 있는 것과 같아 자취를 찾
을 수가 없는 바, 화가들이 이른바 '일품'이라는 것이
다.(詩至此, 色相俱空, 正如羚羊挂角, 無跡可求, 畵家所謂逸
品是也.)"

하였다.

그런데 위와 같은 높은 운미韻美에도 불구하고 맹호연의 시

세계는 나름의 결함 또한 지니고 있다. 그것은 사회 생활에 대한 관심을 결여하고 있다는 점이다. 그의 시는 제재의 범주가 협소한데다 특히 정치 현실의 문제와 민간의 인정 세태에 대해 거의 주의하지 아니하였다. 은일 사상을 지니고 현실을 벗어나 산림에 은거해 생활한 결과가 아닐 수 없겠으나, 도연명이 은유적 방식으로나마 당대의 혼란한 정치 현실에 대해 비판 의식을 표현한 것과도 같지 않다.

한편 전해오는 바에 따르면, 소동파蘇東坡는 맹호연에 대해 다음과 같이 평했다 한다.

"운치가 높기는 하나 재학이 짧으니, 궁중의 법주를 만들며 재료가 없는 것과 같다.(韻高而才短, 如造內法酒手而無材料爾.)"

이 언급은 시에서 성어成語와 전고典故를 풍부하게 사용하지 않은 점에 대한 비평으로 여겨지는데, 그런 측면에서라면 외려 소식蘇軾의 주장에 이의를 둘 수도 있을 것이다. 다만 이 지적을 앞서의 논점에 결부시키자면 맹호연의 인생 경력이 단순하여 시의 사상성과 내용성에 부족함이 있음을 간파한 것으로 볼 수도 있다. 은일의 삶을 살았던 맹호연은 뛰어넘을 수 없는 시적 성취의 한계를 그 자신의 인생 속에 내포하고 있었다 해도 틀리지 않으리라. 그럼에도 불구하고 맹호연은 성

당 시단의 대가大家라는 칭호를 부여받을 수 있었으니, 그의
은일자적 삶이 그의 시를 저해했다고만도 할 수 없을 것이다.

돌배나무 꽃 피어나는 시절
대관령 우거에서

맹호연연보 孟浩然年譜[*]

689년(己丑) 무후武后, 영창永昌 1년

맹호연 출생. 양양襄陽에서 태어나 후대에 맹양양孟襄陽으로 불려짐. 녹문산鹿門山에 은거하여 맹녹문孟鹿門, 녹문처사鹿門處士로도 불려짐. 가계는 자세하지 않으며 양양성 남쪽에 장원이 있어 이곳에 살았음. 맹호연의 부친은 관직에 나가지 않고 장원에 거주하였으며 그가 44세가 되던 해에도 어버이가 살아 있었음. 형제 가운데 세연洗然은 진사과에 응시했으며 맹호연과는 따로 살았음. 그 외에 형馨과 악諤이라는 두 아우가 있었던 것으로 추정됨. 옹邕이란 이름의 종제가 있어 과거에 응시했으나 급제하지는 못했음. 누이로는 막莫씨에게 시집간 누이가 있는데 막씨는 일찍 죽고 조카가 서군西軍에 들어갔음이 확인됨.

708년(戊申) 중종中宗, 경룡景龍 2년

20세. 전후로 녹문산에서 노님.

※유문강劉文剛이 찬한 『맹호연연보孟浩然年譜』에 의거하되 부분적으로 수정을 가하여 작성하였음. 맹호연의 생애 이력 및 작품 산출 시기는 연구자마다 인식의 편차가 적지 않음을 감안하여 참작하기 바람.

「登鹿門山懷古」(본년 전후로 지음)

711년(辛亥) 예종睿宗, 경운景雲 2년

23세. 장자용張子容과 함께 녹문산에 은거함.

「夜歸鹿門歌」(본년 혹은 그 전해에 지음)

「尋白鶴崐張子容隱居」(본년 이후에 지음)

712년(壬子) 예종睿宗, 태극太極 1년(현종玄宗, 선천先天 1년)

24세. 겨울에 진사시를 보러 가는 장자용을 전송함.

「送張子容赴擧」

717년(丁巳) 현종玄宗, 개원開元 5년

29세. 8월에 동정호洞庭湖에서 노님. 장설張說의 천거를 얻
고자 악양루岳陽樓 시를 지어 올림. 삼상三湘에서 노닌 것도
이해의 가을로 추정됨.

「臨洞庭」

「夜渡湘水」

「曉入南山」

「過景空寺故融公蘭若」(본년 이후에 지음)

718년(戊午) 현종玄宗, 개원開元 6년

30세. 집에 거처해 있었음. 가난한 생활과 실의를 노래하였으며, 자신을 천거해줄 사람이 있기를 갈망하였음.

「書懷貽京邑故人」

「田園作」

720년(庚申) 현종玄宗, 개원開元 8년

32세. 늦봄에 병을 앓았으며, 장자용에게 준 시가 있음. 9월 9일에 양주襄州의 주부主簿로 있는 가변賈昪과 현산峴山에 올라 술을 마시며 시를 지었음. 그해 혹은 조금 지나 형주荊州로 가는 가변을 전송하며 지은 시가 있음.

「晚春臥疾寄張八子容」

「和賈主簿弁九日登峴山」(본년 전후 9월에 지음)

「送賈昪主簿之荊府」(본년 8월 이후에 지음)

「重酬李少府見贈」(본년 봄에 지음)

「李少府與王九再來」(본년 봄에 지음)

「登峴山亭寄晋陵張少府」(본년 전후로 지음)

721년(辛酉) 현종玄宗, 개원開元 9년

33세. 홍주洪州에서 노님. 9월 9일에 용사龍沙에 있으며 유신허劉眘虛에게 지어준 시가 있음. 처음 심양潯陽에 이르러 「晚泊潯陽望香爐峰」을 지음.

「九日龍沙寄劉大眘虛」

「下灨石」

「晚泊潯陽望香爐峰」(본년 느즈막에 지음)

724년(甲子) 현종玄宗, 개원開元 12년

36세. 한사복韓思復이 양주자사襄州刺史에, 노선盧僎이 양양령襄陽令에 임명되었음. 맹호연은 그들과 망형지교忘形之交를 맺음.

725년(乙丑) 현종玄宗, 개원開元 13년

37세. 이백李白이 촉蜀 땅을 나와 동정洞庭, 양한襄漢에서 노님. 이해에 맹호연이 이백과 교유한 것으로 추정됨. 한사복이 죽어 노선과 함께 현산峴山에 비석을 세움.

726년(丙寅) 현종玄宗, 개원開元 14년

38세. 양주揚州에서 노닐고 무창武昌을 지나 이백을 만남. 이백은 황학루黃鶴樓에서 시를 지어 떠나보냄.

727년(丁卯) 현종玄宗, 개원開元 15년

39세. 겨울에 진사시에 응시하러 장안에 가다 눈을 만남.

「赴京途中遇雪」

「夕次蔡陽館夕次蔡陽館」(본년 이전에 지음)

728년(戊辰) 현종玄宗, 개원開元 16년

40세. 초봄에 장안에 있으며 「長安早春」 시를 지어 합격에 대한 갈망을 노래함. 그러나 급제하지 못하였음. 왕유王維와 친해져 망형지교를 이룸. 장균張均에게 지어준 시가 있음. 가을에 비서성에서 연구聯句를 지었는데, "微雲淡河漢　疏雨滴梧桐"이라는 구절로 모든 사람들의 칭찬을 받았고 이에 장안에 명성이 퍼짐. 이후 계속 장안에서 계속 시를 지어 올렸으나 반응이 없어 실의에 빠짐. 원인경袁仁敬, 하지장賀知章에게 준 시에 낙담과 불만의 뜻이 담겨짐.

「長安早春」(봄에 지음)

「秦中感秋寄遠上人」(가을에 지음)

「題長安主人壁」(9월에 지음)

「秦中苦雨思歸贈袁左丞賀侍郞」

「上張吏部」

729년(己巳) 현종玄宗, 개원開元 17년

41세. 새해에 계문薊門에서 등불을 보고 시를 지음. 2월에 낙양洛陽에서 저광희儲光羲의 시에 화답하였음. 그 후 왕형王迥에게 준 시가 있음. 한식에는 이씨李氏의 집안에서 앓아 누웠음. 여름에 포융包融의 집에서 연회를 하며 지은 시가 있음.
기모잠綦毋潛에게 지어준 시가 있음. 가을에 낙양을 떠나 오
월吳越 지역에서 노닐다 변수汴水를 지나 초현譙縣에 이르러
장주부張主簿, 신도소부申屠少府와 헤어지며 지은 시가 있음.
임환臨渙으로 배를 타고 가서 배명부裴明府와 인사를 나누고
시주를 함께하였음. 조삼어사曹三御史와 태호太湖에서 함께
배를 탐. 조삼어사가 맹호연을 추천하려 했으나 시를 지어 사
절하였음. 겨울에는 부양富陽에서 지은 시가 있음. 동려강桐
廬江, 건덕강建德江에서 노닐고 시를 지음.

「同張將薊門看燈」(1월에 지음)

「同儲十二洛陽道中作」(3월에 지음)

「李氏園臥疾」(3월에 지음)

「宴包二融宅」(5월에 지음)

「自洛之越」(가을에 지음)

「適越留別譙縣綜張主薄申屠少府」(가을에 지음)

「臨渙裴明府席遇張十一房六」(가을에 지음)

「同曹三御史泛湖歸越」(가을에 지음)

「浙江西上留別裴劉二少府」(겨울에 지음)

「經七里灘」(겨울에 지음)

「宿桐廬江寄廣陵舊遊」(겨울에 지음)

「宿建德江」(겨울에 지음)

본년 봄부터 가을에 이르기까지 지은 시

「題李十四莊兼贈綦母校書」

「姚開府山池」

「洛下送奚三還揚州」

「洛中訪袁拾遺不遇」

730년(庚午) 현종玄宗, 개원開元 18년

42세. 봄 혹은 여름에 정산定山, 어포담漁浦潭에서 노님. 여름에 절강浙江을 거슬러 올라 천태산天台山에서 노님. 임안臨安에서 지은 시가 있음. 천태산으로 가는 도중에 지은 시편이 다수 있음. 섣달 팔일에 섬현剡縣의 석성산石城寺에서 노닐고 시를 지음.

「濟江問同舟人」(본년 봄에 지은 것으로 추정됨)

「將適天台留別臨安李主薄」(여름에 지음)

「舟中曉望」(여름에 지음)

「尋天台山作」(여름에 지음)

「越中逢天台太一子」(여름에 지음)

「宿天台桐柏觀」(본년에 지음)

「早發漁浦潭」(본년 봄 혹은 초여름에 지은 것으로 추정됨)

「臘月八日於剡縣石城寺禮拜」(본년 12월에 지은 것으로 추정됨)

731년(辛未) 현종玄宗, 개원開元 19년

43세. 봄에 월주越州에서 사보지謝甫池에게 시를 지어주며 농사에 대한 관심을 표하였음. 3월에 산음山陰에 가서 최국보崔國輔를 만남. 곡우穀雨에 경호鏡湖에서 노닐고 우혈禹穴을 찾아가 시를 지음. 야계耶溪, 운문사雲門寺에서도 노님. 5월에는 최이십일崔二十一과 함께 위명부衛明府 댁에서 연회하고 시를 지음. 초가을에 회계會稽의 공백소孔伯昭의 누대에서 연회하고 시를 지음. 이해 혹은 전년 8월에 항주杭州의 장정樟亭에서 항주 설사호薛司戶, 전당錢塘 안현령顔縣令과 함께 전당강錢塘江의 조수를 구경하였음. 8월에 월주越州에 다니러 감. 겨울에 낙성樂城에 가서 시를 지음. 제야에는 낙성의 장자용 집에서 시주로 창화하였음.

「東陂遇雨率爾貽謝南池」(봄에 지음)

「宿永嘉江寄山陰崔國輔少府」(3월에 지음)

「與崔二十一遊鏡湖寄包賀二公」(3월에 지음)

「遊雲門寺寄越府包戶曹徐起居」(3월에 지음)

「夏日與崔二十一同集衛明府席」(5월에 지음)

「夜登孔伯昭南樓時沈太淸朱升在座」(가을에 지음)

「與顏錢塘登樟亭望潮作」(8월에 지음)

「與杭州薛司戶登樟亭驛」(8월에 지음)

「初下浙江舟中口號」(8월에 지음)

「歲暮海上作」(겨울에 지음)

「除夜樂城張少府宅」(제야에 지음)

「歲除夜會樂城張少府宅」(제야에 지음)

「越中送張少府歸秦中」(본년 혹 전년 2월에 지음)

「久滯越中贈謝南池會稽賀少府」(여름에 지음)

「耶溪泛舟」(본년 혹 전년에 지음)

「雲門寺西六七里聞符公蘭若最幽與薛八同往」(본년 혹 전년에 지음)

「題大禹寺義公禪房」(본년 혹 전년에 지음)

「寄天台道士」(본년 혹 전년에 지음)

732년(壬申) 현종玄宗, 개원開元 20년

44세. 초봄에 낙성의 객관에서 앓아 누움. 영가永嘉로 노닐러 갈 때 장자용이 시를 지어 떠나 보냄. 영가강永嘉江에서 최국보崔國輔에게 시를 지어 보냄. 영가의 상포관上浦館에서 장자용과 만나 또 시주로 창화함. 영가를 떠나 북으로 돌아옴. 돌아오다 영중鄭中에 이르러 시를 지음. 5월에 양양襄陽에 돌아옴. 장안의 친구에게 시를 보내 40세에 상경한 동기와 월越 땅에서 노닐다 오게 된 정황을 밝힘. 가을에 봉선령奉先令 장자용이 휴가로 양양에 돌아오자 그와 함께 연회에 참석해 시를 지음.

「初年樂城館中臥疾懷歸」(봄에 지음)

「宿永嘉江寄山陰崔國輔少府」(봄에 지음)

「永嘉上浦館逢張八子容」(봄에 지음)

「歸至郢中作」(여름에 지음)

「仲夏歸南園寄京邑舊游」(5월에 지음)

「奉先張明府休沐還鄉海亭宴集探得堦字」(가을에 지음)

「秋登張明府海亭」(가을에 지음)

「傷峴山雲表觀主」(본년에 지은 것으로 추정됨)

「登望楚山最高頂」(본년 혹 이후에 지음)

733년(癸酉) 현종玄宗, 개원開元 21년

45세. 새해를 맞아 벼슬 없이 농사를 짓는 심정을 노래함.
봄에 장자용은 봉선령의 임기가 차 양양으로 돌아와 새로 거
처를 마련하여 시를 지었는데, 맹호연이 이에 화답하였음. 한
식에 장자용의 집에서 연회하고 시를 지음. 장자용이 가부낭
중駕部郎中에 임명되어 장안으로 올라가게 되자 시를 지어 전
송함. 양주자사襄州刺史 독고책獨孤冊과 창화하고 그가 가뭄
에서 구제한 일을 찬미함. 독고책, 형부병조참군荊府兵曹參軍
인 소성蕭誠과 만산萬山에 함께 오름. 가을에 다시 장안에 올
라 벼슬을 구할 생각이 싹틈. 10월 가부낭중 장자용이 고향에
돌아와 분묘에 관한 일을 처리함. 진사시 보러 가는 정봉丁鳳

을 떠나보내며 시를 지어 장구령에게 주게 함. 장구령은 12월에 중서시랑中書侍郎, 동중서문하평장사同中書門下平章事를 제수받음.

「田家元日」(새해를 맞아 지음)

「同張明府碧溪贈答」(봄에 지음)

「同獨孤使君東齋作」(여름에 지음)

「張郎中梅園作」(여름 혹 가을에 지음)

「送張郎中遷京」(여름 혹 가을에 지음)

「和盧明府送鄭十三還京兼寄之什」(가을에 지음)

「送丁大鳳進士赴擧呈張九齡」(겨울에 지음)

「陪獨孤使君同與蕭員外證登萬山亭」(본년에 지음)

「峴山送蕭員外之荊州」(본년 전후로 지음)

「同張明府清鏡嘆」(전년 혹 본년 봄에 지음)

「寒夜宴張明府宅」(전년 혹 본년 봄에 지음)

734년(甲戌) 현종玄宗, 개원開元 22년

46세. 다시 장안에 올라가 벼슬을 구함. 종남산終南山의 취미사翠微寺에서 노닐고 시를 지음. 장안에 있으며 배비裴朏가 양주사호襄州司戶에서 예주사호豫州司戶로 임명된 것을 알고 시를 지어 보냄. 한편 상서를 올렸으나 회답이 없자 격분함. 장안을 떠나기 전날 밤에 왕유에게 남기는 시를 지었음. 장안을 출발해 관문을 나와 여정旅亭에서 왕창령을 그리는 시를 지음. 겨울에 귀향하다 남양南陽 부근에서 눈을 만나자 실의 의 정을 노래함. 양양에 돌아와 「歲暮歸南山」 시를 지음. 또한 승려 담연湛然에게 주는 시에서 산림의 정이 더욱 많아졌음을 밝힘.

「初出關旅亭夜坐懷王大校書」(가을에 지음)

「南陽北阻雪」(겨울에 지음)

「歲暮歸南山」(겨울에 지음)

「還山贈湛禪師」(겨울에 지음)

「宿終南翠微寺」(본년 가을 혹 그 이전에 지음)

「聞裴侍御朏自襄州司戶除豫州司戶因以投寄」(본년 가을 혹 그 이전에 지음)

「留別王維」(본년 가을 혹 그 이전에 지음)

「裴司士員司戶見尋」(개원 20년에서 본년 초 사이에 지음)

본년 혹 개원 16년에 지은 시

「淸明卽事」

「登總持寺浮屠」

「長樂宮」(개원 16년에 지은 것으로 추정됨)

「都下送辛大之鄂」

「送袁太祝尉豫章」

「京還贈張維」(개원 22년에 지은 것으로 추정됨)

735년(乙亥) 현종玄宗, 개원開元 23년

47세. 봄에 한조종韓朝宗이 조정에 천거하려 한다기에 함께 장안에 올라가기로 했으나 약속을 어김. 봄날에 현산에서 방관房琯, 최종지崔宗之를 전송하며 9월 9일에 다시 모이기로 기약하고 시를 지음. 이백이 양양에서 노닐며 맹호연에게 자못 경도되어 「贈孟浩然」 시를 지어줌. 가을에 노상盧象과 함께 장자용의 해정海亭에서 연회를 함. 노상이 시를 짓고 맹호연이 화답하였음. 9월 9일에 노상이 현산에서 연회를 베풀어 한조종, 장자용, 최종지를 초청함. 맹호연도 참석하여 시를 지음. 장자용이 의왕부사마義王府司馬에 제수되어 노상이 전송할 때 맹호연도 연회에 참석해 노상의 시에 화답함. 촉蜀 땅으로 들어가 광한廣漢에서 노님. 이에 도한陶翰이 서序를 지어 전송함. 제야에 길을 가다 「歲除夜有懷」 시를 지음.

「峴山餞房琯崔宗之」(봄에 지음)

「同盧明府早秋宴張郎中海亭」(가을에 지음)

「盧明府九日峴山宴袁使君張郎中崔員外」(가을에 지음)

「同盧明府餞張郎中除義王府司馬海園作」(가을 혹 겨울에 지음)

「歲除夜有懷」(겨울에 지음)

「陪盧明府泛舟迴峴山作」(본년 봄에 지은 것 같음)

736년(丙子) 현종玄宗, 개원開元 24년

48세. 미주眉州의 팽산현彭山縣에 이르러 시를 지음. 9월, 한조종이 홍주자사로 좌천되어 양양을 떠날 때 시를 지어 전송함. 11월, 장구령이 상서우승尙書右丞이 됨. 왕창령王昌齡이 고향으로 돌아가다 양양을 지나자 함께 노닐고 잔치를 베풀어 떠나 보내며 시를 지음.

「宿武陵卽事」(봄에 지음)

「送韓使君除洪府都督」(겨울에 지음)

「與王昌齡宴黃道士房」(겨울에 지음)

「送王大校書」(본년 전후로 지음)

737년(丁丑) 현종玄宗, 개원開元 25년

49세. 봄에 한조종에게 시를 지어 보내며 그를 기리며 찬미하는 뜻을 표함. 염방閻防이 폄적되어 장사長沙로 가다 여름에 양양에 이르자 시를 지음. 4월 14일 장구령이 형주대도독부장사荊州大都督府長史로 좌천됨. 5월 8일에 형주에 도착하자 여름에 장구령의 막부에 들어감. 백월百越에 가서 노닐다 동정호洞庭湖에서 장사사호長沙司戶 염방閻防에게 시를 지어 보내고, 가을에도 다시 동정호에서 시를 지어 보냄. 겨울, 형주荊州에 있으면서 장구령에게 시를 지어 올려 막부에 들어가게 된 감격을 표현하였음. 장구령을 따라 기남성紀南城에 사

냥을 나가 배적裴迪, 장참군張參軍에게 시를 지어주며 막료 생활의 권태로움을 드러내었음. 장구령을 따라 송자松滋로부터 저궁渚宮으로 가며 시를 지음. 장구령을 따라 당양현當陽縣에 가서 당양성루當陽城樓에 올라 시를 지음. 양양으로 돌아와 송정宋鼎의 시에 화답하며 막료 생활의 권태와 뜻을 펴지 못한 심사를 표출하였음.

「和于判官登萬山亭因贈洪府都督韓公」(봄 혹 여름에 지음)

「湖中旅泊寄閻九司戶防」(여름 혹 가을에 지음)

「洞庭湖寄閻九」(가을에 지음)

「荊門上張丞相」(겨울에 지음)

「從張丞相遊紀南城獵戲贈裴迪張參軍」(겨울에 지음)

「陪張丞相自松滋江東泊渚宮」(겨울에 지음)

「陪張丞相登嵩陽樓」(겨울에 지음)

「陪張丞相登荊州城樓因寄薊州張使君及浪泊戍主劉家」(겨울에 지음)

「和宋大使北樓新亭」(본년 겨울 혹 후년 봄에 지음)

738년(戊寅) 현종玄宗, 개원開元 26년

50세. 입춘, 장구령의 시에 화답하여 그가 섭리의 재능을 지녔음을 칭송함. 2월에 장구령을 따라 자개산紫蓋山에 올라 제를 올림. 도중에 옥천사玉泉寺를 지나다 장구령의 시에 화답함. 여름, 등창을 앓아 양양에서 병석에 누움. 가을, 왕창령이 영남으로 폄적되어 양양을 지나게 되자 시를 지어 전송하면서 서로의 불행을 깊이 개탄하였고, 아울러 진실하고 돈독한 우정에 대해 힘껏 토로하였음.

「和張丞相春朝對雪」(입춘에 지음)

「陪張丞相祠紫蓋山途經王泉寺」(2월에 지음)

「送王昌齡之嶺南」(가을에 지음)

739년(己卯) 현종玄宗, 개원開元 27년

51세. 영남에 있던 왕창령이 사면되어 북으로 귀환하였음. 여름, 병을 앓고 있을 때 필요畢曜가 문병을 왔음.

「家園臥疾畢太祝曜見尋」(여름에 지음)

740년(庚辰) 현종玄宗, 개원開元 28년

52세. 장구령이 사망함. 등창이 차도가 있었으나 양양에 온 왕창령과 지나치게 주연을 즐기다 생선을 먹고 병이 도져 남원南園에서 일생을 마침.

越中送張少府歸秦中

試登秦嶺望秦川遙憶青門更可憐仲月送君從此去

瓜時須及邵平田

濟江問同舟人

潮落江平未有風輕舟共濟與君同時時引領望天末

何處青山是越中

送杜十四

荊吳相接水為鄉君去春江正渺茫日暮征帆泊何處

天涯一望斷人腸

欽定四庫全書

孟浩然集
卷四

十五

異俗非鄉俗　新年改故年　劃門看火樹　疑是爛龍然

峴山亭寄晉陵張少府

峴首風端急　雲帆若鳥飛　憑軒試一問　張翰欲來歸

口號贈王九

日暮田家遠　山中勿久淹　歸人須早去　稚子望陶潛

同儲十二洛陽道中作

珠彈繁華子　金羈遊俠人　酒酣白日暮　走馬入紅塵

尋菊花潭主人不遇

欽定四庫全書　孟浩然集　卷四

行至菊花潭　村西日已斜　主人登高去　雞犬空在家

張郎中梅園作

綺席鋪蘭杜　珠盤忋荔荷　故園留不住　應是戀絃歌

問舟子

向夕問舟子　前程復幾多　灣頭正好泊　淮裏足風波

楊子津望京口

北固臨京口　夷山近海濱　江風白浪起　慈救渡頭人

北澗泛舟

北澗流恒滿　浮舟觸處通　沿洄自有趣　何必五湖中

洛中訪袁拾遺不遇

洛陽訪才子　江嶺作流人　聞說梅花早　何如北地春

送張郎中遷京

碧溪常共賞　朱郎忽遠縈　預有相思意　聞君琴上聲

戲贈主人

客醉眠未起　主人呼解醒　已言雞黍熟　復道甕頭清

七言絕句

欽定四庫全書　孟浩然集　卷四

過融上人蘭若

山頭禪室挂僧衣　窗外無人溪鳥飛　黃昏半在下山路　却聽泉聲戀翠微

涼州詞二首

渾成紫檀金屑文　作得琵琶聲入雲　胡地迢迢三萬里　那堪馬上送明君

異方之樂令人悲　羗笛胡笳不用吹　坐看今夜關山月　思殺邊城遊俠兒

縣城南漢江沂江潯開成南雍州才子乘春來翹望

摩公眼上坐憂樓臺晚映青山郭羅綺晴嬌綠水洲

向夕波搖明月動更疑神女弄珠遊

歲除夜有懷

五更鐘漏欲相催四氣推遷往復迴帳裏殘燈繞有焰

鑪中香氣成灰漸看春遍芙蓉枕頓覺寒消竹葉杯

守歲家家應未臥相思那得夢魂來

登萬歲樓

萬歲樓頭望故鄉獨令鄉思更茫茫天寒鴈度堪垂淚

月落猿啼欲斷腸曲引古堤臨凍浦斜分遠岸近枯楊

今朝偶見同袍友却喜家書寄八行

春情

青樓曉日珠簾映紅粉春粧寶鏡催已厭交懽憐桃席

相將遊戲遠池臺坐時衣帶縈纖草行即裙裾掃落梅

更道明朝不當作相期琕閤管絃來

五言絕句

宿建德江

移舟泊煙渚日暮客愁新野曠天低樹江清月近人

春曉

春眠不覺曉處處聞啼鳥夜來風雨聲花落知多少

送朱大入秦

遊人五陵去寶劍直千金分手脫相贈平生一片心

送友人之京

君登青雲去余望青山歸雲山從此別淚濕薜蘿衣

初下浙江舟中口號

八月觀潮罷三江越海尋回瞻魏闕路無復子牟心

醉後贈馬四

四海重然諾吾常聞白眉秦城遊俠客想得半酣時

檀溪尋古

花半成龍竹池分濯馬溪田園人不見疑向武陵迷

疑向洞中梗

同張將薊門看燈

早寒江上有懷

木落鴈南度北風江上寒我家湘水曲遙隔楚雲端鄉
淚客中盡歸帆天際看迷津欲有問平海夕漫漫

南山下與老圃期種瓜

樵木南山近林間北郭瞻先人留素業老圃作鄰家不
種千株橘唯資五色瓜郎平能就我開逕剪蓬麻

裴司士見訪

府寮能枉駕家醖復新開落日池上酌清風松下來厨
人具雞黍稚子摘楊梅誰道山公醉猶能騎馬迴

除夜

追遞三巴路覊危萬里身亂山殘雪夜孤燭異鄉人漸
與骨肉遠轉於僮僕親那堪正漂泊來日歲華新

傷峴山雲表上人

少小學書劒秦吳多歲年歸來一登眺陵谷尚依然豈
意餐霞客忽隨朝露先因之間閭里把臂幾人全

賦得盈盈樓上女

夫婿久別離青樓空望歸粧成巷簾生慈思嬾縫衣驚
子家家入楊花處處飛空林難獨守誰為解金徽

春怨

佳人能畫眉粧罷出簾帷照水空自愛折花將遺誰春
情多艷逸春意倍相思慈心極楊柳一種亂如絲

閨情

一別隔炎涼君衣忘短長裁縫無處等以意忖情量畏
瘦宜傷寬窄防炎更厚裝半嗁封裹了知欲寄誰將

寒夜

閨夕綺憶閑佳人罷縫衣理琴開寶匣就枕臥重幃夜
久燈花落薰籠香氣微錦衾重自暖遮其曉霜飛

美人分香

艷色本傾城分香更有情鬢鬟垂欲解眉黛拂能輕舞
學平陽態歌翻子夜聲春風狹斜道含笑待逢迎

七言律詩

登安陽城樓

楚萬重陽日辱公賞燕共乘休暇同醉菊花杯逸

思高秋發歡情落景催國人咸霽和遏愧洛陽才

宴張別駕新齋

世業傳珪組江城佐股肱高齋徵學問虛薄溫先登講

論陪諸子文章得舊朋士元多賞激衷病恨無能

李氏園卧疾

我愛陶家趣林園無俗情春雷百卉坼寒食四隣清伏

桃嗟公幹歸田羨子平年年白社客空滯洛陽城

過故人庄

故人具雞黍邀我至田家綠樹村邊合青山郭外斜開

軒面場圃把酒話桑麻待到重陽日還來就菊花

連中九日懷襄陽

去國已如昨愴然經秋峴山不可見風景令人愁誰

採蘺下菊應閒池上樓宜城多美酒歸與葛强遊

初出關旅亭夜坐懷王大校書

向夕槐煙起葱籠池館曠客中無偶坐關外惜離羣燭

至瑩光滅荷枯雨滴閣永懷蓮友寂寞滯揚雲

李少府與王九再來

弱歲早登龍今朝再連何如春月柳猶憶歲寒松煙

火臨寒食笙歌咽曙鐘喧闐雞道行樂羨朋從

尋張五

聞就龐公隱移居近洞湖興來林是竹歸卧谷名愚挂

席樵風便開軒琴月孤歲寒何用賞霜落故園蕪

張七及辛大見訪

山公能飲酒居士好彈箏世外交初得林中契已并納

涼風颯至逃暑日將傾便就南亭裏餘樽惜解醒

題張野人園廬

與君園廬並微尚頗亦同耕釣方自逸壺觴趣不空門

無俗士駕人有上皇風何必先賢傳唯稱龐德公

過故融公蘭若

池上青蓮宇林間白馬泉故人成異物過客獨潸然旣

禮新松塔還尋舊石筵平生竹如意猶挂草堂前

吾道睽所適向驅車還向東主人開舊舘留客醉新豐樹

遠溫泉綠塵遮晚日紅拂衣從此去高岑蹋華嵩

廣陵別薛八

士有不得志悽悽吳楚間廣陵相遇罷彭蠡泛舟還橋

出江中樹波連海上山風帆明日遠何處更追攀

臨灊裴明府席過張十一房六

河縣柳林邊河橋晚泊船文叨才子會官喜故人連笑

語同今夕輕肥興往年晨風理歸棹吳楚各依然

盧明府早秋宴張郎中海園即事

邑有絃歌宰翔鸞狎野鷗春言華省舊暫滯海池遊鑾

島藏深竹前溪對舞樓更閒書即事雲物見新秋

同盧明府早秋夜宴張郎中海亭

側聽絃歌宰文書游夏徒故園欣賞竹為邑幸來撫華

省曾聯事仙舟復與俱知臨泛久荷露漸成珠

崔明府宅夜觀妓

白日既云暮朱顏亦已酡畫堂初點燭金幌半垂羅長

袖平陽曲新聲子夜歌從來慣留客絃夕為誰多

宴榮山人池亭

甲地金張宅 一云甲 開金宂 榮期樂自多樞衢支遞馬池養

右軍鵝竹引稚琴入花邀賓客過山公時取醉來唱接

鸑歌

夏日宴衛明府宅

言避一時暑池亭五月開喜逢金馬客同飲玉人杯舞

鶴來軒至遊魚擁釣座中殊未起簫管莫相催

清明日宴梅道士房

林下愁春盡開軒覽物華忽逢青鳥使邀我赤松家丹

竈初開火仙桃正發花童顏若可駐何惜醉流霞

寒食宴張明府宅

瑞雪初盈尺寒宵始半更列筵邀酒伴刻燭限詩成香

炭金爐暖嬌絃玉指清厭厭不覺醉歸路曉霞生 一云醉來

方欲卧不 覺曉離鳴

和賈主薄昇九日登峴山

楚江上列離別恨前書願及芳年賞嬌鸎二月初

送謝錄事之越

清旦江天逈涼風西北吹白雲向吳會征帆亦相隨
别耶溪日應探禹穴奇仙書儻相示余在北山陲

洛下送奠三還揚州

水國無邊際舟行共使風羨君從此去朝夕見鄉中余
亦離家久南歸恨不同音書若有問江上會相逢

送袤十嶺南尋弟

早聞牛渚詠今見鶴鴒心羽翼嗟零落悲鳴別故林誉
梧白雲遠煙水洞庭深萬里獨飛去南風遶爾音

永嘉別張子容

舊國余歸楚新年子北佳挂帆愁海路分手戀朋情日
夜故園意汀洲春草生何時一杯酒重與季鷹傾

送袤太祝尉豫章

何幸過休明觀光來上京相逢武陵客獨送章行隨
媵寧黃綬離羣會墨卿江南佳麗地山水舊難名

都下送辛大之鄂

南國辛居士言歸舊竹林未逢調鼎用徒有濟川心余
亦忘機者田園在漢陰因君故鄉去遙寄式微吟

送席大

惜爾懷其寶迷邦倦客遊江山歷全楚河洛遍成周道
路疲千里鄉園老一丘知君命不偶同病亦同憂

送賈昇主簿之荊府

奉使推能者勤王不暫閒觀風隨按察乘騎度荊關送

別登何處開笠舊峴山征軒明日遠空堂郭門間

送王大校書

導漾自嶓冢東流為漢川維桑君有意解纜戎開楚雲
兩使茲別林端意浩然尺書能不恡時望鯉魚傳

浙江西上留別裴劉二少府

西上浙江西臨流恨解攜千山疊成嶂萬壑合為溪
淺流難泝藤長易踦誰情問津者歲晏此中迷

京還留別新豐諸友

孟浩然集卷四

　　　　唐　孟浩然　撰

五言律詩

　送吳宣從事

才有幕中畫而無塞上勳漢兵將滅虜王粲始從軍旌

姊邊庫去山川地脉分平生一七首感激贈夫君

　送張祥之房陵

我家南渡隱慣習野人舟日夕弄清淺林端逆上流山

河據形勝天地生豪酋君意在利涉知音期暗投

　送桓子之郢城過禮

閒君馳綠騎躞蹀指南荆爲結潘楊好言過鄢郢城操

梅詩已贈羔鴈禮將行今夜神仙女應來感夢情

早春潤州送弟還鄉

兄弟遊吳國庭闈戀楚關已多新歲感更餞白眉還歸

泛西江水離筵北固山鄉園欲有贈梅柳著先攀

　送告八從軍

男兒一片氣何必五車書好勇方過我才多便起余

籌將入幕羞拙就就功名正待君繼兩疏

　送元公之鄂渚尋觀主張驂鸞

桃花春水漾之子忽乘流峴首辭蛟浦江邊問鶴樓贈

君青竹杖送爾白蘋洲應是神仙輩相期汗漫遊

峴山餞房琯崔宗之

貴賤平生隔軒車是日來青陽一觀止雲霧餘然開祖

道衣冠列分亭驛騎催方期九日聚還待二星廻

　送王五昆季省覲

公子戀庭幃勞歌涉海沂水乘舟楫去觀堂老萊歸斜

日催烏鳥清江照綵衣平生急難意遙佇鶺鴒飛

　送崔易

片玉來誇楚治中作主人江山增潤色詞賦動陽春別

館當離敬離情任吐伸因聲兩京舊誰念卧漳濱

　送盧少府使入秦

楚關望秦國相去千里餘州縣勤王事山河轉使車祖

川暗夕陽盡孤舟泊岸初嶺猿相叶嘯潭影侶空虛就

桃滅明燭扣船聞夜漁雞鳴問何處人物是秦餘

同盧明府餞張郎中除義王府司馬海園作

上國山河裂賢王郎第開故人分職去潘令寵行來冠

蓋趙染苑范江湘失楚材預愁軒騎動賞客散池臺

欽定四庫全書　　孟浩然集　卷三

落日望鄉

客行愁落日鄉思重相催況在他山外天寒夕鳥來雪

深迷郢路雲暗失陽臺可歎悽惶子勞歌誰為媒

永嘉上浦館連張八子容

逆旅相連處江村日暮時衆山遙對酒孤嶼共題詩嶼

宇鄰蛟室人煙接鳥夷鄉關萬餘里失路一相悲

送張子容赴舉

夕曛山照滅送客出柴門惆悵野中別殷勤醉後言茂

林余偃息喬木爾飛翻無使谷風詣須令友道存

送張參明經舉兼向涇州省覲

十五綵衣年承歡慈母前孝廉因歲貢懷橘向秦川四

座推文舉中郎許仲宣泛舟江上別誰不仰神仙

沂江至武昌

家本洞庭上歲時歸思催客心徒欲速江路苦遺殘

凍因風解新梅臘開行看武昌柳弊髴映樓臺

唐城館中早發寄楊使君

犯霜驅曉駕數里見唐城旅館歸心遍荒村客思盈訪

人留後信箕賽赴前程欲識離魂斷長空度鴈聲

欽定四庫全書　　孟浩然集　卷三

陪李侍御謁聰禪上人

欣逢柏臺舊共謁聰公禪石室無人到繩床見虎眠陰

崖常抱雪松潤為生泉出處雲異同憔在法筵

和張丞相春朝對雪

迎氣當春立承恩喜雪來潤從河漢下花遍艷陽開不

觀豐年瑞安知爽理才撒鹽如可擬顧綵和羹梅

孟浩然集卷三

風吹沙海雪來作柳圍春兒轉隨香騎輕盈伴玉人歌

疑郎中客態比洛川神今日南歸楚雙飛似入秦

歲除夜會當樂城張少府宅

疇昔通家好相知無間然續明催畫燭守歲接長筵借

曲梅花唱新正栢酒傳客行隨處樂不見度年年

自洛之越

皇皇三十載書劍兩無成山水尋吳越風塵獸洛京扁

舟泛湖海長揖謝公卿且樂杯中酒誰論世上名

歸至郢中作

遠遊經海嶠返棹歸山阿夕見喬木鄉園在伐柯愁

隨江路盡喜入郢門多左右看杂土依然即匪佗

途中遇晴

已失巴陵雨猶逢蜀坂泥天開斜景遍山出晚雲低餘

濕猶霑草殘流尚入谿今宵有明月鄉思遠悽悽

蔡陽館

日暮馬行疾城荒人住稀椔聽歌疑近楚投館忽如歸魯

堰田疇章廣陵氣色微明朝拜嘉慶須著老萊衣

他鄉七夕

他鄉逢七夕旅館益羈愁不見穿針婦空懷故國樓結

風初減熱新月始登秋誰忍窺河漢迢迢望斗牛

夜泊牛渚趂薛八船不及

星羅牛渚夕風送鶂舟遲浦潊常同宿湖波忽間之榜

歌空裏失船火望中疑明發泛湖海茫茫何處期

曉入南山

瘴氣曉氛氳南山沒水雲鯤飛今始見鳥墮舊來聞地

接長沙近江從浩渚分賈生曾弔屈余亦痛斯文

夜渡湘水

客行貪利涉夜裏渡湘川露氣聞香杜歌聲識採蓮榜

人投岸火漁子宿潭煙行旅時相問潯陽何處邊

赴命途中逢雪

迢遞秦京道蒼茫歲暮天窮陰連晦朔積雪滿山川落

鴈迷沙渚饑烏噪野田客愁空竚立不見有人煙

聞裴侍御朏自襄州司戶除豫州司戶因以投

寄

故人荊府掾尚有栢臺威移職自樂沔芳聲聞帝畿昔
余臥林巷載酒訪紫扉松菊無君賞卿園蘭欲歸

江上寄山陰崔少府

春堤楊柳發憶與故人期草木本無意枯榮自有時山
陰定遠近江上日相思不及蘭亭會空吟夜楔詩

送洗然弟進士舉

獻策金門去承歡彩服違以吾一日長念爾聚星稀昏
定須溫席寒多柔授衣桂枝如已擢早逐鳳南飛

夜泊廬江聞故人在東林寺以詩寄之

江路經廬阜松門入虎溪聞君尋寂樂清夜宿招提石
鏡山精怯禪林怖鴒樓一燈如悟道為照客心迷

宿桐廬江寄廣陵舊遊

山暝聽猿愁滄江急夜流風鳴兩岸葉月照一孤舟建
德非吾土維揚憶舊遊還將數行淚遙寄海西頭

南還舟中寄袁太祝

泝沂非便習風波厭苦辛忽聞遷谷鳥來報五陵春嶺
北廻征棹巴東覓故人桃源何處是遊子正迷津

東陂遇雨率爾貽南池

田家春事起丁壯就東陂殷殷雷聲作森森雨足垂海
虹晴始見河柳潤初移余意在耕稼因君問土宜

行至汝墳寄盧徵君

行乏憩余駕依然見汝墳洛川方罷雪嵩嶂有殘雲曳
曳半空裏溶溶五色分聊題一詩興因寄盧徵君

寄天台道士

海上來仙客三山望幾時焚香宿華頂裛露採靈芝屢
踐莓苔滑將尋汗漫期因松子去長與世人辭

和張明府登鹿門山

忽示登高作能寬旅寓情絃歌既多暇山水思彌清草
得風先動虹因雨後成諺承巴俚和非敢應同聲

和張三自穰縣還途中遇雪

閒君息陰地東郊柳林間左右灩澗水門庭緩氏山抱

琴來取醉垂釣坐乘閒歸客莫相待緣源殊未還

寄趙正字

正字芸香閣幽人竹葉園經過宛如昨歸卧寂無喧高

烏能擇木莪羊漫髑藩物情合已見從此願忘言

秋登張明府海亭

海亭秋日望委曲江山染翰即題壁傾壺一解顏歡

蓮彭澤令歸賞故園閒余亦將琴史樓遲共取閒

題融公蘭若

精舍買金開流泉遶砌芳荷薰講席松栢映香臺法

雨晴飛去天花畫下來談玄殊未已歸騎夕陽催

九日龍沙寄劉大

龍沙豫章北九日挂帆過風俗因時見湖山發興多客

中誰送酒棹菓自成歌歌竟乘流去滔滔任夕波

洞庭湖寄閻九

洞庭秋正閒余欲泛歸船莫辨荊吳地唯餘水共天渺

灂江樹沒合沓海湖連邐爾為舟檝相將濟巨川

和李侍御渡松滋江

南紀西江濶皇華御史雄截流穿假檝挂席自生風寮

寒爭攀鷁魚龍亦避驄坐閒白雪唱翻入櫂歌中

秦中感秋寄上人

一丘常欲卧三徑苦無貲北土非吾願東林懷我師黃

金燃桂盡壯志逐年衰日夕涼風至閒蟬但益悲

重酬李少府見贈

養疾衡茅下由來浩氣真五行將禁火十亥想尋春致

敬維桑梓邈歎即故人還看後洞色青翠有松筠

宿永嘉江寄山陰崔國輔少府

我行窮水國君使入京華相去十里孤帆天一涯卧

聞海潮至起視江月斜借問同舟客何時到永嘉

上巳日洛中寄王迴十九

卜洛成周地浮杯上巳筵閬鶏寒食下走馬射堂前垂

柳金堤合平沙翠幕連不知王逸少何處會群賢

葉傳金口山櫻作賦開因君振嘉藻江楚氣雄哉

與白明府遊江

故人來自遠邑宰復初臨執手恨為別同舟無異心讼

洄洲渚趣潊漲紅歌音誰識躬耕者年年梁甫吟

遊精思題觀主山房

誤入花源裏初憐竹逕深方知仙子宅未有世人尋舞

鶴過閒砌飛猿嘯密林漸通玄妙理深得坐忘心

尋梅道士

彭澤先生柳山陰道士鶴我來從所好傳篋夏雲多重

以觀魚樂因之鼓枻歌催徐跡未朽千載揖清波

陪姚使君題惠上人房　得青字

帶雪梅初暖含煙柳尚青來窺童子偈得聽法王經會

理知無我觀空厭有形迷心應覺悟客思不遑寧

晚春遠上人南亭

給園支遁隱虛寂養閒和春晚犀木秀闌闐黃鳥歌林

樓居士竹池養右軍鵝花月北牕下清風期再過

人日登南陽驛門亭子懷漢川諸友

朝來登陟處不似艷陽時異縣殊風物羈懷多所思剪

花驚歲早看柳討春遲來未有南飛鴈裁書欲寄誰

遊鳳林寺西嶺

共喜年華好來遊水石間煙容開遠樹春色滿幽山壺

酒朋情冷歌野興慈歸路暝招月伴人還

陪獨孤使君同與蕭員外證登萬山亭

萬山青嶂曲千騎使君遊神女鳴環佩仙郎接獻酬遍

觀雲夢野自愛江城樓何必東南守空傳洗隱侯

贈道士參寥

蜀琴久不弄玉匣細塵生絲脆將斷金徽色尚榮知

音徒自惜聾俗本相輕不遇鍾期聽誰知鸑鷟聲

京還贈張堙

拂衣去何處高枕南山南欲徇五斗祿其如七不堪早

朝非晏起東帶異抽簪因向智者說遊魚思舊潭

題李十四莊兼贈綦母校書

除夜樂城張少府宅

雲海訪甌閩風濤泊島濱如何歲除夜得見故鄉親余
是乘槎客君為失路人平生復能幾一別十餘春

舟中晚望

挂席東南望青山水國遙舳艫爭利涉來往任風潮問
我今何適天台訪石橋坐看霞色晚艱是赤城標

遊精思觀迴王白雲在後

出谷未亭午至家已夕曛迴瞻山下路但見牛羊群樵

欽定四庫全書　卷三　孟浩然集　四

子暗相失草蟲寒不聞衡門猶未掩佇立待夫君

與杭州薛司戶登樟亭驛

水樓一登眺半出青林高高幕英僚散芳筵下客叩山

藏伯禹穴城厯伍胥濤今日觀溟漲垂綸欲釣鼇

尋天台山作

吾友太一子餐霞臥赤城欲尋華頂去不憚惡溪名歇

馬憑雲宿揚帆截海行高高翠微裏遙見石梁橫

宿立公房

支遁初求道深公笑買山何如嵩嶺趣自入戶庭間苔

潤春泉滿離軒夜月閒能令許玄度吟卧不知還

尋滕逸人故居

人事一朝盡荒蕪三徑休始聞漳浦卧奄作岠宗遊池

水猶含墨山雲已落秋今朝泉壑裏何處覓藏舟

姚開府山池

主人新邸第相國舊池臺館是招賢闢樓因教舞開軒

車人已散簫管鳳初來今日龍門下誰知文舉才

欽定四庫全書　卷三　孟浩然集　五

夏日浮舟過滕逸人別業

水亭涼氣多開樽晚來過潤影見藤香閣芰荷野

童扶醉舞山鳥酣歌幽賞未云遍煙光奈夕何

夏日辨玉法師茅齋

夏日茅齋裏無風坐亦涼竹林新筍穊藤架引梢長驚

覓集窠蜂處蜂來造蜜房物華皆可翫花蘂四時芳

與張折衝遊耆闍寺

釋子彌天秀將軍武庫才橫行塞北盡獨步漢南來貝

做吏非凡吏名流即道流隱居不可見高論莫能酬水

接仙源近山藏鬼谷再來迷所花下問漁舟

閒園懷蘇子

林園雖少事幽獨自多違向夕開簾坐庭陰葉落微鳥

從煙樹宿螢傍水軒飛感念同懷子京華去不歸

留別王維

寂寂竟何待朝朝空自歸欲尋芳草去惜與故人違當

路誰相假知音世所稀祇應守寂寞還掩故園扉

武陵泛舟

武陵川路狹前棹入花林莫測幽源裏仙家信幾深水

迴青嶂合雲渡綠谿陰坐聽猿嘯間彌清塵外心

同曹三御史行泛湖歸越

秋入詩人興巴歌和者稀泛湖同旅泊吟會是歸思白

簡徒推薦滄洲已拂衣杳冥雲海去誰不羡鴻飛

遊景空寺蘭若

龍象經行處山腰度石關屢迷青嶂合時愛綠蘿間宴

息花林下高談竹與間寒夢屬塵事疑是入雞山

陪張丞相登嵩陽樓

獨步人何在嵩陽有故樓歲寒問者舊行縣灘諸侯決

莘北彌望沮漳東會流客中遇知已無復越鄉憂

與顏錢塘登樟亭望潮作

百里雷聲震鳴絃暫輟彈府中連騎出江上待潮觀

日秋雲迥淳天渤澥寬驚濤來似雪一坐凜生寒

大禹寺義公禪房

義公習禪寂結宇依空林戶外一峯秀堦前眾壑深夕

陽連雨足空翠落庭陰看取蓮花淨方知不染心

尋白鶴巖張子容隱居

白鶴青巖畔幽人有隱居階庭空水石林壑整罷漁樵歲

月青松老風霜苦竹疎睹茲懷舊業攜策返吾廬

九日

九日未成旬即此晨登高尋故事載酒訪幽人落

帽忝歡飲授衣同試新茱萸正可佩折取寄情親

洞庭去遠近楓葉早驚秋峴首羊公愛長沙賈誼悲士

風無綆紵鄉味有査頭已抱沉痾疾更貽魑魅憂數年

同筆硯茲夕異衾裯意氣今何在相思望斗牛

十三

孟浩然集卷二

孟浩然集卷三

　　　　　唐　孟浩然　撰

五言律詩

與諸子登峴山

人事有代謝往來成古今江山留勝迹我輩復登臨水

落魚梁淺天寒夢澤深羊公碑尚在讀罷淚沾襟

臨洞庭

八月湖水平涵虛混太清氣蒸雲夢澤波撼岳陽城欲

濟無舟楫端居恥聖明坐觀垂釣者徒有羨魚情

晚春

二月湖水清家家春鳥鳴林花掃更落徑草踏還生酒

伴來相命開樽共解酲當杯已入手歌妓莫停聲

歲暮歸南山

北闕休上書南山歸敝廬不才明主棄多病故人踈白

髮催年老青陽逼歲除永懷愁不寐松月夜窗虛

梅道士水亭

二

盧明府九日峴山宴袁使君張郎中崔員外

宇宙誰開闢江山此鬱盤登臨今古用風俗歲時觀地
理荊州分九天涯楚塞寬百城今刺史華省舊郎官共美
重陽節俱懷落帽歡酒邀彭澤載琴輟武城彈獻壽先
淳菊尊幽或藉蘭烟虹鋪藻翰松挂衣冠叔子神如
在山公與未闌賞騎馬醉還尋習池看

宴崔明府宅夜觀妓

畫堂觀妓妙妓長夜正留賓燭吐蓮花艷雜成桃李春
鬟低舞席肩衫袖掩歌脣汗濕偏宜粉羅輕詎著身調移
筝柱促歡會酒杯頻憶使曹王見嫌洛浦神

韓大侯東齋會岳上人諸學士

郡守虛陳榻林間臥楚材山川祈雨畢雲物喜晴開抗
禮尊縫掖臨泚攝渡杯徒攀朱仲李誰薦葛梅翰墨
緣情製高深以意裁滄洲趣不遠何必閒蓬萊

初年樂城館中卧疾懷歸

異縣天隅僻孤帆海畔過往來鄉信斷留滯客情多朏

月閒雷震蟄東風感歲和蟄虫驚戶坼巢鵲眄庭柯徒對
芳樽酒其如伏枕何歸來理舟楫江海正無波

上巳日澗南園期王山人陳七諸公不至

搖艇候明發花源弄晚春在山懷綺季臨漢憶前陳上
巳期三月淳杯與十旬坐歌空有待行樂恨無隣日晚
蘭亭北烟花曲水濱浴蠶逢姹女操艾值幽人石壁堪
題序沙場好解紳攜公望不至盧撣此芳晨

送其氏甥兼諸昆弟從韓司馬入西軍

念爾習詩禮未嘗離戶庭平生早偏露萬里更飄零坐
彙三冬業行觀八陣形飾裝辭故里謀策赴邊庭壯志
吞鴻鵠遠心伴鶺鴒所從文與武不戰自應寧

峴山送蕭員外之荊州

峴山江岸曲郢水郭門前自古登臨處非今獨黯然亭
樓明落日井邑秀通川澗竹生幽與林風入管絃再飛
鵬激水一舉鶴沖天竹立三荊使看君駟馬旋

送王昌齡之嶺南

晚憩支公室故人逢右軍軒憩避炎暑翰墨勤新支竹
閒聽裏日　一作竹藏　雨隨堦下雲同遊清陰卧夕
陽暄江靜棹歌歇溪深棋語閒歸途未忘去攜手戀清
芬

　　上張吏部

公門世緒昌才子冠裳王自出平津邸還為吏部郎神
仙餘氣色列宿動輝先夜直南宮靜朝趨北紫長時人
窺水鏡明主賜衣裳翰苑翩鸚鵡天池侍鳳凰

　　和于判官登萬山亭因贈洪府都督韓公

韓公美襄土日賞城西岑結搆意不淺嵒潭趣轉深皇
華一動詠荊國藹謳吟舊徑蘭勿翦新堤柳欲陰沼傍
餘憶石沙上有閒禽自牧豫章郡空瞻楓樹林因聲寄
沆水善聽在知音耆舊眇不接崔徐無處尋物情多患貴
遠賢俊豈逗迢爾長江暮澄清一洗心

　　下瀨石

瀨石三百里沿洄十嶂間沸聲常浩浩游勢亦潺潺跳

沫魚龍沸垂藤篠瓬攀榜人苦奔峭而我忘險艱放溜
情彌遠登舻目自閒瞑帆何處泊遙指落星灣

　　行至漢川作

異縣非吾土連山盡綠篁平田出郭少盤瓏入雲長萬
壑歸於海千峰劃彼蒼攢猿亂楚峽人語帶巴鄉石上
攢椒樹間養蔡房雪餘春未暖嵐解晝初陽征馬疲
登頤歸帆愛溆茫坐欣沿溜下信宿見維泰

　　久滯越中贈謝南池會稽賀少府

陳平無產業尼父倦東西負郭昔云翳問津今已迷未
能忘魏闕空此滯秦稽兩見夏雲起再聞春鳥啼懷仙
梅福市訪舊若耶溪聖主賢為實卿何隱遁棲

　　送使君除洪府都督

述職撫荊衡分符襲寵榮往來看擁傳前後賴專城勿
翦棠猶在波澄水更清重推江漢旌旋改豫章行邑父
多遺愛羊公有令名衣冠列祖道耆舊擁前旌峴首晨
風送江陵夜火迎無才慚孺子千里愧同聲

盧明府九日峴山宴袁使君張郎中崔員外

宇宙誰開闢江山此鬱盤登臨今古用風俗歲時觀地

理荊州分天涯楚塞寬百城今刺史華省舊官曹共美

重陽節俱懷落帽歡酒邀彭澤載琴輟武城彈獻壽先

浮菊尋幽或藉蘭煙虹鋪藻松竹挂衣冠叔子神如

在山公興未闌嘗聞騎馬醉還向習池看

宴崔明府宅夜觀妓

畫堂觀妙妓長夜正留賓燭吐蓮花艷粧成桃李春聲

欽定四庫全書　孟浩然集　卷二

鬢低舞席衫袖掩歌唇汗濕偏宜粉羅輕詎著身調移

箏柱促歡會酒杯頻懍使曹王見嫌洛浦神

韓大使東齋會岳上人諸學士

郡守虛陳榻林間臥楚材山川祈雨畢雲物喜晴開抗

禮尊縫掖臨流揖渡杯徒攀朱仲李誰薦孟公梅翰墨

緣情製高深以意裁滄洲趣不遠何必問蓬萊

初年樂城館中臥疾懷歸

異縣天隅僻孤帆海畔過往來鄉信斷留滯客情多朧

月閣雷震東風歲歲和蟄蟲驚戶宄巢鵲眄庭柯徒對

芳樽酒其如伏枕何歸來理舟楫江海正無波

巳日澗南園期王山人陳七諸公不至

搖艇候明發花源弄晚春在山懷綺季臨漢憶荀陳上

巳期三月浮杯興十旬坐歌空有待行樂恨無鄰日晚

蘭亭北煙花曲水濱浴蠶逢姹女採艾值幽人石壁堪

題序沙場好解紳群公望不至虛擲此芳晨

送莫氏甥兼諸昆弟從韓司馬入西軍

欽定四庫全書　孟浩然集　卷二

念爾習詩禮未嘗離戶庭平生早偏露萬里更飄零坐

棄三冬業行觀八陣形飾裝辭故里謀策赴邊庭壯志

吞鴻鵠逸心伴鶺鴒所從文與武不戰自應寧

峴山送蕭員外之荊州

峴山江岸曲郢水郭門前自古登臨處非今獨黯然亭

樓明落日井邑秀通川潤竹生幽與林風入管絃再飛

鵬激水一舉鶴沖天竹立三荊使看君駟馬旋

送王昌齡之嶺南

晚憩支公室故人連右軍軒牕避炎暑翰墨動丈竹
情憺裏日巖雨隨堦下雲同遊清陰遍吟卧夕
陽曛江靜棹歌歇溪深橪語聞歸途未忍去携手慇清

芬

上張吏部

公門世緒昌才子冠張王自出平津郎還為吏部郎神
仙餘氣色列宿動輝光夜直南宮靜朝趨北禁長時人
覩水鏡明王賜衣裳翰苑飛鵬鴟天池待鳳凰

和于判官登萬山亭因贈洪府都督韓公

韓公美襄土日實城西岑結搆意不淺嵩潭趣轉深皇
華一動詠荊國氣謳吟舊徑蘭勿翦新堤柳欲陰砌傍
餘怵石沙上有閒禽自牧豫章郡空瞻楓樹林因聲寄
沅水善聽在知音耆舊眇不接崔徐無處尋物情多貴
遠賢俊豈今遲爾長江暮澄清一洗心

下瀞石

瀆石三百里泂洄十嶂間沸聲常浩浩洊勢亦潺潺跳

吳縣非吾土連山盡綠篁平田出郭少鹽塹入雲長萬
壑歸於海千峯劃彼蒼猿聲亂楚峽人語帶巴鄉石上
攢椒樹巖間養麝房雲餘春未暖虱解晝初陽征馬疲
登頓歸帆愛渺茫坐欣沿溜下信宿見維桑

久滯越中贈謝南池會稽賀少府

陳平無產業尼父倦東西負郭皆雲翳問津今已迷未
能忘魏闕空此滯秦稽兩見夏雲起再聞春鳥嘶懷仙
梅福市訪舊若耶溪聖主賢為實卿何隱遁棲

送韓使君除洪府都督

述職撫荊衡分符襲寵榮往來看擁傳前後賴專城勿
翦棠猶在波澄水更清重推江漢理旋改豫章行呂父
多遺愛牟公有令名衣冠列祖道耆舊擁前旌峴首晨
風送江陵夜火迎無愧孺子千里愧同聲

言余有贈三峽爾相尋祖席宜城酒征途雲夢林踟跦

遊子意春藹故人心去矣勿海滯巴東揆夜吟

宴張記室宅

甲第金張館門庭人詠歌妓堂花映發書閣柳連迤玉指

島浮艑的前山入詠歌妓堂花映發書閣柳連迤玉指

調箏柱金泥餚舞羅誰知書飯者年歲獨蹉跎

登龍興寺閣

閣道乘空出披軒逺迤逍見江勢客至屢綠迴茲

郡何填委遥山復總故蒼蒼皆草木處處盡樓臺驟雨

一陽散行舟四海來鳥歸餘興滿周覽更徘徊

登總持寺浮屠

半空躋實塔晴堂盡京華竹遶渭川遍山連上苑斜　四

門開帝宅千陌俯人家累劫從初地為童憶聚沙　一覽

功德見彌益道心加坐覺諸天近空看送落花

與崔二十一遊鏡湖寄包賀二公

試覽鏡湖物中流見底清不知鱸魚味但識鷗鳥情帆

有包子文章推賀生滄浪醉後唱因子寄同聲

本闍黎新亭作

八解禪林秀三明給苑才地偏香界逺心靜水亭開

險山查五馬幽石逕迴瑞花長日下靈藥宜須裁碧網

交紅樹清泉盡綠苔戲魚聞法聚閒鳥誦經來棄象玄

應悟忘言理必該靜中何所得吟詠也徒哉

長安早春

關戌惟東漢城池起北辰咸歌太平日共樂建寅春雪

盡青山樹冰開黑水濱草迎金埒馬花伴玉樓人鴻漸

看無數鶯歌聽欲頻何當桂枝擢歸及柳條新

秦中苦雨思歸贈袁左丞賀侍郎

為學三十載閉門江漢陰明敭逢聖代羇旅屬秋霖　宣

直愧塹苦苦為權勢沉二毛催白髮百鎰罄黃金　淚憶

峴山隲愁懷湘水深謝公積憤懣莊舄空謠吟　躍馬非

吾事狎鷗真我心寄言當路者去矣北山岑

陪張丞相登荊州城樓因寄蘇臺張使君及浪

泊戍主劉家

蓟門天北畔銅柱日南端出守聲彌遠投荒法未寬

身聊倚望攜白璧無瑕玷青松有歲寒府中

丞相閣江上使君灘與盡迴舟去方知行路難

荊門上張丞相

共理分荊國招賢愧楚材召南風更闡丞相閣還開覿

止欣眉睫沉渝拔草萊坐徐孺榻頻接李膺杯始慰

歸翼沙邊鳥曝鰓仰閒宣室呂星象復中台

蝉鳴柳俄看雪閒梅四時年鬹盡千里客程催日下瞻

和宋太史北樓新亭

返耕意未遂日夕登城隅誰謂山林近坐為符竹拘麗

譙非改作軒檻是新圍遠水自嶓冢長雲具區顧隨

江燕賀嘉逐府寮趨欲識狂歌者丘園一覽儒

夜泊宣城界

西塞沿江島南陵問驛樓潮平津濟潤風止客帆收去

去懷前浦莽茫茫泛夕流石逢剌磯山泊敬亭幽火燼

梅根冶煙遲楊葉洲雕家復水宿相伴賴沙鷗

奉先張明府休沐還鄉海亭宴集

自君理畿甸余亦經江淮萬里音信斷數年雲雨歸

來休澣日始得賞心諧朱紱雖重滄洲趣每懷樹低

新舞閒山對舊書齋何以發佳興陰蟲鳴夜悲

同張明府碧谿贈答

別業聞新製同聲和者多還看碧谿答不羨綠珠歌自

有陽臺女朝朝拾翠過舞庭鋪錦繡粧閣閉藤蘿秋滿

休閒日春餘景色和仙鳬能作伴羅機共凌波別島尋

花藥廻潭折芰荷更憐斜日照紅粉艷青娥

贈蕭少府

上德如流水安仁道若山聞君秉高節而得奉清顏鴻

漸昇台羽牛刀列下班處腴能不潤居劇體常閒去詐

人無諂除邪更息奸欲知清與潔明月在澄灣

同王九題就師山房

卜築依然檀溪不更穿圍林二友接水竹數家連直
取南山對非闢逕地偏卜鄰依孟母共井讓王宣曾是
歌三樂仍開詠五篇草堂時僱曝關枇日周旋外事情
都遠中洲性所便間垂太公釣與發子猷船余亦幽樓
者經過窺慕馬花殘臘日柳色半春天鳥泊隨陽鳳
魚藏縮項鯿傳杯問山簡何似習池邊

陪張丞相自松滋江東泊渚宫

放溜獨下松滋登舟命機師寧志經濟日不憚涯寒時洗
帆宜獨古灌纓良在茲政成人自理機息鳥無疑雲物
吟孤興江山辭四維晚來風稍緊冬至日行遲獵響驚
雲夢漁歌激楚辭渚宫何處是川暝欲安之

陪廬明府泛舟迴峴山作

百里行春返清流逸興多鷁舟隨鳳泊江大夾星羅巳
救田家旱仍憂俗訛文章化俊革風雅激頹波高岸
遂陵谷新聲滿棹歌猶憚不調者白首未登科

冬至後過吳張二子檀溪別業

陪張丞相祠紫蓋山途經玉泉詩

望秩宣王命齋心待漏行青襟列冑子從事有參卿五
馬尋歸路雙林指化城開鐘度門近照膽玉泉清皂蓋
依林憩繡徒擁錫迎天宮近兆率汰界谿迷明欲就終
馬志恭閒智者名人隨逝水嘆波逐覆舟傾想像若在
眼間流空復情謝公還欲卧誰與濟蒼生

臘月八日於剡縣石城寺禮拜

石壁開金像香山統鐵圍下生彌勒見回向一心歸竹

栖禪庭古樓臺世界稀夕嵐色餘照先輝講席
邀談柄泉堂施浴衣願承功德水從此濯塵機

同獨孤使君東齋作

郎官舊華省天子分憂襄土歲頻早隨車雨再流雲
陰自南楚河潤及東周屏宇宜新賽田家賀有秋竹間
殘照入池上夕陽浮寄謝東陽守何如八詠樓

峴山送朱大去非遊巴東

峴山南郭外送別每登臨沙岸江村近松門山寺深一

孟浩然集卷二

七言古詩

　　　　　唐　孟浩然　撰

夜歸鹿門歌

山寺鳴鐘晝已昏　漁梁渡頭爭渡喧　人隨沙岸向江村
余亦乘舟歸鹿門　鹿門月照開煙樹　忽到龐公棲隱處
巖扉松徑長寂寥　惟有幽人自來去

和盧明府送鄭十三還京兼寄之

昔時風景登臨地　今日衣冠送別筵　開卧自傾彭澤酒
思歸長望白雲天　洞庭一葉驚秋早　渡落空嗟滯江島
寄語朝廷當世人　何時重見長安道

送王七尉松滋得陽臺雲

君不見巫山神女作行雲　霏紅沓翠曉氛氳　嬋娟流入
襄王夢　倏忽還隨零雨分　空中飛去復飛來　朝朝暮暮
下陽臺　愁君此去為仙尉　便逐行雲去不迴

鸚鵡洲送王九遊江左

昔登江上黃鶴樓　遙愛江中鸚鵡洲　洲勢逶迤遶碧流
駕鷰鵁鶄滿沙頭　沙頭日落沙磧長　金沙耀耀動飇光
舟人牽錦纜　浣女結羅裳　月明全見蘆花白　風起遙聞
杜若香　君行采采莫相忘

高陽池送朱二

當昔襄陽雄盛時　山公常醉習家池　池邊釣女日相隨
粧成照影競來窺　澄波澹澹芙蓉發　綠岸毿毿楊柳垂
一朝物變人亦非　四荒凉人佳稀意氣豪華何處在
空餘草露濕羅衣　此地朝來餞行者　翻向此中牧征馬
征馬分飛日漸見　此空為人所嗟殷勤為訪桃源路

五言排律

西山尋辛諤

漾舟乘水便　因訪故人居　落日清川裏　誰言獨羨魚
石
予亦歸來松子家
潭窺洞微沙岸歷　紆餘竹與見垂茅齋聞讀書欵言
忘景夕清興屬涼　初回也一瓢飲賢哉常晏如

弊廬在郭外素業唯田園左右林野曠不閑城市喧

竿垂北澗樵唱入南軒書取幽棲事還尋靜者論

　　王迥見尋

歸閉日無事嘗晝不起有客款柴扉自云巢居子居

間好花木採藥來城市家在鹿門山常遊澗澤水手持

白羽扇腳步青芒履聞道鶴書徵臨流還洗耳

　　與黃侍御北津泛舟

津無蛟龍患日夕常安流本欲避驪馬何知同鷁舟豈

伊余昔曾是畔年遊莫賒琴中鶴且隨波上鷗堤綠

九里郭山面百城樓自顧躬耕者才非管樂儔閒居

草澤從此泛滄洲

　　題長安主人壁

久廢南山田謬陪東閣賢欲隨平子去猶未獻甘泉

席琴書滿篋遠岫連我來如昨日庭樹忽鳴蟬促織

驚寒女秋風感長年授衣當九月無褐竟誰憐

　　庭橘

明發覽群物萬木何陰森凝霜漸漸水庭橘似懸金女

伴爭攀摘窺窺礙葉深並生憐共蒂相示感同心骨刺

紅雕被香粘翠羽簪嘗來玉盤裏全勝在幽林

孟浩然集卷一

馳芔山洞目極楓樹林不見少微隱星霜勞夜吟

送丁大鳳進士赴舉呈張九齡

吾觀鶼鶴賦君負王佐才惜無金張援十上空歸來棄

置鄉老翻飛羽翼摧故人今在位岐路莫遲迴

送吳悅遊韶陽

五色憐鳳雛南飛適鷓鴣楚人不相識何處來栖梧去

去日十里茫茫天一隅安能與斥鷃決起但槍榆

聞邊烽動萬里忽軍先余亦赴京圍何當獻凱還

田家作

弊廬隔塵喧惟養恬素卜鄰勞三逕植果盈千樹

余任推遷三十猶未遇書枕時將晚丘園日空暮晨昏

自多懷盡坐常寮悟冲天羨鴻鵠卑食難驚望斷金

馬門勞歌採樵路鄉曲無知已朝端乏親故誰能為揚

雄一薦甘泉賦

從張丞相遊紀南城獵戲贈裴迪張參軍

從禽非吾樂不好雲夢田歲晏臨城望尺令鄉思懸榻

卿有數子聯騎何翩翩世祿金張貴官曹幕府連歲時

行殺氣飛刀爭割鮮十里屆賓館儌犖匪妓逞高標

落日平楚煙何意狂歌客俠公亦在斿

登望楚山最高頂

山水觀形勝襄陽美會稽最高惟望楚曾未一攀躋石

壁巉削成衆山比全低晴明武登陟目極無端倪雲夢

掌中小武陵花處迷暝還登騎下羅月在深溪

採樵作

採樵入深山山深水重疊橋崩卧楂擁路險垂藤接日

落伴將稀山風拂薜衣長歌員輕策平野望煙歸

早梅

園中有早梅年例犯寒開少婦爭攀折將歸插鏡臺猶

言看不足更欲剪刀裁

澗南園即事貽皎上人

山光忽西落池月漸東上散髮乘夜涼開軒臥閒敞荷

風送香氣竹露滴清響欲取鳴琴彈恨無知音賞感此

懷故人中宵勞夢想

秋宵月下有懷

秋空明月懸光彩露霑濕驚鵲棲不定飛螢卷簾入庭

槐寒影踈鄰杵夜聲急佳期何許望望空佇立

仲夏歸南園寄京邑舊遊

嘗讀高士傳最嘉陶徵君日躭田園趣自謂羲皇人余

復何為者栖栖徒問津中年廢丘壑上國旅風塵忠欲

事明主孝思侍親歸來冒炎暑耕稼不及春扇枕北

牕下採芝南澗濱因聲謝朝列吾慕顏陽真

家園卧疾畢太祝見尋

伏枕舊遊曠笙簧勞夢思平生重交結迢迢今人疑冰

室無暖氣炎雲空赫曦陳駒不暫駐日聽涼蟬悲壯圖

竟未立斑白恨吾衰夫子自南楚緘懷寄汝期

田家元日

昨夜斗回北今朝歲起東我年已強仕無祿尚憂農野

老就耕去荷鋤隨牧童田家占氣候共說此年豐

晚泊潯陽望香鑪峰

挂席幾千里名山都未逢泊舟潯陽郭始見香鑪峰嘗

讀遠公傳永懷塵外蹤東林精舍近日暮空聞鐘

萬山潭

垂釣坐磐石水清心益閒魚行潭樹下猿挂島藤間游

女昔解佩傳聞於此山求之不可得沿月棹歌還

入峽寄弟

吾昔與汝輩讀書常閉門未嘗冒湍險豈顧垂堂言自

此歷江湖幸勤難具論往來行旅弊開鑿禹功存壁立

千峯峻潀流萬壑奔我來几廻宿無夕不聞猿浦上搖

歸戀舟中失夢魂淚沾明月峽心斷鶺鴒原離闊星難

聚秋深露易繁因下南楚書此寄鄉園

宿楊子津寄潤州長山劉隱士

所思在夢寐欲往大江深日夕望京口煙波愁我心心

以我越鄉客逢君論居者分飛黃鶴樓流落蒼梧野驛

使乘雲去征帆沿溜下不知從此分還秋何時把

洸然弟竹亭

吾與二三子平生結交深俱懷鴻鵠志共有鶺鴒心逸

氣假毫翰清風在竹林遠是酒中趣琴上偶然音

夜登孔伯昭南樓時沈太清朱昇在座

誰家無風月此地有琴蹲山水會稽邸詩書孔氏門再

來值秋杪高閣夜無喧華燭罷燃蠟清絃方春鵾沈生

隱侯胥朱子實臣孫好我意不淺登茲共話言

宴鮑二宅

閒居枕洛左右接大野門庭無雜賓車轍多長者是

時方正夏風物自蕭灑五月休沐歸相攜竹林下開襟

成歡趣對酒不能罷烟暝棲鳥迷余將歸白社

峴潭作

石潭傍隈隩沙岸曉彎賞試垂竹竿釣果頭鯿美

人騁金錯纖手鱠紅鮮因謝陸内史彎薑何足傳

齒坐呈山南諸隱

習公有遺座高在白雲陲樵子見不識山僧賞自知以

余為好事攜手一來窺竹露閒夜滴松風清晝吹從來

抱微尚況復感初於此無奇策蒼生奚以為

與王昌齡宴黃十一

歸來卧青山常夢遊清都添園有傲吏惠我在招呼書

幌神仙籙畫屏山海圖酌霞復對此宛似入蓬壺

襄陽公宅飲

窈窕夕陽佳葺春色好欲覓淹留處無過狹斜綺

席卷龍鬚香杯浮瑪瑙北林積修樹南池生別島手撥

金翠花心逃玉芝草談天先六義發論明三倒座非陳

子驚門還魏郡掃禁屬應無間歡娛當共保

同張明府清鏡嘆

妾有盤龍鏡清光常晝發自從生塵埃有若霧中月愁

來試取照坐嘆嗟自髮寄語遠塞人如何久離別

夏日南亭懷辛大

之泛五湖流浪經三湘觀濤壯枚發吊屈痛沉湘魏闕

心常在金門詔不忘遙憐上林鴈冰泮已回翔

　早發漁浦潭

東旭早光芒渚禽已驚眠卧聞漁浦口橈聲相撥日

出氣象分始知江路闊美人常晏起照影弄流沫飲水

畏驚猨祭魚時見獺舟行自無悶況值晴景豁

　經七里灘

余奉垂堂誡千金非所輕為多山水樂頻作泛舟行五

岳追向子三閭吊屈平湖經洞庭闊江入新安清復闊

嚴陵瀨乃在此川路疊嶂數百里沿洄非一趣彩翠相

氛氳別流亂奔注磧平可坐苔磴滑難步猨飲石下

潭鳥還日邊樹觀奇恨來晚倚棹惜將暮揮手弄潺湲

從茲洗塵慮

　南陽北阻雪

我行滯宛許日夕望京豫曠野莽茫茫鄉山在何處孤

烟村際起歸鴈天邊去積雪覆平皋饑鷹捉寒兔少年

弄文墨屬意在章句十上耻還家徘徊守歸路

　將適天台留別安李主簿

枳棘君尚棲鵷鸞吾豈緊念離當夏首漂泊指炎裔江

海非隨遊田園失歸計定山既早發漁浦亦宵濟泛泛

隨波瀾行行住舳艫故林日已遠郡木坐成翳羽人在

丹丘吾亦從此逝

　適越留別譙縣張主簿申屠少府

朝乘汴河流夕次譙縣界因風吹得與故人會君

學梅福隱余隨伯鸞邁別後能相思淳雲在吳會

　送從弟邕下第後歸會稽

疾風吹征帆倏爾向空沒千里去俄頃三江坐忽向

來共歡娛日夕成楚越落羽更分飛誰能不驚骨

　送辛大之鄂渚不及

送君不相見日暮獨愁緒江上久徘徊天邊迷處所

邑經樊鄧雲山入嵩汝蒲輪去漸遙石逕徒延佇

　江上別流人

向贏老喜懼在深衷甘脆朝不足簞瓢夕屢空執鞭慕
夫子捧檄懷毛公感激遂彈冠安能守固窮當塗訴知
已授剡匪來豪楚邈遐異翮飛何日同

　遊雲門寺寄越府包戶曹徐起居
我行適諸越悵望久徘徊狂羨所歡久員獨往願今來恣遊盤台
薜蘿近春水鏡湖寬遠行仲應接甲位徒勞夢白雲去
久滯滄海嶋來觀故國沙天未良朋在朝端遑蒨晴山遑同攜
手何時方挂冠

　示孟郊
蔓草蔽極野蘭芝結孤根眾音何其繁伯牙獨不喧當
時高深意興世無能分鍾期一見知山水千秋聞爾其

　山中逢道士雲公
保靜節蕩俗徒云云

春餘草木繁耕種滿田園酌酒聊自勸農夫安言忽
閒割山子時出桃花源捫蘿過北谷貰藥來西村村煙

日云夕榛路有歸客枝策前相逢依然是疇昔避迤邐
觀止殷勤叙離隔謂余搏扶桑輕舉振六翮奈何偶昌
運獨見遺草澤既笑接興狂丘厄物情趨勢利
吾道貴閒寂偃息西山下門庭罕人跡何時遠清溪從
爾鍊丹液

　歲暮海上作
仲尼既已沒余亦浮于海昏見斗柄迴方知歲星改虛
舟任所適垂釣非有待為問乘槎人滄洲復何在

　越中逢天台太一子
仙穴逢羽人停艫向前拜問余涉風水何事遠行邁登
陸尋天台順流下吳會茲山鳳所尚安得閒靈恠上遁
青天高俯臨滄海大雖鳴見日出每與仙人會來去赤
城中逍遙白雲外苕苔異人間瀑布作空界福庭長不
死華頂舊稱最永願從此遊何當濟所屆

　自潯陽泛舟經明海作
大江分九派淼淼成水鄉舟子乘利涉往來逎潯陽因

桂水通百越扁舟期晚發荊門歲三巴夕望不見家襄

王夢行雨才子謫長沙饒瘴癘胡為苦留滯久別

思款顏承歡懷接秋香無由徒增旅泊愁清猿不

可聽泛月下湘流

　　大堤行寄萬七

大堤行樂處車馬相馳突歲歲春草生踏青二三月王

孫挾珠彈遊女拾羅襪攜手今莫同江花為誰發

　　還山贈湛禪師

幼闡無生理常欲觀此身心迹罕兼遂崎嶇多在塵晚

途歸舊壑偶與支公鄰喜得林下契共推席上珍念茲

泛苦海方便示迷津導以微妙法結為清淨因煩惱業

頓捨山林情轉殷朝來問疑義夕詰得清真墨妙稱古

絕詞華驚世人禪房閉虛靜花藥連冬春石黐琴硯

落泉灑衣巾欲知明滅意朝夕海鷗馴

　　秋登萬山寄張五

北山白雲裏隱者自怡悅相望始登高心隨鴈飛滅愁

因薄暮起興是清秋發時見歸村人平沙渡頭歇天邊

樹若薺江畔洲如月何當載酒來共醉重陽節

　　登江中孤嶼贈白雲先生王迥

悠悠清江水水落沙嶼出回潭石下深綠篠岸傍鮫

人潛不見漁父歌自逸憶與君別時泛舟如昨日夕陽

開晚限中坐興非一南望鹿門山歸來恨相失

　　晚春卧疾寄張八子容

南陌春將晚北牕猶卧病林園久不遊草木一何盛狹

徑花將盡閒庭竹掃淨翠羽戲蘭苕赬鱗動荷柄念我

平生好江鄉遠從政雲山阻覽賁思衰枕勞感詠感復

何為同心恨別離世途自媚流俗寡相知賈誼才空

逸安仁鬢欲絲遙情每東注齊昏復西馳常恐填溝壑

無由振羽儀窮通若有命欲向論中推

　　書懷貽京邑故人

惟先自鄒魯家世重儒風詩禮襲遺訓趨庭紹末躬

夜常自強詞賦頗亦工三十既成立嗟吁命不通慈親

宿來公山房期丁大不至

夕陽度西嶺羣壑儵已暝
松月生夜涼風泉滿清聽
樵人歸欲盡煙鳥棲初定
之子期宿來孤琴候蘿逕

耶溪泛舟

落景餘清暉輕橈弄溪渚泓澄愛水物臨泛何容與白
首垂釣翁新粧浣紗女相看未相識脈脈不得語

彭蠡湖中望廬山

太虛生月暈舟中知天風挂席候明發渺漫平湖中
流見匡阜勢壓九江雄黯黕凝黛色崢嶸當曙空香爐
初上日瀑水噴成虹久欲追尚子況茲懷遠公我來限
于役未暇息微躬淮海途將半星霜歲欲窮寄言巖棲
者畢趣當來同

登鹿門山懷古

清曉因興來乘流越江峴沙禽近方識浦樹遙莫辨漸
到鹿門山山明翠微淺巖潭渡曲舟檝屢迴轉昔聞
龐德公採藥遂不返金澗養芝朮石牀臥苔蘚紛吾感

省舊結攬事攀踐詎忍今尚存高風邈已遠白雲何時
去丹桂空偃蹇探討意未窮迴艪夕陽晚

遊明禪師西山蘭若

西山多奇狀秀出傍前楹〔一云西山僥石林嶷亭午收彩翠〕
夕陽照分明吾師住其下禪坐說無生結廬就嵌窟
竹通逕行談空對榻雙授法與山精日暮方辭去田園
歸冶城

聽鄭五愔彈琴

阮籍推名飲清風坐竹林半酣下衫袖拂拭龍脣琴一
杯彈一曲不覺夕陽沈余意在山水聞之諧鳳心

疾愈過龍泉精舍呈易業二上人

亭午開山鍾起行散愁疾尋林採芝去轉谷松蘿傍
見精舍開廊飯僧畢石渠流雪水金子耀霜橘竹房
思舊遊慜終永日入洞窺石髓傍崖探蜂蜜日暮辭
遠公虎溪相送出

襄陽旅泊寄閻九司戶

孟浩然集卷一

　　　　　　唐　孟浩然　撰

五言古诗

寻香山湛上人

朝游访名山，逺在空翠间，氛氲亘百里，日入行始至。谷口闻钟磬，林端识香气，枝策寻故人，解鞍暂停骑。石门殊窈窕，篁逕转森邃，法侣相逢清谈，晓不寐。平生慕真隐，累日探灵异，野老朝入田，山僧暮归寺。松泉多清响，苔壁饶古意，顾言投此山，身世两相弃。

往

云门寺西六七里闻符公兰若最幽与薛八同往

谓余独迷方，逮子亦在野，结交指松栢，问法寻兰若。小溪劳容舟，怪石屡惊马，所居最幽绝，所住宷静者。宻篠夹路傍，清泉流舍下（一云云藏）兴云生，上人亦何间，尘念（偶天空落增生）俱已舍，四禅合真如，一切是虚假。顾承甘露润，喜得惠风洒，依止此山门，谁能效丘也。

宿天台桐栢观

海行信风帆，夕宿逗云岛，缅寻沧洲趣，近爱赤城好。扪萝亦践苔，辍棹恣探讨，息阴憩桐栢，采秀弄芝草。鹤唳清露垂，鸡鸣信潮早，愿言解缨络，从此去烦恼。高步陵四明，玄踪得三老，纷吾远游意，学彼长生道。日夕望三山，云涛空浩浩。

宿终南翠微寺

翠微终南里，雨后宜返照，闭关久沉冥，杖策一登眺。遂造幽人室，始知静者妙，儒道虽异门，云林颇同调。两心喜相得，毕景共谈笑，暝还高窗眠，时见远山烧。缅怀赤城标，更忆临海峤，风泉有清音，何必苏门啸。

春初汉中漾舟

羊公岘山下（一云汉阳），神女汉皋曲，雪罢冰复开，春潭十丈绿。轻舟恣来往，探玩无厌足，波影摇妓钗，沙光逐人目。倾杯鱼鸟醉，联句莺花续，良会难再逢，日入须秉烛。

八年王昌齡遊襄陽時浩然疾發背且愈相得歡甚

浪情宴謔食鮮疾動終於治城南園年五十有二子曰

儀甫浩然文不為仕佇興而作故或進行不與飾動以

求真故佁誕遊不為利期以故性故常貧名不繼於選

部聚不盈於擔石雖屢空不給而自若也士源幼好名

山行年十八首事陵山跬止恒嶽咨求通玄文人又過

燕門問道隱者元知運太行採藥經王屋小有洞太白

習隱訣終南修元倉子九篇天實徂夏詔書徵謁

京邑與家臣八座討論山林之士廬至始知浩然物故

嗟哉未祿於代史不必書安可哲蹳妙韻從此而絕故

詳閱文者隨述所論美行嘉閒十不紀一浩然凡所屬

綴就輒毀棄無復編錄常自數為丈不逮意也汜落阮

多篇章散逸鄉里購採不有其半數求四方往往而穫

既無他事為之傳次遂使海內衣冠縉紳經襄陽思觀

其文蓋有不備見而去惜哉今集其詩二百一十八首

分為四卷詩或缺逸未成而製繁思清美及他人酬贈咸

宜城王士源者藻思清遠深鑒文理常遊山水不在人

間著元倉子數篇傳之於代余父在集賢常與諸學士

命此子不可得見天實中忽牧浩然文集乃士源為之

序傳詞理卓絕吟諷忘疲書寫不一紙墨薄弱昔虞坂

之上逸篤與篤駧俱疲吳竈之中孤桐與樵共爨遇

伯樂與伯啺遙騰聲於千古此詩若不遇王君乃十數

張故紙耳然則王君之清鑒宣減孫蔡而已哉余今綴

寫增其條目俾貴士源之清才敢重述於卷首謹將此

本送上秋府庶久而不泯傳芳無窮天寶九載正月初

三日特進行太常卿禮儀使集賢院修撰上柱國沛國

郡開國公章滔序

孟浩然集 提要

篇亦無唱和之作其非原本尤有明徵排律
之名始于高棅唐詩品彙古無此稱此本乃
標排律為一體其中田家元日一首晚泊潯
陽望香爐峰一首萬山潭一首渭南園即事
貼陝上人一首皆五言近體而編入古詩之
中臨洞庭詩舊本題下有獻張丞相公四字見
方回瀛奎律髓此本亦無之顯然為明代重
刻者所移改至序中有丞相范陽張九齡等

與浩然為忘形之交語考唐書張說嘗論岳
州司馬集中稱張相公張丞相者凡五首皆
為說作若九齡則籍隸嶺南以曲江著號安
得署曰范陽亦明人以意妄改也以今世所
行別無他本姑仍其舊錄之而附訂其舛互
如右乾隆四十三年七月恭校上

　　　總纂官臣紀昀臣陸錫熊臣孫士毅
　　　總校官臣陸費墀

孟浩然集序

孟浩然字浩然襄陽人也骨貌淑清風神散朗救患釋
紛以立義表灌蔬藝竹以全高尚交游之中通脫傾蓋
機警無匿學不為儒縛摭菁藻文不按古匠心獨妙五
言詩天下稱其盡美矣間遊秘省秋月新霽諸英華賦
詩作會浩然句曰微雲淡河漢踈雨滴梧桐舉坐嗟其
清絕咸閣筆不復為繼丞相范陽張九齡侍御史京兆
王維尚書侍郎河東裴朏范陽盧僎大理評事河東裴
總華陰太守鄭倩之守河南獨孤策與浩然為忘形

之交山南採訪使本郡守昌黎韓朝宗謂浩然間代清
律寘諸周行必詠穆如之頌因入秦與偕行先揚于朝
與期約日引謁及期浩然會寮友文酒講好甚適或曰
子與韓公預諾而怠之無乃不可乎浩然叱曰僕已飲
矣身行樂耳遑恤其佗遂畢席不赴由是間罷既而浩
然亦不之悔也其好樂忘名如此士源佗時嘗筆讚之
曰導漾挺靈寔生楚英浩然清發亦其自名開元二十

欽定四庫全書 集部
孟浩然集卷四至

檢討臣何思鈞覆勘

詳校官太常寺丞臣陳昌集

總校官庶吉士臣倉聖脈
校對官中書臣李銓
謄錄監生臣莊文煜

欽定四庫全書　　集部二

孟浩然集　　別集類一唐

提要

臣等謹案孟浩然集四卷唐孟浩然撰前有
天寶四載宜城王士源序又有天寶九載韋
滔序士源序稱浩然卒于開元二十八年年
五十有二凡所屬綴就輒毀棄無復編錄鄉
里購采不有其半數求四方往往而獲今集
其詩二百一十八首分為四卷此本四卷之
數雖與序合而詩乃二百六十三首較原本
多四十五首洪邁容齋隨筆嘗疑其示孟郊
詩時代不能相及今考長安早春一首文苑
英華作張子容而同張將軍薊門看燈一首
亦非浩然遊跡之所及則後人竄入者多矣
士源序又稱詩或缺逸未成而製思清美及
他人酬贈咸錄次而不棄而此本無不完之

제목 찾기

* ( ) 안의 숫자는 사고전서 영인본의 쪽번호이다.